BLUE PHOENIX

BLUE - 1

www.editionsbookmark.com

Lily Haime

BLUE PHOENIX

BLUE - 1

MxM BOOKMARK

MxM Bookmark est un label appartenant aux éditions Bookmark.

Suivi éditorial © Audrey K. Lancien
Correction © Emmanuelle Lefray
Maquette © Rohan Lockhart
Illustration de la couverture © MxM Créations

ISBN: 9791038113718
Existe en format numérique

www.editionsbookmark.com

Avertissement

Ce roman aborde des questions de violences pouvant heurter la sensibilité des lecteurs.

À mon maître-nageur qui ne m'a jamais appris à nager,
mais qui me trimbalait sur ses épaules autour de la piscine.
À mon grand-père qui, lui, m'a bien appris à nager. À
nager et tant d'autres choses.
À ceux qui choisissent le silence.

«Là où se trouve une ruine, il y a l'espoir d'un trésor.»
Djalâl ad-Dîn Rûmî

Séoul

서울

L'année de mes neuf ans…

Halmeoni[1] disait que de l'eau coulait dans mes veines par vagues aussi furieuses que des déferlantes. Personne ne pouvait les entendre, à moins d'avoir l'ouïe suffisamment fine et le cœur à la bonne place.

«Halmeoni, il n'y a rien à entendre chez moi», lui disais-je toujours.

Elle souriait alors, me tapotait tendrement la joue, et ses yeux vitreux et blanchâtres plongeaient en moi. Elle était aveugle depuis des décennies, pourtant, c'était elle qui me voyait le mieux.

Bien plus qu'un endroit où mon existence avait dû se faire discrète, elle avait fait de la maison un endroit chaleureux. Elle me racontait cet autre temps, sa jeunesse, son affection secrète pour un soldat japonais, lors de l'occupation, sa sœur qui était restée en Corée du Nord après la guerre, sa rencontre avec Hal-abeoji[2] et tout ce qu'il y avait eu entre tout ça. J'aimais qu'elle me parle, j'aimais qu'elle me montre, j'aimais qu'elle m'apprenne. J'aimais surtout qu'elle accueille Rebecca, ma mère, chaque fois qu'elle venait à Séoul, fêter

1 할머니 : Grand-mère.
2 할아버지 : Grand-père.

Thanksgiving avec nous, se moquant que cette tradition américaine n'ait aucun sens ici. Ce que nous célébrions vraiment était le plaisir de la retrouver, elle et ses histoires d'océan. Elle en avait beaucoup à raconter, après des mois à naviguer et à étudier les fonds marins. Les quelques semaines que nous partagions étaient à peine suffisantes pour toutes nous les confier. Elle repartait toujours trop tôt, s'envolant de nouveau pour les États-Unis ou pour ailleurs. Elle me laissait alors un baiser sur le front et la promesse de revenir bientôt.

Les moments les plus heureux étaient ceux où je voyais Halmeoni et Becca ensemble. Becca était tout ce qu'Halmeoni ne serait jamais. Ses mœurs, ses valeurs, ses légèretés – ses libertés – étaient si loin des pudeurs et des retenues de cette vieille femme qui la recevait pourtant avec tant de bienveillance. Halmeoni ne lui avait jamais reproché ni son aventure avec Sajangnim[3] ni d'avoir abandonné mon éducation aux Park. À l'époque, Becca n'était qu'une jeune fille arrivée en Corée dans le cadre d'un échange de programmes entre l'université nationale de Séoul et Columbia. Elle avait pour seule famille un oncle, dont elle n'avait plus de nouvelles depuis longtemps, et s'était déjà endettée avec un prêt étudiant. Qu'aurait-elle bien pu faire de moi ? J'aurais détesté la retenir et briser ses rêves. Je n'aurais jamais connu les mots de ses lettres, ses photos d'océans, de baleines, de coraux, ou de méduses. Ou même ces drôles d'enregistrements qu'elle m'envoyait. Becca capturait le silence abyssal des profondeurs et il me fascinait. Et puis, j'adorais la retrouver chaque Thanksgiving et la redécouvrir avec un regard toujours vieilli d'un an. Elle revenait avec l'extravagance de son existence et je l'accueillais avec la politesse de mes manières. Elle ébouriffait mes cheveux trop bien coiffés et se moquait de mon uniforme d'écolier, puis de collégien et, plus tard, de lycéen. Elle me trouvait trop calme. Trop magnanime. Trop réservé. Lorsque Halmeoni était encore là, elle lui disait :

---

3 사장님 – Président (de compagnie, d'entreprise). Langage très formel, utilisé pour marquer le respect.

« Il est si prudent. Un enfant ne devrait pas être si prudent, Ha-Neul. »

J'ignorais ce qui me choquait le plus. Que Becca s'adresse à Halmeoni de façon si informelle ou qu'Halmeoni n'y ait jamais prêté attention, dès lors que ça venait d'elle.

« Il ressemble à son père, Rebecca. »

Ressembler à Sajangnim me paraissait peu probable. Je le connaissais encore moins que Becca. Il nous rendait visite à l'occasion, rarement plus de cinq minutes et, la plupart du temps, il passait ces cinq minutes-là au téléphone. Je n'avais pourtant rien à lui reprocher ; il s'occupait d'Halmeoni, il faisait venir un médecin les mardis, pour s'assurer que son cœur allait bien. Et il avait choisi la meilleure école pour moi. Il s'intéressait à mes notes et à mes activités. Il lui arrivait même de me poser des questions sur ce que j'appréciais.

Ce que j'appréciais ?

Je ne savais jamais ce qu'il attendait que je dise, alors je ne disais rien du tout. Mes silences semblaient de bonnes réponses.

Je faisais très attention à ne pas déranger Sajangnim. J'étudiais beaucoup. J'étais toujours gentil et poli. J'étais assez distant pour qu'on ne s'intéresse pas trop à moi, mais pas trop non plus. On ne devait pas me juger incapable de créer des liens.

Je devais être l'enfant illégitime parfait.

Je l'étais.

Jamais Sajangnim n'eut un reproche à me faire.

Un matin, Halmeoni oublia de se réveiller.

Je n'avais pas grandi assez vite pour trouver le courage de lui demander pourquoi elle s'était occupée de moi. En quelques minutes, elle emporta ce secret et la douceur des neuf premières années de ma vie.

Je lui rendis hommage sans une larme.

Digne d'elle.

Agenouillé dans mon habit de cérémonie, la tête baissée, dépouillé de tout, comme j'étais dépouillé d'elle, je restai silencieux pendant les trois journées des rites funéraires. Je me tenais le plus loin possible de Sajangnim et de sa famille. Je ne garde presque aucun souvenir de ces jours. Ils étaient sombres, une nuit qui me semblait interminable. L'odeur d'encens m'imprégnait à m'en donner la nausée et il y eut tant de gens qui défilaient devant moi que ma tête vint à tourner. À un moment, un enfant s'était trouvé près de moi. Il me ressemblait. Ses yeux noirs brillaient dans un visage aux traits étrangement similaires. Ses cheveux bruns étaient coiffés de la même façon et son sourire me rappela celui d'Halmeoni; une douceur particulière.

Il me dit : «*Hyung*[4]. »

Juste ça, avant que sa mère ne l'éloigne aussitôt de moi.

Hyung... l'unique mot que nous ayons jamais partagé.

Trop vite après ça, je dus me relever.

Trop vite, je dus préparer mes valises.

Trop vite, j'arrivai dans un pensionnat de Séoul, assez loin des Park pour ne pas les déranger, mais assez près pour y être surveillé. Seul et pourtant libre de rien, je remisai ma peine pour m'adapter à ce nouveau quotidien. J'étudiais avec application, sans jamais me plaindre. J'aidais mes camarades, quand ils me le demandaient. Je participais aux activités lorsqu'on me le proposait. Mais plus rapidement je fermais la porte de ma petite chambre au bout du couloir, plus rapidement je retrouvais la photo d'Halmeoni et les lettres de Becca. J'avais alors l'impression d'être avec elles, dans le salon de la maison. Nous aurions mangé du *jajangmyeong*[5] et des *tteokbokki*[6]. Et j'aurais ri lorsque Becca serait devenue rouge dès que ses lèvres seraient entrées en contact avec une sauce pimentée. Halmeoni aurait haussé les sourcils, me rappelant à l'ordre, sans pour autant être capable de refréner son sourire.

---

4 형 : Grand Frère.

5 자장면 – plat de nouilles accompagné d'une sauce noire à base de haricots fermentés.

6 떡볶이 – plat composé principalement de tteok (pâtisserie coréenne), de galettes de riz et d'une sauce pimentée.

Je m'endormais heureux.

Et je me réveillais en larmes, puisqu'elles avaient de nouveau disparu toutes les deux.

Un soir, je n'eus pas la force d'aller jusqu'au lit et je fermai les yeux, la tête sur mon bureau.

Je rêvai d'eau.

« De l'eau coule dans tes veines par vagues aussi furieuses que des déferlantes. Personne ne peut les entendre, à moins d'avoir l'ouïe suffisamment fine et le cœur à la bonne place. »

Je me réveillai en sursaut, jugulant un cri qui éventra mes entrailles.

Un courant d'air glacial remonta dans ma poitrine et je tremblai.

Droit sur ma chaise, j'attendis que ça passe. Ça passait toujours, non ?

J'attendis longtemps.

J'attendis encore, après ça.

Et plus j'attendais, plus je tremblais. Mon cœur s'était lancé dans une course trop bruyante et trop douloureuse. J'ouvris la bouche pour appeler de l'aide, mais aucun son ne glissa entre mes lèvres. Les mots furent étouffés par la peur de déranger. De le déranger *lui*, plus que tout. Sajangnim. S'il m'arrivait quelque chose, il serait prévenu. Je ne voulais pas lui causer de problèmes.

Je restai sur ma chaise en silence, jusqu'à me sentir engourdi. Des fourmis serpentaient sous la peau de mes bras et de mes jambes.

J'attendais toujours.

C'était interminable. Bien plus que les heures agenouillé devant le portrait funéraire d'Halmeoni. Bien plus que la succession de gens, dont je ne connaissais rien, qui avaient présenté leurs hommages. Bien plus que le nombre de fois où j'avais résisté à l'envie de voir ce frère que je n'avais fait qu'imaginer. Bien plus que tous les jours à me demander quand Becca mettrait enfin un pied à terre et apprendrait qu'Halmeoni ne pourrait plus jamais écouter ses histoires.

Mes pensées me submergèrent tant que je ne parvins plus à respirer. Elles tournoyaient si vite dans ma tête trop petite que je me retrouvai sur un trottoir sans trop savoir comment. J'avais tellement mal à la poitrine qu'il me fut impossible de reprendre mon souffle.

Allez, Jun-ha !

Inspirer profondément, comme quand nous partions pour Jeju[7] et que nous marchions sur les traces de Hal-abeoji.

J'avais envie de revoir Cheonjiyeon[8] une dernière fois.

Le dortoir dans mon dos, j'avançai au hasard. Pieds nus, dans un pyjama trop grand, des larmes ruisselaient sur mes joues sans que je puisse les arrêter. On ne me l'avait pas appris. Je ne pleurais jamais.

J'essayai de me calmer.

J'essayai de penser au silence des océans que Becca enregistrait pour moi.

Puis, comme ça, avec mon visage défait et sanglotant, je me retrouvai planté devant une piscine. Ses portes étaient étrangement ouvertes, à croire qu'elle m'attendait. J'étais entré, mes narines aussitôt titillées par l'odeur du chlore. Je remontai le couloir jusqu'à pénétrer dans un univers si paisible que mon cœur s'apaisa un peu. Je fixai l'immense bassin, trônant tel un dieu sur son Olympe. Des lignes d'eau caressaient la surface, flottant dans un silence aussi profond que celui des mers. Mes pas résonnèrent, sans vraiment déranger cette drôle de sérénité. Des ombres se dessinaient sur les carreaux du sol, dans les coins et les recoins, mais je ne les trouvais pas inquiétantes. Au contraire, elles paraissaient veiller sur moi ; elles me rassuraient.

Il n'y avait personne et, pourtant, je me sentais moins seul.

Attiré par cette profondeur d'un bleu assombri, je frôlai le bord. Mes pieds nus, éraflés et salis de poussière, effleurèrent l'eau. Avant même de me rappeler que je ne savais pas nager, je plongeai.

Comme ça.

---

7 제주 : Île coréenne.

8천지연폭포 : Cascades situées sur l'île de Jeju.

Je coulai sous la surface, sans ressentir une once de peur.

Blotti dans cette étreinte, je pouvais enfin hurler. Hurler pour la première fois de ma vie. Hurler tant que ma gorge me brûla. Mais aussi forts que soient mes cris, ils ne percèrent jamais le silence. L'eau les engloutit tous, un à un. Et je continuai, autant que mes poumons me le permirent.

Ça ne dura sans doute qu'une poignée de secondes. Ça aurait pu être une éternité.

Je touchai le fond et me propulsai vers le haut pour retrouver un peu d'air. D'instinct, je m'accrochai à une ligne d'eau. Un seul instant avant de plonger de nouveau. Des bulles se formaient autour de moi, j'y vis toutes mes pensées ; enfin elles m'échappaient.

Becca avait raison.

Les profondeurs étaient calmes.

Les bras en croix, je m'enfonçai. La chaîne à mon cou, celle qu'Halmeoni m'avait offerte, flotta devant mes yeux et je la trouvai magnifique. Elle s'éclairait d'un rayon de lune qui transperçait la verrière du toit. Le monde était si différent, ici.

Très vite, je manquai d'air, mais je n'avais pas envie de remonter.

Une seconde encore.

Une seconde, invisible aux yeux des autres.

Une seconde où je n'étais plus Park Jun-Ha.

Une seconde…

Une seule seconde de plus…

Peut-être aurais-je fini par me noyer, si le gardien n'avait pas été si consciencieux. À un moment, sa poigne me tira à lui et, très vite – trop –, j'eus de nouveau les pieds sur la terre ferme.

Je le regrettai.

Bien plus encore lorsque, trempé jusqu'aux os et enroulé dans une immense serviette, je me trouvai face à Sajangnim. Dans son éternel costume sombre, sa carrure droite s'imposa avec froideur. Il m'indiqua la voiture d'un geste du menton. Je m'y dirigeai, et attendis devant la portière qu'il finisse de discuter avec le gardien.

Il lui donna une enveloppe de billets, c'était souvent comme ça que les gens m'oubliaient.

Lorsqu'il me rejoignit, il m'ordonna de monter à l'arrière et je lui obéis sans un mot.

— J'ai emprunté quelques affaires à Min-ho, vous devez faire la même taille. Change-toi.

Min-ho.

Mon petit frère.

Nous n'avions que quelques mois de différence. Il devait me haïr, moi qui avais mis sa mère dans une position si désagréable. Porter ses vêtements me dérangeait. Mais un seul regard croisé dans le rétroviseur me poussa à les passer quand même. J'enfilai le pantalon, le pull et la paire de chaussures en quelques minutes.

— Tu as faim, Jun-ha ?

Je secouai résolument la tête, alors même que mon estomac grognait.

Il soupira, mais ce soupir-là n'était pas de la colère. Ou peut-être que si, même si ce n'était pas vraiment dirigé contre moi.

Très vite, je me retrouvai dans un restaurant de jajangmyeong, assis dans des habits légèrement trop petits devant un bol fumant. Sajangnim me tendit des baguettes. Je n'osai pas les prendre.

— *Eomeoni*[9] t'en faisait souvent, non ?

Je déglutis, la tristesse m'étrangla.

— Oui, articulai-je d'une voix à peine audible.

— Alors, mange.

Je m'inclinai avec respect avant de, finalement, accepter les baguettes et de commencer à manger.

— Merci.

La serveuse posa un verre et une bouteille de soju[10] devant Sajangnim. Il s'en servit en desserrant le nœud de sa cravate.

— Tu te sens seul.

---

9 어머니 – Mère.

10 소주 – alcool de riz

Il but en me dévisageant.

— Non, répondis-je, même s'il ne m'avait pas questionné.

Je remplis ma bouche pour m'éviter de dire quoi que ce soit de plus.

— Tu ne peux pas vivre avec moi, Jun-ha.

— Je sais.

Je ne l'avais jamais espéré.

— Pourquoi as-tu sauté dans cette piscine ?

Je baissai la tête en enroulant mes nouilles autour de mes baguettes.

— C'est calme.

— Calme ?

Je voulus disparaître, je préférais quand il ne me regardait pas.

— Explique-toi correctement, s'il te plaît.

Je me redressai aussitôt et trouvai le courage de croiser ses yeux.

— Rebecca dit que parfois, quand on plonge très profondément, il n'y a plus que le silence. Et…

Il tiqua légèrement en m'entendant parler de Becca et je pinçai les lèvres.

— Continue, m'incita-t-il.

Je haussai les épaules.

— Je voulais seulement que ce soit silencieux, avouai-je.

Mes larmes contenues me brûlaient, je les retins de toutes mes forces. Sajangnim n'aimerait pas que je pleure.

— Et un bassin de plus de deux mètres de profondeur t'a semblé être une bonne idée ?

Le ton était si brusque que je me ratatinai sur ma chaise.

— C'est une question, Park Jun-ha ! tonna-t-il.

Je sursautai.

— Oui, répondis-je précipitamment, sans réfléchir.

— Oui, répéta-t-il.

Il se resservit du soju et desserra davantage sa cravate. Il défit les deux premiers boutons de sa chemise ; ça lui ressemblait si peu. Halmeoni parlait du soju comme d'un mal que les adultes ne savaient pas combattre. Ils buvaient quand ils étaient tristes, ou inquiets.

Sajangnim était-il triste ?

L'avais-je inquiété ?

Je ne voulais pas l'inquiéter.

En soupirant profondément, il se laissa tomber contre le dossier de sa chaise. Les mains un peu tremblantes, je recommençai à manger.

Silencieusement.

— J'ai rencontré ta mère à la piscine de l'université.

Ces mots manquèrent me faire lâcher mes baguettes.

— Je m'entraînais pour ma prochaine compétition et elle était en tenue de plongée, avec du matériel. Son sujet d'étude portait sur les fréquences de l'eau et… je n'ai jamais vraiment compris. Elle était persuadée que l'eau avait un langage. Elle l'enregistrait. Moi, j'avais toujours l'impression de la combattre, et de ne jamais y arriver. Elle me résistait à chaque mouvement, je ne parvenais plus à améliorer mes temps.

Ses temps ?

Une compétition ?

Sajangnim représentait Park Industrie. Je n'avais jamais imaginé qu'il puisse être autre chose.

La bouche légèrement ouverte, j'oubliai mon bol de jajangmyeong pour écouter cet étrange homme qui m'avait à peine adressé quelques mots en neuf ans et qui, soudain, me racontait une histoire avec le même air mélancolique qu'Halmeoni lorsqu'elle replongeait dans le passé.

— Elle s'est moquée de moi, continua-t-il. Elle était trop effrontée. Trop impolie. Elle n'avait besoin de personne, mais elle était toujours prête à aider. Elle m'a aidé, moi. La plupart du temps, j'étais en colère contre elle. Il m'a fallu du temps pour comprendre que cette colère n'était pas…

Il croisa mon regard et se tut soudain. J'attendis qu'il continue, mais il ne dit plus rien du tout. Il pointa mon bol, m'incitant à manger de nouveau, et je le finis en quelques minutes.

Il se servit encore à boire.

À la fin de la première bouteille, alors que je dégustais une glace à la vanille, il me demanda :

— Tu veux apprendre à nager ?

Ma poitrine se gonfla en une seconde et des milliers de bulles éclatèrent les unes après les autres, comme celles de mes cris, plus tôt, au fond de la piscine.

— Oui ! m'exclamai-je un peu trop vivement.

Il sourit. C'était la première fois qu'il me souriait. J'aurais juré qu'il était incapable de le faire. Mais ce jour-là, dans ce petit restaurant, après une bouteille de soju vidée, il se pencha même par-dessus la table pour me tapoter le crâne.

En cette seconde, il ressembla à mon *appa*[11].

— Il semblerait que Rebecca ait bien choisi ton nom, en définitive, s'amusa-t-il.

— Jun-ha ?

Il secoua la tête.

— Blue.

Blue.

Ce n'était qu'un mot. Pourtant, pour moi, ce fut un monde entier.

Parfois, le bonheur ne tenait pas à grand-chose. Seulement à une lumière qui avait résisté à tout le reste. Au vent, à la pluie. Au temps. Une simple petite lumière pour raviver nos vies.

---

11 아빠 – Papa.

Prologue

프롤로그

Pittsburgh, l'année de mes vingt ans…

Les chambres d'hôtel étaient d'une froideur impersonnelle. Pourtant, ces dernières années, j'y avais enfermé mes bonheurs. Il n'y avait que derrière ces portes et dans les profondeurs des bassins que je me sentais moi-même. Nathan et l'eau constituaient mon monde. Je nageais au fond de ses yeux bleus, avec autant de facilité que dans ces piscines où nous nous retrouvions, à travers les États-Unis. Les autres voyaient en nous des ennemis. Mais il était mon amour, le seul capable de me mettre en danger. Parfois, je rêvais qu'il me rejoignait en Californie, qu'il intégrait la même équipe que moi. Je n'aurais plus eu à patienter des semaines avant de pouvoir de nouveau le prendre dans mes bras. Il me manquait, mais j'étais heureux. Je le retrouvais toujours. Je nageais contre lui. J'attendais que la nuit tombe pour qu'il vienne frapper à la porte d'un énième hôtel.

Bientôt, pensais-je. *Oui, très bientôt.*

Quatre ans depuis que je l'avais rencontré.

Deux ans depuis que ses lèvres voyageaient sur ma peau.

Cet été, il m'accompagnerait à Séoul. Il ne le savait pas encore et j'aurais dû m'inquiéter de le présenter à Sajangnim.

Sans la bénédiction des Park, notre relation serait vouée à l'échec. Sawyer, mon *sunbae*[12], le seul au courant de ce que Nathan et moi partagions, en souriait souvent. Et je me surprenais à en sourire aussi. Non parce que ça avait moins d'importance, ma vie aux États-Unis n'avait jamais gommé les barrières du monde dans lequel j'avais grandi. Mais je connaissais Nathan. Son intelligence et sa détermination pouvaient venir à bout de n'importe qui. Il vous regardait dans les yeux, jouait de son arrogance, vous présentait ses idées comme si c'étaient des vérités et n'abandonnait jamais. Il ne m'avait jamais abandonné, moi. Du moment où je l'avais rencontré, jusqu'à ce matin, où l'aube ravissait nos derniers instants. Les rayons de soleil effleuraient nos peaux nues et, déjà, mon cœur se serrait à l'idée de le perdre. Un temps. Seulement un temps. J'en avais l'habitude. Malgré ça, aujourd'hui, j'avais peur de m'éloigner. À croire que je ne le reverrais jamais. C'était absurde ! Le championnat approchait. Je l'attendais avec tant d'impatience. Au départ, ce n'était qu'une bulle de rien contre ma paume, une chose si insignifiante qu'il était vain d'y prêter attention. À présent, ça cognait dans ma poitrine et ce rythme incessant était impossible à ignorer.

Les rêves, les espoirs, avaient l'inconstance des nuages. Ils étaient si hauts, si flous, que le moindre coup de vent était capable de les chasser. Mais ils revenaient toujours…

La tête dans l'oreiller, j'inspirai profondément. L'odeur de la lessive disparaissait derrière le parfum de sa peau et les fragrances d'une nuit où nous avions peu dormi. Si je refusais encore d'ouvrir les yeux, j'allais me mettre en retard. La perspective des hurlements du coach Bones ne suffit pas à me faire bouger. Nathan pesait sur moi, sa tête calée contre mon dos, sa jambe par-dessus les miennes. Il posa ses lèvres entre mes deux omoplates et je tremblai. Il avait abandonné tant de baisers exactement à cet endroit qu'il m'arrivait de les sentir, alors qu'il s'entraînait au Texas et moi à Berkeley, et que des milliers de kilomètres nous séparaient. Je les sentais toujours, même quand je n'avais plus la force de penser à rien, même quand je passais plus de temps dans l'eau que les pieds sur

12 순배 : Senior.

terre. Ça m'aidait à supporter son absence. Je m'accrochais aux semaines qu'il restait et à ce que j'allais réaliser. Enfin. ENFIN ! Je ne serais plus jamais une ombre. Pour les Park. Pour Nathan. Je n'aurais plus à me cacher de ma famille. Plus à me dissimuler derrière ces portes.

J'écrirais ma vie. Seul.

Halmeoni avait raison. La déferlante, je la sentais, à présent.

Est-ce qu'elle aurait été fière de moi ?

Est-ce qu'elle aurait accepté Nathan ?

Est-ce qu'elle aurait été heureuse du chemin que j'empruntais ?

Je l'espérais tant.

— Ton vol est à quelle heure ? me demanda Nathan.

Ses mots caressèrent ma nuque.

— Trop tôt.

Un instant, sa respiration devint fébrile ; elle l'était toujours lorsque ses émotions le rattrapaient.

— Tu n'aurais jamais dû quitter le Texas, se désola-t-il.

Sa main glissa sur ma poitrine. Mon cœur frappa contre sa paume, comme si elle cueillait chaque battement.

— Si je n'avais pas quitté le Texas, tu aurais continué à me détester.

Il rit, je frissonnai.

— Si je me souviens bien…

— Tu te souviens mal, Nath.

— … c'est toi qui me détestais.

— Ta mémoire est déplorable.

Il enfouit son visage dans mon cou et mordilla le lobe de mon oreille.

— Heureusement, j'ai d'autres qualités, me murmura-t-il.

Ses doigts se faufilèrent plus bas et, en passant la langue contre mes lèvres, je creusai le ventre pour lui laisser plus de place. Il sourit contre ma peau, satisfait de constater à quel point j'étais faible de lui. J'agrippai sa cuisse pour le ramener plus fermement contre moi, lui rappelant qu'il était tout aussi faible de moi.

— Tu vas être en retard, souffla-t-il.

— Sois plus rapide, me moquai-je.

Il me tourna sur le dos et se planta au-dessus de moi. Ses cheveux teints en auburn encadrèrent un visage qui me cogna la poitrine, l'âme, au plus profond de mes entrailles.

J'ignorais être capable d'aimer à ce point.

J'avais toujours imaginé que je finirais par épouser une fille que Sajangnim aurait choisie et qui vivrait aussi discrètement que moi, en suivant les ombres que l'on dessinerait pour nous. Avec Nathan, j'avais appris la lumière. Le bruit. Les cris. Les envies plus grandes que nous. Les rêves placés si haut qu'il fallait les gravir avec le cœur d'un alpiniste.

Aimer.

Respirer.

Nager.

Respirer encore.

— Je suis très rapide, m'assena-t-il.

Il ne l'était pas assez pour me dépasser, mais je ne dis rien, bien trop fasciné par le bleu de ses yeux.

Je souris en coin, il se pencha davantage.

— Je te rattraperai, me promit-il.

Il déposa cette promesse au bord de mes lèvres.

— Où que tu ailles, je te rattraperai toujours, Jun-ha.

Il ne parlait plus de nos compétitions, il ne parlait plus de ce qu'il se passait entre deux lignes d'eau, quand nous nagions dans nos couloirs plus vite que jamais. Ou peut-être que si, peut-être que tout était là, comme une toile de fond redessinant notre histoire. Ce qui nous animait lorsque nous montions sur un plot de départ, devant une foule installée dans les gradins, suspendue à une seule minute. Et dans cette simple minute se cachait une décennie d'entraînements, d'efforts et de sacrifices. Les déferlantes d'Halmeoni et les absences de Sajangnim. Les récits de Becca et nos mondes télescopés. Et un amour né entre deux molécules d'eau.

Depuis le tout premier instant.

Les tout premiers mots.

« Je m'appelle Park Jun-ha. Je m'appelle Blue. »

La plongée

다이빙

1
하나

Dimanche 28 juin 2020
San Francisco

Un instant pouvait-il définir le reste de ma vie ?

Appuyé au pont d'un bateau de pêche qui me ramenait à bon port après une semaine à remonter du poisson par filets, j'écoutais le fracas de la houle s'écraser sur la coque. Le vent fouetta mes cheveux noirs ; ils me barrèrent la vue de San Francisco. Du large, la ville ressemblait à un décor de carte postale. Le soleil qui se levait, le Golden Gate, les dessins des immeubles. Les cocotiers longeaient la côte et les plages de sable blanc scintillaient avec autant d'éclat que des diamants.

La fumée de cigarette me dérangea et je jetai un coup d'œil aux marins, un peu plus loin. Nous serions bientôt à quai, tout le monde était heureux de rentrer. L'un d'eux m'observa, plus curieux que ses collègues. Le nouveau. Les autres, eux, avaient appris à m'ignorer et finissaient leur café sans se préoccuper de ma présence. Leur capitaine m'appelait quand il avait besoin de deux mains supplémentaires et j'acceptais quand j'avais besoin d'argent. C'était un bon arrangement. J'avais le pied marin et je supportais cette odeur. C'était suffisant, même si je ne montrais aucun intérêt pour les conversations graveleuses des nuits en mer et pas plus pour le mauvais whisky.

Comment en étais-je arrivé là ?

Je me détournai et fixai de nouveau l'horizon.

Un an plus tôt, j'étais étudiant à Berkeley. Ma vie s'articulait autour de Nathan et de la natation. Je m'entraînais. Je m'entraînais encore. Je m'entraînais toujours. J'excellais, déjà prêt à gagner le championnat. Mon nom n'aurait jamais plus été synonyme de honte. Ni pour les Park. Ni pour moi. Mais surtout pas pour Nathan. J'aurais pu me tenir droit devant Sajangnim. J'aurais enfin pu dire… tout ce que j'avais voulu dire. Rentrer en Corée, intégrer l'équipe nationale et… j'avais à peine osé rêver plus loin. Heureusement, d'ailleurs, puisque la vie avait un sens de l'ironie impossible à égaler. Elle avait réduit tous mes projets, les uns après les autres. Un simple coup de vent et il n'y avait plus rien. Hormis la honte. Elle n'avait jamais tant fait flamber mon nom. Cette honte dont j'avais voulu me débarrasser m'empêchait aujourd'hui de baisser les yeux devant qui que ce soit. Même plus devant Sajangnim.

Si j'étais tombé à genoux, je n'aurais pas eu à remonter du poisson.

Un seul instant et toute ma vie avait disparu dans une gerbe d'eau.

Treize ans d'efforts noyés en une seule nuit.

Mon amour enseveli par une seule erreur.

Mon existence redessinée en quelques heures.

Un rire m'échappa, s'enfuit dans une bourrasque.

À San Francisco ou à Séoul, j'avais continué à suivre un scénario écrit par les autres.

Le bateau amarra enfin. Je ramassai le sac à mes pieds et le passai sur mon dos. Je ne perdis pas de temps en au revoir. Le capitaine me tendit mon enveloppe, je la glissai dans ma poche et hochai la tête lorsqu'il me prévint qu'il m'appellerait sans doute dans les prochaines semaines. Je remontai le pont et fis tourner entre mes doigts les clefs de ma voiture. Une Jeep m'attendait sur le parking de la marina, Joey me l'avait retapée pour presque rien.

Je déverrouillai la portière quelque peu rouillée et balançai mes affaires à l'arrière. En quelques secondes, je quittai le port et zigzaguai dans les rues presque désertes de l'aube californienne. Bientôt, le monde s'éveillerait et il serait difficile de circuler. Mais, pour l'instant, c'était encore calme.

Une vingtaine de minutes plus tard, je remontai le boulevard Martin Luther King, jusqu'à l'angle de la seconde avenue. Le garage de Joey n'était pas ouvert, aucune lumière n'était allumée. Je descendis, ramassai mon sac et plissai le nez en sentant le col de mon sweat. L'odeur de poisson était bien plus dérangeante lorsque je quittais ce fichu bateau. Avec un soupir, je jetai un coup d'œil alentour. Il n'y avait qu'aux États-Unis que vous pouviez trouver dans un périmètre si restreint une école d'art, le QG d'une communauté religieuse et le centre d'aide LGBT. Et, juste en face, un garage à la devanture aussi fleurie que celle d'un pépiniériste avec un écriteau immense portant la mention « Chez Joey ». Sans les voitures alignées sur le parking, et qui attendaient d'être révisées, rien n'aurait laissé penser qu'un mécanicien ou deux se planquaient dans les environs.

J'ouvris la porte de l'accueil bariolé et la refermai aussitôt après moi. Je contournai un comptoir peint en un dégradé de couleurs trop vives et sortis une autre clef de mon jean pour déverrouiller son bureau. Personne n'y mettait les pieds, hormis Mouse et moi. Le fouillis qui y régnait lui ressemblait davantage, sans parler de ce qu'il cachait derrière l'armoire. Un sourire en coin, je récupérai l'enveloppe de billets de ma poche pour la déposer sur ce qui devait être un vieux carburateur. Puis je ressortis, verrouillai de nouveau et me dirigeai vers l'atelier. Je le traversai en évitant les outils jonchant le sol et les torchons de cambouis pendus de-ci, de-là. J'enjambai la chaînette accrochée devant l'escalier et montai à l'étage. Poussant la porte de l'épaule, je soufflai sur mes mèches de cheveux. J'avais oublié de la fermer ; ça ne m'inquiétait jamais. Personne n'aurait osé mettre un pied devant cet escalier, et encore moins sur la première marche, sans risquer le courroux du propriétaire. Je louais cet endroit à Joey depuis plus d'un an. C'était tout ce que j'avais pu me payer, lorsque Sajangnim m'avait posé son ultimatum : la Corée et le mariage ou les États-Unis, sans aucun soutien.

Le fils illégitime de Park Industrie avait donc emménagé dans ce loft accessible seulement par un garage automobile, tenu par un type étrange. Il y avait bien l'escalier de secours, il donnait dans la ruelle de derrière. Mais il lui manquait quelques marches, plus personne ne l'utilisait.

C'était l'endroit idéal où me cacher.

Sur le palier, je soupirai. La semaine avait été trop longue et je n'avais qu'une envie, m'écrouler.

Je laissai tomber mon sac et mes clefs à l'entrée et m'étirai en observant le lit trônant devant les immenses baies vitrées qui s'étalaient sur tout un mur. Il suffisait de monter trois petites marches pour se retrouver sur une plateforme qui tenait lieu de chambre. Un matelas était directement installé au sol, une lampe de chevet branlait sur un vieux tabouret et des piles de livres jonchaient les alentours. Il y avait une armoire dans un coin et une penderie dans un autre. En bas, une simple cuisine, exiguë, mais efficace ; un canapé qui faisait face à une télévision presque jamais allumée et un bureau sur lequel était posé un ordinateur. Ce n'était pas grand-chose, mais je n'avais pas besoin de plus.

J'abandonnai mes chaussures et mes vêtements à l'entrée. Nu, je traversai le loft et accrochai mon reflet dans le miroir fêlé. Je m'arrêtai aussitôt, presque choqué de l'image qu'il me renvoyait. J'avais été un enfant effacé et calme. Un adolescent tranquille et respectueux. Un étudiant travailleur et déterminé. Mais aujourd'hui ? J'avais l'air… J'ignorais de quoi j'avais l'air. J'aurais aimé dire que ce n'était pas moi, mais de ça non plus, je n'en étais plus certain.

C'est ce que je suis devenu.

Les paroles d'Halmeoni n'avaient jamais été aussi justes. L'homme qui me faisait face ressemblait plus à la fureur d'une déferlante que l'enfant que j'avais été à l'époque.

Mes cheveux sombres étaient légèrement trop longs et, ramenés succinctement en arrière, certaines mèches me tombaient devant le visage. Ma peau était d'un brun clair qui s'accordait à l'éclat noir de mes yeux. Un éclat que la dernière année avait obscurci. La largeur de mes épaules était la preuve des heures passées à nager. Et l'immense tatouage qui recouvrait l'entièreté de mon dos et l'arrière de mes bras était celle que je n'avais pas abandonné et que je n'abandonnerais jamais. Ce Phoenix incrusté dans ma chair, en lignes aussi ténébreuses que ma colère, se déployait à chaque fois que je me trouvais sur un plot de départ, prêt à plonger.

Une seule erreur.

Une nuit.

Je me détournai du miroir et filai sous la douche. J'en sortis à peine dix minutes plus tard, dans un short et un débardeur propre, pour découvrir un énorme chat devant la porte. Il me suivit jusqu'à ce que je récupère mes vêtements et que je les jette dans le tambour de la machine à laver avant que tout le loft ne sente le poisson. L'odeur ouvrit l'appétit du chat, même s'il n'avait jamais eu besoin de ça. Il grimpa lourdement sur le comptoir de la cuisine et j'attrapai son sac de croquettes. Il miaula à fendre l'âme, à croire qu'il n'avait pas mangé depuis une semaine. Joey avait toujours une gamelle pour lui dans son bureau.

— Salut, *Gyosu*[13].

Avec son pelage blanc tacheté de noir, surtout autour des yeux, il donnait l'impression de porter des lunettes. Lorsqu'il vous regardait, il avait un petit air professoral.

Je le caressai. Il arrondit le dos en ronronnant.

— Je t'ai manqué ?

Je le grattai derrière les oreilles, avant de l'abandonner à ses croquettes. En bâillant, je marchai vers le lit et m'y laissai tomber, les bras croisés sous la tête. Je tirai doucement le rideau, découvrant la succession de photos collées à la fenêtre.

---

13 교수 – Professeur.

Nathan.

Ses sourires que je ne pouvais plus voir qu'ici.

Ses bras passés autour de mon cou.

Son front posé contre le mien.

Des morceaux de nos visages dans les cadres trop étroits des photomatons.

Nos corps déployés après le coup du départ.

Nos courses… Celles que nous avions menées dans l'eau, celles qui nous avaient poursuivis en dehors, celles qui avaient fait battre nos cœurs plus que tout.

Une erreur. Une nuit.

Tout perdre m'avait brisé. Mais le perdre, lui, me laissait parfois avec l'impression de mourir à petit feu depuis plus d'un an.

Si seulement j'avais pu revenir en arrière, je n'aurais pas accompagné Sawyer à cette soirée et rien…

La sonnerie de mon portable retentit suffisamment fort pour m'arracher à mes pensées. Je récupérai mon smartphone dans ma poche, le nom de Becca clignotait à l'écran, aussi clairement qu'un S.O.S. en provenance du pôle Nord. Je ne décrochai pas tout de suite. La musique se fit de plus en plus bruyante à mesure que je l'ignorais. J'hésitais souvent à lui répondre, depuis que j'avais été expulsé de Cal. Sans doute parce que j'avais « oublié » de le lui dire. Si je l'avais fait, elle m'aurait posé trop de questions. Comment lui expliquer que son fils, si patient, si calme, si bien élevé, qu'elle avait toujours trouvé trop silencieux, magnanime et capable de tout supporter… comment ce fils-là avait-il pu être renvoyé après avoir frappé l'un de ses coéquipiers ? L'histoire avait fait la une pendant des semaines. Qu'avaient écrit les journalistes ?

« Cal au cœur du débat sur la banalisation de la violence. » « Cruauté dans l'équipe du coach Bones. » « Le nageur vedette de Berkeley agresse son petit ami. »

Il y en avait tant eu, j'avais fini par arrêter de les lire. Aucun d'eux ne racontait la vérité. Mais aucun d'eux n'était complètement mensonger, non plus.

J'avais bien frappé un nageur, plus brutalement que je ne m'en serais cru capable. Mais Sawyer n'avait jamais été mon petit ami. Même si, après tout, le doute était permis, puisque ce matin-là, c'était dans son lit que je m'étais réveillé.

Une nuit.

Une erreur.

Je serrai le portable si fort dans ma main que j'aurais pu le briser. Puis je finis par décrocher.

— Hum, dis-je.

Un profond soupir me répondit.

— J'ai bien cru que tu allais m'ignorer.

— Je ne t'ignore jamais, Becca.

C'était parfois trop dur de lui mentir. Et la vérité lui aurait fait quitter le pôle Nord et son projet de recherche. Elle était mieux là-bas, loin de tout, loin de moi. Au moins, je n'avais pas à m'inquiéter pour elle, Becca n'était jamais aussi heureuse que lorsqu'elle se laissait guider par ses découvertes.

— Tu as l'air fatigué, mon chéri.

Un bras derrière ma tête, j'observai le plafond.

— Un peu, avouai-je.

— Tu t'es encore levé trop tôt pour t'entraîner ?

Je ne lui répondis pas assez vite.

— Ou tu es sorti toute la nuit ? enchaîna-t-elle, pleine d'optimisme.

— J'ai travaillé.

— Bien sûr que tu as travaillé, se désespéra-t-elle. Je pensais que tu serais moins sérieux, aux États-Unis. Mais regarde-toi ! Tu sais à quel point je me suis battue avec cet entêté de Hyung-woo ?

Ce souvenir m'arracha un sourire. Même la directrice de mon pensionnat avait eu les yeux exorbités de voir cette Américaine oser élever la voix de cette façon. Tous les élèves de son établissement avaient entendu ce qui aurait dû rester dans la confidentialité de son bureau. J'étais dans le couloir, assis sur un banc, les mains jointes sur les genoux, et j'attendais que mon sort se décide.

À seize ans, je n'espérais qu'une seule chose, m'entraîner aux États-Unis. Mais Sajangnim avait catégoriquement refusé l'unique fois où j'avais eu le courage d'aborder le sujet. Il avait été clos de longs mois, avant que Becca ne me rende visite à Séoul, pour m'annoncer son mariage. Elle m'avait demandé, d'un ton hésitant que je ne lui avais jamais connu, si j'aimerais passer un peu de temps au Texas avec elle. J'avais hoché la tête, presque aussi intimidé qu'elle. J'avais souvent rêvé qu'elle m'emmène loin de la Corée, mais je n'aurais jamais espéré qu'elle le fasse vraiment.

D'ailleurs, je n'étais pas certain qu'elle le puisse. Convaincre Sajangnim allait être trop compliqué et, sans sa bénédiction, je ne pourrais jamais quitter Séoul.

« Nous étions d'accord depuis le départ, Rebecca ! Jusqu'à sa majorité, je prends toutes les décisions le concernant !

— Alors, prends les bonnes !

— Tu n'as pas ton mot à dire.

— Tu m'as assuré qu'il serait mieux avec toi. Mais qu'as-tu fait que je n'aurais pas été capable de faire mieux que toi ?

— Tu n'es là que quelques semaines par an, comment peux-tu te permettre…

— Et toi ? Combien de semaines par an passes-tu avec lui ?

— Jun-ha sait parfaitement…

— Quoi ? Vas-y ! Dis-moi ce que ton fils de seize ans sait ? Que tu ne peux pas l'accepter parce qu'il est né en dehors des liens sacrés du mariage ? Que c'est pour cette raison que tu l'enfermes dans des pensionnats où il n'a même pas la possibilité de rencontrer son frère ? Parce que ça nuirait à tes affaires ? À Park Industrie ? Ou à ta belle famille dans laquelle il n'a jamais eu sa place ? Et c'est pour cette vie-là que tu refuses qu'il m'accompagne au Texas ? Tu crois qu'il est mieux à Séoul, à se cacher de tous, parce que son père est incapable d'assumer son erreur de jeunesse ?

— Je n'ai jamais vu Jun-ha comme une erreur !

— Alors, laisse-moi l'emmener aux États-Unis ! J'ai une maison prête à l'accueillir. Je l'ai inscrit dans un lycée qui propose l'un des meilleurs programmes de natation du pays. Nathan, le fils de mon mari, y est déjà élève. Il ne sera pas seul et il pourra faire ce qu'il aime vraiment. Tu sais à quel point il est doué. S'il te plaît, ne lui enlève pas cette chance. »

Le silence était revenu pendant quelques secondes. Finalement, la porte s'était ouverte à la volée. Sajangnim s'était alors planté devant moi, jusqu'à ce que je trouve le courage de relever les yeux. Son regard était d'un noir aussi profond que le mien.

« Tu peux préparer tes affaires », m'avait-il dit.

Il était resté un instant de plus face à moi. Toujours dans son costume taillé sur mesure, toujours dans cette froideur si particulière. Toujours sans perdre son temps. Il avait prononcé ces mots, puis il était parti. La gorge nouée, je m'étais alors levé et, par les fenêtres du couloir, je l'avais observé quitter le bâtiment pour rejoindre une berline noire devant laquelle l'attendait son chauffeur.

J'avais eu ce que je voulais, mais, inexplicablement, j'avais eu envie de pleurer.

— Je m'en souviens très bien, finis-je par dire à Becca.

Elle soupira dans le combiné.

— Tu regrettes d'avoir une mère comme moi ?

— Jamais.

— Tu es sûr ? insista-t-elle

Je me redressai sur un coude, alerté par son ton.

— Qu'est-ce qu'il y a ?

Elle baissa tellement la voix que j'entendis à peine son murmure.

— J'ai fait de toi un fils illégitime, je t'ai emmené au Texas parce que je me suis mariée sur un coup de tête et, deux ans plus tard, je t'ai imposé un divorce. Et maintenant ? Je suis partie au pôle Nord depuis trop longtemps, pour suivre des recherches qui ne mènent à rien.

Je haussai les épaules, même si elle ne pouvait pas le voir.

— Tu n'es pas la seule à avoir fait de moi un fils illégitime, lui rappelai-je. Tu t'es mariée parce que tu y croyais et tu as divorcé parce que tu n'y as plus réussi. Et tes recherches sont importantes.

Elle faisait partie de ceux qui fouillaient ce monde que l'homme avait détruit. Elle n'avait ni cape ni grand pouvoir, mais je l'avais toujours vue comme une héroïne sillonnant les mers.

Honte d'elle ?

Non, jamais je n'avais eu honte d'elle.

Mais si elle apprenait ce qu'il s'était passé, elle aurait sans doute honte de moi.

— Ce n'est pas mon rôle de te rassurer ? rigola-t-elle.

— Tu as des soucis avec l'équipage ? demandai-je.

— Comment le sais-tu ?

J'entendis son sourire, sa voix prenait cette étrange tonalité lorsqu'elle souriait.

— L'intuition.

Je connaissais surtout son caractère et sa capacité à s'attirer des problèmes. Je lui ressemblais plus que je ne l'aurais cru.

— Ne parlons pas de ça, éluda-t-elle. Dis-moi plutôt quand tu comptes rentrer à Séoul, cet été.

Je me laissai de nouveau tomber sur mon matelas.

— Je ne pense pas y retourner.

La seconde de silence avoua bien trop sa surprise.

— Ton père est d'accord avec ça ?

Je crispai les mâchoires pour retenir un rire mauvais. S'il était d'accord ? C'était lui qui me l'avait demandé, non ?

« Si tu persistes sur cette voie, si tu retournes aux États-Unis après ce qu'il s'est passé, tu n'es plus mon fils, Jun-ha. »

Il était assis devant son bureau, en haut de l'immeuble de l'entreprise, les baies vitrées offraient une vue imprenable sur Séoul. Il avait laissé tomber ces quelques mots, en m'accordant à peine un regard.

Je me tenais là, devant lui.

Mais il ne me voyait toujours pas !

« Est-ce que j'ai déjà été ton fils une seule fois, Sajangnim ? »

J'avais tellement marqué la politesse qu'elle avait frôlé l'insulte. Elle nous avait rappelé le mur qui nous séparait tous les deux. Après ça, il était devenu infranchissable.

— Blue ?

Blue… Plus personne ne m'avait appelé Jun-ha, aux États-Unis.

Presque personne.

— Oui ?

— J'allais oublier.

— Quoi ?

— Nathan m'a demandé de tes nouvelles.

Ce seul mot fut capable de m'arracher la poitrine et de me laisser à vif, dans une douleur si intense que pendant une seconde, je n'entendis plus que le bruit infernal de mon cœur brisé.

— Blue ?

— Hum ?

— Pourquoi Nathan a-t-il besoin de me demander de tes nouvelles ?

Je déglutis difficilement, sans trouver quoi lui répondre. Si Becca n'avait pas été sur un bateau de recherches, au milieu du pôle Nord, avec pour unique moyen de communication un téléphone satellite, elle n'aurait jamais posé cette question.

— Nathan sait comment je vais, Becca.

Mensonge… Nathan ne savait plus comment j'allais depuis longtemps. Il n'avait plus à le savoir. J'avais tout foutu en l'air.

— Il m'a semblé inquiet.

Il y avait peu de chances qu'il le soit. Il avait remporté le championnat deux fois. L'année dernière et quelques semaines plus tôt. Il était devenu le nageur le plus prometteur de sa génération, celui que les recruteurs nationaux surveillaient de près. Je n'avais pas manqué une seule de ses compétitions, je regardais les retransmissions.

Nathan nageait comme s'il était capable de briser le monde en deux.

— Tout va bien pour lui, lui assurai-je.

Chaque photo, chaque vidéo, chaque interview montrait un sportif accompli et heureux, qui faisait la fierté de Drew, son père, de son coach et de ses coéquipiers. Pourquoi continuerait-il de s'en faire pour celui qui l'avait trahi ? Et qui avait disparu sans lui donner la moindre explication ?

Les premiers jours, Nathan avait appelé encore et encore. Il avait laissé tant de messages, de mails. Tant de suppliques. Tant de : *« Dis-moi que ce n'est pas vrai, Jun-ha. S'il te plaît, dis-le-moi. »* Je n'avais pas pu lui répondre. Mes silences m'avaient semblé préférables à tout ce que j'aurais pu lui expliquer. Lui expliquer quoi, d'ailleurs ? Que j'avais passé la nuit avec Sawyer ? Que je l'avais envoyé à l'hôpital à mon réveil ? J'avais été incapable de prononcer un mot de tout ça. J'avais à peine été en état de lire le communiqué de presse qu'on m'avait placé dans les mains. Le monde de la natation s'était mis en ébullition. Les articles s'étaient enchaînés, les interviews avaient été retransmises sur la blogosphère, les spéculations et les accusations s'enchevêtraient dans un vrai foutoir.

J'avais été renvoyé et j'avais fait mes valises. Un aller simple pour Séoul dans la poche, j'avais pris un taxi pour le SFO[14]. Arrivé là-bas, mon portable n'avait pas arrêté de sonner. Je m'envolais dans moins d'une heure, c'était le moment d'embarquer. Alors j'avais répondu. Juste cette fois, juste pour entendre encore le son de sa voix. Juste parce que je voulais lui dire :

« Je suis désolé. »

Si c'était tout ce que je pouvais lui offrir, si ça pouvait l'aider…

« Où est-ce que tu es ? »

---

14 SFO est l'acronyme utilisé par les locaux pour désigner l'aéroport international de San Francisco.

À cet instant, on annonça le début de l'embarquement de mon vol pour Séoul. Je l'entendis distinctement deux fois. Au-dessus de ma tête et dans mon portable.

Non, il ne pouvait pas être ici.

En Californie.

Le championnat commençait dans moins de deux jours et…

«Où est-ce que tu es ?» avait-il hurlé.

Il était essoufflé, il courait.

La poitrine en lambeaux, j'avais passé les contrôles de sécurité.

«Je suis tellement désolé, Nath.

— Jun-ha !»

Ce cri s'était élevé dans mon dos. Pendant plusieurs secondes, le silence avait remplacé le brouhaha des gens. Il n'était resté que sa voix désespérée pour briser la distance qui nous séparait déjà.

«Je t'en prie, ne pars pas !»

J'avais serré si fort mon portable dans ma main que mes doigts s'étaient crispés dessus. Si je m'étais retourné, j'aurais été incapable de partir. Je serais tombé dans ses yeux trop bleus et je me serais écroulé. Plus rien n'aurait pu me relever. Je tenais à peine sur mes jambes, marcher était une épreuve. Avancer pour aller où ? Pourquoi ? Toutes mes certitudes avaient volé en éclats et, dans chacun d'eux, se trouvait un peu de Nathan. C'était comme ça, l'amour. En vous abîmant, vous abîmiez aussi celui qui se reflétait en vous.

«Ne ralentis pas pour moi, étais-je parvenu à lui dire. Ne ralentis pour personne, Nathan.»

Le plus dur avait été de le quitter.

De raccrocher en sachant qu'il ne rappellerait jamais.

2

둘

Lundi 13 juillet 2020

Joey était sur le point de fermer le garage quand je descendis, Gyosu sur les talons. Il miaulait avec le désespoir d'un amoureux éconduit. Je levai les yeux au ciel lorsque Joey le ramassa en le plaignant d'une voix beaucoup trop douce. Ou pas, d'ailleurs. Joey passait pour quelqu'un de dur, il avait le regard fait d'acier et le visage parfois si inexpressif que l'on se demandait ce qu'il pouvait bien dissimuler. Il n'était pourtant ni très grand ni très massif. Des cheveux roux parfois trop bien coiffés, parfois en fouillis sur sa tête. Et ses mains tatouées ressemblaient à d'immenses pognes abîmées prêtes à vous massacrer. Alors que ce n'était qu'un enchevêtrement de phrases tirées de ses films préférés. Il n'y avait rien d'obscur chez Joey, juste une originalité qu'il avait appris à dissimuler. Cette image de grosse brute lui avait permis de passer sans douleur les affres de la jeunesse, il cultivait un regard noir capable de vous réduire au silence. Peu de gens savaient ce que camouflait réellement son bureau et pourquoi il s'y enfermait le soir, lorsque les trois mécaniciens qu'il employait étaient enfin partis. Il ne s'était pas attendu à ce que l'insonorisation du loft soit à ce point mauvaise. Je pouvais l'entendre devenir druide ou guerrier, sorcier ou tueur à gages. Je ne comprenais pas pourquoi il devait se cacher d'aimer les MMORPG[15], de participer à des conventions en cosplay, et de remplir des vitrines de figurines en tout genre. Mais d'après lui, c'était plus qu'assez pour se transformer en la cible parfaite des gros bras des cours de récré. Plus tard, le camoufler était devenu une habitude. Hormis Mouse et moi, personne n'avait jamais mis un pied dans la «pièce secrète», celle dont la porte était dissimulée derrière l'armoire de son bureau. Ce n'était pas très grand, mais suffisamment pour y avoir installé tout l'attirail du parfait gamer. Il y avait des vitrines, des étagères de livres et des costumes respectueusement accrochés dans une penderie. Les lumières rouges y étaient tamisées, les fauteuils en cuir étaient calés dans un coin, autour d'une petite table basse. Il avait même trouvé de la place pour un frigo et un micro-ondes, pour les week-ends où il ne quittait pas l'écran des yeux. Ou pour moi, qui avais pris l'habitude d'échouer dans les parages. Parfois, je dormais mieux sur les canapés grinçants de sa tanière que dans mon lit.

Le temple avait un côté apaisant.

Ou bien était-ce Joey ?

Gyosu sur l'épaule, il récupéra un Post-it sur le comptoir de l'accueil et me le tendit.

— Préviens Mouse que je ne suis pas ton secrétaire, marmonna-t-il.

Mouse avait pris l'habitude d'appeler au garage, surtout parce que ça énervait Joey. Ce que je ne lui fis pas remarquer aujourd'hui; je le lui avais déjà trop dit.

Je lus le mot, le front plissé. Joey passa le visage par-dessus mon épaule, alors que j'écrasais le message dans mon poing. Apparemment, *quelqu'un* m'avait encore trouvé. Un autre journaliste trop zélé. La plupart pensaient que j'étais à Séoul. Mais pas tous.

— Tu donnes des cours ? demanda Joey.

— Pas un seul.

---

15 Massively Multiplayer Online Role-Playing Game.

— Quelqu'un veut pourtant s'entraîner avec toi.

Je me gardai de faire remarquer à Joey que je lisais très bien l'anglais, même lorsque c'était lui qui l'écrivait.

— Un autre fouineur qui a trouvé une bonne façon de m'approcher.

— Qui ose ? ricana-t-il.

Il me lança un coup d'œil, une manière de me rappeler que lorsque j'étais arrivé ici, je n'étais qu'une épave qui tenait à peine debout. Et maintenant ? Maintenant, j'étais parfaitement planté sur mes deux jambes et je savais très bien où j'allais.

— Tu peux nourrir Gyosu pour moi ?

— Je ne suis ni ton secrétaire ni la nounou de ton chat ! me rabroua-t-il.

Il le grogna, alors même que l'immense chat était vautré de tout son long sur son épaule, ses membres pendant d'un côté et de l'autre.

— Je m'en souviendrai, lui lançai-je, sarcastique, avant de fermer la porte derrière moi.

— Je vais augmenter ton loyer ! gueula-t-il.

Je ne l'écoutai pas et me dirigeai vers ma voiture. Mon sac sur le siège passager, je mis le contact.

Qui que soit ce journaliste en quête d'infos, il n'aurait plus longtemps à attendre avant d'obtenir son scoop.

J'allais revenir.

D'une façon ou d'une autre, j'allais revenir.

Qu'ils le veuillent ou non, j'allais revenir.

À peine un quart d'heure plus tard, je me garai devant la piscine, à côté de l'immense moto de Mouse. J'attrapai mes affaires et verrouillai ma Jeep, même si personne ne penserait à me la braquer, alors qu'elle stationnait entre une Ducati d'un rouge vif et une Kawasaki d'un noir qui contrastait avec l'argenté éclatant de son pot d'échappement. Je n'avais jamais aperçu cette bécane ici et je pris quelques secondes pour l'admirer avant de rejoindre l'entrée de derrière, celle réservée aux employés. Je poussai la porte et tombai dans une petite cage d'escalier où s'entreposait le matériel dont se servaient les maîtres-nageurs. Je grimpai les marches vers l'observatoire, Mouse y passait le plus clair de son temps quand il n'était pas occupé à donner des cours. La vue s'ouvrait sur les gradins, les pourtours des piscines et le couloir des vestiaires. Mais, surtout, sur les deux grands bassins qui se faisaient face et qui, à cette heure-là, auraient dû être vides.

À son habitude, Mouse se trouvait devant les baies vitrées, les bras croisés sur sa large poitrine. Il me tournait le dos ; ses cheveux blonds étaient en désordre et son short de bain déchiré sur un côté. La journée avait dû être compliquée.

— Salut.

— Hum, répondit-il, sans me regarder.

Je m'approchai de la petite cuisine, qui servait surtout à approvisionner les moniteurs en café et en barres protéinées, et remplis deux tasses presque jusqu'à ras bord.

— La semaine a été longue ? demanda-t-il.

— Presque autant que la tienne, je dirais.

Il tourna légèrement les yeux dans ma direction et sourit, exactement comme la première fois que j'étais venu ici. C'était peu de temps après mon renvoi. Il se tenait là et, moi, je ne savais pas quoi dire. Je m'attendais à ce qu'il me pose des dizaines de questions. Après tout, difficile de passer à côté du scandale de Cal. Surtout quand on était un ancien champion de la NCAA[16].

Il n'en avait pas parlé.

Il ne l'avait jamais fait.

Je me demandais parfois ce qu'il savait vraiment.

— Je t'ai déjà dit que si tu as besoin d'argent…

— Je travaille, l'arrêtai-je.

Il n'était pas question qu'il me dépanne. J'avais fait mes choix, je les assumais.

— J'ignore toujours si tu gagnes ou si tu perds à être si entêté, soupira-t-il.

---

16 National Collegiate Athletic Association est l'organisation qui gère le sport universitaire américain.

— Quand tu le sauras, passe-moi l'info.

Je m'approchai de lui et lui tendis une des tasses. Il me remercia distraitement et fixa de nouveau les bassins. J'y jetai à peine un coup d'œil avant de leur tourner le dos. C'était le genre d'endroit où l'on me reconnaissait facilement. Je me montrais discret, depuis un an. C'était plus simple, de cette façon.

— Il y a encore du monde ?

— Le même depuis une semaine, m'apprit-il.

Il se frotta le menton.

— Il attend que je lui rappelle l'heure de fermeture pour me demander quand tu comptes venir, ajouta-t-il.

Je m'adossai à la baie vitrée, plus curieux de l'expression de Mouse que du retardataire. Si les journalistes savaient nager, ce n'était pas un mal. Qu'il fasse ses longueurs et qu'il parte, que je puisse m'y mettre.

— Il faut croire qu'un an ne suffit pas à se faire oublier, laissai-je sombrement tomber, en buvant une gorgée.

— Si tu voulais te faire oublier, tu ne t'entraînerais pas autant, me rappela-t-il.

Je m'accrochais au peu que j'avais encore. L'eau était restée la même, elle. Elle ne m'avait jamais rejeté.

— Je me prépare, Mouse.

— Tu étais déjà prêt il y a un an et tes temps se sont améliorés. Ils sont bien au-dessus du quatuor de tête de Cal. Si je n'en étais pas persuadé, je n'aurais pas prévu cette rencontre.

Je passai la langue sur ma lèvre, sentant mon cœur battre plus vite en pensant à cette future compétition. Mouse avait réussi à l'organiser, seulement parce qu'il avait été l'un des meilleurs nageurs de l'équipe jusqu'à la fin de ses études, deux ans avant que je n'arrive en Californie. Il avait laissé derrière lui le surnom que ses coéquipiers lui avaient donné, « Mouse », et une histoire que les coachs aimaient raconter aux nouveaux. Il avait redoré le blason de Cal, saison après saison ; pas étonnant que le staff n'ait pas hésité à répondre à son invitation.

À la fin de l'été, Cal se mesurerait aux élèves de Mouse, dans une rencontre amicale qui attirait déjà l'attention.

Une bonne façon de revenir, même si tout le monde l'ignorait encore.

Un an, c'était un an.

Pas une journée de plus.

— Ce sera peut-être moins facile que tu le penses, me dit Mouse.

Je souris.

— Je ne suis pas inquiet.

— Je ne l'étais pas non plus.

— Parce que maintenant, si ? me moquai-je.

Du moins, avant que je ne m'aperçoive qu'il ne plaisantait pas du tout.

— Juliet m'a averti que ça bougeait pas mal à Cal, ces derniers temps, m'apprit-il.

Juliet était la coordinatrice de l'équipe. Le seul membre du staff qui avait essayé de m'aider. Elle avait tenté, si ce n'était de plaider ma cause, au moins de m'offrir la chance de m'expliquer.

Je n'avais rien eu à dire de plus et j'avais dû faire mes valises.

Elle m'avait déposé à l'aéroport et, après une étreinte qui m'avait mis mal à l'aise, avait glissé un morceau de papier dans ma main.

Les coordonnées de Mouse.

— Un transfert se prépare, m'apprit-il.

Je quittai mes pensées ; soudain intéressé.

— Qui ?

— Juliet l'ignore. Ou elle ne veut pas me le dire.

— De quelle université ?

— Aucune idée, non plus. Pour l'instant, rien n'est officiel. Le staff reste discret.

Mouse se frotta le menton, perdu dans sa contemplation. Il était perplexe. Il n'était jamais perplexe. C'était le genre d'homme qui savait toujours quoi penser et quand le penser.

— Qu'est-ce que tu ne me dis pas ?

Il fit claquer sa langue.

— Je me demande pourquoi il est là.

— Qui ?

— La nouvelle recrue de Cal, je suppose.

Je plissai les yeux ; il pointa du menton le bassin en contrebas. Je me retournai alors lentement, le cœur battant soudain avec fureur. Mon regard s'accrocha au dos d'un nageur qui remontait son couloir, bien trop vite pour qu'il ne soit qu'un simple amateur.

Une seconde.

Une seule seconde pour le reconnaître.

Mon esprit cessa aussitôt de fonctionner et mes poumons se figèrent au creux de ma poitrine.

Il n'avait jamais fallu plus à Nathan pour m'arracher le cœur.

Rapidement, il toucha le rebord de la piscine et se redressa en rabattant ses cheveux en arrière ; ils étaient blonds, aujourd'hui ; la racine de son noir naturel. Toujours trop longs, ils avaient du mal à tenir dans un bonnet. Il préférait encore s'en passer. Au moins, une chose qui n'avait pas changé.

Il retira ses lunettes et les jeta sur une serviette. Puis sa silhouette musclée émergea de l'eau. Quelque part au fond de moi, un hurlement retentit et son écho se répercuta dans mes souvenirs. Ils me firent suffoquer et s'enchevêtrèrent au milieu de mes pensées.

Que fait-il là ?

Pourquoi serait-il là ?

Il ne peut pas être là !

Comme s'il m'avait entendu le lui crier à l'oreille, son visage se renversa et ses yeux me trouvèrent aussitôt.

Mouse me tapa sur l'épaule, me rappelant de respirer.

— Tu n'étais pas au courant, comprit Mouse.

Au courant ?

— Nathan ne se ferait jamais transférer en Californie.

Il resterait très loin de Berkeley. Loin de tout ce qui pourrait évoquer ce que je lui avais fait.

— Pour quelle autre raison serait-il là ?

— Il n'a plus aucune raison d'être là, déglutis-je.

Aucune.

Je secouai la tête.

— Et si tu lui demandais ? me suggéra Mouse.

Je n'arrivais pas à me détourner de ce visage. C'était le même que celui accroché à la fenêtre du loft. Le même et, pourtant, si différent. Il n'y avait plus les sentiments qui le traversaient chaque fois qu'il me voyait. Il n'y avait plus son sourire et cette fébrilité qu'il ne savait jamais complètement me cacher.

Il me fit un signe de tête, avant de me tourner le dos, certain que je le rejoindrais. Je n'avais plus de raison de le fuir, non ? Bien sûr que si ! J'avais encore plus de raisons de l'éviter, aujourd'hui. Pourtant, je quittai l'observatoire. Rattrapé par cette colère qui ne me délaissait plus, je dévalai l'escalier et marchai vers les vestiaires.

Mon cœur frappait trop fort au creux de ma poitrine, et plus je m'approchais de lui, plus il cognait.

Il avait laissé la porte ouverte et, lorsque j'arrivai, il me tournait le dos, fouillant dans son sac pour en sortir ses affaires.

— Que fais-tu ici, Nathan ?

Il me jeta un coup d'œil par-dessus son épaule, ses yeux trop clairs s'immergeant au fond de moi, avec la froideur d'une lame de glace.

— Ce n'est pas à moi de te poser cette question ? J'étais pourtant persuadé de t'avoir vu embarquer pour Séoul.

Je crispai les mâchoires.

— Je suis revenu.

Il s'assit sur le banc et attrapa son portable pour vérifier l'heure.

— Depuis quand ? demanda-t-il négligemment.

Je me détestai d'avoir à le lui dire maintenant, de cette façon, comme on balance une seconde trahison.

— Deux semaines après être parti, avouai-je quand même.

Il me balaya d'un coup d'œil encore plus glacial. Chaque détail s'inscrivit en lui et fit de moi un étranger.

Mes cheveux qui tombaient sur mon front, alors que je les avais toujours coupés très court, de façon quasi militaire. Mon short large et mon sweat à capuche aux manches déchirées étaient si éloignés des tenues presque académiques que j'avais longtemps portées. Et les ailes du tatouage qu'il apercevait n'auraient jamais incrusté la peau du garçon qu'il avait aimé. Je ne me le serais jamais autorisé, de peur de la désapprobation de Sajangnim. Aujourd'hui, je n'attendais plus aucune bénédiction. Je n'attendais plus rien des Park. Je ne pouvais plus rien attendre d'eux. Mon illégitimité avait placé ma vie sur une chaise éjectable.

C'était ça, j'avais été éjecté.

Et lui ? Nathan ? Mon amour d'avant, celui qui avait été plus que ma famille même… Ce champion se tenait devant moi. Plus près qu'il ne l'avait été depuis un an et, pourtant, plus loin qu'il ne le serait jamais.

— M'avertir ne t'a pas effleuré ?

Non. Mais pas pour les raisons qu'il supposait.

— Retourne chez toi, le prévins-je.

— Je ne pense pas que tu puisses me demander quoi que ce soit, me rétorqua-t-il.

Sa voix résonna terriblement. La gorge nouée, j'écartai les bras.

— Que veux-tu, Nathan ?

Il se releva.

— Ce que je veux ? répéta-t-il.

Il inclina la tête d'un côté et de l'autre, semblant réfléchir à cette question. Puis il haussa les épaules en se penchant lentement vers moi. Je ne bougeai pas, pas même d'un centimètre. Qu'importait la vitesse à laquelle courait mon cœur et tant pis s'il explosait ma cage thoracique.

— M'entraîner, finit-il par répondre.

— La piscine est fermée.

— Pas pour toi, apparemment. Alors ?

— C'est mieux de s'entraîner avec des étrangers, mentis-je.

— Alors, ça tombe bien, non ? Tout de suite, il n'y a personne qui me soit plus étranger que toi, Jun-ha.

Il sortit une chaîne de son sac et la passa autour de son cou. Je posai les yeux dessus, les relevai avec lenteur vers lui. Il se figea, puis, doucement, très doucement, ses bras se baissèrent. La chaîne pendit au bout de ses doigts, nous rappelant à tous les deux que les étrangers que nous étions devenus cachaient en eux le secret de ces années où nous avions été beaucoup plus que ça. Je l'avais aimé plus que tout. Je l'avais voulu plus que tout. Je l'avais perdu, plus que tout. Aujourd'hui, il ne restait de ce temps qu'un pendentif qu'il portait encore. Pour beaucoup, ce n'étaient que des caractères étranges. Le hangul[17] n'avait de sens que pour les Coréens. À l'époque, Nathan m'avait demandé la signification de 준하 et je lui avais dit : «Le plus fort», d'une voix impassible. J'avais trouvé ça amusant qu'il s'accroche au cou mon prénom sans même s'en douter.

« Jun-ha » reposait depuis contre sa poitrine et ce souvenir, tous nos souvenirs, s'éparpillaient dans nos mémoires.

J'avais seize ans lorsque je l'avais rencontré pour la première fois. C'était à peine deux semaines avant que Becca n'épouse Drew Simons, son père. J'étais un adolescent plein de bonnes manières là où il n'était qu'un impertinent qui aimait tout contredire. Il portait des jeans troués, un clou à l'oreille, une bague au pouce, des bracelets en cuir et des T-shirts revendicatifs. Alors que moi, j'avais encore l'habitude des uniformes sans un pli des pensionnats que j'avais fréquentés. Nathan avait passé plus d'un an à mettre ma politesse et mon calme à rude épreuve. Il avait tout essayé. Entrer dans ma chambre sans frapper. S'étaler sur le lit pour y faire ses devoirs et laisser traîner les miettes de ses chips. Tourner autour de moi en posant une succession de questions plus

17 Hangul ou Hangeul est l'alphabet de Corée du Sud.

indiscrètes les unes que les autres. Me pousser dans mes retranchements. Brancher la musique trop fort. Conduire trop vite quand il prenait le volant. Profiter de l'absence de nos parents pour ramener du monde à la maison. Trop boire et m'appeler pour que je vienne le chercher. Trop fumer et encore m'appeler pour que je vienne le chercher. Mentir pour m'entraîner dans des bars, des clubs ou des terrains vagues. Me jeter dans les bras de filles dont je ne connaissais ni le nom ni l'âge. Dormir dans ma chambre comme s'il n'avait pas assez de la sienne. Entrer dans la salle de bains quand j'y étais. Et me suivre… Me suivre tout le temps… Me suivre à l'aube, lorsque j'allais m'entraîner… Me suivre le soir, lorsque je nageais bien après la fermeture.

Mais je n'étais plus ce gamin-là.

Je n'étais plus son Jun-ha.

Il n'y avait plus que l'inconnu qui se tenait en face de lui.

L'inconnu qui l'avait trompé.

— Comment as-tu pu me faire ça ? siffla-t-il.

J'avais fui cette question si longtemps et aujourd'hui, je n'avais toujours aucune réponse.

— Je n'en sais rien.

Il vint se planter devant moi, des gouttes s'échappaient de ses cheveux et glissèrent sur son torse. Elles roulèrent sur sa peau dorée, alors que son regard bleu s'enflammait.

— Tu as baisé avec un autre et tu l'as envoyé aux urgences ! m'assena-t-il, les dents serrées. Et tu ne sais pas *comment* c'est arrivé !

— Je suis certain qu'il doit y avoir un ou deux articles qui en parlent, non, champion ? grinçai-je. Ce n'est pas suffisant ?

— Je me fous de ces conneries ! me hurla-t-il.

Son cri nous enfermant dans une douleur suspendue depuis trop longtemps.

— Qu'est-ce qu'il s'est passé ?

Il me poussa à l'épaule et je reculai d'un pas.

— Ce sont les détails que tu veux ?

Il tenta de recommencer, je l'empoignai pour l'en empêcher.

Il se dégagea brutalement.

Je refusais de rester une minute de plus avec lui.

— Tu as foutu treize ans d'entraînement en l'air pour baiser Sawyer ? me jeta-t-il. Tu devais en avoir sacrément envie.

La douleur manqua me faire chanceler. La fureur m'incendia les entrailles, agrippa mon âme pour la plonger dans une aliénation impossible à expliquer. Elle me frappa avec autant de bestialité que celle qui m'avait poussé à me ruer sur Sawyer, ce matin-là. Elle était là. L'obscure raison de ma violence. Elle était là, tapie en moi, tueur masqué marchant dans l'ombre de mes pas.

Je lui attrapai le bras si fort qu'il ne put s'en dégager.

— *Jilal hajima*[18] ! sifflai-je.

Je le relâchai aussitôt et pointai un doigt sur son visage tiré de colère.

— Déteste-moi, Nathan ! Déteste-moi le plus fort que tu peux ! Mais ne dis plus jamais que j'avais envie de…

J'étais incapable de terminer cette phrase. Je respirais tellement vite que mon crâne commença à tourner. Ma poitrine oppressée. Les jambes engourdies. Les cris coincés dans ma tête. Je connaissais ces symptômes par cœur.

— *Ssibal*[19] ! hurlai-je.

Je fis demi-tour et le quittai, encore une fois.

— Cal m'a recruté, m'envoya-t-il.

Je ne ralentis pas.

— On va se revoir, Jun-ha !

Je continuai à avancer. J'emmenais ma rage loin de lui. Très loin de lui. J'abandonnai ma voiture sur le parking de la piscine et marchai. Marchai plus vite. Marchai toujours dans les ruelles escarpées de la belle San Francisco. Je marchai, inconscient des heures, des gens que je croisais, du temps qu'il faisait, jusqu'à retrouver la façade particulière du garage. Je poussai la porte ouverte, elle se fracassa contre le mur derrière.

---

18 지랄하지마 : Arrête de dire des conneries !

19 씨발 : Merde !

Joey déboula dans la seconde, son casque sur les oreilles, son fil pendant d'un côté. Il allait hurler, mais sa bouche resta ouverte alors que je gravissais l'escalier jusqu'au loft. J'explosai cette porte aussi et avançai comme un furieux jusqu'à mon bureau. Je tirai sur un tiroir, manquant arracher tout le meuble au passage. Il était là. Toujours là depuis un an. Mon ancien portable. Ce qui était caché à l'intérieur.

Je l'attrapai, près de le jeter.

Combien de fois avais-je voulu m'en débarrasser ?

Combien de fois l'avais-je rangé de nouveau, tentant de l'oublier ?

Je levai le bras, m'apprêtant à le fracasser contre un mur. Il exploserait et enfin, oui, enfin ! Je serais libéré !

Je serrai de toutes mes forces, mon poignet trembla, ma respiration s'entrava dans mes poumons, mais j'en fus encore incapable.

Pourquoi ?

Pourquoi ne pouvais-je m'en débarrasser ?

Une larme coula sur ma joue.

Un cri s'échoua dans mes silences.

3

셋

Vendredi 31 juillet 2020

Pier 36 était un incontournable de San Francisco et, pourtant, je n'y avais pas mis les pieds avant d'être embauché par Queen. C'était une jetée aménagée où s'alignaient les échoppes en tout genre et les restaurants. Sur deux niveaux, les structures en bois vous permettaient de zigzaguer d'un coin pittoresque à l'autre. Il y avait beaucoup de monde, que ce soient des amoureux de beaux paysages, des touristes amusés ou des locaux qui cherchaient un endroit agréable où passer un moment. Il y avait toujours quelque chose à faire ou à voir. Que ce soit la visite de l'aquarium, ou boire un verre au Hard Rock Café, ou même encore croiser les lions des mers qui avaient pris leurs quartiers dans les environs, l'ennui avait été banni de Pier 36. Aller travailler devenait moins pesant, lorsque je pouvais m'arrêter quelques secondes pour admirer l'île d'Alcatraz ou le Golden Gate.

La maison du crabe, le restaurant de Queen, offrait un panorama sur le quartier de Fisherman's Wharf et sur le port. Les gens aimaient pousser ses portes et s'asseoir autour d'une des tables blanches pour manger des produits pêchés de frais.

Tout était clair, ici ; les carreaux aux murs, ceux au sol, les comptoirs, les assiettes, les couverts, les serviettes et même le tablier des serveurs. Le restaurant, monté sur pontons, vous donnait l'impression de naviguer un peu.

Queen, ma responsable, se tenait devant l'entrée d'un bleu océan qui me rappela un certain regard. Elle avait coincé une cigarette entre ses lèvres rouges et attachait ses cheveux en une queue de cheval qui ne retenait pas toutes ses épaisses boucles brunes. Elle me tapa amicalement sur l'épaule lorsque je quittai les cuisines après mon service. Ici, les horaires étaient idéals pour organiser mes entraînements. J'embauchais à dix heures et partais vers seize heures. Les journées étaient longues, mais j'avais besoin de rester occupé.

Plus je l'étais, moins j'avais le temps de penser.

À Nathan. À son transfert. À ma possible réintégration.

À tout ce que j'avais perdu, de Séoul à ici.

À tout ce que je n'avais pas eu l'occasion de dire.

À mes erreurs.

À cette nuit.

À ce téléphone.

À…

Tu devais en avoir sacrément envie.

Ces mots me ravageaient depuis plus de deux semaines. Je tentais de les sortir de ma tête, mais plus j'essayais, plus ils se faisaient insistants.

Tu devais en avoir sacrément envie…

Je quittai le restaurant en ayant à peine mangé de la journée. J'avais tellement servi de crabes, de moules, de crevettes, de poissons, que l'appétit m'avait fui. J'avais plutôt soif.

Une envie de bière et de soju.

Ni l'un ni l'autre n'étaient de bons conseillers. Et, pourtant, je continuais de les retrouver les soirs où ça devenait trop difficile. Halmeoni avait raison, c'était un mal que nous étions trop faibles pour combattre. Elle avait toujours eu raison, d'ailleurs. Pour le soju ou pour le reste.

Dehors, je m'étirai lentement, détendant chacun de mes muscles. Le service à la maison du crabe aurait pu être un entraînement à sec[20] imaginé par Mouse. Je renversai le visage vers le ciel ; il était d'un bleu éclatant et le soleil brillait fort. Juillet était chaud, en Californie, les informations locales relayaient les alertes incendies. Parfois, le matin brassait l'air, ramenant avec lui des odeurs du feu, et l'horizon se brouillait de cendres.

Les bras en l'air, j'observai la course des nuages. Ce blanc vaporeux qui voyageait dans un azur trop clair. En tendant la main, j'aurais pu m'imaginer le toucher. Exactement comme durant ces journées texanes, lorsque Nathan et moi nous étendions à l'arrière de la maison, dans le grand hamac de Simons House. La petite terrasse en bout de ponton était perchée aux abords du lac Austin. J'adorais cet endroit, encore plus à la nuit tombée et surtout parce que depuis mon arrivée à Simons House, j'avais remarqué que personne n'y venait jamais. Sauf Nathan, depuis qu'il m'y avait trouvé. Sous prétexte d'étudier. Mais, très vite, il somnolait, un manuel sur la tête. Il était toujours fatigué dès qu'il s'agissait d'histoire ou de chimie, mais beaucoup moins quand il était question de profiter de l'absence de Becca et de Drew pour sortir. Il finissait par me supplier de lui passer mes devoirs de maths, mes dissertations de littérature ou tout ce qu'il n'avait jamais le temps de faire.

Il m'avait fallu longtemps pour comprendre ce qui me poussait vers lui. Pourquoi mon cœur battait si vite, lorsque nos mains s'effleuraient dans le noir. Qu'est-ce qui empêchait son regard de se détourner ?

C'était avant le divorce de nos parents.

Avant nos recrutements, moi à Cal, lui au Texas.

Bien avant que le manque m'avoue ce que j'avais si longtemps tu.

---

20 En natation, les entraînements à sec sont les entraînements qui se font à l'extérieur des bassins.

Avant… oui, avant…

— Blue ?

Cette voix eut l'effet d'un coup de massue sur ma nuque et me ramena trop brutalement au présent. Je pivotai pour tomber sur un visage que j'aurais aimé ne plus jamais revoir.

Brad Richardson.

J'enfonçai ma casquette sur ma tête. Trop tard, il m'avait parfaitement reconnu.

— Oui, c'est bien toi, lança-t-il.

Je lui tournai le dos et m'éloignai.

Il cala son pas au mien.

— Tu te souviens de moi, je suppose, marmonna-t-il en peinant à garder mon rythme.

Ses taches de rousseur étaient impossibles à oublier. Tout comme son visage trop rond et ses paroles acérées. Il m'avait poursuivi dans tout le campus, les jours qui avaient suivi l'hospitalisation de Sawyer. Il était là dès que je sortais de chez le doyen, il était là dès que je quittais la résidence, il était là pendant la conférence de presse, il était là pour mon renvoi. Il était là, avec toutes ses revendications ! Un élève violent n'avait pas sa place à Berkeley. Surtout pas pour représenter l'équipe de natation en nationale.

Brad Richardson avait été le plus grand défenseur de Sawyer. Comme le digne représentant de l'association de lutte contre les violences subies par les étudiants de Berkeley devait l'être. Il avait fait de moi un amant brutal, qui n'avait pas hésité à jouer des poings. Lorsque, après mon renvoi, Sawyer avait annoncé se retirer de l'équipe, Brad était de nouveau monté au front. Voilà où conduisaient les agressions ? Les victimes se sentaient suffisamment coupables pour mettre un terme à leur carrière prometteuse. Je n'avais mis un terme à rien du tout ! Sawyer avait décidé de se retirer bien avant… Tout le staff de Cal était au courant, mais, hormis Juliet, personne n'avait rien dit. Et même elle avait fini par se taire. C'était comme ça, à Cal. On vous rendait muet, ou l'on vous offrait un mégaphone pour que l'on vous entende de très loin. Tout dépendait si vous serviez les bons intérêts. Et Brad Richardson avait servi les intérêts de l'université.

Il accéléra le pas, se portant à ma hauteur.

— On peut se parler ? s'essouffla-t-il.

— Tu n'as plus de souci à te faire, sifflai-je, je ne suis plus étudiant à Berkeley. Je ne suis donc plus une menace pour personne.

— Pour l'instant, oui.

Je le distançai une fois encore.

Il allongea ses foulées pour ne pas me perdre dans la nuée de promeneurs.

— Si tu es réintégré...

— Je suis de passage, le coupai-je.

— J'en doute.

Je ne répondis pas. Moins vous en disiez à Brad Richardson, mieux vous vous en sortiez.

— Si tu es réintégré après ta suspension... recommença-t-il.

— Qui parle de réintégration ? l'arrêtai-je.

— Tu as été exclu pendant un an. L'année est terminée.

— J'aime assez bosser dans ce restaurant.

— Tu ne reviens pas ?

Je ris sans lui répondre.

Qu'est-ce qu'il croyait ? Revenir n'était pas si facile ! On n'effaçait pas ce genre de choses d'un claquement de doigts.

Il zigzagua entre deux groupes de touristes et me rattrapa avant que je ne le perde.

Dommage.

Enfin, j'arrivai sur le parking et Brad, complètement essoufflé, s'affala sur la portière de ma Jeep, les bras écartés et les joues écarlates. On ne pouvait pas lui enlever qu'il avait plus de détermination que n'importe qui.

— Je... Je suis dé... fit-il, entre deux respirations saccadées.

Il se redressa, une main sur ses poumons sifflants.

— Je devrais me remettre au sport.

Mon coup d'œil fut assez éloquent et il rougit un peu en tirant sur son T-shirt. Ça ne cacha pas son ventre légèrement rebondi. Ses bras étaient trop flasques, ils ne devaient pas servir à grand-chose, et son short serrait des cuisses épaisses qui semblaient trop lourdes à porter.

— Je faisais de la natation, avant.

Vu qu'il essayait de ne pas cracher ses poumons, j'eus un peu de mal à le croire. Je souris, sarcastique, et tentai de le pousser pour grimper dans ma voiture. Il résista, l'air de rien.

— Je suis désolé, recommença-t-il. Je reconnais que je me suis acharné sur toi, à l'époque. Et je reconnais que je n'avais pas mesuré tout ce qu'il s'était passé entre Sawyer et toi. Mais je n'ai pas changé d'avis, je pense qu'il vaut mieux…

— Tu bouges ? m'impatientai-je.

— … en parler à quelqu'un… continua-t-il, sans m'écouter.

— Tout de suite ! m'énervai-je pour de bon.

— … pour éviter que ça se reproduise.

Je penchai la tête et l'observai plus attentivement.

Il se racla la gorge.

Je le fixai encore plus.

Il resta droit, face à moi.

— Les étudiants ont beaucoup parlé, expliqua-t-il. Certaines rumeurs…

Mon rire le coupa. Je passai mes mains dans mes cheveux, me mordant la lèvre pour m'empêcher de serrer les poings.

— Des rumeurs ? répétai-je, mauvais.

— Sur certaines soirées.

J'en eus la nausée.

— Incroyable, ironisai-je. Des rumeurs sur des soirées dans une des plus grandes universités américaines. C'est un sacré scoop.

Mon sarcasme le fit grimacer.

— Ce que je veux dire, c'est que je n'avais peut-être pas jugé la situation dans son ensemble.

Cette fois-ci, je l'écartai de la Jeep sans lui laisser le choix.

— Je me fous pas mal des rumeurs.

J'ouvris furieusement la portière.

— Et inutile de t'excuser, j'ai largement mérité mon année d'exclusion.

Je fis peser sur lui mon regard ; pour que ce soit suffisamment clair entre nous deux. Sa culpabilité, il pouvait la garder. Ses doutes, il pouvait les remiser. Je ne l'aimais pas, mais j'avais toujours respecté ce qu'il faisait. J'avais même admiré son combat ; la façon dont il présidait cette association, ce qu'il tentait de mettre en place, les étudiants qu'il défendait, les causes qu'il ne laissait personne ignorer. Oui, j'avais admiré ce pit-bull prêt à protéger les victimes oubliées d'un campus que l'on voulait sans une seule obscurité.

Mais les coins sombres étaient partout, dans ce monde. Rien ne pouvait nous en épargner.

La Jeep dérapa en s'enfuyant.

Tu devais en avoir sacrément envie.

J'accélérai.

Certaines rumeurs…

J'accélérai encore.

Tu as été exclu pendant un an. L'année est terminée.

Je pilai, avant de griller un feu rouge. Un peu plus et je me prenais un camion de plein fouet. Le cœur au bord des lèvres, je jetai mon portable sur le fauteuil passager ; je l'avais toujours à la main. Je n'avais même pas pensé à le poser, tellement pressé de partir. Je fermai un instant les yeux et remerciai Joey de ne pas être bon seulement avec une manette. Il l'était assez en mécanique pour que je n'aie pas perdu le moteur sur le bitume en évitant un accident qui m'aurait ramené à Séoul dans une urne funéraire.

Je te verrai plus tard, Halmeoni. Laisse-moi une chance de m'améliorer. Je peux mieux faire, je te le promets. Je peux encore te rendre fière.

— Allô ?

Surpris, je me tournai vers le fauteuil passager.

— Allô ?

La voix était étouffée par la veste sur laquelle j'avais jeté mon portable. Je l'attrapai rapidement au moment où le feu vira au vert et le calai sous mon oreille.

— Allô ? répondis-je.

Je passai la première et démarrai.

— Jun-ha ?

Je manquai de freiner au milieu de la route. J'éloignai mon portable et regardai l'écran.

Nath.

Appel sortant.

Je grimaçai, j'avais dû appuyer sur le raccourci en pilant pour éviter ce camion. Je ne savais pas pourquoi j'avais enregistré son numéro dans mes raccourcis. Et encore moins pourquoi je ne l'avais pas supprimé depuis. Mais, plus que tout, j'ignorais quoi lui dire *maintenant.*

— Allô, répéta-t-il.

Je coinçai de nouveau le téléphone sous ma joue et mis mon clignotant pour me garer sur le parking d'un petit restaurant. Un genre de *diner*, avec des néons violets et des serveuses en tablier rayé qui se déplaçaient sur des patins à roulettes.

— Tu es là ?

— Oui, soufflai-je.

— Qu'est-ce que tu veux ? laissa-t-il tomber, rudement.

Ce que je voulais ? S'il savait ce que je voulais vraiment… S'il savait ce que j'aurais donné pour ne serait-ce qu'une minute entre ses bras, est-ce qu'il me pardonnerait ?

— Pourquoi es-tu venu à Berkeley, Nath ?

— Je te l'ai déjà dit.

— Pourquoi es-tu *vraiment* venu ?

Il rit, d'un rire mauvais qui lui ressemblait si peu.

— Tu n'as pas fait sonner ce putain de téléphone depuis plus d'un an et tu appelles soudain pour savoir ce que je fous en Californie ? Désolé si ça ne te convient pas, mais ce n'est pas mon problème ! On m'a proposé un contrat, le genre qui ne se refuse pas ! Pour quelle raison j'aurais refusé ? Pour toi ?

Je posai mon front sur le volant, le laissant me blesser. Il en avait le droit. Il était le seul à en avoir le droit.

— Personne ne sait où tu es ! Ni à Cal ni ailleurs ! Je ne le saurais pas non plus, si je ne t'avais pas vu sortir de cette piscine, OK ? Alors, va te faire…

— *Chugha haeyo*[21], dis-je soudain.

Je redressai le visage et regardai devant moi.

— Tu n'as pas ralenti.

Un silence.

Un silence qui me fit frissonner.

Puis un murmure.

Glissé à mon oreille.

Qui voyagea jusqu'à cet endroit où il n'y avait jamais eu que lui.

— Non, Jun-ha.

— Non, répétai-je, encore plus bas que lui.

Si bas que je me perdis dans ce silence, j'en étouffai, jusqu'à ce que ce soit trop douloureux de continuer.

Alors, seulement, je raccrochai.

***

Il n'y avait pas un bruit.

Le soir, la piscine était d'un calme religieux qui me rappelait cette nuit, tant d'années plus tôt, où je m'étais laissé guider par les histoires d'eaux de Becca. Treize ans plus tard, la sensation était la même. J'avais toujours l'impression de pénétrer dans un autre monde. Les ombres se reflétaient sur la surface, se mouvaient étrangement. Mon souffle s'approfondit, à mesure que je m'approchais du bord. La confusion se mêlait à l'adrénaline et j'étais soulagé d'être enfin régi par ces mécanismes dictés par des années d'entraînement. La natation était un univers fait de codes intransigeants. Un microcosme de précision.

Si j'avais su abandonner, ma vie aurait été plus simple.

21축하 해요 : Félicitations.

Je vivrais de nouveau à Séoul, j'aurais repris des cours de médecine sportive et j'aurais continué d'exister dans l'ombre des Park. Sajangnim m'aurait rappelé l'importance d'un mariage bien décidé et présenté des femmes de bonne famille qui ne se seraient pas arrêtées à l'illégitimité de ma naissance. Je n'aurais plus franchi la porte d'une piscine et les profondeurs bleutées auraient été englouties par ma mémoire.

Abandonner ?

La natation n'avait jamais été qu'un sport, pour moi. C'étaient les seuls moments où je devenais quelqu'un. Pas un nom, pas une histoire, pas un scandale. Seulement quelqu'un.

Blue.

Je montai sur le plot et me mis en position, le regard fixé sur les lignes d'eau. Je pris une grande inspiration, imaginant le bruit assourdissant du coup d'envoi. Gagner se jouait aussi au départ. Il fallait plonger vite et loin, se créer la meilleure chance. Les victoires tenaient à des centièmes de seconde.

Les yeux fermés, je plongeai en allongeant chacun de mes mouvements. L'eau était froide, et picota ma peau par endroits. Je m'enfonçai dans le bassin, frôlai du doigt les carreaux bleus. Je fermai les yeux de lentes secondes, avant de fendre la surface, inspirant suffisamment d'air pour entamer un crawl tranquille qui me poussa en avant.

Encore dix jours.

Seulement dix jours.

Dix jours pour revenir.

Dix jours pour faire face à leur regard. Chacun d'eux me rappellerait la violence de mes coups. La haine que j'avais ressentie, que je ressentais toujours. Le sang qui coulait du visage de Sawyer. Ses rires glapissants, alors que je le frappais.

Et ses mots… cette rengaine maudite.

Elle surgissait au milieu de mes nuits.

Je me perdis dans l'effort. Pendant une heure ? Deux minutes ? Le temps devenait si abstrait, parfois. Il coulait autour de vous et s'enfuyait trop vite.

— Blue ?

La voix de Mouse brisa le silence.

J'atteignis le bord de la piscine, avant de redresser la tête. Juliet se tenait à ses côtés dans un maillot de bain. Elle tressait ses cheveux blonds, un élastique coincé entre les dents.

— Tu nages encore ? demandai-je à Juliet, un brin moqueur.

Elle haussa un sourcil.

— Ça m'arrive de temps en temps, figure-toi. Même si je ne suis pas certaine que tu appellerais ça « nager ».

— Barboter ? essaya Mouse.

Elle le pointa du doigt. Lui. Puis moi. Avant de lever les bras au ciel.

— Vous avez besoin de moi ? Oui ou…

— Oui, répondîmes-nous en même temps.

— Bien !

Elle regarda l'eau en frissonnant. Des années plus tôt, Juliet avait été une pro du papillon. Ce n'était pas une championne, mais elle adorait la nage et elle avait trouvé la meilleure façon d'en faire son métier. Son poste à Cal n'était pas enviable, mais personne ne l'aurait mieux occupé qu'elle.

Je croisai les bras sur le bord de la piscine et levai la tête vers eux.

— J'ai vu Brad Richardson, leur appris-je.

Juliet manqua tomber dans le bassin, Mouse la rattrapa *in extremis*.

— Tu l'as vu ? couina-t-elle. Où ?

Je haussai les épaules.

— Sur la jetée, expliquai-je. Je venais de terminer mon service.

Mouse soupira trop bruyamment. Il n'aimait pas plus Brad que moi, et il l'avait viré plus d'une fois de la piscine, quand il était venu se renseigner sur moi. Brad faisait partie des seuls qui ne me pensaient pas à Séoul. Plutôt planqué quelque part à San Francisco.

Apparemment, les étudiants en psychologie faisaient de bons fouineurs. Il aurait pu donner quelques conseils aux journaleux locaux, qui adoraient les scandales.

— Tout Cal va bientôt être au courant, gronda Mouse.

Je repoussai mes lunettes sur mon crâne.

— Je n'en sais rien.

Il haussa un sourcil.

— Tu as accepté de suivre sa foutue thérapie en échange de son silence ? s'inquiéta-t-il.

Je ris.

— Il n'a même pas essayé de me convaincre.

— Sans blague ?

— Il est plutôt venu s'excuser, je crois, expliquai-je.

Je n'en étais pas certain. Vu comment Juliet s'en décrocha la mâchoire, je devais me tromper.

— Brad Richardson est capable de s'excuser ? s'étonna-t-elle. Il a passé des mois à pousser Sawyer à reprendre sa place dans l'équipe.

— Personne ne lui a dit qu'il n'aurait jamais pu rester si longtemps dans l'équipe si son père n'avait pas fait de gros chèques au doyen ?

Juliet explosa de rire, elle en devint presque effrayante.

— Ce n'est dans l'intérêt de personne que ce « détail » soit ébruité.

— Brad se fout pas mal de ce détail, leur rappelai-je. Ça ne change pas les faits.

Et les faits étaient simples. J'avais couché avec Sawyer et je l'avais frappé. Rien ne pourrait jamais modifier ça.

— On te connaît, Blue. On sait que…

— Ouais, l'arrêta Mouse, en la poussant à l'eau.

Elle coula comme une pierre, avant de se propulser à la surface en hurlant.

— Tu ne pouvais pas seulement nager, Mouse ! gueula-t-elle.

— Si je nage, je ne peux pas l'observer, lui rappela-t-il. Et j'ai besoin de l'observer.

Juliet jura, avant de passer sous une ligne d'eau.

— Je ne vais pas beaucoup aider.

Je lui souris, rassurant.

— J'ai juste besoin de quelqu'un pour me motiver.

— Même ça, je ne suis pas certaine de pouvoir le faire. Après les cent mètres, je m'épuise et…

— Alors vous ferez des séries de cent mètres, la coupa Mouse. Arrête de discuter !

Juliet le pointa du doigt, prête à lui dire ce qu'elle pensait de son ton, mais se retint en soupirant. Mouse sourit en coin et me lança un coup d'œil. Il s'accroupit en face de moi.

— Elle est plus rapide qu'il n'y paraît, me prévint-il.

— Je sais.

Juliet se plaignait beaucoup trop, alors qu'elle ne se plaignait jamais de rien, hormis de Joey.

Mouse sortit son chronomètre de sa poche et l'essuya sur son short.

— Tu vas bien ? me demanda-t-il, l'air de rien.

— Je vais bien, mentis-je.

Il hocha la tête, loin d'être dupe.

— Tu vas toujours bien, non ?

— Toujours, *ajusshi*[22].

Je ne retins pas un éclat de rire devant sa mine déconfite. Sa mâchoire se décrocha aussi facilement que celle de Juliet, un peu plus tôt.

— Qui appelles-tu *ajusshi* ?

Il le prononça tellement mal que je ris encore plus. Mouse n'avait jamais réussi à articuler le moindre mot en coréen. Joey se débrouillait un peu mieux, mais parce que c'était facile de se débrouiller mieux que Mouse. Mes anciens coéquipiers s'y étaient essayés aussi, et si certains avaient plus de dispositions que d'autres pour les langues, le coréen ne s'apprenait pas aisément. Il fallait se contraindre à abandonner des sons pour en créer de nouveaux. On parlait d'une seconde voix, parce que les intonations étaient

22 아저씨 : Homme d'âge mur

si différentes en anglais et en coréen qu'on avait l'impression de faire face à deux personnes. Depuis que j'étais arrivé aux États-Unis, je n'avais rencontré qu'une personne capable de bien prononcer mon nom.

Le seul qui m'avait toujours appelé Jun-ha.

Il l'avait répété tellement de fois qu'il avait fini par très bien l'articuler.

Son entêtement n'avait jamais eu de limites.

Rien ne l'arrêtait jamais.

Il était si déterminé qu'il était devenu l'un des meilleurs sportifs universitaires du pays. Avant, il ne nageait que pour me rattraper. Et aujourd'hui ? Pour quoi nageait-il ? Qu'étions-nous devenus ? Hormis un peu de temps dans la vie de l'autre.

4

넷

Mercredi 19 août 2020

L'observatoire s'était transformé en véritable QG depuis près de dix jours. Si je ne bossais pas ou si je n'étais pas dans l'eau, j'étais là. Il m'arrivait même de m'endormir sur les canapés pour me réveiller à l'aube, une couverture sur moi et une cafetière pleine sur la table, à proximité. Je vivais au bord d'une piscine, de peur de trop m'en éloigner. Ici, je me sentais mieux. C'était impossible à expliquer, mais de temps en temps, je ressentais à nouveau cette plénitude, celle qui m'habitait lorsque Halmeoni veillait sur mon sommeil. Je ne craignais jamais le noir. Elle demeurait dans le noir depuis des années et elle voyait pourtant le monde, les gens, si clairement.

Tout de suite, les élèves de Mouse s'entrainaient. Ils le faisaient deux fois plus que d'habitude. Ils n'espéraient pas gagner contre Cal, mais souhaitaient prouver ce qu'ils valaient. Les victoires n'étaient pas toujours remportées par les premiers. C'étaient quelquefois ceux qui se donnaient le plus, qui repoussaient le plus loin leurs limites, les véritables gagnants. Je les observais d'ici depuis des jours, pas l'un d'eux n'avait ralenti. Ce qui n'était pas le cas de Cal. Trop détendus, ils retrouvaient lentement leur rythme. La saison ne commencerait vraiment qu'après cet «événement». Ils ne le voyaient pas comme une compétition ; ils avaient toujours la tête en vacances. Même s'ils avaient repris le chemin du centre aquatique de l'université et leur place à la résidence, les exigences du coach Bones ne pesaient pas encore sur eux.

Juliet nous ramenait les vidéos de leurs entraînements et s'ils ne s'y mettaient pas très vite, certains élèves de Mouse leur rappelleraient qu'on ne devait jamais sous-estimer personne.

Assis sur l'un des canapés, j'étudiais les trois tableaux blancs installés dans un coin de l'observatoire. Ils étaient tous très loin de leur rythme de croisière. Ma seule inconnue était Nathan. Il n'était pas à Berkeley. Il n'était même plus en Californie pour ce que j'en savais.

Joey me tendit un café et m'obligea à poser mes pinces de musculation ; elles allaient finir par céder. Il s'assit sur l'accoudoir du canapé et regarda les tableaux à son tour. Il passait presque autant de temps que moi dans cet observatoire, oubliant parfois le temple ou de fermer le garage ; il chargeait son plus vieil employé de le faire à sa place. Il débarquait les bras encombrés de ci et de ça ; et trouvait le moyen de se disputer avec Juliet.

Aujourd'hui, il avait du café et des sandwichs. Ça me permettrait de survivre aux programmes de Mouse ; il n'avait rien à envier au coach Bones. Une session après l'autre, toujours plus difficile que la précédente, il aurait pu me préparer pour les Jeux de Paris. Mon quotidien était constitué de trois petites lettres : PPG[23]. Entre éducs[24] et séries[25] ; pyramide[26] ou souple[27], j'avais à peine le temps de respirer.

---

23 Préparation Physique Générale.

24 Exercices de nage, isolant une partie du mouvement pour mieux le travailler.

25 Session d'entraînement.

26 Série d'entraînement, en augmentant la distance parcourue.

27 Nage de récupération.

Juliet débarqua en jetant des coups d'œil alentour et sortit une clef USB de sa poche, comme elle aurait pu sortir un sachet d'herbe à dealer.

— Les entraînements du jour.

Elle me les échangea contre mon café. Elle en but une longue gorgée en grognant son approbation.

— Ce n'était pas pour toi, bougonna Joey.

Elle l'ignora et s'étira lentement en se plantant devant les tableaux de Mouse. Dans son survêtement aux couleurs de Cal, ses cheveux blonds attachés en chignon et ses baskets bien arrimées aux pieds, elle avait tout de la parfaite coordinatrice d'équipe.

J'attrapai l'ordinateur en face de moi et y branchai la clef USB. Joey se pencha au-dessus de mes épaules. Il avait peu d'intérêt pour la natation, ça ne se jouait pas avec une manette, mais il était plutôt bon observateur. Il lui arrivait de repérer des petits défauts qui nous échappaient. Ses yeux étaient rodés aux énigmes, le corps des nageurs n'était pas si différent de ses quêtes.

Je lançai la vidéo et me mordis un instant la lèvre. Est-ce que Nathan serait là ? Quelques minutes plus tard, il fut évident que non. Il n'était pas plus là ce matin que les précédents. Mais il y avait quelqu'un… quelqu'un au sourire si doux qu'il me donna envie de le lui déchiqueter. Il ne faisait plus partie de l'équipe, mais il rôdait souvent autour des bassins. Une brûlure insupportable ravagea mes entrailles, raviva tant de dégoût et de fureur que j'aurais pu briser l'écran de cet ordinateur.

L'idée qu'il puisse s'approcher de Nathan… qu'il puisse lui parler…

L'idée même de le croiser… de me tenir face à lui…

L'idée de voir ressurgir au fond de ses yeux maudits l'ombre d'une nuit que je ne parvenais toujours pas à oublier…

C'est ce qu'il avait dit, non ?

« Tu ne m'oublieras jamais. »

Je l'avais enregistré…

L'ordinateur se ferma d'un coup sec.

Je clignai des yeux, je n'avais pas eu conscience de m'être figé à ce point. Il n'y avait pas une seule partie de mon corps qui ne soit pas crispée. J'avais un goût acide dans la gorge, ma nausée reflua doucement, alors que je me rappelais les gens qui m'entouraient. J'étais dans cet observatoire. Ici. Avec eux.

Loin de Sawyer, loin de cette nuit.

Je serrai mes mains l'une contre l'autre, elles avaient commencé à trembler.

Je transpirais, mais j'avais froid. J'avais toujours froid lorsque mes pensées frôlaient ces souvenirs. Là-bas, c'était l'hiver. Je n'y échappais jamais complètement.

Mouse mit une tasse de café entre mes doigts, l'air de rien, alors que Joey agitait une certaine clef USB devant lui.

— Tu as le droit de faire ça ? demanda-t-il à Juliet.

Elle renifla.

— Ce n'est pas du contre-espionnage ? insista-t-il.

Elle lui arracha la clef des mains.

— Blue va être réintégré, je m'occupe de lui en attendant.

Mouse ricana.

— Tu penses que le coach Bones serait de ton avis ?

— Bones est de la vieille école, marmonna-t-elle.

Je ris un peu et, enfin, quelque part dans mon esprit, une porte claqua de nouveau sur cette nuit.

— Bones est la vieille école à lui tout seul, se moqua Mouse. Tu sais qu'il croit encore aux bienfaits de la chasteté ?

Bones était un homme rigide, qui arpentait les couloirs du centre aquatique, les mains derrière le dos. Il avait les yeux partout, rien ne lui échappait. Ou… presque rien.

— La chasteté ? répéta Joey. C'est une blague ?

Juliet grimaça.

— Malheureusement, non.

— Toute cette énergie doit se concentrer sur une seule chose, la nage, se moqua Mouse.

Joey explosa de rire.

— On a des champions ignorés dans nos monastères ?

— Il a déjà dû y penser, réfléchis-je.

Joey se tourna vers moi, la bouche ouverte.

— Tu crois ?

Je hochai la tête, amusé de l'expression de Joey. Mais connaissant le coach Bones, je n'aurais pas été étonné qu'il soit allé chercher des nageurs dans les endroits les plus improbables du pays.

— Rien n'arrête cet homme, se désola Juliet.

Sans pour autant masquer le respect qu'elle ressentait.

Joey posa les coudes sur ses genoux et prit un accent sarcastique.

— Moine ou pas, c'est Cal avant tout, non ? ironisa-t-il. Ce n'est pas la devise de Berkeley ?

— Que la lumière soit, entonnâmes-nous, Juliet, Mouse et moi.

Joey plissa les yeux.

— C'est quoi ? Une formule magique ?

— La véritable devise de Berkeley, lança une voix dans notre dos.

Cette voix.

Un peu rauque, qui explosait ma poitrine en une seule seconde pour la reconstruire en une autre seconde.

Il est là, fut ma première pensée.

Pourquoi ? fut la seconde.

Nous nous tournâmes alors vers l'entrée. De façon si synchrone que Nathan haussa un sourcil. Appuyé au chambranle, il portait un énorme sac à l'épaule. Il avait attaché ses cheveux blonds en une demi-queue qui dégageait son front et laissait apparaître leurs racines noires. Un débardeur découvrait ses bras musclés et il avait glissé les mains au fond des poches d'un jean troué.

Il nous observait.

Mouse, dont la photo était affichée au centre, était facilement reconnaissable. Et il avait déjà dû rencontrer Juliet à plusieurs reprises, pour signer son contrat.

Quant à Joey, il semblait aussi à l'aise ici qu'un poisson abandonné sur le sable, en train de cramer au soleil.

— *Fiat Lux*, répéta Nathan en latin.

Son regard tomba sur moi, me percuta avec la force d'un bolide lancé à toute vitesse. Il me fallut une seconde pour réussir à parler.

— Qu'est-ce que tu fais ici ? demandai-je.

— Tu m'ôtes les mots de la bouche, ajouta Juliet.

Nathan lui sourit.

— Je suis presque sûr que c'est vous qui n'avez rien à faire dans le coin, madame Marins.

Madame Marins ?

L'étonnement me trahit un instant. Mais, évidemment, pour Nathan, Juliet n'était que la coordinatrice de Cal.

— Ou alors je me trompe ? continua-t-il. Le coach Bones apprécie peut-être que vous donniez nos temps à la concurrence ?

Joey tapa sur ses genoux.

— Qu'est-ce que je disais, Mata Hari ! s'exclama-t-il.

Juliet croisa les bras, refusant de paraître coupable.

— Tu devais rentrer au centre à ton retour du Texas, lança-t-elle à Nathan.

Il était au Texas, alors ?

Chez lui.

Sans doute pour dire au revoir à son équipe, à ses amis, à Drew.

Que devenait Drew ? Je le voyais à la télé, de temps en temps. Il parlait d'un de ses procès et je m'empressais de changer de chaîne. Il me manquait, lui aussi. Le Texas me manquait. Parfois avec cette étrange mélancolie qui m'étreignait lorsque je me rappelais ma vie à Séoul.

— Je fais seulement un détour, expliqua Nathan.

Il s'approcha du tableau et le détailla d'un air amusé.

— Ce ne sont plus mes temps.

Il prit un stylo et les modifia. Puis il se recula et se tourna dans ma direction. Il avait cette aura un peu écrasante qui brillait tellement qu'elle en devenait aveuglante. L'aura des champions, de ceux qui sont montés sur la plus haute marche du podium et qui peuvent se permettre de regarder le monde d'en haut. Et, pourtant, ils ne le faisaient jamais. Les champions n'oubliaient pas qu'entre la victoire et la défaite, il n'y avait qu'un millième de seconde.

— Ce sera moins facile que tu le penses, m'avertit-il.

— Je n'ai jamais imaginé que ça le serait.

Avant même que je n'apprenne son transfert, je pensais que ce serait compliqué. Pour d'autres raisons, c'était vrai. À présent, il nagerait de nouveau contre moi et je n'avais jamais commis l'erreur de sous-estimer Nathan. Il était ma limite. Celle que je repoussais sans cesse, pour puiser au plus profond de moi-même.

Nathan sourit. Ce n'était pas vraiment un sourire, d'ailleurs. Plutôt un défi, aussi sombre qu'inquiétant.

— Ce n'est plus comme avant, me rappela-t-il.

Avant, qu'il soit dans mon équipe ou non, je n'avais jamais nagé contre lui. Je n'avais jamais été « contre » Nathan. Mais aujourd'hui, après cette année, après les douleurs, après tout… peut-être qu'il deviendrait mon adversaire.

— Tu as toujours été prêt à gagner.

Il le dit comme une insulte.

— C'est vrai, acquiesçai-je d'un ton presque glacial.

— Mais es-tu prêt à perdre ?

J'avais déjà trop perdu.

On m'avait arraché une part de moi-même et ce vide pulsait amèrement en moi. Alors…

— Non, avouai-je.

Gagner. Même contre lui.

Gagner contre n'importe qui.

Le silence autour de nous était étouffant. Pourtant, il ne me dérangea pas. Ni le silence ni les flammes au fond du regard de Nathan.

— On se voit dimanche, je suppose, me lança-t-il.

Il tourna les talons, le visage plus assombri que jamais. Ses pas frappèrent les marches, quand il les dévala.

Mouse siffla.

— Eh bien, ça risque d'être intéress…

Je n'écoutai pas la fin et me levai d'un bond pour suivre Nathan. La porte se refermait bruyamment lorsque je descendis l'escalier. En bas, je la rouvris ; il était déjà en train d'enjamber une moto. Une Kawasaki noire au pot argenté. J'aurais dû deviner qu'elle était à lui, la première fois que je l'avais vue ici. J'aurais dû me douter qu'il viendrait à Cal. Après tout, le coach Bones cherchait à le recruter. Comme le coach Maning, de l'équipe du Texas, m'avait proposé plusieurs fois de revenir au Texas. Je n'avais jamais voulu quitter la Californie, mais Nathan réfléchissait souvent à s'expatrier. La seule chose qui le retenait, c'était moi. J'avais eu peur de ne plus savoir me concentrer s'il était trop près, si je pouvais m'abandonner contre sa peau chaque jour. Il aurait été à un pas de ma bouche, à un souffle de mes mains, et rien n'aurait eu plus d'importance que le retrouver dans des vestiaires déserts pour lui voler un baiser. Il aurait vécu dans la même résidence que moi, il aurait nagé dans la même piscine que moi, il m'aurait dérobé jusqu'à la dernière de mes pensées. C'était déjà difficile de me concentrer quand il était à des États de mes bras. Si nous avions seulement été séparés par un étage ou deux, j'aurais fini par ralentir.

Mais j'en avais eu envie.

Plus que tout, j'avais eu envie qu'il m'envahisse, mais… même ça, il l'avait oublié.

Je le rejoignis à l'instant où il fit gronder le moteur et coupai aussitôt le contact. Il me fusilla du regard, prêt à redémarrer. Je tirai sur les clefs pour l'en empêcher.

— Rends-les-moi, siffla-t-il.

— Non.

Il retira son casque et passa les mains dans ses cheveux blonds, les ramenant en arrière sans me quitter des yeux.

— Qu'est-ce que tu crois faire ?

— Et toi ?

Il descendit de moto. Son air était dangereux, il ne le serait jamais autant que moi. Je le pointai du doigt avant qu'il n'approche trop. Il s'arrêta à la seconde, restant de l'autre côté de cette barrière invisible que je dressais pourtant entre nous.

— Tu savais que je n'abandonnerais pas, l'accusai-je. Tu es venu à Cal en sachant parfaitement que j'allais essayer de revenir.

Sa mâchoire se contracta, son visage se ferma encore plus. On aurait cru qu'une lumière s'éteignait, quelque part en lui.

— Le mec que je connaissais n'aurait pas abandonné, laissa-t-il tomber. Mais le mec que je connaissais ne m'aurait pas trompé, non plus. Et il n'aurait sûrement pas envoyé son coéquipier à l'hôpital. Pour ce que je connais de lui, pas grand-chose apparemment, il ne s'était même jamais battu avec personne.

Je baissai mon bras, lui cachant ma main soudain tremblante.

Évidemment que je n'avais jamais frappé personne ! Ni Halmeoni ni Sajangnim ne m'auraient laissé devenir ce genre de minable. Et je m'y étais abaissé seulement parce que… parce que…

— C'est pour ça que tu es venu ?

Il rit et enfonça les poings dans les poches de son pantalon.

— Je suis venu parce qu'on m'a recruté, se tendit-il. Tu sembles oublier que c'est le coach Bones qui est venu me chercher. Pas l'inverse.

Il me balaya d'un regard presque cruel. Comme s'il savait parfaitement ce que je cachais et que ça ne l'intéressait plus tant que ça, après tout.

— J'ai toujours été tenté de signer avec Cal, crut-il me rappeler. Et je ne l'ai jamais fait à cause de toi. Maintenant, je comprends pourquoi tu n'avais pas envie de me voir dans le coin.

J'aurais pu hurler. Mais quoi ? La vérité ? Je ne me souvenais même plus de la vérité !

Il s'approcha tellement de moi que son souffle brûlant de colère se perdit sur mon visage. Nathan était comme une bombe. Lorsque le minuteur était lancé, c'était difficile de l'arrêter. Elle finirait par exploser, quoi qu'il arrive. Il ne restait plus qu'à espérer qu'il n'y aurait pas trop de casse.

J'attendis.

Immobile.

Muet.

— Tu voulais me dire quelque chose ! rugit-il. C'est ce que tu m'as écrit ce soir-là, tu te rappelles ? Le dernier message que tu m'as envoyé. *«J'ai quelque chose à te dire après le championnat, Nath.»* Mais je ne t'ai jamais vu au championnat.

Ses mèches de cheveux barraient son front, me masquant un instant ses yeux voilés de colère.

— J'ai reçu ce message et, quelques heures plus tard, tu baisais avec Sawyer. C'est ça que tu voulais me dire ?

Non !

L'air vibra autour de nous. Son regard me figea, je n'arrivais plus à bouger.

Il s'approcha un peu plus.

— C'est marrant, siffla-t-il. Tu refusais que l'on parle de nous à qui que ce soit avant que ton père soit au courant. Et à la fin de l'année, tout le monde pensait que tu avais envoyé ton petit ami à l'hôpital.

Non…

Je ne le quittai pas des yeux. Pas une seule seconde. J'endurai chacun de ses mots.

Il me poussa.

Je me raidis, sentant mes murailles trembler autour de moi. Ces murailles qui m'aidaient à supporter cette chose que je n'avais jamais avouée, encore moins à moi-même.

— Toujours ton silence ! gueula Nathan. Ton putain de silence ! En un an, les rares nouvelles que j'ai eues transitaient du pôle Nord, quand Becca me téléphonait. Un tas de conneries, puisqu'elle est loin de se douter de ce qu'il s'est passé.

Il me poussa de nouveau ; je baissai le visage, reprenant profondément mon souffle.

— *Geumanhae*[28] ! dis-je entre mes dents serrées.

Il ignorait à quel point il m'amenait au bord du vide.

— Si je savais que tu reviendrais après ton année d'expulsion ? s'emporta-t-il. Non, je n'en savais plus rien ! Plus rien du tout !

Il me poussa encore.

Je dérapai, prêt à tomber.

Mon sang bouillonnait dans mes veines.

Mes tempes pulsaient.

Mes mâchoires étaient si serrées qu'elles allaient finir par se bloquer.

Un compte à rebours dansait devant mes yeux.

Si effrayant.

Il me poussa une fois de plus !

— Ne fais pas ça, le prévins-je.

— Quoi ? Tu vas m'envoyer à l'hôpital, moi aussi ?

Je reculai d'un pas.

Il s'approcha d'autant.

— Nathan, articulai-je froidement.

Pris dans sa propre colère, il ne vit pas l'effort que je fournissais pour ne pas me laisser rattraper par ce sentiment… obscur… terrifiant… morbide…

Je me sentais de nouveau piégé.

— Va te faire foutre, Blue !

Blue ?

Il ne m'appelait jamais Blue. Mais, après tout, je n'étais plus vraiment Jun-ha, non plus. Surtout pas en ce moment.

Il me frappa si fort à l'épaule que ma vision se troubla. En une seconde, je lui crochetai le bras derrière le dos. Il n'était pas question qu'il me touche de nouveau. Pas comme ça. Il n'était pas question qu'il me contraigne à rester là. Il n'était pas question que je me soumette à son besoin de vengeance.

---

28 그만해 : Arrête ça !

Plus jamais !

Cette promesse brûla si fort en moi que j'aurais voulu la hurler.

Je serrai trop fort son poignet entre mes doigts. Je respirais trop vite, et lui s'était soudain tu. Enlisé dans ma rage, je me penchai sur son oreille et lui murmurai sombrement :

— Arrête quand je te dis d'arrêter. C'est clair, non ?

Je le relâchai avec brutalité pour sortir ses clefs de ma poche. Il se tourna vers moi et eut à peine le temps d'attraper le trousseau que je lui lançai sur le torse.

Lentement, beaucoup trop lentement, il remonta sur sa moto. Sans me quitter des yeux, comme on refuse de se détourner d'un danger, il démarra. Je restai là, attendant qu'il s'enfuie dans un nuage de poussière.

Dès qu'il fut assez loin, la réalité me tomba dessus. Une chape de plomb m'écrasa au sol.

Qu'est-ce que j'ai fait ?

Je posai une main sur ma gorge.

Mais qu'est-ce que j'ai fait ?

C'est Nathan !

Nathan !

Comment pouvait-il savoir le nombre d'heures à sangloter sous ma douche.

Le nombre de nuits à hurler dans un oreiller.

Le nombre de cauchemars.

Il y avait eu une nuit et cette nuit m'avait changé. Elle s'était tapie en moi.

Parfois aussi terrifiante qu'un spectre enchaîné à mes pas.

Parfois aussi diffuse qu'un fantôme perdu dans les tréfonds de ma mémoire.

J'étais devenu ce que l'on avait fait de moi.

5

다섯

Samedi 29 août 2020

Un an.

Ça faisait un an que j'attendais.

Un an à compter les jours qui me ramèneraient à la compétition.

Un an pour revenir.

Mon cœur battit un peu plus vite, alors que je scrutais l'effervescence qui agitait les abords des bassins. Les rideaux de l'observatoire avaient été baissés pour l'occasion. Mais les interstices étaient suffisants pour remarquer qu'il y avait plus de monde que de sièges disponibles. Mouse avait demandé à ses collègues de venir lui prêter main-forte, quand il s'était fait dépasser par le nombre de spectateurs. Les gens avaient afflué, ils débordaient des gradins. Il y avait eu une véritable foule pour accueillir les nageurs de Cal, lorsque leur bus s'était garé sur le parking. Ça n'avait rien de comparable avec la cohue des matchs de foot ou de base-ball, mais c'était déjà trop pour une simple rencontre amicale dans une petite piscine de quartier.

Les bras croisés, je tentai de conserver une respiration calme.

L'information avait été largement relayée sur les réseaux sociaux, attirant autant les curieux que les passionnés. Cal était devenue plus célèbre, depuis le scandale de l'année dernière. Et la rumeur disait que j'allais y participer. San Francisco n'était pas assez grande pour garder ce secret assez longtemps.

Ce qu'ils venaient voir, ce n'était pas le nageur.

Mais l'étudiant violent qui s'était trouvé à la une.

Même les journalistes s'étaient déplacés, la presse spécialisée n'allait pas manquer une occasion de faire couler son encre. J'étais presque étonné de ne pas apercevoir Brad Richardson et son association au grand complet pour «m'accueillir».

Les nageurs de Cal avaient répondu à beaucoup trop de questions qui ne concernaient pas cette rencontre. Steeve, le capitaine, qui avait été mon colocataire pendant deux ans, avait réagi avec indifférence avant de continuer son chemin. Mais Nathan s'était arrêté. Je l'avais observé sourire, un sac à l'épaule, dans son nouveau survêtement aux couleurs de l'équipe. De là où je me trouvais, je ne pouvais pas l'entendre. Mais une chaîne YouTube retransmettait et je l'avais branchée sur l'ordinateur de Mouse. Je l'écoutais en fond.

Pourquoi Nathan Simons a-t-il choisi Cal ?

La Californie et le Texas sont en compétition depuis des années. N'est-ce pas une forme de trahison ?

Qu'est-ce qui a motivé votre décision ?

Ce choix a-t-il été réfléchi ? On vous connaît plutôt pour votre spontanéité.

Nathan avait répondu sans se départir de sa joie naturelle, même si elle n'atteignait pas ses yeux. Pour n'importe qui, il offrait une image détendue. Mais je ne voyais que sa colère.

Son sourire avait manqué voler en éclats, lorsqu'un journaliste avait parlé de moi.

Savez-vous si Blue sera là aujourd'hui ? Certains disent que vous n'auriez jamais pu gagner les deux derniers championnats s'il n'avait pas été expulsé. Vous avez perdu votre meilleur ennemi. Pensiez-vous qu'il pouvait se montrer à ce point violent ?

Le coach Bones avait mis fin à l'entrevue en quelques mots qui témoignaient de son expérience. J'avais été soulagé et, pourtant, une part de moi aurait aimé entendre cette réponse.

— Tu vas bien ?

Mouse se planta à mes côtés et me détailla de la tête aux pieds. Je portais encore mon vieux jean et un sweat sans manches sur un T-shirt blanc. Le haut des ailes du Phoenix était visible à l'arrière de mes bras. J'étais figé dans ce coin, à épier le monde. Je n'arrivais plus à bouger.

— Tu vas bien ? me redemanda-t-il.

Je secouai légèrement la tête.

— Pas vraiment, avouai-je.

L'idée de mentir ne m'effleura pas.

Mouse prit une grande inspiration, si profonde qu'elle me rappela la première fois que j'étais venu ici. Je débarquais de Séoul, je n'avais plus rien d'autre que les deux sacs que je portais et les quelques billets au fond de mes poches. Mon seul véritable bien était l'adresse que Juliet m'avait notée sur un bout de papier. Son adresse.

Il posa une main sur mon épaule, rassurant.

— Tu as encore le choix, Blue.

Le choix ?

Est-ce que j'avais vraiment eu le choix une fois dans ma vie ?

— Je n'en sais rien, dis-je, sans quitter des yeux le monde en contrebas.

— Tu t'inquiètes ? me demanda Mouse.

— Je peux gagner.

Même contre Nathan, je pouvais gagner. Mais cette certitude ne suffisait pas à faire taire les doutes qui me torturaient, en cette seconde.

— Tu es quand même inquiet, comprit Mouse. Seulement, tu ne l'es pas pour toi.

Je me mordis un instant les lèvres.

— Je suis si évident ?

Mouse rit.

— Évident ? répéta-t-il en me jetant un coup d'œil sarcastique. Je ne connais personne de moins évident que toi, Blue. Tu es un fichu casse-tête impossible à résoudre. Je passe plus de temps à te deviner qu'à te comprendre.

Il inclina le visage, surveillant certains nageurs rejoindre les plots, la première course allait commencer. Nathan avait encore le temps et il appuya son épaule au mur, à l'entrée du couloir qui menait aux vestiaires. Il jetait des coups d'œil vers les rideaux de l'observatoire, sachant parfaitement où me trouver. Il m'attendait. Pas comme avant ; il ne m'attendrait jamais plus comme avant. Mais il m'attendait quand même.

— Je vous ai souvent vus nager ensemble, continua Mouse. Au départ, je pensais que vous étiez aussi compétitifs que des frères. Et puis, je vous ai regardés encore et ce n'est plus de la compétitivité que j'ai remarquée.

Je massai ma nuque, des frissons serpentaient sur ma peau.

— Nathan n'a jamais été mon frère.

— Non, sourit-il. Tu ne regarderais jamais un frère de cette manière.

Je baissai les yeux, me détournant de Nathan.

— Et tu ne te sentirais pas autant coupable de ce qui est arrivé.

Je haïs le froid qui s'installa dans ma poitrine. Je me frottai le torse, mal à l'aise.

— Tu as passé combien de temps à me deviner ? demandai-je, tendu.

— Un an, je dirais.

Il serra davantage mon épaule, m'ancrant dans ce moment pour m'empêcher de repartir trop en arrière.

— Tu penses qu'une nuit peut définir le reste de ta vie, Mouse ?

Il faisait chaud dans l'observatoire et j'étais soudain si congelé que mes bras se recouvrirent de chair de poule.

— Tout dépend ? répondit-il.

— De quoi ?

— Est-ce que tu vas laisser cette nuit définir le reste de ta vie ?

Si je ne pouvais rien modifier du passé, je voulais être capable de l'oublier.

« Tu ne m'oublieras jamais, Blue. »

J'oublierais !

J'arriverais à oublier !

Je récupérai mes affaires et partis m'enfermer dans la salle de bains de l'observatoire. Je m'appuyai à la porte et me laissai glisser au sol, le souffle court. Les genoux repliés contre la poitrine, je me recroquevillai sur moi-même, cherchant à contenir cette douleur qui menaçait d'exploser hors de moi.

Une minute.

Je m'accordai une seule minute.

Les mains tremblantes, j'ouvris mon sac et attrapai ma serviette. Je l'aplatis aussitôt sur ma bouche pour asphyxier mon cri.

Encore une poignée de secondes.

Juste ça.

Je jetai violemment la serviette au loin, en redressant le visage. Mon crâne cogna la porte, derrière moi.

Trois.

Une grande inspiration.

Deux.

Je m'accroupis, en expulsant l'air de mes poumons.

Un.

Je me levai.

C'est tout, Blue !

Je me changeai rapidement, attrapai mon bonnet, mes lunettes, et récupérai la serviette au sol. Je la balançai sur mon épaule et sortis de la salle de bains. Mouse n'avait pas bougé de devant la baie vitrée. Il continuait de me deviner.

— C'est le moment d'y aller, m'avertit-il.

— OK.

Il me précéda dans l'escalier, je fis jouer les muscles de mes bras pour les détendre. Quand il ouvrit la porte qui menait au bassin, j'abaissai les barrières de ma conscience pour m'y enfermer. Je ne m'autorisai qu'une seule pensée : la course. Je mis à distance la chair de poule qui recouvrit aussitôt mon échine et le brouhaha de la foule qui se réduisit à un murmure lancinant.

Nous longeâmes la piscine jusqu'aux plots de départ; les regards se braquaient dans notre direction. Sans discrétion. Ils se fichèrent dans mon dos, pesant sur moi comme les points rouges d'une multitude de viseurs.

Les chuchotements s'enchevêtrèrent les uns dans les autres, dans un tel vacarme qu'ils auraient pu crier.

Une caméra se tourna vers moi, aussi dérangeante qu'une main plaquée sur mon visage. Mouse planta ses immenses épaules à mes côtés, me préservant de l'objectif, et, sourire aux lèvres, souleva un chapeau imaginaire.

J'avançai.

Un peu moins vite en arrivant devant les nageurs de Cal.

Me confronter à l'animosité fut plus dur que je ne le pensais et, en même temps, infiniment plus simple. Je n'avais jamais suscité autant de haine, mais je l'avais tant anticipée qu'elle me fit l'effet d'une douche glaciale que j'étais incapable d'éviter. J'avais froid jusqu'aux os, mais je n'étais pas figé. Aussi drue que soit cette pluie, elle était insuffisante pour m'arrêter. Alors je continuai, sous les regards noirs des spectateurs, sous les observations intrusives de la presse et, surtout, sous la tension tangible de ceux qui avaient été mes coéquipiers et qui le seraient peut-être de nouveau.

Ils me craignaient.

Moi.

Ma mâchoire se crispa et je ralentis juste un peu devant le coach Bones, le temps d'un hochement de tête. Le respect aux aînés. Le respect du rang. Je ne m'étais pas oublié à ce point. Même si c'était dur de s'incliner face à des yeux qui vous avaient rejeté; le respect était le socle de mon éducation. C'était ainsi qu'Halmeoni m'avait élevé.

Ainsi que Sajangnim avait attendu que je sois. Ainsi que les pensionnats nous conditionnaient. Ainsi que la Corée nous faisait grandir. Le respect n'était pas qu'un mot, il créait les limites de notre monde.

Je ne savais plus vraiment où se trouvaient les miennes. Ma seule certitude, aujourd'hui, était mon habileté à fendre la surface pour nager. Nager plus vite que n'importe qui. C'était tout ce que j'étais encore. Des années de travail et de sacrifices et l'unique amour incapable de me faire souffrir. L'eau. L'eau était une amie qui ne m'avait ni fui, ni puni, ni abandonné.

Je m'arrêtai devant le plot de départ et retirai ma veste. Il y eut un instant de silence, comme un souffle que l'on retient trop longtemps. Mon tatouage offert à leurs yeux, ce symbole que je portais sur moi depuis un an. Ma résurrection.

Mouse posa une main dessus et me poussa.

— C'est le moment de renaître.

Je hochai la tête et m'étirai. Les barrières de ma conscience tremblèrent lorsque Nathan se trouva soudain à mes côtés. Je lui jetai un coup d'œil, il était concentré. Il ne l'avait jamais tant été. Son expression sérieuse était effrayante, il aurait pu se préparer pour une épreuve olympique, il n'aurait pas eu l'air plus inatteignable. Il ne regardait que la surface de l'eau et ajusta ses lunettes une dernière fois. De la paume de ses mains, il appuya dessus pour qu'elles adhèrent le mieux possible aux contours de ses yeux. Il était… impressionnant. Je n'avais pas souvenir qu'il l'ait autant été un jour. Il m'impressionnait, moi. Sa stature, son visage. Il nageait déjà. Même maintenant, même avant de plonger, il nageait.

Il pencha la tête d'un côté et de l'autre, comme s'il cherchait à dégager un insecte. Ou plutôt mon regard. Je souris, étrangement ému. Je ne pouvais pas être ému maintenant. Je l'étais quand même. Ému par la façon dont il essayait de m'ignorer, comme si c'était trop difficile de me faire face. Ému de cette peau parcourue d'un frisson qui le fit doucement trembler. Ému…

— Plus tard, gronda Mouse à voix basse.

Il se rapprocha de moi, me rappelant l'imminence de la course.

— Tu n'as qu'un objectif, pour l'instant.

Je hochai la tête ; il avait raison.

— OK, dis-je.

Il me tendit son poing et j'y cognai le mien. Puis je l'écoutai attentivement en finissant de me préparer. Tout ce qu'il m'avait dit cette dernière année s'était ancré en moi.

— C'est à toi de jouer, Blue Phoenix.

Blue Phoenix…

L'eau s'étira sous mes yeux. Très vite, je ne vis plus qu'elle. Les paroles de Mouse s'éloignèrent. Le bruit des voix devint un simple murmure. J'aurais juré percevoir un clapotis rythmant les secondes qu'il me restait. Mon souffle se fit plus profond. Je me préparai. Plus rien n'existait hormis *elle* et moi. Cette étendue bleutée aux abîmes rassurants. Les autres auraient pu disparaître, un à un, comme gommés du paysage pour ne laisser qu'une place vide et un peu plus de silence. Très vite, ce monde redevint le même qu'en pleine nuit, lorsque je me trouvais sur ce même plot, prêt à plonger. À une exception près.

Il y eut le coup d'envoi, retentissant.

Et quelqu'un à mes côtés. Le seul qu'il restait.

Nous fendîmes la surface presque en même temps, nos corps immergés se propulsant en avant.

Première longueur.

Je pris le premier virage moins rapidement que je ne l'aurais dû, évitant à Nathan une vague trop puissante qui l'aurait freiné. Je perdis quelques centièmes de seconde. Quelques centièmes de seconde, c'était parfois suffisant pour être dépassé. Et, pourtant, je ralentis encore un peu.

« Mais es-tu prêt à perdre ? »

Pour toi, peut-être, après tout. Je veux qu'on te voie toujours comme ce champion, celui que je vois en toi depuis le début.

Au second virage, Nathan allongea ses mouvements, et je ralentis encore plus.

« Mais es-tu prêt à perdre ? »

Si je le laissais gagner…

« Non. »

Nathan n'était pas de ceux qu'on laissait gagner. Il arrachait ses victoires, il n'avait pas besoin de moi.

Très vite – mais peut-être trop tard –, j'accélérai avec puissance, entamant la troisième longueur en prenant les devants.

Un peu plus à la quatrième.

Un peu plus encore à la cinquième.

Les 200 yards se nageaient en huit longueurs dans les petits bacs[29]. Il y avait plus de virages, les efforts n'étaient pas les mêmes. Mais j'avais l'habitude de cette piscine, de cette eau ; je les connaissais parfaitement. Elles m'accueillaient depuis un an.

Je n'avais jamais été aussi rapide.

Et, pourtant, ça me parut si simple.

La moindre cellule de mon organisme était faite pour cet effort.

Lorsque, enfin, je posai une main sur le bord, le monde explosa autour de moi. Les visages réapparurent tous ensemble dans un vacarme à me retourner le cœur. Le souffle court, je pivotai vers les scores.

Première place, Park.

Seconde place, Simons.

Derrière moi, Mouse laissa échapper un juron victorieux. Je me tournai vers lui, il sourit jusqu'aux oreilles alors que le coach Bones, à ses côtés, lui disait quelque chose qui lui fit lever les yeux au ciel. Je jetai un regard à Nathan, mais il sortait déjà de la piscine et s'éloignait, sans m'accorder un seul coup d'œil. Il retira ses lunettes d'un geste brusque et marcha vers les vestiaires.

— Tu as été génial, Blue !

---

29 Bassin de 25 mètres. En opposition aux grands bacs, les bassins de 50 mètres.

Je quittai souplement l'eau.

Juliet se retint de me faire une accolade devant tout le staff, elle ne pouvait pas être si heureuse de ma victoire. Après tout, elle avait un rôle à tenir, ici, face à ces gens qui analysaient la moindre de nos interactions.

— Vraiment génial, se réjouit-elle quand même.

— Hum, se contenta de dire Joey, mal à l'aise dans ce genre d'endroit.

Il parcourait les alentours, aussi inquiet que s'il s'était trouvé dans une arène de gladiateurs.

— Je reviens, leur dis-je.

Ma serviette à l'épaule, j'esquivai les regards des spectateurs, le micro des journalistes et les coups d'œil de mes anciens coéquipiers. Je remontai le couloir désert des vestiaires. Il était exagérément long et, ici, les voix étaient étouffées. La lumière s'enfuyait pour ne laisser qu'une légère obscurité et le silence. L'eau dégoulina de mes cheveux et je les repoussai en arrière. Il fallait que je trouve Nathan. Je voulais seulement lui dire…

Mon sang se figea dans mes veines lorsque j'aperçus un jeune homme adossé au mur, un peu plus loin. Un genou plié et les mains dans les poches d'un survêtement, il posa un regard trop calme sur moi. Un sourire fendit son visage d'une ligne rassurante qui me parut, en cette seconde, l'une des choses les plus abjectes de ce monde.

Sawyer.

Juste devant moi.

— Salut, me dit-il.

Mes poings se serrèrent si fort que mes ongles cisaillèrent mes paumes de mains.

Je croyais être prêt. Chaque jour, je m'étais préparé à retourner dans un univers où il graviterait à proximité. Je m'étais entraîné. À effacer le passé. À le réduire à un brin de rien qui finirait par ne plus compter du tout. Mais, il était là et, soudain, il ne restait plus que la violence. Une violence si terrifiante qu'elle me fit trembler, mettant des frissons sur ma peau nue. J'aurais voulu le briser, pour qu'il ne ressemble plus à *ça*. Ses cheveux d'un blond un peu délavé par le soleil californien encadraient un visage au sourire trop grand. J'avais trouvé ça amusant, à l'époque. Lui. C'était surtout lui que je trouvais amusant. Il était… aimable. Gentil. Prévenant. Poli. Si différent des autres. Si différent de Nathan. Il avait des manières qui me rappelaient ma vie à Séoul et ça m'avait mis à l'aise. Il m'avait fait visiter San Francisco. Il m'avait présenté ses parents et ses amis. Il m'avait invité à des repas, des week-ends, des vacances. Il venait s'entraîner avec moi, le soir, quand il me savait seul à la piscine. Il m'écoutait parler de Nathan. Il n'y avait qu'à lui que j'avais osé confier à quel point j'étais fou de mon Texan.

Le visage candide, le regard clair, le sourire avenant.

Tout le monde aimait Sawyer Harold. Je l'avais aimé, d'une certaine façon. Je l'appelais Hyung, je ne l'avais jamais fait avec personne. Parce que je n'avais jamais été aussi proche de personne, hormis de Nathan.

Sawyer était un éclat. Le plus brillant des éclats. Si brillant qu'il parvenait à vous cacher ses ténèbres. J'avais mis trop de temps à les remarquer.

Mon erreur.

« Viens à la soirée, Blue ! Allez, qu'est-ce que tu risques ? Je serai là aussi. »

Mon estomac se serra sur une fureur trop vive, presque insupportable. Je tremblais et si je restais… si *lui* restait devant moi…

« Tu ne m'oublieras jamais. »

Il fit un pas vers moi.

Je déglutis, me retenant de toutes mes forces de bouger.

« Non, tu ne m'oublieras jamais, comme ça. »

— Alors tu n'es pas à Séoul, me dit-il.

— Ne me parle pas, le prévins-je.

Ma respiration était trop courte. Je haïssais l'emprise qu'il avait sur ma colère. Un vrai marionnettiste. D'un simple coup de main, il me faisait chavirer dans des abîmes de fureur.

— Il faut toujours écouter les rumeurs, apparemment, ajouta-t-il.

— Les rumeurs… répétai-je sombrement.

Il pencha la tête, comme s'il cherchait à regarder dans mon dos.

— Joli tatouage, au fait. Il te ressemble.

— Tu ignores ce qui me ressemble.

— Tu en es sûr ?

J'aurais pu cracher à ses pieds, pour lui montrer tout ce qu'il m'inspirait.

— Je suis heureux de te revoir, Blue.

Sa voix était toujours aussi suave et posée. Et, pourtant, elle sifflait à mon oreille comme le pire des dangers.

J'en eus la nausée.

— *Yeotmeogeo*[30], Sawyer.

— Désolé, je ne comprends toujours rien au coréen.

— Va te faire foutre, répétai-je.

Il rit un peu.

— Tu es encore si…

Il réfléchit au bon terme, jouant avec ma tension.

— Emporté ? proposa-t-il. Je suis certain que personne ne sait à quel point.

L'allusion me fit reculer. Si je ne reculais pas tout de suite, j'allais tendre la main vers lui et à la seconde où je le toucherais, je voudrais le tuer. Arracher chaque seconde qu'il m'avait volée !

Il m'observa, le visage incliné, et je pus presque l'entendre penser : *« Tu recules ? Vraiment ? Alors que c'est moi qui me suis retrouvé à l'hôpital ? »* L'ironie de cette situation aurait pu amuser n'importe qui, mais, quel que soit le rôle qu'il jouait, il n'était pas question que je me laisse une nouvelle fois avoir par ses façades faites sur mesure. Ce n'était qu'un costume créé pour qu'il y glisse à la perfection.

— Tu ne méritais pas une année d'expulsion, se désola-t-il.

— Je méritais plus que ça.

---

30 엿먹어 : Va te faire foutre.

S'il avait porté plainte, j'aurais pu me trouver derrière les barreaux. Mais, évidemment, il ne l'aurait jamais fait. Porter plainte, ouvrir une enquête, n'était pas dans son intérêt. On aurait pu découvrir l'existence de certaines soirées à Berkeley. Les « fils de bonne famille » ne tenaient pas à ce que l'on mette le nez dans « leurs affaires ». Et je ne tenais pas à ce que l'on apprenne ce que j'avais vraiment fait, lorsque j'y avais accompagné Sawyer. Ce secret nous liait. Une chaîne obscure qui m'empêchait de me libérer de lui.

— J'avoue que je ne pensais pas que tu reviendrais.

— La preuve que tu ne sais pas grand-chose sur moi.

Il s'avança encore, je reculai encore. Je m'appuyai au mur, derrière, écœuré par son odeur. Son haleine mentholée me donna envie de vomir.

— Mais je suppose que j'aurais dû le deviner quand il a débarqué à Cal, me murmura-t-il en inclinant le visage, pour m'indiquer la porte des vestiaires, plus loin.

Je n'avais pas besoin de tourner la tête pour savoir qui s'y trouvait.

Le regard de Nathan m'avait toujours arraché la poitrine.

— S'il est là, tu es forcément tout près, non ? dit-il avant de se reculer.

Il enfouit les mains dans ses poches, retrouvant un sourire enjôleur, charmant. Il s'illuminait.

« Tu ne m'oublieras jamais. »

Je respirai plus vite, jugulant le cri qui remonta de mes entrailles.

« Non, tu ne m'oublieras jamais, comme ça. »

Il repartit, osant siffloter une musique, comme s'il était soudain trop heureux pour s'en empêcher. Ma gorge se noua. L'air recommença à circuler dans mes poumons lorsqu'il disparut. Seulement à ce moment-là.

— Jun-ha ?

Je m'écartai si vite du mur que ma tête tourna. Je dépassai Nathan, refusant qu'il me voie comme ça.

— Hé ! Jun-ha ! me rappela-t-il.

Je n'avais pas la force de lui parler.

Je me traînai difficilement vers le bout du couloir et poussai une porte sur laquelle était accroché un énorme écriteau « Interdit au public ». Elle se referma derrière moi et je continuai à avancer le long d'un autre couloir qui menait à l'arrière de la piscine, vers un sas où personne ne venait plus jamais. Hormis moi. Et Mouse, parfois, lorsqu'il me cherchait. Pour l'instant, ça me semblait l'endroit le plus sûr.

La respiration courte, frissonnant, je m'arrêtai devant un mur de carreaux de verre, dans lequel je fis face à une multitude de mes reflets. Je m'accroupis, le front posé sur mes genoux. De nouveau enroulé autour de moi-même, autour de cette rage qui m'avait poussé un jour à frapper. Je me mordis le bras, si fort qu'un goût métallique se répandit sur ma langue.

Ce n'est rien, Blue.

Ce n'est vraiment rien.

Une seule nuit dans ta vie.

Même pas.

Quelques heures.

Quelques heures ne peuvent pas te détruire !

6

육

Dimanche 30 août 2020

Il était près de minuit.

Je n'arrivais pas à dormir. Dès que je fermais les yeux, je les rouvrais aussitôt. Mon cœur était à l'étroit dans ma propre poitrine. Abandonnant une quelconque idée de repos, je me préparai des *ramyeons*[31]. Halmeoni disait toujours que rien ne résistait aux ramyeons. Elle n'aurait plus été d'accord, aujourd'hui, si elle avait connu l'état de mes nuits. Mais j'avais faim. Et si je ne pouvais pas dormir, autant manger. Ça ne m'aiderait pas à trouver le sommeil, mais j'aurais l'estomac plein. Je n'avais rien pu avaler depuis cet après-midi.

J'avais mis une heure à sortir du sas et lorsque j'y étais parvenu, ç'avait été pour me diriger vers l'observatoire. J'avais refusé de croiser un seul regard, j'avais peur de croiser un seul regard, et j'étais monté me changer. J'étais parti avant que quelqu'un ne me rejoigne et qu'une question ne soit posée. Je n'aurais pas pu y répondre. Je peinais déjà à garder sous contrôle… ça… cette noirceur en moi. Parler était impossible.

Je m'étais enfermé dans le loft le reste de la journée.

---

31 Ramen à la coréenne.

J'avais entendu des voix, en bas.

Il y avait eu deux ou trois coups frappés à ma porte.

Puis un silence, un silence trop long, avant que Joey ne se mette à jouer.

Alors, j'avais pu respirer de nouveau sans entraves.

Un bol fumant dans une main, des baguettes dans l'autre, je descendis les marches du loft, le laissant grand ouvert derrière moi. Je retrouvai Joey au temple. Devant ses écrans, son casque sur les oreilles, affublé de son déguisement du soir, il me jeta à peine un coup d'œil. Il continua à discuter dans une langue qui me semblait complètement étrangère. C'était un ensemble de codes, de technicités et d'abréviations incompréhensibles pour les non-initiés. Ma seule expérience des jeux se limitait à ce que j'observais ici et à ce que Joey voulait bien m'expliquer. La plupart du temps, pas grand-chose. D'après lui, je n'étais pas taillé pour être gamer.

Je me laissai tomber sur le fauteuil en cuir et posai mon bol sur mon genou, le temps de sortir mon portable. Nathan m'avait envoyé un message. Seulement deux mots.

Nath : *Ça va ?*

Je n'avais pas répondu, je n'avais pas envie de lui mentir et je ne pouvais pas, non plus, lui expliquer les méandres de mes idées noires. Inutile de l'abîmer, lui aussi. Même si parfois… Je repoussai fermement cette autre pensée, elle me terrifiait encore plus que tout le reste.

Je lançai mon portable sur la table et commençai à manger. Joey me jeta un second coup d'œil. Je haussai un sourcil en continuant. Il ne dit rien puisqu'il rendait le loft assourdissant avec son énième quête du mois. Je m'enfonçai davantage dans le fauteuil et l'observai plus attentivement. Quand est-ce que ses excentricités m'étaient devenues si familières ? Ce soir, sa «tenue» était presque ordinaire, si on la comparait à toutes celles que je lui avais vu porter. Apparemment, les accessoires étaient une nécessité absolue. Joey avait des idées très arrêtées sur la façon de gagner; autant que moi sur la manière de m'entraîner avant une compétition.

Le bol vide, je l'abandonnai avec mon téléphone et remontai un genou contre ma poitrine. La poche de mon large short bâilla et un stylo en tomba. Je le récupérai et appuyai sur le clip. La mine se rétracta. Je clipai encore. Elle sortit. Je me perdis dans ce drôle de rythme. Je recommençai tellement de fois que ce petit bruit devint très vite plus assourdissant que le jeu de Joey.

— AFK[32] ! lança-t-il.

Juste avant de repousser son micro.

— Trop de boucan, me rappela-t-il en fixant toujours son écran.

— Je n'ai pas ouvert la bouche, rétorquai-je.

Il marmonna quelque chose que je n'entendis pas, mais que j'imaginais très bien.

— Tu vas rester ici longtemps ? demanda-t-il.

Jusqu'à ce que mon insomnie me laisse en paix.

— Je ne peux pas dormir.

— Je t'ai fait faire des boules Quies sur mesure.

Ce n'était pas son jeu qui m'empêchait de dormir, nous le savions parfaitement tous les deux.

— Je ne les mets jamais, lui rappelai-je.

— Alors, ne te plains pas de ne pas pouvoir dormir.

— Tu devrais baisser le prix de mon loyer.

Il se tourna aussitôt vers moi. Je souris, imaginant la suite. Elle ne vint jamais, la sonnerie retentit si fort qu'elle aurait pu réveiller chaque habitant du quartier.

— Tu attends quelqu'un ? m'étonnai-je.

Le garage était interdit, les week-ends de quête. Heureusement, je n'avais jamais eu l'idée de ramener des invités.

— Le livreur de pizzas, m'apprit-il.

— Hum, approuvai-je.

---

32 AFK (Away From Keybord) : Abréviation utilisée par les gamers pour signifier qu'ils s'éloignent de leur clavier, qu'ils sont indisponibles pour un moment, qu'il y a quelqu'un d'autre dans la pièce et qu'ils se mettent en sourdine. Bref… Pour tout ça.

J'avais encore faim, ça tombait bien. Même sans faim, d'ailleurs, je ne résistais jamais aux pizzas.

Joey se leva en oubliant son casque et s'étrangla quasiment avec son fil. Agacé, il le retira et récupéra plusieurs billets dans une version miniature du trône de fer.

Je secouai la tête en faisant sauter le stylo dans ma main.

— N'oublie pas d'enlever ta cape, lui rappelai-je.

Il l'ôta de façon théâtrale, avec l'aisance d'un Dracula. Puis il marcha vers la sortie.

— Tes lunettes, l'arrêtai-je.

Il me tendit une paire d'un rose fuchsia qui me collait mal aux yeux.

— Et tes gants, dis-je encore.

En grognant, il retira des gants blancs et me frappa avec, tel un lord d'une autre époque.

— Tu aurais tout aussi bien pu aller récupérer ces fichues pizzas, puisque tu vas en manger la moitié.

— Ce n'est pas faux.

— Alors ?

— Tu ne veux pas baisser mon loyer ?

— Ce n'est même pas un loyer ! me hurla-t-il en se dirigeant vers la porte. À peine de quoi couvrir les charges !

Je l'entendis ouvrir à la volée et je plaignis le livreur qui devrait faire face au démon acariâtre qu'il savait parfaitement devenir. Il revint quelques minutes plus tard et referma précipitamment derrière lui.

— Qu'est-ce qu'il y a ? me moquai-je. Ils ont oublié la sauce pimentée ?

Il secoua la tête.

— Le livreur veut te parler.

— Qu'est-ce que tu lui as dit ? ris-je.

— Il tenait les pizzas, donc pour moi, c'est un livreur. Mais…

Il regarda par-dessus son épaule, comme s'il pouvait voir à travers la porte.

— À mon avis, il ressemble vraiment à Nathan.

Je bondis aussitôt du fauteuil.

— Quoi ?

Joey rouvrit légèrement la porte et passa un œil dans l'embrasure.

— Oui, je dirais que c'est bien lui.

Difficile de ne pas reconnaître Nathan. Surtout quand ses yeux bleus se braquaient dans ma direction, avec tant de détermination qu'ils devenaient aussi inébranlables que de hautes murailles. Impossible de les franchir. Impossible de les ignorer. Impossible, non plus, de reculer. Ils étaient juste là, plantés au plus profond de moi.

Des frissons sur les bras, je passai devant Joey pour le rejoindre. Une enveloppe kraft coincée sous le bras, Nathan regardait alentour avec toute la perplexité de ceux qui venaient ici pour la première fois. Il y avait trop de couleurs. Ça dégueulait des murs.

— Alors, c'est là que tu te planquais ?

— Qui t'a donné cette adresse ? répondis-je.

Il pencha le visage, m'observant plus attentivement.

— Juliet, m'expliqua-t-il.

Il me tendit l'enveloppe, je ne la pris pas. Il la fit tourner devant lui, comme pour me montrer que ce n'était que ça. Une enveloppe épaisse. Sans nom. Sans cachet.

— Ton dossier de réinscription, m'apprit-il.

Le juron de Joey le détourna un instant de moi. Il passa son regard par-dessus mon épaule, observant le type étrange qui mangeait sa pizza sans perdre une seconde de notre conversation.

— Pourquoi c'est toi qui me l'amènes, Nathan ?

Il tordit la bouche d'un côté et de l'autre.

— Le coach Bones viendra bientôt te voir.

— Ce n'est pas ce que je demande.

— Tu ne réponds pas à mes questions, pourquoi je répondrais aux tiennes ?

Je jetai le dossier sur le comptoir. Il le récupéra pour le plaquer contre ma poitrine.

— Le doyen, le comité disciplinaire et le staff au grand complet m'ont convoqué pour savoir ce que je pensais de ta potentielle réintégration, m'assena-t-il. Apparemment, tous ces gens imaginent que je te connais mieux que n'importe qui d'autre.

Tu me connais mieux que n'importe qui d'autre.

Nathan poussa plus fermement l'enveloppe sur ma poitrine. Jusqu'à ce que je la prenne. Sans le quitter des yeux, je la récupérai enfin.

— Qu'est-ce que tu as dit ? demandai-je.

— Je suis là, avec ton dossier de réinscription, articula-t-il lentement. Qu'est-ce que j'ai dit, d'après toi ?

Je baissai les yeux sur l'enveloppe.

— Merci, murmurai-je.

Il se recula aussitôt, passa les mains dans ses cheveux détachés en abandonnant un rire fébrile.

— Tu me remercieras moins quand tu connaîtras la condition de ton retour.

La condition ?

Nathan contracta la mâchoire, mal à l'aise.

— Ne te bute pas, me prévint-il.

Je haussai les épaules. Je me moquais des conditions. Évidemment qu'ils n'allaient pas me laisser revenir comme si rien n'était arrivé. Ça n'avait pas d'importance.

Je hochai la tête.

Nathan en fit autant.

Nos regards s'accrochèrent si longtemps que les secondes parurent ralentir. J'aurais pu entendre leur rythme éclater comme des bulles d'eau. L'une après l'autre, sans que nous parvenions à nous en détourner.

J'ignorais combien de temps passa avant que Joey ne ferme la porte du bureau et nous ramène à la réalité.

Nathan se racla la gorge et recommença à observer les alentours. Je repris ma respiration et jetai un coup d'œil dans mon dos. Il n'y avait plus personne. Joey devait être de nouveau devant ses écrans, son casque sur les oreilles. Il avait sans doute augmenté le son pour ne plus rien entendre du tout.

— Tu habites en haut ? demanda Nathan.

Je clignai des yeux et me tournai vers lui. Mon cœur chuta dans ma poitrine lorsque je le découvris sur la première marche.

— Ne monte pas, tentai-je de l'arrêter.

Je connaissais parfaitement ce sourire en coin. Cette insolence. Avant même que je ne fasse un pas, il passait déjà les portes de l'appartement.

— *Ssibal*[33] !

Je le retrouvai au milieu du loft. Et le voir dans cet endroit qui avait abrité tous mes cauchemars, mes douleurs, cette rage, et tout le manque de lui, me figea pendant de longues secondes. Je cessai de respirer lorsqu'il s'arrêta devant mon bureau. Trop près de ce tiroir. Trop près de ce téléphone. Trop près de *ça*. J'aurais voulu lui attraper le bras pour l'en éloigner. Mais, évidemment, il ne savait rien de ce qui se trouvait là. Il ne regardait que les portraits d'Halmeoni, de Min-ho et de Becca, posés à proximité de mon ordinateur.

Veilleurs du pire.

Il prit la photo d'un jeune homme qui me ressemblait beaucoup trop.

— C'est ton frère, comprit-il. Je ne l'avais jamais vu.

Je hochai la tête.

— Il m'a aidé quand je suis rentré à Séoul, expliquai-je.

Nathan reposa le cadre.

— Au moins, quelque chose de bien est ressorti de tout ça.

Je ne l'avais jamais envisagé de cette façon ; j'avais eu l'intention de rencontrer mon frère, de toute manière. Mais Nathan l'ignorait. Puisqu'il ignorait tout de ce que je comptais faire, cet été-là.

Il tourna le dos au bureau et je respirai un peu mieux. Du moins, avant qu'il ne monte les quelques marches qui menaient à la petite plateforme. Il se tint trop vite devant les rideaux fermés. Je l'empoignai dès qu'il tendit la main pour ouvrir. Plus fort que je ne l'aurais voulu. Cette fois-ci, il n'eut

33씨발 : Putain.

pas l'air surpris. J'aurais même cru voir quelque chose briller au fond de ses yeux. Comme s'il attendait que je m'emporte enfin. Comme s'il avait besoin que je le fasse. Comme s'il jouait avec mes nerfs, pour mieux les comprendre.

— Ne me manipule pas, le prévins-je.

— Tu as ralenti, m'assena-t-il aussitôt. Alors, qui manipule l'autre ?

Je pris une grande inspiration, mais sans réussir à le lâcher. Je refusais qu'il découvre les photos de nous, planquées derrière ce rideau.

— Oui, j'ai ralenti, lui accordai-je. Mais ce n'était pas dans l'intention de te manipuler.

— Pourquoi ?

— Une erreur.

— Je sais.

— Alors… ?

— Pourquoi l'as-tu faite ?

Il ne parlait plus du tout de la course.

Je le lâchai aussitôt et descendis les trois marches. Mettant le plus de distance possible entre nous, j'appuyai les mains au rebord de l'évier pour reprendre mon souffle.

— Tu devrais partir, Nathan.

— Et tu devrais arrêter de me fuir.

— J'ai juste besoin de dormir.

— Tu ne sais toujours pas me mentir.

Il s'approcha dans mon dos. Je me figeai.

— Tu mens très bien aux autres, mais, va comprendre pourquoi, j'ai toujours vu quand tu essayais de me raconter des conneries.

Je fermai les yeux et baissai la tête. Si je l'avais regardé, il aurait sorti la chaîne pendue à son cou et aurait fait tourner ce pendentif entre ses doigts. Il m'aurait rappelé qu'il n'avait jamais rien ignoré, mais qu'il avait seulement aimé me le faire croire, à l'époque. Aujourd'hui, ce bijou faisait partie de lui. Il n'était plus à moi depuis longtemps.

— Tu avais peur, souffla-t-il dans mon dos.

Il ne prononça pas son nom, c'était inutile. Nous savions parfaitement qu'il parlait de Sawyer.

— Pourquoi aurais-tu peur de lui ? C'est bien toi qui l'as envoyé aux urgences, non ?

Je serrai les poings, il le vit bien.

— Je n'ai pas peur de lui, Nathan.

— Alors, qu'est-ce qui te fait reculer ?

Le frisson qui me parcourait lorsque je me souvenais de mes poings écrasés sur son visage. Et cet instant de soulagement morbide à me rappeler le sang sur mes doigts et le craquement de son nez, de sa mâchoire.

Comment pouvais-je le lui expliquer ?

— Moi, murmurai-je. J'ai peur de moi.

Je ne craignais rien de plus que les pensées que cette ordure avait créées.

Ce n'était pas moi.

Ça l'était quand même.

— La violence, continuai-je, incapable de faire autrement.

Nathan était si près, ses mains effleurèrent mes épaules.

— Tu n'as jamais été brutal, Jun-ha.

Il se pencha sur mon oreille et son souffle se perdit dans mon cou.

— Ce que j'étais n'a plus d'importance. C'est ce que je suis maintenant qui compte.

— Et qui es-tu ?

— Qui je suis ?

Je relevai le visage, fixant le mur en face de moi.

— Oui. Dis-moi qui est Blue Phoenix.

Je ne pouvais pas emmener Nathan dans cette pénombre avec moi. Il ne pouvait pas m'y suivre. Alors, pourquoi… ? Pourquoi le laissais-je m'approcher autant ?

Il était le seul à savoir me troubler de cette manière et le seul qui puisse promener les doigts sur mon T-shirt, comme s'il redessinait un tatouage incrusté si loin dans ma peau. Non pour sa beauté, même s'il était beau. Mais pour tout ce qu'il disait à ma place. Nathan le comprenait. Il ignorait tout de ce que je taisais, mais il comprenait que ce secret se cachait derrière les ailes d'un Phoenix que les cendres d'une nuit n'avaient pu faire disparaître.

Comme elles n'avaient pu faire disparaître tout ce que je ressentais pour lui.

Je passai le visage par-dessus mon épaule et attrapai le bleu d'un regard qui m'avait toujours perturbé. Ses effleurements devinrent une caresse. Je pivotai lentement vers lui, ne dissimulant pas à quel point je tremblais.

— C'est ce que tu voulais vérifier ? Si j'ai encore envie de toi ?

Il mordit légèrement sa lèvre.

— Entre autres, avoua-t-il, sans honte.

Je lui agrippai solidement la nuque.

Il leva la tête, cherchant à m'échapper, cherchant à m'attirer. Je n'en savais rien et, tout de suite, je m'en foutais. Tout ce que je voulais…

— J'ai toujours eu envie de toi, rugis-je.

— À quel point ?

— Je crève d'envie de te toucher.

Je le plaquai fermement contre le frigo et m'appuyai contre lui. J'empoignai sa cuisse et me calai le long de son corps, retrouvant si parfaitement cette place. J'aurais pu ne jamais l'avoir quittée.

— Tu es rassuré maintenant ? lui susurrai-je.

Sa bouche frôla la mienne.

— Non, Jun-ha.

Et, pourtant, il glissa sur mes reins, se faufilant sous mon T-shirt. Il me caressa, laissant derrière lui des traînées de frissons. Il redécouvrit mon dos, mes épaules ; se cambra contre moi sans se détourner lorsqu'il s'aventura en dessous de la ceinture de mon short.

— Je devrais te haïr, gronda-t-il.

J'enroulai ma main autour de son cou, il respira plus vite.

— Alors haïs-moi.

— J'essaie.

— Essaie plus fort.

— Pourquoi ?

— Tu n'as pas eu assez mal ?

— Il faut croire que non, susurra-t-il, sombrement.

Je n'avais jamais été le genre de personne à plaquer qui que ce soit contre un frigo et encore moins le genre à enrouler une main autour de sa gorge. Pourtant, tout de suite, je tremblais de ce pouls qui battait furieusement contre mes doigts. C'était moi. Tellement moi. Et toujours moi quand je me penchai sur lui et léchai ses lèvres, me répandant dans cet amour abîmé par mon erreur. Aussi obscure que soit cette envie, elle était si puissante qu'elle effaça tout ce qu'il s'était passé. Cette année, cette nuit. Tout, sauf celui que j'étais devenu. Cet étranger qui le voulait plus que n'importe quoi d'autre.

— Embrasse-moi, exigea-t-il.

Mes yeux ne pouvaient plus quitter sa bouche.

— Non, grondai-je.

Il rit. Un rire nimbé de désir et de colère que j'écrasai sous mes lèvres. Ce fut si violent qu'il annihila tous nos cris. Je le serrai contre moi, plus fort que jamais, et le retins aux portes de mes ténèbres.

Il m'y incendia le cœur.

7

일곱

Dimanche 30 août 2020

Il y avait moins de monde sur la jetée. Les touristes avaient quitté la baie de San Francisco pour retourner chez eux préparer la rentrée. Les journées étaient moins longues qu'en début de saison. Les rushs du midi, à la maison du crabe, bien moins éprouvants. C'était mon dernier service et Queen soupirait sans cesse. Elle aurait aimé me faire signer un contrat, mais j'avais rempli mon dossier de réadmission pour Berkeley et j'attendais que le coach Bones me contacte. J'avais appelé Juliet, ce matin, pour connaître la condition de ma réintégration, elle m'avait seulement demandé de ne pas m'inquiéter. Même si elle avait eu l'air aussi mal à l'aise que Nathan, cette nuit. Du moins, avant que je n'oublie jusqu'à l'existence de cette enveloppe kraft. Je ne m'en étais souvenu qu'à l'aube. La condition… J'avais alors téléphoné à Juliet, qui avait balayé ma question trop rapidement, pour m'assurer que j'avais fait tout ce qu'il fallait. Tout ce qu'il fallait ? J'avais ralenti sous l'eau et j'avais reculé devant Sawyer. Quand bien même je m'étais fait la promesse de ne jamais faire ni l'un ni l'autre. Et pour terminer, j'avais plaqué Nathan contre mon frigo pour lui arracher un baiser qui m'avait hanté toute la journée.

Tout ce qu'il fallait, vraiment ?

Je desservis les dernières assiettes de la soirée et les portai dans les cuisines. Le plongeur me lança un coup d'œil agacé, avant de se rappeler que je n'étais pas responsable du nombre de couverts qu'il avait à nettoyer.

Voilà. C'était fini.

Il ne me restait plus qu'à récupérer mes affaires dans mon casier et à plier mon tablier. Je le posai sur le banc derrière moi, avec l'épingle du restaurant. J'avais adoré bosser ici, même si je n'avais jamais mémorisé les noms de mes collègues. Je ne me rappellerais que celui de Queen. Elle deviendrait le visage de cet endroit, dans un recoin de ma mémoire.

À l'entrée, elle m'attendait avec mon dernier chèque. Elle me le tendit et je le récupérai en m'inclinant respectueusement. Lorsque j'ouvris la bouche, elle leva la main, pour m'empêcher de dire quoi que ce soit. Elle n'aimait pas ma politesse, elle la dérangeait. Elle ne savait pas trop quoi en faire et je reconnus dans ses regards toute la perplexité que je lui inspirais. Elle essayait de faire coïncider le garçon bosseur qui avait travaillé pour elle presque deux mois avec l'étudiant violent et cruel que les journaux dépeignaient.

Ce matin, j'étais de nouveau à la une.

J'étais de nouveau le petit ami jaloux qui avait envoyé son mec à l'hôpital.

J'étais de nouveau le pire danger de Cal.

La rencontre de la veille avait fait couler presque toute l'encre de San Francisco et de Berkeley. L'été avait dû être trop ennuyant pour les scribouillards.

— Bonne chance, Blue Phoenix, me dit Queen.

Blue Phoenix.

Ce surnom était relayé par tous les réseaux sociaux. Merci, Mouse.

« Le retour de Blue Phoenix. »

La photo de mon tatouage faisait davantage le buzz que mes temps.

Je quittai le restaurant et remontai la jetée sans m'attarder. C'était mon dernier jour, j'avais accepté de travailler plus tard et le soleil était déjà bas lorsque j'aperçus ma voiture.

Il y avait beaucoup de circulation, ce soir-là, heureusement, le loft n'était pas trop loin.

Je coupai le contact, en bâillant à m'en décrocher la mâchoire. Je rêvais d'une douche et d'un lit.

Les hurlements qui s'échappèrent du garage mirent aussitôt fin à mes espoirs. En levant les yeux au ciel, j'ouvris, sachant très bien ce qui se trouvait de l'autre côté.

Je connaissais tellement cette scène que j'aurais pu la rejouer sans fin.

Joey se tenait devant la porte de son bureau, les bras en croix dans l'encadrement, les pieds écartés, bloquant l'entrée avec la conviction d'un quarterback. Face à lui, Juliet feintait à droite et à gauche, tentant une percée. Mouse, très calme, buvait une bière, assis sur une chaise, en piochant des chips dans un saladier.

Je secouai la tête et me laissai tomber sur un des fauteuils que Joey avait installés au milieu du garage, comme si c'était l'endroit idéal pour prendre un verre. Étonnamment, il avait raison. On se sentait toujours mieux entouré de moteurs éventrés qui finiraient par fonctionner de nouveau. Il suffisait d'avoir la bonne pièce, après tout.

— Je mise sur Juliet, me dit Mouse.

— Elle n'a pas une chance, le contredis-je.

— Blue ! gueula Joey. Fais-la sortir de chez moi !

— Je veux seulement voir à quoi ressemble ton bureau, minauda Juliet.

— Ce qu'il y a dans mon bureau ne te regarde pas !

— Tu caches des revues porno numérotées par ordre alphabétique ?

Mouse se frotta le menton.

— C'est une idée.

Juliet tenta une nouvelle fois de passer.

— Écarte-toi ! gronda Joey si fort que même le sol vibra.

Mouse siffla, avant d'enfouir une autre poignée de chips dans sa bouche.

— Qu'est-ce que tu vas faire ? rigola Juliet.

— Blue ! Compose le 911 tout de suite !

— Tu plaisantes ? ricana-t-elle.

Il ne plaisantait pas du tout. Il ne plaisantait jamais avec son temple. Et vu la façon dont il s'énervait, je pariais sans difficulté qu'il devait se trouver devant ses ordinateurs avant de se faire surprendre. Il n'avait sans doute pas eu le temps de replacer l'armoire.

Son regard devint plus noir que jamais.

— Tu es chez moi, rappela-t-il à Juliet. Tu essaies de pénétrer de force derrière une porte fermée. Je t'ai demandé plusieurs fois de partir et tu refuses d'obtempérer. Je me sens en danger et agressé dans mon intimité.

Juliet rit. Du moins, jusqu'à ce qu'elle m'aperçoive sortir mon portable de ma poche.

— Tu plaisantes ? répéta-t-elle.

Mais à mon intention, cette fois-ci.

Je haussai les épaules.

— Ses arguments sont valables.

J'étais quasiment sûr qu'elle allait reculer avant que je ne doive réellement composer ce numéro. Mais si je devais choisir, ce serait le secret de Joey. Son loft et lui avaient toujours préservé les miens. Joey en savait plus qu'il ne le disait. Parce qu'aussi certainement que je l'entendais jouer, il avait entendu mes cauchemars et mes cris étouffés dans mon oreiller.

— Il va appeler, prévint Mouse.

— C'est bon ! capitula Juliet.

Elle m'arracha mon portable des mains et regarda l'écran. L'appel était en cours, elle l'éteignit aussitôt. Puis elle me rendit mon téléphone, vexée, avant de se laisser tomber sur un fauteuil. Joey poussa un immense soupir et s'adossa lourdement à la porte. Immédiatement, il sortit une clef de sa poche et verrouilla le bureau à double tour sans quitter la menace – Juliet – des yeux.

— Je n'allais pas entrer, bougonna-t-elle.

— C'est ça, siffla-t-il.

Il tira une chaise devant et s'y assit les bras croisés. Ce soir, il serait le gardien des lieux, un autre rôle qu'il tiendrait à la perfection.

— Tu as un cadavre, là-dedans ? marmonna Juliet.

Plusieurs, en fait. Même s'ils appartenaient tous à des mondes virtuels. Le tueur à gages qu'il jouait de temps en temps avait un panel de victimes qui aurait fait pâlir Yoo Young-chul[34].

— Vous vous battez encore ou on trinque au succès de Blue ? demanda Mouse.

Le menton posé sur mes mains, je haussai légèrement les épaules.

— Je n'ai rien réussi.

— Tu as gagné, me rappela Juliet.

Je n'avais pas l'impression d'avoir gagné. C'était tout le contraire.

Mouse me mit une bière entre les doigts et je la pris en la levant, comme pour porter un toast.

— Vous n'avez pas lu les journaux ? Je ne suis qu'un athlète violent. Mes temps ne suffisent pas.

Juliet hocha la tête, m'accordant ce constat.

— Quoi qu'il se soit passé il y a un an, tu as été puni pour ça.

— Quoi qu'il se soit passé ? répétai-je. Tout le monde sait ce qu'il s'est passé, Juliet. J'ai baisé avec Sawyer et je l'ai envoyé à l'hôpital. Fin de l'histoire.

L'information était même arrivée à Séoul.

Je bus une longue gorgée de bière.

Juliet vint s'asseoir sur la table basse, juste en face de moi.

— C'est ce que tu as dit à l'époque, Blue. Enfin, non, tu n'as rien dit du tout, d'ailleurs. Tout le monde a pris ton silence pour un assentiment. Mais tu ne t'es jamais expliqué. Tu t'es tenu devant le doyen, le coach Bones, le staff de

34 Tueur en série coréen, qui a sévi entre 2003 et 2004, en tuant plus de vingt personnes.

Cal au grand complet et le père de Sawyer, et tu n'as jamais cherché à te justifier. Tu ne t'es pas justifié pendant la conférence de presse. Tu ne t'es pas justifié durant la commission disciplinaire. Tu as juste décidé de mettre tes études en pause, le temps de ton expulsion, et tu t'es fait tellement discret que la plupart des gens te pensaient en Corée.

Je haussai les épaules.

— Je n'avais rien à raconter de plus.

Elle soupira.

— Réfléchis-y quand même. Parce qu'il se pourrait que tu aies de nouveau à t'expliquer.

— Tu parles de la condition de mon retour ? demandai-je.

Joey et Mouse se tournèrent vers elle.

— Quelle condition ? voulurent-ils savoir.

Juliet m'arrêta d'une main.

— Le coach Bones tient à te l'expliquer lui-même.

— Quoi ? m'agaçai-je. Cal va me coller en thérapie pour que je puisse nager sans mettre les autres en danger ?

Je ris, m'attendant à ce qu'elle soupire en levant les yeux, comme elle le faisait lorsque l'un de nous exagérait. Mais elle se contenta de me regarder sans rien dire.

— C'est une blague ? me tendis-je.

Elle ouvrit la bouche, à l'instant où l'on frappa à la porte.

— Il est là, dit-elle en bondissant sur ses pieds.

— Juliet, sifflai-je.

Elle ne m'écouta pas et je la suivis du regard alors qu'elle se dirigeait vers l'entrée. Elle ouvrit et s'écarta aussitôt pour laisser passer le coach Bones.

Je posai ma bière et me redressai sur mon siège.

J'étais plus raide que jamais.

— Vous êtes en avance, lui dit Juliet.

— Mieux vaut en avance qu'en retard.

Immobile, je me fis l'effet d'un condamné qui espérait enfin un sursis.

Le coach nous rejoignit, salua tout le monde d'un geste de tête bref et froid, à son habitude.

Mouse lui sourit, crispé, et déplia sa longue carcasse pour se tenir à mes côtés.

Joey ne bougea pas de sa porte. Une personne de plus, c'était un risque de plus.

Le coach ne se perdit pas en amabilités et se planta devant moi, son éternel carnet déjà ouvert. Il tapa du doigt sur mes temps et fronça le nez.

— Tu as été mauvais, laissa-t-il tomber.

Il ne s'était jamais encombré de détours.

— Hum, fit Joey. Il a raison. Tu as vraiment été mauvais.

Joey non plus, d'ailleurs.

— La natation est devenue ton domaine d'expertise ? siffla Juliet.

Il se tourna vers elle, plein de morgue.

— C'est le tien, alors tu devrais l'avoir vu ralentir sur les deux premières longueurs. Nathan était sur le point de le dépasser. Enfin, disons plutôt que Blue était sur le point de le laisser passer parce qu'il s'en veut un peu trop… Bref ! Ses temps de dimanche sont bien en dessous de ce qu'il fait à l'entraînement. Il ne peut pas faire de sentiments dans l'eau. C'est un champion. Et les champions ne doivent pas seulement gagner. Ils doivent se surpasser.

Juliet ouvrit la bouche, la referma aussitôt. Joey avait raison, tout le monde le savait. Moi, bien plus que n'importe qui.

— C'est une très bonne analyse, approuva le coach Bones.

— Ce n'est pas pour vous que je l'ai faite.

— Joey… tenta de l'arrêter Juliet.

Sans succès.

Joey se leva finalement, oubliant un instant sa porte, son temple, la menace de Juliet. Il se tint alors devant le coach Bones. Il paraissait soudain aussi dur que lui. Aussi intransigeant.

— Laissez-moi me présenter, lui dit-il. Je suis Joey Hendrix, le garagiste de cet endroit et la personne qui a récupéré Blue quand vous l'avez expulsé sans vous soucier de ce qui pouvait lui arriver.

Le coach Bones accusa le coup comme un homme qui en avait trop pris pour s'en émouvoir.

— Je suis désolé que vous le voyiez de cette façon, dit-il.

— Il y a une autre façon de le voir ?

— Joey… essayai-je de le calmer.

Mais Mouse m'attrapa le bras pour m'en empêcher.

Le coach Bones ferma son calepin et le rangea dans sa poche.

— La vérité, c'est que je me suis retrouvé avec un nageur à l'hôpital, le doyen qui demandait des explications, des parents préoccupés, une équipe en ruine, et un foutoir médiatique à mes portes. Et Blue n'a jamais rien dit qui puisse se rapprocher d'une raison valable. Même s'il n'existe aucune raison valable à ce genre d'acte.

Joey sourit, si mauvais que même moi, il m'inquiétait.

— Dites plutôt que ça arrangeait bien tout le monde de ne pas savoir ce qu'il s'était passé.

— Vous m'accusez de quelque chose ?

— Exactement, laissa-t-il tomber. De quoi, d'après vous ?

— J'imagine ce que vous pensez.

— Un gamin riche. Un papa qui fait beaucoup de chèques. Vous êtes…

Je donnai un coup à l'épaule de Joey, pour qu'il s'arrête là. Je n'avais pas besoin d'un père. Du moins, j'imaginais que les pères devaient se comporter de cette manière, de ce côté de l'océan. Sajangnim, lui, m'aurait forcé à m'agenouiller et à demander pardon, jusqu'à ce qu'on me l'accorde. Et même si j'avais dû passer des semaines au sol, le regard baissé.

— Je méritais mon expulsion, finis-je par dire à tout le monde.

Joey marmonna des insultes à peine déguisées.

— La question n'est plus de savoir si tu méritais ou non ton expulsion, dit le coach Bones. Mais plutôt de savoir si tu mérites ta réintégration.

— Gayle ! gueula Mouse.

Le coach Bones l'ignora. Il se moquait des accusations de Joey. Des colères de Mouse. Des retenues de Juliet. C'était entre lui et moi. Entre ses doutes et ma chance de recommencer.

Je voulais recommencer !

J'avais besoin de me tenir de nouveau au bord des bassins.

J'avais besoin d'être de nouveau quelqu'un.

— Je t'ai regardé nager depuis ton arrivée au Texas, me rappela le coach Bones. J'ai gardé un œil sur toi pendant deux ans. Je t'ai proposé de rejoindre Cal. Je sais que tu as le potentiel d'aller très loin. Vraiment très loin. Et je ne parle pas seulement de la natation.

Il avait toujours tenu son équipe d'une main de fer. Et aucun gant de velours dans les environs. Non, l'acier était tout ce que connaissait l'ancien champion olympique, Gayle Bones. Il n'avait jamais été là pour se faire des amis, mais pour créer des champions.

Je n'avais pas uniquement envoyé Sawyer à l'hôpital. J'avais mis en péril ce qu'il avait construit à Cal.

L'unité.

— Juliet s'est beaucoup battue pour que tu sois réintégré, Mouse s'est beaucoup battu pour que tu sois réintégré. J'ai du respect pour eux, mais je ne te garderai pas si ta présence met toute l'équipe en danger.

Il pointa un doigt dans ma direction, aussi sûrement qu'une arme.

— Je pose une condition à ta réintégration et elle est non négociable.

Voilà, nous y étions.

Voilà…

— Quelle condition ? grinça Mouse, furieux pour moi.

— Non négociable, insista le coach Bones.

Je savais déjà. Le destin se jouait toujours de vous. Il vous rattrapait, que vous le vouliez ou non. Les sacrifices faisaient partie du chemin. Personne n'atteignait le sommet sans s'oublier soi-même. En cette seconde, je m'oubliai. Je me perdis loin en moi pour supporter l'entendre me le dire.

— Tu participeras aux groupes de parole qu'anime l'association de Brad Richardson, m'assena-t-il.

— Combien de temps ? me forçai-je à demander.

— Toute l'année.

— Alors, c'est vraiment ça, me raidis-je. Vous m'envoyez en thérapie.

Il inclina la tête, observa mes dents serrées, la veine gonflée à mes tempes, mes poings que je mis trop de temps à planquer dans mes poches. Tous les signes de colère, aussi visibles que mes yeux noirs au milieu de mon visage tendu. Et, pourtant, mon ton était posé. Je restai immobile.

— Ça ne peut pas te faire de mal, remarqua-t-il.

Un hurlement tomba au fond de ma gorge et je le retins là, même s'il m'étouffa.

En thérapie ?

Le coach Bones s'en retourna vers la porte. Il posa une main sur la poignée et me jeta un dernier coup d'œil.

— Je te laisse jusqu'à demain matin pour y réfléchir, m'avertit-il. Si tu n'es pas là à sept heures, avec toutes tes affaires, je prendrai ça pour un non.

Il savait parfaitement ce qu'il me demandait.

Il savait que rejoindre l'association de Brad, c'était avouer à tout le campus que j'avais un problème et que j'étais prêt à le résoudre.

« Tu en as envie, Blue. »

Un problème ?

Le sang sur mes mains.

Son rire.

Ses mots.

Le bruit des sirènes.

Tellement de sang…

Il y avait tellement de sang…

8

여덟

Lundi 31 août 2020

Allongé sur mon matelas, les bras croisés derrière la tête, j'attendais que mon alarme se déclenche. Je n'avais pas fermé l'œil de la nuit. Les heures s'égrenaient, insupportablement longues et courtes à la fois. Je n'avais pas de doute sur ce que j'allais faire. Je n'avais pas eu besoin d'y réfléchir ; quoi qu'il demande, je reviendrais. Même s'il fallait que je passe des heures en thérapie de groupe avec Brad Richardson. Ils auraient ce qu'ils voudraient et je pourrais revenir à la compétition. Tout le monde y trouverait son compte, après tout. Cette décision était facile à prendre, je n'avais qu'à enfouir mes ressentiments pour tous les Brad du campus. Pour ces cerveaux conditionnés par les réseaux sociaux, ces réflexions limitées aux posts des voisins, ces jugements à la sauvette, ces réactions de masse. Je n'étais pas excusable, je ne cherchais pas à l'être. Du moment où Sawyer avait été emmené en ambulance jusqu'à celui où la NCAA m'avait renvoyé, j'avais fait face à mes responsabilités, aux jugements. Je n'avais répondu à aucune de leurs insultes et de leurs bousculades. Je n'avais pas fui les cris, j'avais enduré les regards, j'avais accepté les rancœurs et le dégoût. Ils s'étaient acharnés, comme on s'acharnait toujours contre les injustices. Bien sûr, ils avaient raison ! Bien sûr ! Même s'ils s'étaient trompés, même s'ils ignoraient toute une partie de la vérité, même s'ils n'avaient jamais cherché à la connaître. Si parfois, j'avais eu envie de leur hurler : «Non ! Je n'ai rien fait !», ce n'était qu'un mensonge dans lequel il m'arrivait de me réfugier. Ce sentiment d'injustice qui brûlait en moi, je l'étouffais une étincelle après l'autre.

J'avais commis une erreur.

Je ne l'avais jamais oublié.

La sonnerie brisa mes réflexions. Le matelas vibra jusqu'à ce que je trouve mon portable sous la couette. Je coupai le son et me redressai dans mon lit. Le réveil indiquait cinq heures, le soleil n'était pas encore levé. Il était plus paresseux que le coach et sa préférence pour les réunions à l'aube.

Je roulai en bas du matelas et partis sous la douche, sans allumer. Je n'avais pas besoin de lumière, le loft n'était pas si grand et je le connaissais par cœur.

Sous l'eau, je fermai longuement les yeux.

Tu peux le faire, Blue.

Tu peux supporter de croiser Sawyer.

Tu peux supporter les thérapies de Brad.

Tu peux supporter les exigences du coach Bones.

Tu peux supporter les jugements des autres.

Après tout, j'avais grandi dans les jugements. J'avais été jugé avant même ma naissance. L'illégitime fils des Park. Ce n'était pas un sentiment étranger. Il faisait partie de moi, aussi sûrement que la couleur de mes yeux.

Tu peux tout supporter.

Je soulevai les paupières.

C'était ma chance de me tenir de nouveau à ma place. Ma chance de prouver que je n'étais pas que ça, qu'un jour, qu'un scandale. Et peut-être qu'en chemin, je pourrais récupérer ce que j'avais perdu.

Nathan.

Je m'habillai rapidement et attrapai mon gros sac à l'entrée. J'y avais seulement entassé le nécessaire. Mes vêtements, mes affaires de natation. Mes manuels. Des livres. Quelques photos. Je n'avais pas besoin de plus, pour l'instant; il serait toujours temps de venir chercher le reste plus tard.

En dévalant les marches, j'avisai l'heure à ma montre et passai réveiller Joey. Il était endormi sur l'un des canapés du temple. Je lui tapai le pied, il bondit sur-le-champ, prêt à combattre. Je me tins à distance quelques secondes, histoire qu'il se souvienne dans quelle réalité il se trouvait. Ici, la seule arme qu'il brandissait était une manette customisée.

Soudain, le jour se fit dans son esprit et il s'ébouriffa les cheveux.

— C'est parti pour Berkeley ! me lança-t-il, en marchant aussitôt vers la sortie.

— Ton casque, le rappelai-je.

Il fit demi-tour et posa respectueusement sa «relique» sur l'une de ses étagères. Un hochement de tête plus tard, il se dirigea de nouveau vers la porte.

— Ton épée, lui jetai-je.

Il revint encore, les cheveux en bataille et des cernes profonds creusant ses yeux fatigués. Tel le guerrier qu'il avait été toute la nuit, il ôta «Elise» de son fourreau et la rangea. Il caressa sa garde avec autant de dévotion que moi, quand je… bref !

Je me raclai la gorge.

— Tes chaussures ! gueulai-je, quand je l'imaginai sortir en oubliant de les mettre.

Je jurai en replaçant cette armoire plus lourde qu'un mort devant l'entrée du temple. Quelques livres me tombèrent sur le crâne, et je les rangeai en jurant encore plus fort.

Joey m'attendait derrière le volant de sa voiture en bâillant tellement que je vis sa luette. Il y avait de meilleures façons de débuter la journée.

Il démarra dès que je fermai la portière et ne dit pas un seul mot. Il me connaissait assez bien pour savoir que tout ce dont j'avais besoin, en ce moment, c'était de silence et d'un café chaud. Il me jeta une canette de Coca, ce n'était pas chaud, mais ça bernerait mon esprit.

Vingt minutes plus tard, Joey se gara en double file devant le centre aquatique de Cal. Ses warnings allumés chassaient la fin de l'obscurité, étranges pulsations lumineuses. Pendant une seconde ou deux, nous les regardâmes.

— Je ne vais pas relouer le loft avant un moment, me dit-il enfin.

— Qui voudrait s'installer en haut du temple ? plaisantai-je.

— Hum… bougonna-t-il. Tu peux donc revenir quand tu le souhaites. Je m'occuperai de Gyosu en attendant.

Gyosu avait été à lui, dès le début.

Je souris, la gorge étonnamment nouée. Je n'avais pas imaginé que partir du garage serait si difficile.

— Merci, Joey.

— Tu appartiens à ma guilde, plaisanta-t-il.

Ou peut-être pas tant que ça.

Il récupéra mon sac derrière et le posa sur mes genoux en pointant une direction du menton.

— Allez, vas-y.

Je hochai la tête et ouvris la portière. En la refermant, je l'observai. Ce matin, il n'était plus un garagiste terrifiant, plus un gamer quelque peu étrange. Il était un ami qui avait été présent au pire moment de ma vie. Combien de gens étaient capables de vous aider lorsque vous n'aviez plus rien ? C'était simple de dire, « si tu as besoin de moi, je suis là ». Mais les mots ne sauvaient personne. Ce qui vous sauvait, c'était d'avoir un toit au-dessus de la tête. C'était de pouvoir fermer la porte d'un endroit pour y pleurer. Ce qui sauvait, c'étaient les gens qui étaient là, quand les autres avaient disparu. C'étaient ceux qui ne vous jugeaient jamais, qui ne vous abandonnaient jamais et qui savaient reconnaître vos silences.

Un dernier signe de main et, mon sac sur l'épaule, je reculai. Parfois, les pages se tournaient en un pas. Un pas de plus et tout changeait.

Je poussai une porte, elle se referma sans un bruit.

Le centre aquatique était d'un calme religieux. On l'aurait pensé désert, s'il n'y avait pas eu cette lumière allumée au fond, là où se trouvait la salle de réunion. La piscine, elle, était paisible. La surface plane attendait que les nageurs plongent sous le soleil matinal de cette fin d'été pour créer les premiers remous de la journée.

Je n'avais pas mis les pieds ici depuis un an et rien n'avait véritablement bougé. Les mêmes photos au mur, la même chronologie retraçant l'histoire de l'équipe de natation de Cal, les mêmes couloirs. Et, pourtant, plus jamais les mêmes sentiments. Je m'étais cru tout-puissant lorsque j'avais débarqué pour la première fois. J'étais ici et c'était déjà une réussite. Aujourd'hui, je me sentais rejeté, quand bien même j'y étais de nouveau. Je n'oublierais plus jamais à quel point cet endroit était fragile. Il n'appartenait pas aux athlètes, à ceux qui s'étaient entraînés des décennies pour quelques centièmes de moins sur un chrono. Non, cet endroit appartiendrait toujours à ceux qui vous regardaient et qui décidaient de votre avenir.

Ceux qui avaient le pouvoir.

Je changeai mon sac d'épaule et avançai jusqu'à la salle de réunion. Je frappai et une voix sèche me tonna d'entrer. Alors j'entrai. Le coach Bones m'indiqua aussitôt une chaise en face de lui et j'eus la désagréable impression d'être de nouveau devant le comité de discipline. Ce n'étaient pas les mêmes gens et ils étaient moins nombreux. Mais, c'était évident, je serais encore jugé.

Le coach Bones se tenait au centre d'une longue table, entouré de Juliet, de son bras droit, Ken, et des deux capitaines ; Laura pour l'équipe féminine et Steeve pour l'équipe masculine. Ce n'était pas le staff au grand complet, mais ça restait largement suffisant pour la signature d'un contrat.

— Prends ça, me dit Ken.

Avec son crâne rasé et sa carrure de lutteur, il était aussi indissociable du coach Bones que le calepin qui traînait toujours dans sa poche. Tout de suite, il était ouvert devant ses yeux ; ils devaient étudier mes temps avant que je n'arrive. Juliet esquissa un sourire et me rappela de récupérer la liasse de feuilles que me tendait Ken. Je m'assis, mon sac à mes pieds, et me penchai dessus. Les termes étaient bien moins avantageux que ce que j'avais signé à mon arrivée, mais je n'étais plus un atout pour Cal, après tout. Plutôt une disgrâce qu'ils voulaient bien reprendre. Je ne valais plus si cher.

J'attrapai le stylo de Ken et le fis tourner entre mes doigts.

Si l'argent avait été une motivation, je serais resté en Corée. Même un fils illégitime aurait eu le droit à sa part du gâteau des Park, s'il n'avait pas été une telle honte.

— Prends le temps de lire, me conseilla Steeve.

Je levai les yeux vers lui. J'avais partagé le même appartement que lui pendant deux ans et, pendant deux ans, il n'avait jamais parlé pour ne rien dire.

— Je peux négocier ? lui demandai-je.

Il inclina la tête, à l'instant où le coach Bones tapait sur la table.

— Non ! m'assena-t-il.

C'était assez clair.

— Alors, je signe.

Juliet tiqua, mais ne déclara rien, il n'y avait rien d'autre à dire. J'inscrivis mon nom en hangul au bas de la page. Ma main traça les caractères avec plus de facilité que les lettres romaines qui m'étaient encore tellement étrangères. Je les lisais depuis mon enfance, mais elles restaient différentes. Je n'aurais pas pu signer autrement qu'en coréen.

Je rendis les deux exemplaires au coach pour qu'il les paraphe à son tour. Il n'en fit rien ; au lieu de ça, il regarda l'heure à sa montre. Avant de manquer sursauter, lorsque la porte s'ouvrit dans un fracas infernal. Si Laura et Steeve restèrent stoïques, Ken faillit chavirer de sa chaise et Juliet posa une main sur son cœur ; bien que je ne sache pas si elle avait eu peur du bruit ou de Brad Richardson, qui entra dans la salle de réunion comme un boulet de canon.

Sa tignasse rousse hirsute ressemblait à celle de Joey, ce matin. Bien que ce soit leur seule similitude. Joey inquiétait, là où Brad vous donnait envie de lever les yeux au ciel en retenant une exclamation de désespoir.

— Désolé pour le retard, s'essouffla-t-il. Je n'avais pas compris que la réunion se tenait à six heures *du matin*. Qui organise des réunions à six heures du matin ?

— Le coach Bones, rappela Laura.

Elle lui sourit, aimable, sans trop l'être. Laura était sans doute aussi silencieuse que Steeve ; ce simple sourire signifiait déjà beaucoup.

— Très bien, dit Brad.

Il se racla la gorge et s'installa sur la chaise près de moi. Côté condamné. Si ça étonna tout le monde, il ne le remarqua pas. Il était trop occupé à se remplir largement une tasse de café. Je n'avais même pas remarqué la cafetière. Je n'avais rien remarqué du tout, d'ailleurs. Hormis les regards en face de moi, ma chaise et mes nouveaux contrats. Brad, lui, prit le temps de jeter un coup d'œil alentour et observa les baies vitrées qui s'ouvraient sur la piscine, les tableaux de scores, les tables installées pour une vingtaine de nageurs, les maillots accrochés au mur, les dossiers sur un coin de meuble, les viennoiseries qui attendaient et, bien sûr, le café. C'était ici que le coach Bones réunissait l'équipe chaque début de semaine, pour faire le point sur l'entraînement.

Ken tapa doucement sur la table pour ramener l'attention de Brad à ce qui nous réunissait tous. Il nous tendit une feuille à chacun.

— C'est une annexe à ton contrat, nous expliqua-t-il.

Je contins une grimace.

Autant dire qu'ils refermaient le cadenas de la chaîne qui me retiendrait à l'association de Brad Richardson jusqu'à la fin de l'année.

— Une annexe ? s'étonna Brad.

— C'est une condition approuvée par les deux équipes, lui apprit Laura.

Brad lut les premières lignes et manqua s'étouffer avec son café. Il en mit sur le devant de son T-shirt et posa précipitamment sa tasse.

Juliet lui tendit une serviette en papier. Il s'essuya en pointant l'annexe du menton.

— Qu'est-ce que c'est ? demanda-t-il.

Je plissai les yeux. C'était pourtant assez clair, non ?

Le coach Bones croisa les bras et se pencha un peu en avant.

— L'assurance de sa participation à vos groupes de parole, lui expliqua-t-il quand même.

Brad rit en jetant la serviette sur la table, juste à côté du contrat.

— Vous m'avez dit qu'il «acceptait» d'y participer.

— Il est là, donc il accepte, annonça Ken, avec sa logique imparable.

Brad se gratta l'arrière du crâne.

— De toute évidence, nous n'avons pas la même conception de la notion de consentement, s'agaça-t-il.

— On est bien d'accord, appuya Steeve. Mais comme l'a expliqué Laura, cette condition a été approuvée par l'ensemble des deux équipes, par le staff au grand complet, par les coachs de Cal, tous sports confondus, et par la majorité des athlètes de notre campus. Sans oublier le doyen.

Brad contracta la mâchoire et Steeve se pencha sur la table, les bras croisés.

— Cette condition permet à Blue de revenir, expliqua-t-il lentement. Et il me semble que c'est ce que tu as réclamé à cor et à cri l'année dernière, non ? On n'entendait que toi.

— Peut-être, oui.

— Peut-être ? répéta Steeve.

Laura se tendit un peu, même si elle chercha à ne pas le montrer.

— Ça fait partie de son contrat, monsieur Richardson, dit Juliet, pour apaiser les tensions.

Brad se frotta la nuque.

— Je suis désolé, mais même si ça fait partie de son contrat, on ne peut obliger personne à se faire aider. Les groupes de parole n'ont de sens que si c'est une démarche personnelle. Ça doit venir de lui.

— Ça vient de moi, lui assurai-je.

Il fit pivoter sa chaise dans ma direction, son visage rond afficha une expression de perplexité. Il me regarda droit dans les yeux et je me souvins qu'un an plus tôt, il avait déboulé dans le bureau du coach, quelques secondes après qu'on m'avait demandé de faire mes bagages. J'étais encore assis sur la chaise lorsqu'il m'avait vu. Ce qui ne l'avait pas empêché de hurler : *« Vous ne pouvez pas le garder ! Comment allez-vous justifier d'entraîner une victime et son agresseur dans la même équipe !? »*

— Je m'étonne que tu veuilles passer ton temps libre avec moi.

Plus je restais loin de lui et de ses thérapies, mieux je me portais. Mais on ne me laissait pas le choix.

— Tu es vraiment d'accord avec ça ? insista-t-il.

C'était la condition à ma réintégration, qu'est-ce qu'il croyait ?

— Je suis d'accord, me forçai-je à dire.

Il m'observa encore un moment, comme il l'avait fait en tombant sur moi à la fin de mon service. En essayant de me comprendre. Mais il n'y avait rien à comprendre du tout. Je n'étais qu'un étudiant comme un autre. Un étudiant qui avait commis une erreur. Un étudiant qui n'avait pas su contrôler son accès de violence. Un étudiant avec du sang sur les mains.

Il me prit le stylo ; je n'avais pas remarqué que je le serrais à ce point. Il le fit tourner entre ses doigts en m'observant quelques secondes de plus.

— Une fois par semaine, finit-il par dire. Le mercredi soir, à vingt et une heures. Je t'enverrai l'adresse la veille, on se retrouve toujours dans un endroit différent.

Je me retins de tout commentaire et me contentai de hocher la tête.

En silence. Toujours en silence. Les silences m'avaient souvent protégé, je m'y réfugiais très bien.

Voilà ce qu'il s'était vraiment passé, l'année dernière.

J'avais arrêté d'être silencieux.

Le coach Bones rassembla tous les documents et les glissa dans son dossier, satisfait.

— Tu réintègres la résidence aujourd'hui, m'expliqua-t-il. Juliet te donnera une clef dans la journée, avec ta carte étudiante et le dossier au grand complet. L'entraînement commence dans une heure, alors ne sois pas en retard.

C'était le moment de partir; alors je me levai.

— Ton nouveau colocataire doit déjà t'attendre, me dit Steeve.

Mon nouveau colocataire ?

Il eut une façon de le dire qui me noua l'estomac. Pour autant, je m'inclinai respectueusement. Assez longtemps pour montrer ma sincérité.

— *Gamsahabnida*[35], leur dis-je.

Puis je me redressai et tournai le dos à leur regard surpris.

— Ne me déçois plus, Blue Phoenix, lança le coach Bones.

Je m'arrêtai une seconde, figé.

Blue Phoenix, encore…

Je sortis et refermai derrière moi, baissant aussitôt la tête pour reprendre mon souffle.

J'étais de retour.

Avec un contrat qui aurait fait pâlir tous les agents sportifs de la planète, dans des conditions qui me faisaient horreur, sous les yeux scrutateurs des étudiants. Mais de retour quand même.

La réussite n'avait jamais été aussi amère.

Je lâchai la poignée et relevai le visage. Aussitôt, je tombai dans un océan de bleu; j'aurais juré entendre le bruit d'une déferlante s'écraser dans ma poitrine.

---

35 감사합니다 : Merci.

Nathan était appuyé au mur, un peu plus loin. Son genou replié, les mains dans les poches d'un jogging noir, le menton enfoui dans le col de sa veste. Ses cheveux blonds s'éparpillaient autour de son visage dans un vague carré aux racines encore plus sombres qu'avant.

Mon nouveau colocataire ?

Ma respiration se coupa une seconde, alors que je tremblais au souvenir de ce baiser que je lui avais arraché. Je me vis de nouveau le plaquer contre le frigo et mes mains…

Il haussa un sourcil, comme s'il suivait parfaitement cette pensée.

— Bienvenue à Cal, me lança-t-il.

— Ça ne peut pas être toi, l'arrêtai-je.

— Pourquoi ?

Un rire m'échappa.

— Tu sais très bien pourquoi.

Lui et moi ? Dans le même appartement ? D'accord, Steeve ne vivait plus sur le campus et il ne devait pas y avoir grand monde pour vouloir partager un appartement avec le monstre de Berkeley. Mais vivre avec Nathan ?

— Cal a l'air de penser que c'est une bonne idée.

— Parce que personne n'est au courant que c'en est une très mauvaise.

Nathan sourit en coin.

— Ils me croient capable de te… contrôler.

Le choix de mot me fit grincer des dents.

— Me contrôler ?

Il haussa les épaules, un sourire aux lèvres.

— Je te fais visiter ? se moqua-t-il.

— Ça t'amuse ?

Je lui passai devant et remontai le couloir.

— Tu es réintégré, Jun-ha. Tu pourrais au moins sourire.

Je bifurquai vers la piscine ; tout ce que je voulais, c'était nager. Je me réjouirais après.

— Ils sont en train de préparer mon programme de thérapie cognitive ou je ne sais quelle connerie dans le même genre. Laisse-moi encore quelques minutes pour sourire, OK ?

— Hum…

— Je suppose que tout le monde est déjà au courant.

— Non.

Je me tournai aussitôt vers lui.

Il l'avait prononcé presque trop vite. Nathan se précipitait toujours quand il voulait cacher un ou deux détails importants.

— Quoi ? demandai-je.

Nos voix résonnèrent dans le calme matinal. Au-dessus de nos têtes, le ciel s'éclaircissait. D'un bleu azuréen, il brillait de quelques timides rayons de soleil.

— Ton retour a été évoqué, m'expliqua alors Nathan. Mais personne ne sait à quelle condition tu reviens.

Je plissai les yeux.

— Sauf toi, apparemment.

— Hum.

Il se mordit l'intérieur de la joue, fuit mon regard.

— C'est moi qui l'ai suggéré, finit-il par avouer.

Je ne compris pas tout de suite ce qu'il disait.

Parce que ce qu'il disait n'avait pas de sens.

Absolument aucun.

— Tu l'as suggéré ? répétai-je.

— À Juliet, oui.

Je ris sombrement.

Non, c'était impossible.

Je fis un pas vers lui, pour en être complètement certain.

— Tu as suggéré à Juliet que je suive une thérapie ? reformulai-je.

Il se tendit.

— Plus ou moins.

Une boule dans la gorge, je serrai les poings.

— Tu as plus ou moins suggéré que je suive une thérapie avec un connard qui…? haussai-je le ton.

Ma voix résonna. D'une violence inouïe, elle m'effraya. Je me tus aussitôt pour endiguer cette colère et lui tourner le dos.

Le silence.

Le silence, Blue.

— Qui quoi ? me lança Nathan. Qui a demandé ton renvoi ?

Je pivotai de nouveau vers lui.

— Si tu le sais, alors pourquoi as-tu fait ça ? m'énervai-je.

— Justement parce qu'il a demandé ton renvoi !

S'il cherchait à me blesser, il y parvenait très bien !

Je me détournai, il m'attrapa le bras pour me ramener vers lui.

— Tu sais ce qu'il se passe quand on parle de toi ? m'assena-t-il.

— Lâche-moi, le prévins-je.

Il n'écouta pas ; il n'écoutait jamais.

— Les potes de Sawyer se mettent à hurler, m'expliqua-t-il. Comment ils s'appellent déjà ?

— Donald et Grayson, articulai-je lentement.

— C'est ça ! Ils crient à tous ceux qui veulent bien les entendre, et on les entend de très loin, qu'on ne peut pas te réintégrer après ce que tu as fait. Quant aux autres, ceux qui ne disent rien, ça ne les empêche pas d'être inquiets. Berkeley entier est inquiet et tu sais pourquoi ?

Je me dégageai de sa poigne.

— Je le sais très bien, sifflai-je.

Ça ne l'arrêta pas pour autant.

— Ils te voient tous comme un mec violent, m'assena-t-il brutalement.

Cette vérité rebondit dans l'espace ténu entre nous. Elle explosa dans nos poitrines.

— Un mec violent, répéta-t-il, capable de foutre une raclée à son petit ami après une mauvaise journée.

Ma mâchoire était si contractée qu'elle allait finir par se bloquer.

— Tu crois que tu as besoin de me le rappeler ?

— Tu ne t'en es même pas défendu, Jun-ha !

— Et qu'est-ce que j'aurais dû dire, d'après toi ?

— La vérité !

Ce cri, cette supplique, empoisonna davantage mes regrets.

— La vérité ? m'emportai-je. La vérité, hein, Nath ? Mais la vérité, c'était qu'on était ensemble depuis deux ans et que je suis allé voir ailleurs. Et qu'en plus, j'ai envoyé l'ailleurs aux urgences. Et cette vérité, j'y pense chaque seconde de ma vie ! Chaque seconde, tu comprends ?

Je jetai mon sac au sol de toutes mes forces. Quelque chose se cassa à l'intérieur, j'ignorais quoi. Ce n'était pas grave, le plus important était déjà brisé, de toute façon.

Nathan me regarda, comme on regarde une bombe avant l'explosion. Combien de secondes restait-il ? Comment la désamorcer ? Et si nous partions en cendres tous les deux ?

Trop de questions passèrent au fond de ses yeux bleus avant qu'il ne se baisse pour ramasser mon sac.

Il refoula ses douleurs devant les miennes.

— Brad Richardson est rassurant, dit-il, retournant à ce sujet, comme si nous ne nous en étions jamais éloignés. Et les étudiants ont besoin d'être rassurés. Le staff de Cal a besoin d'être rassuré. Le doyen a besoin d'être rassuré. La NCAA a besoin d'être rassurée. Voilà pourquoi je l'ai fait, Jun-ha. Ce n'est pas une vengeance, d'accord ? C'est le seul moyen que j'ai trouvé pour que tu puisses revenir.

Il me tendit mes affaires.

Je ne les pris pas tout de suite.

Il sourit un peu, et ce sourire me donna envie de pleurer. Comment pouvait-il me sourire ? Je ne voulais pas qu'il me sourie. Je voulais encore moins qu'il me pardonne ! Je voulais qu'il me haïsse au plus profond de lui, comme je me haïssais moi-même.

Pourtant, je récupérai mon sac et souris à mon tour, soudain incapable de faire autrement. Et ce n'était plus moi, ce mec gentil. Et c'était moi quand même. Quelque part, je restais ce garçon bien et, en même temps, l'ordure que Sawyer avait faite de moi ?

Ces deux vérités vivaient en moi. Elles ne se battaient pas. Elles s'étaient imbriquées l'une dans l'autre pour former une entité de gris dont j'ignorais toutes les nuances.

Nathan avança vers les vestiaires et je l'y suivis.

— Comment Brad peut rassurer qui que ce soit ? demandai-je alors.

Il me jeta un coup d'œil.

— Il le fait, me garantit-il.

Je ris, mauvais, me rappelant l'empoté qui s'essoufflait dès qu'il marchait trop vite et qui se crachait son café dessus.

— Tu l'as au moins rencontré ? m'agaçai-je, rien que d'y penser.

Nathan hocha la tête.

— Plusieurs fois, oui.

Je m'arrêtai à l'entrée des vestiaires. Il déverrouilla son casier pour récupérer son jammer[36] et sa serviette. Il m'indiqua le mien, un peu plus loin. La maintenance avait déjà ajouté mon nom : le coach Bones n'avait pas douté de mon retour.

Le coach Bones ? Ou Nathan ?

Je l'ouvris et peinai à faire entrer mon sac dedans.

— Pourquoi aurais-tu rencontré Brad Richardson ? demandai-je.

— Parce qu'il avait des questions à me poser, répondit-il, distraitement.

Je me figeai. Une seconde. Avant de fermer la porte de mon casier pour m'y adosser.

— Des questions ? répétai-je.

Nathan secoua la tête en ôtant sa veste.

— Pas sur toi, me rassura-t-il.

— Sur quoi ?

Il m'observa et, une seconde, je fus certain qu'il hésita à m'envoyer me faire voir.

— Sur les soirées privées dont tout le monde parle, finit-il par répondre.

« Viens à la soirée, Blue ! Allez, qu'est-ce que tu risques ? Je serai là aussi. »

---

36 Maillot de bain masculin qui s'arrête aux genoux ou juste au-dessus.

Le sol vibra sous mes pieds.

Un trou béant fut prêt à m'engloutir.

Je ne trouvais plus d'air, même pas un peu pour faire bouger mes poumons.

— Tu as entendu parler de ces soirées ?

J'ignorais comment je pus conserver ce ton égal, presque indifférent.

Nathan rit en se débarrassant de son T-shirt. Torse nu, il s'avança vers moi et posa une main juste au-dessus de ma tête.

— Tout Berkeley a entendu parler de ces soirées, s'amusa-t-il. Tu ne peux pas faire un pas sur ce campus sans entendre murmurer à propos de nouvelles invitations ou je ne sais quelle connerie dans le genre. Les fils à papa ont trop d'argent à gaspiller.

— Tu es un fils à papa, lui rappelai-je.

Drew était l'un des avocats les plus réputés du Texas. On le voyait partout.

Nathan sourit et se pencha sur moi. Je posai une main sur sa poitrine, pour l'empêcher d'aller plus loin. Même si mes doigts tremblaient et que ma paume me sembla trop fraîche sur sa peau trop brûlante.

— Qu'est-ce que tu fais ?

— Je t'embrasse.

Je secouai la tête. Il sourit encore plus avant de s'éloigner et de retourner vers son casier.

— Quoi qu'il en soit, certains ont trouvé comment briser l'ennui, me lança-t-il.

Briser l'ennui ?

Si ça avait été aussi simple, j'aurais pu l'oublier. Mais j'en étais incapable. On n'oubliait pas un mur noir dans sa mémoire. On oubliait ce qui nous effleurait, qui passait sans s'arrêter vraiment. Mais cette nuit avait redessiné mon monde, et je me tenais depuis au bord du vide.

J'ignorais comment j'allais m'en protéger.

J'ignorais comment j'allais en protéger Nathan.

Je savais seulement qu'un jour, les portes se rouvriraient et que je devrais faire face à ce que j'avais enfermé derrière.

Couler

흐르다

9

아홉

Lundi 26 octobre 2020

Le Metropolitan était la résidence universitaire qui hébergeait, entre autres, l'équipe de natation de Cal. Le dernier courrier de Min-ho dans la poche, je levai le regard vers les cinq étages, la clef de mon appartement tournant entre mes doigts. La façade d'un beige clair n'était pas sans rappeler la couleur du sable des côtes californiennes. J'entrai dans le hall, accueilli par les hauts plafonds en bois. Les carreaux au sol étaient trop brillants, et je clignai des yeux en passant devant la succession de boîtes aux lettres noires et de lockers. Les portes gris métallique de l'ascenseur s'ouvrirent sans que j'aie besoin de l'appeler. J'y pénétrai, étreint par l'étrange sensation de rentrer chez moi. Et rien à voir avec cet endroit. Même si je le connaissais par cœur, ces deux derniers mois, il m'apparaissait complètement inconnu. Je n'avais pas mis un pied dans la salle de billard ou dans la salle d'étude et encore moins sur la terrasse où l'équipe s'était souvent réunie autour d'un barbecue. Je n'aurais dû avoir que de bons souvenirs. Les compétitions, nos rires, cette fraternité scellée par nos heures d'entraînement, par nos week-ends, par cette vie et cette passion que nous partagions.

Mais la seule chose qui était restée avec une précision accablante, c'était le brancard qui roulait vers l'ambulance, le visage des secouristes qui emmenaient Sawyer vers l'hôpital le plus proche. Et tous les cris qui m'assourdissaient, les mains qui me bousculaient alors que le sang continuait à couler de mes poings.

Ne voulant croiser personne, je longeai rapidement le couloir du troisième étage et entrai dans mon appartement. Il ressemblait à tous les autres. Une longue pièce aux tons crème. Un coin cuisine, avec du parquet au sol, un coin salon avec de la moquette. Au fond, près de la baie vitrée, un fauteuil et un canapé faisant face à une télé. Il y avait des placards en bois, des rangements un peu partout. Largement de quoi faire tenir les affaires de deux étudiants. Sans parler des armoires dans les chambres, des tiroirs de bureau, des étagères et des casiers sous un lit simple. La salle de bains était composée d'une baignoire, d'un WC, de deux lavabos et d'encore assez de placards. Malgré tout, c'était en bordel. Un joyeux bordel, comme Nathan en avait toujours mis.

Je passai par ma chambre pour ranger la lettre de Min-ho avec toutes celles qu'il m'avait envoyées. Dans une boîte à chaussures sous mon lit. L'enveloppe était toujours cachetée. Je n'en avais pas ouvert une seule en un an ; je ne pouvais pas. Mais chaque fois que j'en recevais une, je me sentais moins orphelin. Un sourire aux lèvres, je l'abandonnai avec les autres et partis réveiller Nathan.

Je poussai sa porte, le cœur battant soudain trop vite. Sa couverture était à moitié par terre et dénudait presque complètement son corps alangui. Je me mordis la lèvre, d'abord incapable de bouger. Mes yeux voyagèrent sur sa peau dorée, de ses jambes athlétiques à son ventre plat creusé par ses respirations profondes. Ses bras musclés étaient croisés au-dessus de sa tête. Ses yeux étaient clos et sa bouche entrouverte. Une masse de cheveux blonds était répandue sur l'oreiller. Il semblait… je déglutis… offert. Et… je me raclai la gorge… j'avais envie… je me frottai la nuque pour en chasser les frissons.

Quand je me souvenais de nos nuits, je pensais à la tendresse, à cette passion amoureuse, à nos sourires. Tout de suite, ce que je voulais, c'était poser une main sur son cou, assez fort pour qu'il soulève les paupières. Je plongerais dans cet océan de bleu avant de lui arracher le cœur, son odeur, ses cris… C'était si obscur… si dégueulasse d'en avoir envie à ce point. Je l'avais trahi et je le trahissais encore aujourd'hui. Je le trahissais chaque fois que je ressentais le besoin de le faire souffrir. Et ce besoin me poussait trop souvent hors de mon lit. Je quittais alors l'appartement avant de me retrouver dans sa chambre, incapable de résister ne serait-ce qu'une seconde de plus à ses sourires, à ses regards, à ses effleurements. Aux baisers qu'il m'arrachait certains soirs. Aux caresses qui s'attardaient certains matins. Je ne pouvais pas le rejeter. Je le laissais s'amuser avec moi. C'était tout ce que je méritais. Et, lorsque ça devenait trop dur, lorsque ça me réveillait la nuit, je partais nager. Ou je finissais à l'observatoire, à méditer pendant de trop longues heures. Quand je ne conduisais pas jusqu'au garage, sous un prétexte ou un autre.

Nathan bougea un peu et je me rappelai que j'étais figé sur le seuil de sa chambre. Au moins, lui n'avait aucun mal à dormir.

Je me secouai et ramassai les vêtements qui jonchaient le sol pour les lui jeter dessus.

— Réveille-toi, grondai-je.

— Deux minutes, baragouina-t-il.

— Deux secondes.

J'ouvris brusquement son armoire et la moitié de ses fringues me tombèrent dessus – elles étaient tellement bien rangées… –, et j'en extirpai un jean et un T-shirt qui ressemblaient à ceux qu'il portait tous les jours. Je refourrai le reste sur les étagères avant de fermer la porte comme je le pouvais. Puis, en y mettant toute ma force, cette fois-ci, je les lui balançai sur la tête.

— Fait chier ! hurla-t-il.

J'eus la satisfaction de le voir se redresser d'un bond, le regard furieux. Je souris, les mains dans les poches de ma veste. Avant de cesser aussitôt en pointant l'heure à son réveil.

— Fait chier, répéta-t-il.

Il dégringola du lit, avec si peu d'élégance que je me demandai s'il était vraiment nageur. Habillé d'un simple boxer noir, il me passa devant. Enfin… Il manqua me percuter, plus précisément. Je m'écartai à la dernière minute et le regardai se précipiter jusqu'à la salle de bains. Mes yeux toujours paresseux dès lors qu'ils se posaient sur lui. Ils caressaient la moindre de ses courbes, me rappelant que ça faisait deux mois qu'il me torturait. J'aurais dû demander à Juliet de me trouver un autre colocataire. Mais, au lieu de ça, je laissais toutes ces pensées m'envahir. Des plus sordides aux plus dangereuses, des plus tentantes aux plus moites. Cette colocation m'évoquait notre quotidien, quand nos parents étaient mariés. Seulement, aujourd'hui, je savais parfaitement pourquoi je tremblais de ses effleurements et pourquoi je me réveillais en pleine nuit, la main sur mon bas-ventre.

Je n'avais pas le droit.

Je n'avais plus le droit.

Je le voulais tellement…

Parfois, les mercredis soir ressemblaient à des pauses, quand je me forçais à rejoindre Brad et son groupe de parole. Du moins, les deux premières minutes.

Pour ce que ça m'apportait…

— Bouge, Nath ! gueulai-je pour qu'il m'entende de sous la douche.

Nous allions encore être en retard, comme chaque jour, ces deux derniers mois.

— J'arrive !

Il *arriva* cinq minutes plus tard. Il tira sur son pull en me rejoignant et je lui tendis son sac. Il le passa sur son dos et attrapa la casquette que je lui lançai. Puis, en me suivant, il la posa sur ses cheveux ramenés en arrière ; à présent, ils lui frôlaient la nuque.

— Attends, ralentit-il

Je le poussai hors de l'appartement alors qu'il n'avait pas encore mis ses baskets. Il sautilla jusqu'à l'ascenseur, que je retins pour lui.

— Je n'ai même pas… commença-t-il.

— Dans ton sac, le coupai-je.

— J'ai oublié de…

— C'est fait.

— Et…

Je lui lançai une barre de céréales et une canette de café au lait. Il soupira de reconnaissance en les brandissant en l'air, comme pour remercier un dieu quelconque. Dieu n'aurait pas perdu du temps à penser au contenu de son estomac avant d'attaquer deux heures de natation intensive.

Sur le trottoir, je regardai ma montre en grimaçant et pressai un peu plus le pas.

— Tu ne peux pas *juste* te lever à l'heure ? m'agaçai-je.

Nathan me jeta un coup d'œil.

— Tu es parti où, ce matin ?

— Tu n'entends jamais ton réveil, mais tu sais toujours quand je quitte l'appartement.

— Tu ne réponds pas.

J'en étais conscient. Mais c'était encore une chose que je ne pouvais pas lui dire.

— Je suis passé au garage pour récupérer mon courrier.

Au moins n'était-ce pas un mensonge.

— Si tôt ? demanda-t-il, suspicieux.

— Si tôt, oui, affirmai-je. Je n'ai pas vraiment le temps de le faire à un autre moment.

Un morceau de barre de céréales dans la bouche, il m'observa suffisamment pour me faire comprendre qu'il savait que je ne lui disais qu'une partie de la vérité.

— Tu es énervé, me dit-il.

Je n'étais pas énervé, j'étais *tendu*.

Il tendait chacun de mes nerfs.

J'avais juste besoin de nager. Nager des heures et dans une eau très froide.

Après tout, le coach Bones avait raison, cette fichue chasteté vous poussait à aller plus vite. C'était la seule façon de se calmer. Au moins, mes temps n'avaient jamais été aussi bons que depuis que je vivais avec Nathan ! Ma santé mentale, elle, en revanche, se rapprochait dangereusement d'un gouffre.

— Tu devrais manger, éludai-je d'un ton que j'aurais aimé moins sec.

Nathan m'attrapa le bras, pour m'arrêter.

— Tu l'as encore fait, c'est ça ?

Je le regardai dans les yeux en me dégageant gentiment.

Non, je ne l'avais *pas* fait.

— On sera arrivés dans cinq minutes, lui rappelai-je. Finis au moins ton café.

— Je t'ai dit de ne plus aller regarder sur Internet.

Je n'y allais plus. Même si, de toute évidence, cette idée de thérapie avec Brad n'était pas un grand succès. Depuis mon retour, le coach était assailli de demandes d'interviews, d'appels mécontents, de rendez-vous avec le doyen. Ma réintégration avait fait ressurgir ce maudit drame. On pouvait voir le visage de Sawyer sur tous les réseaux sociaux ; la pauvre victime qui devait me faire face dans les allées du campus. J'avais une cible dans le dos, plus personne ne m'ignorait. De nouvelles suppositions avaient émergé, les médias spécialisés relayaient la moindre information, les associations s'insurgeaient que Brad me laisse participer à ses séances. Entre le transfert de Nathan et mon retour, la NCAA était de nouveau prise dans des remous. Les mercredis soir ne suffiraient jamais à adoucir l'opinion.

Nous croisâmes un groupe d'étudiants, qui ne cachèrent pas leur dégoût de me voir sur leur campus. Ils ne prirent même pas la peine de baisser le ton quand ils commencèrent à parler de moi. J'inclinai la tête.

— Je n'ai pas besoin d'aller sur Internet, j'ai juste à tendre l'oreille, Nathan.

Il ouvrit la bouche et je l'empoignai avant qu'il ne dise quoi que ce soit.

— Je le mérite, l'arrêtai-je.

Il plissa les yeux et, un instant, je crus qu'il allait me contredire. Et pendant cet instant, j'eus plus que tout envie de l'entendre. Même un murmure m'aurait suffi. Sa voix basse que j'aurais été seul à percevoir.

Mais il ne prononça pas un mot et nous finîmes le reste du trajet en silence.

Le complexe sportif de Berkeley était tellement grand qu'il était facile de s'y perdre. Entre les différentes salles de musculation, les espaces dédiés au fitness, aux massages, à la physiothérapie, les rings de boxe, les tatamis des arts martiaux, et j'en passais. J'étais persuadé de ne pas en avoir fait le tour, même si Ken adorait nous y promener. Que ce soit sur le terrain de foot ou celui de tennis ; les bancs d'étirement ou les tapis de course ; les entraînements à sec se faisaient n'importe où. Ici, que tu sois un quarterback, un baseballeur ou un étudiant venu pour se maintenir en forme, tout était mis à disposition pour atteindre les objectifs.

Dans les vestiaires, tout le monde était changé, ou s'apprêtait à l'être.

Nathan jeta sa canette vide dans la poubelle et posa son sac sur le banc. Les photos des nageurs les plus connus de Berkeley s'étalaient sur les murs. Mouse y était en bonne place. Juliet aussi. Ils avaient quelques années de plus, à présent, mais leur sourire était resté le même.

Donald ne me laissa pas une seule seconde de répit et siffla aussitôt son venin dans ma direction.

— Tu ne sais plus être à l'heure ? me jeta-t-il.

Il était arrivé à Berkeley la même année que Grayson et moi. À nous trois, nous formions les nouveaux que Sawyer avait pris « sous son aile ». Et plus tard, les trois autres membres de son relais. Je n'avais jamais nagé de relais avant que Sawyer ne me convainque.

Une erreur de plus.

— On a une minute d'avance, lui fit remarquer Nathan, incapable de l'ignorer.

Je lui jetai un regard qui disait clairement « Ferme-la ! », mais Nathan n'avait jamais appris l'indifférence.

— Une minute d'avance, c'est du retard, siffla Grayson.

— Tout le monde sait qu'on doit être arrivé en avance, ajouta Remy.

Voilà pourquoi il valait mieux se la fermer ! Un mot leur suffisait pour déferler.

Je récupérai vivement mon jammer.

— Quoi ? minauda Donald, à l'intention de Nathan. Ton colocataire ne t'a pas enseigné les règles tacites de Cal ?

— Tu devrais moins t'occuper de mon colocataire et de notre minute de retard et plus de tes derniers temps, laissa tomber Nathan, un grand sourire aux lèvres.

Le genre de sourire qui annonçait clairement où il pouvait se coller sa pseudo ponctualité.

Donald s'avança, l'œil noir et les poings serrés.

— Qu'est-ce que tu as dit ?

Il fit un pas et s'approcha trop près.

— Exactement ce que tu as entendu, répondit Nathan.

Un pas encore.

— Tu es devenu le porte-parole de Blue, Texas ?

Un dernier pas.

Un seul.

Nathan n'eut pas le temps de lui répondre que je poussai brutalement Donald. Il recula trop vite jusqu'au banc de l'autre côté. Et il ne dut qu'à Grayson de rester sur ses deux jambes. S'il ne l'avait pas retenu, Donald aurait fini étalé au sol.

— Approche encore de lui et tu vas le regretter, le menaçai-je.

Je n'eus que la satisfaction de voir un début de peur danser dans son regard boueux.

Je lui souris en coin.

— Et je n'ai besoin de personne pour parler à ma place, lui susurrai-je méchamment. Je préfère me taire. Tu devrais apprendre à en faire autant.

Il blanchit un peu, rougit un peu. Nathan avait mis une main sur mon épaule, comme s'il craignait que je me jette sur lui. Il me suffit d'un rapide coup d'œil pour comprendre que tout le monde le redoutait. Peut-être que je le redoutais aussi, d'ailleurs.

Heureusement, je n'eus pas longtemps à me poser la question. La porte des vestiaires s'ouvrit et Steeve entra. Il ne lui fallut qu'une seconde pour saisir ce qu'il se passait. Il plissa les yeux vers Donald, puis vers moi. De nouveau vers Donald ; longuement. Puis encore vers moi.

— Le doyen t'attend, m'apprit-il.

Je me figeai. Donald, lui, ricana.

— Au moins, ça n'aura pas pris longt…

Un seul coup d'œil de son capitaine le fit taire.

— Vas-y, me dit-il, sans quitter Donald des yeux.

Je croisai le regard inquiet de Nathan. Je me penchai sur lui et, dos aux autres, lui attrapai discrètement le menton.

— Reste tranquille, lui rappelai-je.

Puis je récupérai vivement mon sac et quittai le vestiaire.

Chaque fois que le doyen m'avait convoqué, ça n'avait jamais été une bonne nouvelle. Il n'avait même pas pris la peine d'un entretien de quelques minutes depuis ma réintégration. Quoi qu'il ait à me dire, il était évident que ça n'allait pas me plaire. Ce fut une certitude lorsque j'aperçus Juliet, à l'entrée du centre.

Elle m'attendait.

Elle avait toujours été là, dans les moments difficiles. D'abord, parce que la charge lui revenait de s'occuper de nous quand il y avait un souci, et il y en avait eu un très gros. Ensuite, parce que… je ne savais pas vraiment pourquoi, d'ailleurs.

Qu'avait-elle vu en moi ?

La même chose que Mouse ?

La même chose que Jocy ?

La même chose que mon capitaine ?

La même chose que ces gens qui étaient allés au-delà d'une histoire racontée par des ignorants.

La vérité ? Mais la vérité n'était qu'une broutille, de nos jours. Celui qui parlait avait toujours raison.

— Tu sais ce qu'il me veut ? lui demandai-je.

Elle pencha la tête de droite et de gauche.

— Le père de Sawyer est passé le voir hier, m'apprit-elle.

Le père de cette ordure, évidemment.

Il n'allait pas me laisser revenir si facilement. Combien de zéros allait-il ajouter à ses chèques pour avoir ce qu'il souhaitait ?

— C'est un tel bordel depuis mon retour.

Sajangnim disait que l'on était seul responsable de nos erreurs. Et seul responsable de ce que nous en faisions par la suite.

Cette phrase m'avait toujours semblé nébuleuse. Aujourd'hui, elle était devenue cruelle. J'en comprenais vraiment le sens.

Une vingtaine de minutes plus tard, j'étais debout face à un homme presque trop charismatique, qui se tenait dans un décor de bois et de livres. Si je devais décrire le bureau du doyen, je le ferais de cette façon. D'ailleurs, ce n'était pas tant ce qui nous entourait qui comptait, mais plutôt ce que l'on ressentait en pénétrant dans cet endroit. On se sentait minuscule et insignifiant. Cette personne, assise devant moi et dont l'aura imposait le respect, détenait le pouvoir de briser la vie de milliers d'étudiants. Il détenait aussi celui de distribuer des rêves à ceux qui n'y croyaient plus. C'était difficile d'imaginer l'influence que possédait ce seul homme.

On parlait du doyen comme de quelqu'un de juste. Un chercheur de solutions. Je ne pouvais pas le nier. Après tout, il avait trouvé un compromis parfait, qui ne mettait pas fin à ma carrière – ce qui lui aurait donné le mauvais rôle à lui et à sa chère université –, mais sans me permettre de rester non plus. Un an d'exclusion, pour s'aligner aux sanctions de la NCAA, ça lui conférait l'image d'un doyen qui ne craignait pas de prendre des décisions.

Il n'avait pas dû penser que je reviendrais. Il s'était sûrement dit que je partirais en Corée et, après une année, il m'aurait été difficile de revenir à Berkeley. Séoul n'était pas précisément la porte à côté.

J'avais mis à mal ses plans et, avec moi, étaient aussi de retour les problèmes qu'il avait soigneusement écartés.

— Blue Park, m'accueillit-il.

Je m'inclinai respectueusement.

— Bonjour, monsieur.

Il indiqua une chaise en face de lui.

— Je vous en prie, asseyez-vous.

Je m'installai, plus raide que jamais. J'avais l'impression d'être dans le bureau de Sajangnim, la vue en moins. Et les pattes grisonnantes en plus. Sajangnim devait avoir le même âge, mais paraissait dix ans de moins.

— Comment se passe votre réintégration ?

Question de pure forme ; il savait très bien comment ça se passait.

— Aussi bien que possible, répondis-je.

« Aussi mal » aurait été mieux adapté.

Il hocha la tête et s'appuya sur sa chaise en faisant grincer le cuir.

— C'est compliqué.

Ça l'était, oui.

— Je comprends les colères, monsieur.

Même celle de cet enfoiré de Donald ! Tant qu'il n'approchait pas Nathan, je m'en accommoderais !

— Je me doute que tu y fais face avec dignité, Blue. Tu as toujours été un étudiant appliqué, déterminé et raisonné.

À une exception près.

Il ne l'ajouta pas, mais il était évident que nous y pensions tous les deux.

— Le coach Bones me tient informé quotidiennement, continua-t-il. D'après lui, tu fais beaucoup d'efforts pour aplanir… disons… les dissensions.

J'étais incapable de les aplanir. Je me contentais surtout de les ignorer et de retenir Nathan, quand son caractère emporté menaçait de créer trop de problèmes. Du moins, la plupart du temps. Jusqu'à ce que Donald s'approche un peu trop près…

— Je fais de mon mieux.

C'était la seule promesse que je pourrais tenir.

Il hocha la tête, m'observant avec plus d'attention.

— Malheureusement, ça ne suffit pas toujours.

Je baissai une seconde les yeux pour lui masquer ma mâchoire contractée. Le doyen attendit, me sachant en train d'accuser le coup. Je connaissais la suite, les mots ne seraient que pure forme. Je la connaissais trop bien, d'ailleurs. Un an plus tôt, je m'étais tenu dans ce bureau et il avait prononcé quasiment les mêmes propos.

Ça ne suffit pas toujours…

— Je suis certain que Juliet Marins t'a déjà prévenu de la visite de monsieur Harold.

Je hochai la tête.

Le doyen se frotta le menton.

— C'est un père qui est passé par beaucoup de désagréments et d'inquiétudes, m'expliqua-t-il. Je sais que tu t'es excusé auprès de lui et de sa femme. Mais tu es revenu, dans la même université que son fils. Et bien que Sawyer ait quitté l'équipe depuis plus d'un an, je crains qu'il ait besoin de plus de… *considération*, dirons-nous.

De considération ? C'était comme ça que l'on appelait un homme prompt à écraser tous ceux qui se tenaient droit sur sa route. J'avais toujours été persuadé qu'il connaissait parfaitement son fils. Et, pourtant, il n'aurait pas hésité à réduire l'université en cendres pour préserver l'image immaculée de son maudit rejeton.

— Une conférence de presse sera organisée la semaine prochaine, poursuivit le doyen. Tu y seras présent, aux côtés du coach Bones et de Sawyer. Monsieur Harold attend que tu t'y excuses publiquement. Et j'espère qu'après ça, Cal pourra vraiment tourner la page. Vous vous concentrerez un peu plus sur le championnat et un peu moins sur les derniers buzz des réseaux sociaux.

Une conférence de presse ?

Des excuses publiques ?

Des excuses…

Le silence tomba dans le bureau. Aussi brutalement qu'une chape de plomb qui m'écrasa au sol. À leurs pieds à tous. Mon existence de nouveau dans leurs mains de marionnettistes.

— Est-ce que je peux compter sur toi, Blue ?

Ce n'était même pas une question. C'était un ordre. C'était une épée de Damoclès au-dessus de la tête. Soit je présentais ces excuses pour satisfaire la presse et le père de Sawyer. Soit je prenais de nouveau la porte, laissant derrière moi la seule chance qu'il me restait de me refaire un nom, de prouver ce que je valais, d'intégrer un jour une équipe nationale. Tout ça me serait volé en une seconde, si je déclinais. Tout cela me serait enlevé encore plus rapidement, si je m'expliquais. Aucun athlète n'atteignait le sommet en embrassant un chemin parsemé de scandales. Les médailles d'or appartenaient à ceux qui avaient su se taire. Tout taire.

Je me levai sans un mot et pris la porte.

Ce n'était pas un refus, c'était seulement la fatalité. Chacun jouait son rôle. Le doyen devait jouer le jeu de la diplomatie avec ceux qui signaient de gros chèques. Les pères fortunés protégeaient leurs rejetons. Les sportifs faisaient tout pour gagner. Nos vies se faisaient et se défaisaient de cette façon.

Nous étions tous des liens qui tissaient le même monde.

Tous des liens qui finiraient par céder.

10

열

Mercredi 28 octobre 2020

Assis sur une chaise, j'écoutais une autre histoire, retranché dans un silence aussi impénétrable que des murailles. Je ne comprenais toujours pas ce que je faisais ici, dans le cercle restreint que Brad avait créé. Son association organisait des séances de groupe chaque jour, animées par des thérapeutes bénévoles ou par les étudiants eux-mêmes. Les mercredis étaient différents. Il n'était plus simplement question de parler ou d'écouter ; mais aussi de se protéger. Chaque personne dans ce cercle autour de moi se sentait en danger sur le campus. Un ami de Brad, un petit génie que nous n'avions jamais vu, avait ouvert une conversation sur une application qu'il avait sécurisée. Nous ne pouvions y accéder que par un mot de passe. Le but était de créer un endroit où l'on pouvait demander rapidement de l'aide et être géolocalisé en une seconde. À la moindre alerte, les membres du groupe accouraient. Une façon de pallier les manquements de la police.

Cette application était la seule arme à leur disposition.

Je n'aurais jamais dû me trouver ici.

Je n'aurais jamais dû être au courant.

Si les groupes de parole de Brad étaient connus de tout Berkeley, celui-ci restait un mystère. Il l'était pour moi, deux mois plus tôt. Je ne savais pas quel but suivait Brad en m'y emmenant. Ni comment on pouvait accepter dans ce cercle le type violent dont tout le monde parlait. J'ignorais pourquoi on attendait que j'envoie le code chaque jour, sur cette fichue application. Une bonne façon de dire «je suis safe». Il changeait fréquemment et si l'un de nous ne l'envoyait pas, comme ça avait été mon cas la première semaine, dix membres se lançaient à votre recherche. Je les avais vus débarquer discrètement, les uns après les autres, pour vérifier que j'étais en sécurité. Et, tout aussi discrètement, après s'en être assurés, ils étaient repartis.

Brad avait créé une armée.

Une armée anonyme, pour défendre les victimes.

Qu'aurais-je fait, si j'avais eu cette arme à ma disposition ? Si j'avais pu les appeler au lieu d'appuyer sur le bouton de l'enregistrement…

Je refoulai au plus loin ces pensées.

Je n'étais pas une victime ! Comment osais-je l'imaginer ? Alors que Jenna était presque recroquevillée sur sa chaise, sa voix hachée dévoilant sa plus grande crainte. Elle entortillait ses mèches blondes autour de ses doigts, sa silhouette trop menue aussi tendue qu'un fil prêt à craquer. Tous les regards étaient braqués dans sa direction et aucun n'était blessant. Il y avait de la colère pour ce qu'elle avait vécu, de la compassion pour sa douleur, de la tendresse pour ses larmes invisibles, de la solidarité pour cette jeune fille au courage explosé.

— … rien n'y fait, murmura-t-elle. Il était encore derrière la porte de mon appartement, ce matin. Il me hurlait d'ouvrir. J'étais complètement paralysée, les mains sur les oreilles. J'aurais au moins dû lui demander de partir. Mais je suis terrorisée à l'idée de me tenir devant lui. Je sais qu'il va me sourire, qu'il va m'appeler « mon cœur », me promettre de ne plus s'énerver. Je sais que je vais le laisser entrer et sans doute coucher avec lui.

En fait, c'est de moi que j'ai commencé à avoir peur. Bien plus que de lui. Lui, je sais comment il va réagir. Il va me prendre dans ses bras, me couvrir de cadeaux, m'embrasser avec une passion hollywoodienne et au lit… oui, au lit, ce sera parfait. Puis, le lendemain, ce sera de nouveau pareil. Il va s'emporter parce qu'un mec me parlera, il m'arrachera mon portable dès que je recevrai un message, il m'insultera, me rabaissera, m'enfermera dans sa possession et sa jalousie. Parfois, ses poings se serrent et je sais qu'il veut me frapper. Il cogne les murs à la place. Les murs juste au-dessus de ma tête. Il jette des verres à mes pieds. Il brise des assiettes. Et il me regarde. Il ne me quitte pas des yeux. J'ai l'impression de mourir, mais je n'ai aucun bleu. Aucune plaie. Alors, ce n'est pas grave, non ? Ce n'est rien qu'une querelle, après tout.

Casey lui frotta le dos, un sourire d'une douceur étonnante fendant son visage aux abords si rudes. Elle paraissait si forte, si endurcie, personne ne pouvait imaginer ce que son passé dissimulait. J'aurais aimé l'ignorer. J'aurais aimé tout ignorer.

— La violence n'est pas que physique, Jenna, lui dit Brad. Elle n'en est pas moins de la violence. Une violence plus insidieuse.

— Ce n'est pas ce que pense l'UCPD[37], soupira-t-elle.

— Si l'UCPD était compétente, nous ne serions pas là, rigola Mary.

Je n'avais jamais vu une fille plus belle que Mary. Je ne connaissais personne de plus provocant aussi. Et je n'avais jamais croisé, non plus, un regard plus sombre et plus vide. Lorsqu'on la fixait, on avait la sensation de tomber dans un abîme de détresse. Si profondément qu'il était impossible de remonter à la surface.

— Elle a raison, Jenna, dit Desire en glissant sa longue tresse sur son épaule.

37 University of California Police Department.

Brad hocha la tête et se pencha, les coudes en appui sur les genoux.

— Maintenant, tu nous as, *nous*, lui assura-t-il. N'oublie pas que même si ce groupe ne se réunit que le mercredi soir, même si on évite de passer du temps ensemble sur le campus pour des raisons évidentes, on est toujours là. La confidentialité nous préserve, mais tu n'as qu'un seul mot à dire pour qu'on accoure. OK ?

Brad hocha la tête et regarda tout le monde. Même moi. J'aurais préféré qu'il ne me remarque pas.

— C'est valable pour n'importe qui, ici, rappela-t-il.

Ce furent les derniers mots de cette séance.

Enfin, je respirai. J'étais soulagé de les voir se lever et, un moment plus tard, s'en aller les uns après les autres.

Jenna.

Mary.

Casey.

Live.

Raëlle.

Faith.

Desire.

Hendrix.

Leur nom était gravé au fer rouge dans ma mémoire. Leur visage était comme les photos floues sur les alertes Amber ; je les cherchais parfois sans le vouloir, au milieu des autres étudiants du campus. Lorsque je les croisais, je ne disais rien, je n'esquissais pas le moindre geste, mais je vérifiais quand même. Malgré moi, leur histoire était aussi un peu devenue la mienne.

Brad m'avait obligé à avoir plus de secrets.

Je ne le haïssais que davantage.

Bientôt, l'arrière du bar fut quasiment vide. Mercredi prochain, nous nous retrouverions peut-être dans le wagon désert d'un métro, pour ce que j'en savais ! Ces dernières semaines, nous avions connu une cave, un abri de jardin, le toit d'un immeuble, le sous-sol d'une maison, le coin reculé d'une plage et j'en passais.

Je finis ma bière, attendant que Brad parte à son tour. Mais il revint s'asseoir en face de moi et je serrai mes doigts sur la bouteille. J'avais envie de l'exploser contre un mur. Tellement envie, s'il savait. Chacun des mots de ces soirées me blessait plus qu'il ne pourrait jamais l'imaginer.

Il croisa les bras et m'observa une trop longue seconde.

— Tu n'as encore rien dit, aujourd'hui.

Je posai lentement la bouteille à mes pieds, c'était plus prudent.

— Tu n'attends pas vraiment que je prenne la parole ?

— Bien sûr que si, me contredit-il.

Ma mâchoire se contracta; si bien qu'il me fut difficile d'articuler.

— Ces filles n'ont pas besoin d'entendre comment j'en suis venu à mettre une raclée à Sawyer, laissai-je tomber.

Il inclina le visage et me scruta une seconde de plus.

— Il n'y a pas que des filles, me fit-il remarquer.

Je pris une grande inspiration et me levai enfin. J'avais les jambes ankylosées. S'il pensait que ces séances m'aidaient, il se trompait. C'était tout le contraire. J'aurais pu briser le cou de n'importe qui, en commençant par lui, dès que je quittais l'un des endroits anonymes où il nous réunissait.

— OK, lui accordai-je. Ces filles *et* Hendrix n'ont pas besoin d'entendre mon histoire.

Il se frotta le menton.

— Tu es là pour la partager, Blue.

— Je suis là parce que c'est la condition à ma réintégration.

— Si tu es obligé de venir, pourquoi ne pas en profiter ?

En profiter ?

En profiter pour quoi ?

Pour dire quoi ?

Je n'avais strictement rien à dire ! Ni à ce groupe, ni à Brad, ni à qui que ce soit. Si j'avais dû parler, je ne l'aurais pas fait ici, mais devant Nathan.

— Il y a d'autres groupes, Brad.

— Je suis au courant.

— Envoie-moi avec les types violents qui essaient de maîtriser leur colère, sifflai-je.

Il plissa les yeux.

— Il n'y a pas que des *types*, me corrigea-t-il encore.

J'arrachai ma veste au dossier de ma chaise, en contrôlant aussi bien que je le pus – très mal, en somme – l'exaspération qui me gagnait.

— Pourquoi ne m'as-tu pas collé avec eux ?

— Tu aurais parlé plus facilement ?

— Je n'ai rien à dire.

— Qui t'a invité à l'une de ces soirées ?

Mon cœur chuta au fond de ma poitrine, s'y écrasa dans un tel fracas que, pendant un instant trop long, je n'entendis plus que ça. Le bruit de casse, aussi insupportable que ces cris que je retenais si fort depuis un an.

Il continuait à se renseigner sur ces maudites soirées !

— *Gaesaekki*[38] ! rugis-je.

Il n'avait pas besoin de comprendre le coréen pour savoir quand il se faisait insulter. Pourtant, il ne bougea pas d'un centimètre alors que je me plantais devant lui.

— Il paraît qu'une conférence va bientôt se tenir, dit-il, l'air de rien.

— Il paraît, hein ?

Sans le quitter des yeux, je le dépassai en lui bousculant l'épaule. Il se leva à son tour, alors que je récupérais mon sac dans un coin de la pièce.

— Qu'est-ce que tu vas faire ? me demanda-t-il.

— Ce que je fais toujours.

Je lui jetai un regard, il m'observa sans comprendre.

— Nager.

Qu'aurais-je pu faire d'autre ?

Je le plantai dans cet endroit minable, éclairé par une unique ampoule qui dansait au moindre coup de vent. Ça sentait l'humidité et la friture.

---

38 개새끼 : Enfoiré !

Mais ce qui rendait l'atmosphère si irrespirable, ce n'étaient pas les murs décrépis et l'espace trop exigu. Non, c'étaient les lambeaux d'histoires qui imprégnaient déjà le bitume, empreintes d'un passé dont nous voudrions tous nous défaire. Et qui, pourtant, continuait à nous traquer.

Inlassablement.

***

Je ne retournai pas à l'appartement. Je ne rentrais jamais directement, le mercredi soir ; j'avais besoin de temps pour me calmer. Me tenir face à Nathan, maintenant, n'aurait été bon pour personne. Il m'était impossible de poser des mots sur ce que je ressentais vraiment. M'épuiser était le seul remède. Nager m'avait toujours aidé à retrouver mon équilibre. Bien plus aujourd'hui. Dans l'eau, tout reprenait enfin sa place. En moi, dans mon esprit.

Si les séances de groupe m'avaient servi à quelque chose, c'était à me rendre encore plus instable qu'avant. Chaque mercredi me ramenait un peu plus au bord d'un vide obscur dans lequel j'étais tombé une fois. Je refusais de m'y noyer de nouveau. Et pourtant, tout de suite, je n'aspirais qu'à m'exploser les poings contre les murs, fracturer mes propres os, cisailler ma chair, avoir les mains pleines de mon sang. Est-ce que ça m'apaiserait enfin ?

Je traversai le centre désert, les lumières avaient été éteintes par le gardien. Elles étaient remplacées par de petites veilleuses qui baignaient l'endroit d'une atmosphère tamisée. J'adorais les piscines le jour. Mais la nuit, elles se transformaient.

C'était un autre monde.

Mes errances m'y avaient toujours ramené.

Je passai par les vestiaires, le temps de me changer, et marchai vers la surface tranquille du bassin. Je ne ralentis pas et, comme des années plus tôt, je tombai dedans, engloutissant mes pensées dans les profondeurs. Je criai à pleins poumons, l'eau avala le bruit. Il n'y eut que ces petites bulles pour m'entourer.

Je nageai jusqu'aux plots et attrapai l'étrier[39]. Je culbutai aussitôt et ondulai en apnée avant de me lancer dans un crawl puissant. Il me propulsa en avant… Je fendis la surface à coups de bras, vifs et rigoureux. C'était trop pour une fin de journée, après des heures d'entraînement intensif, des heures de cours interminables et des heures à écouter les douleurs des autres en écrasant les miennes. Pourtant, je continuai. J'allai parfois si vite que je manquai à plusieurs reprises de manger la paroi. Mes lunettes étaient embuées et mon jammer me collait tellement à la peau que je le sentais à peine. J'aurais pu être nu. J'aurais aimé l'être. J'aurais été complètement libre. De ressentir ce que je ressentais, de vouloir ce que je voulais, de crier ce que je taisais.

Plus rien ne m'aurait retenu.

Alors je continuai.

Longtemps.

Jusqu'à la douleur.

Mes bras me tiraient, mes jambes s'engourdissaient ; la fatigue me faisait perdre de la vitesse. Je n'arrivais pourtant pas à m'arrêter. Mon corps ne se souvenait plus comment faire pour se mettre en pause.

Heureusement, un coup de sifflet brisa le silence et je me stoppai en une seconde, le cœur sur le point de se rompre. Je refis surface en ramenant mes lunettes sur le sommet de ma tête. Le souffle court, je clignai des yeux devant la silhouette qui se tenait sur le bord du bassin. Elle me surplombait d'un regard sombre.

— Sors ! m'ordonna Nathan.

Son ton me fit trembler. Des frissons qui n'avaient rien à voir avec la peur. Ou alors, un autre genre de peur.

— Allez, sors, répéta-t-il plus calmement.

Je n'avais pas la force de m'entêter, je nageai donc jusqu'à l'échelle et sortis. Je jetai mes lunettes sur le banc et ébouriffai mes cheveux pour les essorer un peu. Nathan m'envoya ma serviette trop vivement, et je jurai en la récupérant.

---

39 Ou barre de dos. C'est la barre placée sous le plot et qui aide, entre autres, au départ des courses de dos crawlé.

— Tu ne sais toujours pas quand t'arrêter, me reprocha-t-il.

Il n'avait pas tort ; je n'avais jamais su me retenir. Ça m'avait valu quelques séances de kiné. Mais moins que lui !

— Je pouvais tenir quelques longueurs de plus, le contredis-je quand même.

— Tu t'entraînes pour les 1500 mètres ?

Le sarcasme me fit grimacer.

— Pas encore, ironisai-je.

— Parce que si c'est le cas…

— Ça va, Nath ! m'énervai-je.

Nath… ?

Le silence nous rappela que la dernière fois que j'avais utilisé ce surnom, nous étions dans un lit, ensemble, en Pennsylvanie.

Son regard se voila et je m'en détournai.

— Qu'est-ce que tu fais là ? demandai-je.

— Je sais que tu préfères rester loin de moi les mercredis soir, mais il est vraiment tard.

Je baissai la tête pour m'essuyer les cheveux.

Je préférais rester loin de tout le monde, les mercredis soir. Mais si je restais loin de lui, c'était pour d'autres raisons.

— Tu le penses vraiment ? soufflai-je.

Je relevai le visage ; il était silencieux.

— Tu penses vraiment que je veux rester loin de toi ? recommençai-je.

— Je pense que tu me fuis à la première occasion, Jun-ha.

C'était vrai, je le fuyais.

Il fit un pas vers moi.

— Et je pense que tu ne voulais pas que je sois transféré à Cal.

J'avais peur de tout ce qu'il pouvait apprendre et comprendre. De tout ce qu'il savait deviner.

Un autre pas et il posa une main sur mon épaule. Il serra assez fort pour me faire grimacer. Sans douceur, il me poussa vers le banc et s'installa dans mon dos.

Son souffle se perdit sur ma nuque mouillée.

— Je pense aussi que tu n'as pas donné de nouvelles pendant plus d'un an, continua-t-il.

Mais j'avais songé à lui chaque seconde.

Il me massa, ses doigts forts roulèrent sur ma peau, à l'endroit exact où j'avais mal. Je grondai et lui abandonnai mon dos. Il n'y avait pas qu'en natation que Nathan était doué. Il était l'un des meilleurs étudiants en kinésithérapie sportive de ce campus. Nous avions suivi le même cursus ; bien que j'aie une année de retard, à présent. J'avais continué d'apprendre, seul, mais ça ne suffirait jamais. Nathan avait une perception parfaite du corps humain. Du mien, encore plus. Il savait toujours où j'avais mal. Il savait toujours comment me soulager. Il savait toujours où guider ses caresses pour me faire céder.

Je baissai la tête, me ramollissant entre ses doigts. Mes muscles roulaient sous ses paumes et mes tensions se relâchèrent une à une. C'était déjà le cas, bien avant qu'il ne prenne son premier cours d'anatomie. Je me souvenais de l'impudeur de ses gestes, quand il se plaçait à califourchon sur mon dos. La porte était fermée et mes devoirs étalés sur le lit. Il me massait les soirs où j'avais trop nagé. D'instinct, soulageant mes raideurs, sans se soucier de mes reproches sur sa façon d'envahir mon espace. Alors que je gardais toujours ma chambre ouverte pour qu'il me rejoigne.

À quel point m'étais-je menti, à l'époque ?

— J'ai lu tous tes messages, lui avouai-je.

Ses gestes ralentirent.

— J'ai écouté tous les monologues que tu laissais sur mon répondeur, ris-je doucement. Et je les ai réécoutés une centaine de fois.

En silence, ses mains voyagèrent sur mon dos et mes bras, dénouant chaque point de tension. J'avais pris l'habitude de ces maux du quotidien ; le sport mettait notre organisme à l'épreuve. Les athlètes se familiarisaient avec la douleur. Mais ce n'était pas que ça, non ? Ce n'était pas seulement pour me soulager qu'il parcourait si parfaitement les contours de mon tatouage. Il redessinait les ailes du Phoenix, y laissant trop de frissons.

— Je ne pouvais pas te parler, murmurai-je.

— Et maintenant ? demanda-t-il.

Je secouai la tête.

— Même pas de la conférence de presse ?

— Que veux-tu que je te dise sur cette conférence ? Je ne resterai pas longtemps à Berkeley si je refuse leur nouvelle condition. Alors, je vais y aller. Comme je rejoins Brad à ses foutues séances.

— Brad n'est pas si terrible.

Je n'avais pas envie de parler de Brad !

— Peu importe, laissai-je tomber. C'est ce qu'on attend de moi. Les mercredis soir, la conférence de presse. Donc, c'est ce que je vais faire.

Le père de Sawyer, les étudiants, l'équipe, les médias, tous ! Il n'y aurait plus aucun moyen de me sauver, si je m'entêtais. Je n'aurais plus d'équipe, plus d'université. Et ensuite ? Que pourrais-je faire ? Rentrer à Séoul, complètement désavoué, la honte sur les épaules ? Quitter les États-Unis ? Quitter définitivement Nathan ?

Je m'y refusais.

Si je devais endurer les douleurs des autres, je le ferais.

Si je devais présenter publiquement mes excuses à Sawyer, je le ferais.

Je tomberais à genoux. Il n'y aurait que ma fierté qui en serait blessée. Elle n'était plus à ça près.

— Jun-ha… soupira Nathan.

— Ne dis rien, le suppliai-je.

Alors il ne dit rien et continua à me masser en silence. Il n'y eut plus un seul bruit. Hormis le léger clapotis de l'eau. Et son souffle qui se perdait sur ma nuque. Je frissonnai, prenant soudain conscience de mon torse nu, de son corps qui s'emboîtait parfaitement au mien, de nos cuisses qui se frôlaient. Ses mains appuyées là où j'en avais besoin. De moins en moins fort. Ses gestes se firent presque aussi doux que des caresses.

Les veilleuses lançaient des ombres sur les murs. En les regardant, j'y vis le reflet de deux adolescents. Leurs rires perçaient les barrières du temps, me rappelèrent le bonheur que j'avais toujours ressenti avec lui.

Les regards s'étaient éternisés, s'étaient promenés, parfois effrontés, lorsque personne d'autre n'était là pour s'en apercevoir.

Les gestes s'étaient esquissés comme des maladresses.

Les murmures nous avaient poussés à nous rapprocher pour mieux nous entendre. Nous aurions pu nous parler plus fort, mais…

Puis, nous avions grandi, nous étions partis chacun à un bout du pays. Et, malgré ça, dès que nous nous retrouvions, c'était de nouveau le même sentiment. Les piscines, la nuit. Le silence des profondeurs. Tout ce qui se déroule sous la surface.

Et ce premier baiser…

Ce sentiment qu'il était le seul à me faire ressentir.

Pourtant, Sawyer se l'était accaparé. Il l'avait écorché. Et j'avais quand même envie de m'y perdre. Ce serait si simple. Je n'aurais qu'à passer un bras derrière moi. Empoigner sa nuque. L'embrasser à perdre haleine. Je l'allongerais sur ce banc et pillerais ce corps qui me manquait à en crever. J'abattrais sur lui toute l'obscurité de mes désirs et cet amour brisé qui prenait encore toute la place. Et…

Je me levai d'un bond, m'arrachant à sa peau.

— Jun-ha, attends…

Si je restais ne serait-ce qu'une seconde de plus près de lui, je serais incapable de lui échapper.

M'éloignant sans un mot, je remontai le couloir jusqu'aux vestiaires aussi vite que possible. J'ouvris mon casier, pour le refermer brutalement. J'abattis plusieurs fois mes poings dessus dans un silence morbide.

— Jun-ha ?

Je me figeai, chaque muscle, chaque cellule. Même mon cœur rata plusieurs battements.

— Je me change et je rentre, articulai-je lentement. Pas besoin de m'attendre.

Il avança dans mon dos et je me crispai davantage. Il posa les mains juste à côté de mes poings serrés sur le casier et m'enferma dans ses bras.

— Et si je veux rester ? me murmura-t-il à l'oreille.

— Qu'est-ce que tu fais ?

— Je t'empêche de fuir.

Ses lèvres trouvèrent l'espace entre mes deux omoplates. Aussitôt, je plongeai dans un tourbillon de souvenirs, de flashs éblouissant toutes les fois où il avait fait ça.

Juste embrasser cet endroit.

Le tourbillon alla encore plus vite et ramassa quelque chose d'autre ; de bien plus sombre.

D'un coup, ce n'était plus Nathan qui m'embrassait.

D'un coup, la bouche qui glissait sur ma peau n'était plus la sienne.

Le tourbillon continua de tourner.

Nathan.

Cette nuit.

Nos rires.

Le sang.

Nos coups de reins.

Cette prison.

Nos soupirs.

Des cris étouffés.

Ses mains.

D'autres mains.

— Va-t'en, Nathan.

— Pourquoi ?

Je me tournai vers lui et rencontrai ses yeux bleus.

Si bleus.

— Si tu ne t'en vas pas maintenant... tremblai-je.

Je repoussai ses cheveux blonds en arrière et m'y agrippai.

— Qu'est-ce que tu me caches à ce point ? articula-t-il contre mes lèvres.

Je posai les doigts sur son cou et serrai fort.

— Tu veux vraiment savoir ?

— Tu le demandes ?

— Je le demande, oui !

— Bien sûr que je veux savoir !

Le ton était tellement monté que nos voix explosaient contre les murs des vestiaires.

— D'accord, rugis-je.

Je ne pouvais pas le lui dire. Ces mots ne franchiraient jamais mes lèvres. Mais je pouvais le lui montrer, après tout. Qu'il vienne avec moi au cœur de mes ténèbres, là où je m'étais égaré. Il partirait ensuite. Qui accepterait un amour perverti par un autre ? Des éclats d'une nuit qui n'avaient laissé que du sang et des odeurs qui m'avaient collé si longtemps que je m'étais arraché la peau pendant des semaines pour les faire disparaître. Mais j'avais beau frotter, elles restaient sur moi.

Je repoussai Nathan. Brutalement. Déséquilibré, il s'assit sur le banc et je me ruai sur lui. Je lui empoignai les cheveux et l'embrassai. Non avec amour et encore moins avec passion. Je l'embrassai comme on embrasse quelque chose que l'on veut posséder. Qu'on est certain de posséder. Avec aussi peu d'humanité, aussi peu de tendresse, aussi peu de douceur. Guidé par une seule chose, le besoin qu'il m'appartienne. En oubliant que personne ne pouvait nous appartenir, comme ça s'était oublié, cette nuit-là.

Je m'écartai et plongeai dans son regard toute ma rage.

— Ça te convient comme réponse ? lui lançai-je.

Il déglutit.

— Non.

— Non ?

Je le forçai à s'allonger.

Je lui retirai son pantalon et son boxer sans perdre de temps.

J'agrippai son sexe en lui arrachant un grondement.

Satisfait, je souris et m'agenouillai devant lui sans le quitter des yeux. Pas une seule seconde, je ne me détournai de cet océan qui s'agitait au rythme de ma fureur.

En appui sur ses coudes, il suivit le parcours de ma langue jusqu'à ce qu'elle s'enroule autour de son gland. Il entrouvrit les lèvres sur un gémissement et je léchai son érection. Il durcit davantage, trembla, me regarda en essayant de retrouver son petit ami, ce garçon coincé dans ses convenances, qui avait mis des années à oser l'embrasser. Le fils illégitime d'une famille qui avait fini par le renier. Celui à qui il avait appris l'amour, le désir, la passion, l'attente et l'envie. Il avait eu confiance en lui. Plus que tout… Mais il avait disparu et il ne restait plus que moi. Un mec ombrageux, qui naviguait entre le besoin de l'asservir et celui de le faire souffrir.

Il tendit une main vers mes cheveux. Je l'empoignai pour l'en empêcher.

— Ne me touche pas, grondai-je.

Je croisai ses bras derrière sa nuque et me penchai au-dessus de lui.

— C'est moi qui te touche, Nathan.

Je le tirai vivement à moi et posai une de ses jambes sur mon épaule.

Le regard accroché au sien, je crachai dans ma main et glissai mes doigts en lui. L'intrusion le força à se cambrer et je souris encore, excité d'avoir ce pouvoir.

Sa respiration était erratique.

J'allai plus loin, plus vite ; ne manquant rien des traits de son visage.

Puis, lentement, trop, je le pris dans ma bouche.

Il m'abandonna un cri ; ténu, mais si sensuel que j'en frissonnai. Son corps se modela à mes désirs. Sans lui laisser une seconde de répit, sans lui permettre de me toucher, je ravageai son plaisir. Je voulais lui arracher sa jouissance, qu'il se torde, qu'il me supplie.

Qu'il hurle mon nom.

Qu'il se perde dans ma souillure.

Qu'il se vide dans ma bouche.

« Tu ne m'oublieras jamais. »

Oui, exactement, qu'il soit incapable de m'oublier !

Que cette certitude s'imprègne dans son corps.

Qu'il en soit sali.

Comme je l'avais été.

Mais, forcément, comment avais-je pu l'oublier ? Rien ne pouvait être sale lorsqu'on aimait si profondément celui avec qui on le partageait. Son odeur m'entêtait. Son goût me rendait fou. Ses tremblements me collaient la chair de poule. Ses abandons étaient un don que j'avais si longtemps perdu. Sa voix m'entraînait dans un univers où il y aurait toujours de la place, même pour mes noirceurs.

Qu'importait à quel point j'étais bancal ; il me retenait.

Qu'importait à quel point je me détestais, il me retenait encore.

11

열 하나

Samedi 31 octobre 2020

Qu'est-ce que j'ai fait ?

La même question depuis trois jours et toujours aucune réponse. À vrai dire, je me demandais si c'était bien arrivé ou si je l'avais seulement rêvé. Mais si je l'avais rêvé, je n'aurais sûrement pas choisi les vestiaires. Qu'est-ce qu'il m'avait pris ? De me jeter sur lui, en pleine nuit ! De l'allonger sur un banc, comme si ce n'était qu'un coup d'un soir ! De lui offrir cette scène sordide, rescapée de ma mémoire !

Et s'il comprenait… ?

Qu'est-ce que j'ai fait ?

Je courus plus vite, mes foulées frappèrent le bitume à mesure que je perdais mon souffle. La journée allait être longue, les entraînements s'enchaînaient à l'approche de notre première compétition officielle. Je n'aurais dû me concentrer que sur ça. Mais je ne parvenais pas à me sortir Nathan de la tête. Et lorsque j'y arrivais quelques minutes, c'était l'imminence de la conférence de presse qui tendait mes nerfs.

Le garage me manquait. Gyosu me manquait. Le temple. Le loft. Entendre Joey jouer. Sentir un museau exigeant le matin, venir frotter ma joue.

Écouter le répondeur de l'accueil se déclencher et la voix de Mouse me demander de rappliquer. Ma vieille Jeep. Les soirées tranquilles. Les journées rythmées par mes heures de nage. L'observatoire. Ce quotidien où rien n'était encore fait, où l'espoir me poussait.

« Tu veux vraiment savoir ? »

« Tu ne m'oublieras jamais. »

Tout se confondait dans mon esprit. C'était un tel bordel que je n'arrivais même pas à aligner deux mots d'excuse sur le papier. La conférence se tiendrait demain et j'ignorais toujours ce que j'allais dire. La seule chose qui me venait était : « Plutôt mourir que de lui demander encore pardon ! » Et cette voix, ce n'était pas vraiment la mienne. C'était celle de Mary. Celle de Casey. Celle de Jenna. Celles de Live, de Raëlle, de Faith, de Desire, de Hendrix. Même celle de cet enfoiré de Brad. Elles étaient toutes là à me susurrer : *« Ce n'est pas à toi de présenter des excuses. Ce n'est pas à toi de te mettre à genoux. »*

J'accélérai, refusant de les écouter. Pourtant, bientôt, je n'entendis plus qu'elles.

Présenter des excuses à ce salaud ? Je pouvais à peine me retenir de lui fracasser la mâchoire, lorsque je le croisais sur le campus. Il avait ce sourire condescendant. Il disait bonjour comme si le monde était à ses pieds. J'aurais aimé lui briser les jambes pour qu'il reste à genoux suffisamment longtemps. Qu'il voie ce que ça faisait de vivre à terre. Comment avais-je pu poser les mains sur Nathan, en voulant lui montrer…

Lui montrer quoi, Blue ?

Ton erreur ?

Nathan n'avait pas à la subir !

J'accélérai encore et étendis mes foulées au maximum. Je respirai profondément, en apercevant la résidence au loin.

Rien n'avait véritablement changé, depuis trois jours. Nathan donnait l'impression d'agir comme avant. Il mettait du bordel dans l'appartement, se couchait trop tard, se levait en retard.

Nous partions ensemble à l'entraînement. Je remplissais nos gourdes et lui nos tasses hermétiques d'un café trop chaud. Il commandait à manger le soir, je ramassais ses vêtements disséminés partout.

Rien ne paraissait changé. Hormis qu'il ne me frôlait plus. Il se tenait de l'autre côté de mes limites, très loin. Si loin qu'il me semblait parfois ne plus le voir du tout. Comme si, d'un coup, il avait peur de ce qu'il pourrait découvrir.

C'était bien ce que je voulais, non ?

Non, me susurra une voix. Une traîtresse qui aurait pu être mon âme ou ma conscience. La cruelle vérité.

Je passai les mains dans mes cheveux humides et pris une grande inspiration avant d'entrer dans le hall de la résidence. J'appuyai sur le bouton d'appel de l'ascenseur, à l'instant où mon portable sonna. Je décrochai sans vérifier le nom, persuadé que c'était Nathan.

Peut-être l'espérais-je plus que je ne le sus.

— Allô ?

— Mon chéri !

Ce n'était pas Nathan du tout.

— Salut, Becca.

Chaque fois que je l'entendais, je me souvenais d'à quel point elle me manquait.

— Tu as l'air essoufflé ?

J'essuyai mon front avec le bas de mon T-shirt.

— J'étais en train de courir, expliquai-je.

— C'est samedi, me fit-elle remarquer.

— Ah oui ? me moquai-je.

Elle commença à digresser sur les obsédés de natation, les fils railleurs et les appels satellites où l'on entendait un mot sur deux, uniquement les bons jours. Je souris, apaisé par le simple son de sa voix. La voix d'une mère, c'était une berceuse. Et la sienne était bien plus que ça. Elle était comme un rêve que j'avais fait souvent, enfant. Parfois, je le faisais encore. Halmeoni, elle et moi, le salon de notre maison à Séoul.

Parfois, oui, mon pays me manquait. Cette famille me manquait. Les rues, les visages. Ma langue. La culture, les traditions, les structures d'un monde plus pudique et plus exigeant à la fois.

Tout ça, oui. C'était comme perdre quelques battements cardiaques et ne s'en rendre compte que de temps à autre.

— Tu ne sais pas t'arrêter, se désola-t-elle.

— Quelqu'un m'a fait remarquer ça, récemment.

— Ce quelqu'un a bien raison. Je vote pour ce quelqu'un ! Qui est ce quelqu'un ? Tu n'as pas assez de quelqu'un dans ta vie, mon chéri.

Il n'y avait qu'elle pour dire autant de choses grâce à un seul mot.

— Parle-moi plutôt du pôle Nord.

— J'ai réussi à négocier quelques compromis avec le capitaine.

— En fait, ne m'en parle pas du tout, marmonnai-je aussitôt.

Elle rit, d'un rire si fort et si clair, si sincère.

— Je ne voudrais pas abîmer tes chastes oreilles avec ma débauche, plaisanta-t-elle.

Rien que le mot « débauche » dans la bouche de ma mère manqua me faire jurer.

J'entrai dans l'ascenseur et aperçus Remy, les bras chargés de sacs de courses. J'allais retenir la fermeture des portes, mais il prenait son temps, justement pour ne pas devoir rester dans une cabine si petite, seul avec moi.

Je ne pouvais pas lui en vouloir.

Après tout, il avait vu le visage de Sawyer, ce jour-là.

Il avait vu le sang sur le sol de son appartement.

Il avait vu mes poings encore serrés, éraflés des coups que je lui avais donnés, des gouttes écarlates perler de mes phalanges abîmées.

Je laissai l'ascenseur se refermer sur lui et reculai jusqu'à la paroi.

Je soupirai si profondément que même Becca l'entendit du pôle Nord.

— Qu'est-ce qu'il y a ?

La réponse à cette question était trop longue pour la lui expliquer.

— Tu crois que l'on doit toujours s'excuser ? résumai-je.

— Il va falloir m'en dire plus, mon chéri.

Je croisai mon regard dans le miroir. Il était noir. Fermé.

— Si on fait quelque chose de mal à quelqu'un qui le mérite, est-ce que l'on doit toujours s'excuser ?

Becca siffla lentement, alors que je continuais à m'examiner en me demandant ce que les autres voyaient vraiment de moi.

— C'est le dilemme de la mère, me dit-elle.

— Pardon ?

— Si une mère perd son enfant, tué par un chauffard ou par un fou furieux ; est-ce socialement acceptable qu'elle tue son meurtrier ? En sachant qu'elle deviendrait la tueuse de l'enfant d'une autre ?

Je serrai mon téléphone dans mon poing.

— Le dilemme de la mère, articulai-je lentement.

Œil pour œil, dent pour dent. La loi du talion n'était qu'un cercle de haine sans fin.

— Je t'assure que si on te faisait du mal, je voudrais voir le coupable souffrir doucement, continua-t-elle. Et je n'aurais pas envie de m'excuser par la suite.

— Tu fais peur, tentai-je de plaisanter.

Le troisième étage arriva trop vite et je remontai paresseusement vers mon appartement.

— Tout va bien, n'est-ce pas ? Je n'ai pas besoin d'être rapatriée en Californie ?

— Tu aurais trop chaud, ici.

— Je peux supporter un peu de chaleur de temps en temps. J'ai passé deux ans au Texas.

Je m'en souvenais très bien.

— Tu sais que Nathan a été transféré à Cal ?

J'ouvris la porte en écartant aussitôt le téléphone de mon tympan.

— NON ! hurla-t-elle.

Je refermai d'un coup de pied, en avisant Nathan assis à la table de la cuisine. Ses cheveux blonds étaient retenus en arrière par un bandeau fin, laissant apparaître les racines noires et les clous à ses oreilles. Il portait un vieux T-shirt que je lui avais offert, même si je doutais qu'il s'en souvienne. Et son pendentif, les caractères hangul de Jun-ha, était coincé entre ses dents pendant qu'il faisait défiler les vidéos d'entraînements des nageurs les plus doués de la NCAA, nos concurrents directs.

— Eh si, lui assurai-je.

Il se tourna vers moi en plissant les yeux.

— Vous êtes de nouveau ensemble ? demanda Becca.

Bien sûr, pour Becca, « être ensemble » ne voulait pas dire la même chose que pour moi.

— Oui, répondis-je.

— Mon Dieu ! se réjouit-elle.

Une seconde. Avant de baisser la voix pour me murmurer :

— Drew doit lui en vouloir d'avoir quitté Austin. Il va bien, tu crois ? Il ne manque de rien ? Où vit-il ?

Nathan leva la tête en me voyant approcher. Je posai le téléphone sur la table et branchai le haut-parleur.

— Il va bien, Becca, la rassurai-je. Il ne manque de rien et il est logé à la résidence, avec toute l'équipe.

Nathan abandonna aussitôt ses vidéos et se pencha sur mon portable, comme s'il pouvait voir au travers.

— En colocation, tu veux dire ? couina Becca. Il va causer beaucoup trop de problèmes, Blue. Nathan ne sait pas se tenir tranquille.

Si elle savait que le seul à causer des problèmes, c'était moi.

— Jun-ha me surveille de trop près, Becca, sourit-il.

— Nathan ! s'exclama-t-elle.

— Comment ça va, le pôle Nord ? s'amusa-t-il.

— Elle a négocié avec le capitaine, laissai-je tomber sombrement.

Becca partit d'un grand éclat de rire et Nathan ramassa le téléphone sur la table. Je n'avais pas vu son regard briller à ce point depuis longtemps. Il en oublia d'être trop prudent.

— C'est vrai ? dit-il, connivent.

— Pas la peine de prendre ce ton, m'exaspérai-je.

Il haussa un sourcil, son bonheur transformait ses traits.

Ma poitrine se serra. Avant, je savais le rendre heureux, aussi simplement que ça.

— Comment est ton capitaine, Becca ? demanda-t-il, rien que pour m'agacer.

— Elle n'a jamais dit que c'était *son capitaine*, me crispai-je.

— Elle *négocie*.

— Et alors ?

— Tu veux des explications détaillées ?

Mon regard tomba sur lui et son sourire vacilla un peu. Je me penchai sur son visage sans le quitter des yeux. Il se détourna trop vite.

Même ça, il ne le faisait plus.

Me regarder trop longtemps.

Je m'inclinai encore, m'approchant du combiné et des lèvres de Nathan. Il trembla.

— Je vais me doucher, expliquai-je à Becca.

— À bientôt, mon chéri !

— *Saranghaeyo*[40], Becca.

Je me redressai, Nathan reprit son souffle, et je partis aussitôt vers la salle de bains. Je refermai derrière moi et, appuyé à la porte, j'écoutai leur voix se faire plus basse.

— Alors ? murmura Nathan. Raconte-moi.

Becca lui manquait, à lui aussi. Comme Drew me manquait. J'avais si souvent hésité à lui téléphoner, ces derniers mois. Certains matins, je me réveillais avec l'envie de composer son numéro, aussi facilement qu'avant. J'aurais peut-être pu lui parler. Il aurait peut-être pu m'aider. Mais,

40 사랑해요 : Je t'aime, dit de façon formelle.

trop vite, je renonçais. Sajangnim ne voulait plus rien avoir à faire avec moi, pourquoi le père de Nathan s'occuperait de cette histoire sordide. Il y avait d'autres affaires plus importantes que l'erreur inconsidérée du fils de son ex-femme.

Abandonnant cette idée grotesque, je me déshabillai et jetai mes vêtements dans ma panière, au milieu de ceux de Nathan. Il en avait bien une, mais il balançait tout en tas et se moquait de l'endroit où ça atterrissait. Je fis le tri une nouvelle fois et jurai quand le contenu de son jean se répandit à mes pieds. Je m'accroupis pour tout ramasser et me pétrifiai un instant, la respiration soudain coupée. Je tendis la main vers plusieurs sachets. Ils étaient de couleur différente, mais le «Durex» écrit dessus était suffisamment révélateur.

J'aurais dû tout remettre dans sa poche et l'oublier aussitôt. Tout le monde sur le campus devait en avoir dans son sac. Ils en distribuaient dans beaucoup de bars. Ce n'était pas si grave. Alors, pourquoi levai-je ce jean devant mes yeux ? Il était d'un bleu légèrement délavé, les genoux déchirés. J'avais trop de mémoire ; je me rappelais parfaitement que Nathan l'avait porté vendredi soir, avant de retrouver des étudiants de son cours de physiothérapie. Il les avait rejoints dans un pub connu de San Francisco.

Je pris les préservatifs et les fis disparaître dans mon poing. Je serrai si fort et me mordis la lèvre jusqu'à ce que le goût du sang se répande sur ma langue.

Un hurlement s'écorcha dans ma poitrine. L'amour… L'amour n'était ni tranquille ni pur. Il n'était ni parfait ni idéal. Ce n'était pas une succession de sourires et de bonheurs. La plupart du temps, il faisait mal. Il était sali par nos jalousies. Empoisonné d'erreurs et détruit de rancœur.

Combien étions-nous à nous en arracher le cœur ?

***

Assis devant mon ordinateur, je regardais le fichier Word, complètement vierge. J'avais ressorti mes lunettes de repos ; les écrans me collaient la migraine. Ça faisait plusieurs heures que je tapais quelques mots, pour les effacer aussitôt. J'avais abandonné l'idée du cahier ; j'avais froissé tellement de pages que je n'aurais pas été surpris que les associations écolos du campus frappent à ma porte. J'avais déjà assez de problèmes, inutile d'en ajouter. Alors, autant ouvrir mon ordinateur et attendre que je trouve quelque chose de crédible à dire demain.

Tout ce qui me venait ne conviendrait ni au doyen ni à monsieur Harold.

En soupirant, je renversai le visage et scrutai le plafond. De la musique jouait trop fort contre mes tympans. Je tournai les yeux vers la porte fermée de la chambre de Nathan. Il n'était pas sorti depuis que nous étions revenus de notre entraînement. Il avait dû s'endormir. Prenant une grande inspiration, je fixai de nouveau les yeux sur mon écran.

Un seul mot.

Allez, il fallait bien commencer quelque part.

« Bonjour. »

Je grimaçai.

C'était un début, après tout.

« Je vous remercie d'être venus… »

— *Joesonghamnida*[41], marmonnai-je.

Je penchai la tête, la mâchoire crispées et, le genou replié contre ma poitrine, je continuai d'écrire.

— *Ssibal*[42]*, a-ni*[43]… sifflai-je.

— Tu bloques encore ?

Je sursautai et retirai vivement les écouteurs de mes oreilles. Les jetant sur mon clavier, je me tournai vers Nathan. Il se tenait dans mon dos, les mains dans les poches

41 죄송합니다 : Je suis désolé. (Formel)
42 씨발 : Merde.
43아니 : Non.

d'une veste trop habillée pour une soirée à l'appartement. Un simple coup d'œil sur son jean noir et son T-shirt blanc au col ouvert en V me fit comprendre qu'il s'apprêtait à sortir. Ses cheveux étaient détachés, ça lui donnait un air sauvage. Un pendentif reposait contre sa poitrine ; pour la première fois, j'aurais aimé le lui arracher.

Est-ce qu'il avait pris des capotes avec lui, ce soir ?

Qui ?

Qui ?

QUI ?

Je m'intéressai de nouveau à mon écran, lui dissimulant mon expression.

— Tu vas quelque part ? demandai-je le plus calmement possible.

Alors que mes mains s'agitaient nerveusement sur le clavier.

— Tu préfères que je reste ?

Je ris, mauvais.

— Tu n'as pas envie de rester, articulai-je lentement.

— C'est vrai que tu sais toujours mieux que moi ce que je veux, non ?

Je m'immobilisai, la nuque raide.

— Si tu as envie de parler…

Je m'arrêtai, incapable de poursuivre.

Nathan récupéra ses chaussures à l'entrée.

— Tu n'es même pas capable de le dire, Jun-ha. Et tu sais pourquoi ? Parce que tu ignores complètement ce qu'il s'est passé, dans ces vestiaires.

Je posai les mains loin de mon ordinateur et fixai un point devant moi.

— Parce que, toi, tu le sais ?

— Je sais parfaitement ce que c'était pour moi, oui, m'assena-t-il sans une hésitation.

Une seconde plus tard, la porte claquait sur lui et je restai planté devant les premiers mots avortés de mon discours. J'attendis un instant. Un autre. Puis je refermai brusquement mon ordinateur.

Tout de suite, je ne haïssais rien ni personne plus fort que moi-même. La lâcheté qui me poussait à rédiger des excuses publiques. La fierté qui m'empêchait de le retenir. La violence dont j'avais fait preuve. La colère qui gangrenait.

Non, il ignorait ce qu'il s'était vraiment passé dans ces vestiaires.

Des coups frappés m'extirpèrent du marasme de mes pensées et je me levai. Nathan avait dû oublier ses clefs, une fois de plus. J'ouvris brusquement la porte.

— Tu pourrais au moins…

Les mots moururent en une seconde. Je tentai aussitôt de refermer, mais Sawyer bloqua la porte de son pied et posa une main sur le chambranle, un sourire trop grand aux lèvres.

— Recule, articulai-je lentement.

Ma voix n'avait jamais été plus froide. C'était une arme pointée dans sa direction. Et s'il ne s'écartait pas dans la seconde… TOUT DE SUITE ! … je jurais qu'il allait le regretter. Nous allions le regretter tous les deux.

— J'en ai pour deux secondes.

— Tu n'en as même pas une seule.

— Ce ne serait pas à moi de m'inquiéter ? me dit Sawyer. Après tout, j'ai fini avec une belle commotion cérébrale, trois points à l'arcade sourcilière, une lèvre fendue, de jolies ecchymoses et quelques courbatures.

Les mains dans les poches, il était trop heureux d'énumérer ce qu'il avait subi. À croire qu'il racontait avec une pointe de mélancolie un bon moment que nous avions partagé.

— Il n'y a personne devant qui jouer, lui rappelai-je.

— J'aime jouer, Blue.

Sa voix était si douce qu'elle en devint encore plus menaçante.

— Et surtout avec toi, continua-t-il.

Le couloir était cruellement vide. Sawyer guettait toujours les bons moments, non ? Il savait toujours quand venir. Quand personne ne serait là pour l'entendre. Comment cacher ses maudits secrets.

Au fond de ma poche pesait mon portable. Je le pris dans ma main, quelque part ça me rassura d'ouvrir l'application de Brad. J'avais un filet de sécurité.

— Dégage d'ici, le prévins-je.

— Je veux juste te parler, Blue.

— Non.

Je cherchai de nouveau à fermer.

Et, de nouveau, il m'en empêcha.

— J'en ai pour quelques minutes, insista-t-il.

— Il est hors de question que tu entres.

— Alors, sors.

Il recula et écarta les bras.

— Allez, viens. Qu'est-ce que tu risques ?

Il choisissait ses mots. Cette ordure ! Il savait parfaitement ce qu'il faisait, ce qu'il devait dire, quand, comment. Il manipulait tout ce qui l'entourait, la moindre seconde, le moindre sourire, les moindres pensées, avec tant de facilité.

Je baissai les yeux sur mon portable et l'allumai, avisant le logo d'une certaine application. Prêt à envoyer un seul message d'alerte.

— Tu es attendu ? plaisanta Sawyer. Une autre soirée, peut-être ?

Son rire manqua me faire chavirer. J'aurais voulu le lui exploser. Mais, plus que tout, j'aurais aimé être capable de lui tourner le dos sans écouter un seul mot sorti de sa bouche.

« En fait, c'est de moi que j'ai commencé à avoir peur. Bien plus que de lui. »

Jenna avait raison. Le plus grand ennemi était planqué en nous, puisque je le rejoignis dans le couloir, en laissant la porte entrouverte. Sawyer recula vers le mur et s'y appuya, satisfait de me voir lui obéir.

— Ce n'était pas si dur.

— Dis ce que tu as à dire et barre-toi d'ici.

Ma voix se fit si basse que ça en devint un sifflement menaçant.

Il inclina le visage, l'air presque attendri.

— Tu me regardes comme si j'étais le seul coupable.

Je me redressai de toute ma hauteur, refusant d'entrer dans son jeu.

— Si c'est tout, on se verra pour la conférence de presse, abrégeai-je.

Je lui tournai le dos. Il m'attrapa le bras. Je me dégageai avec tant d'agressivité qu'il leva les mains, son rire retentissant dans le couloir, aussi perverti que tout le reste.

— Tu sais que je n'ai pas voulu de ça, me susurra-t-il. De la conférence, je parle.

— Dis-le à ton père. Pas à moi.

— Ça ne changerait rien.

Ses yeux verts pétillaient. Comment avais-je pu prendre ça pour de la candeur, alors que ce n'était que de la tyrannie ?

— Tu te rappelles au moins ce qu'il s'est passé, cette nuit-là ?

Il avait emprunté le ton mélancolique de celui qui regrette le plus beau moment de sa vie. Je déglutis, refusant de replonger dans ces heures floues. Mes souvenirs étaient explosés. Ils se décomposaient par bribes, j'avais du mal à comprendre la chronologie des événements. Le début. La fin. Tout ce qu'il s'était passé entre.

Mais je savais.

Oui, je savais, parce que je l'avais enregistré.

À l'instant où j'avais compris ce qu'il y avait vraiment dans cette bouteille d'eau.

À l'instant où j'avais su ce que cachaient réellement ces soirées.

— Moi, je m'en souviens très bien, murmura Sawyer.

Je m'apprêtais à taper un mot de code. Un seul. Avant que ce ne soit trop tard. Pas pour moi. Pour lui. S'il faisait un pas, j'allais le tuer. Personne ne serait là pour m'en empêcher.

— Qu'est-ce qu'on en penserait, si je devais tout raconter « dans les détails » ? On n'aime pas vraiment les étudiants violents à Berkeley. Et encore moins ceux qui ont un penchant pour un peu de dope. Personne ne t'a forcé à prendre cette bouteille, après tout, non ? Et je ne t'ai pas non plus forcé à me suivre dans cette chambre. Tu as bu de ton plein gré et tu m'as suivi de ton plein gré.

Il rit en avançant vers moi. Quand il posa une main sur mon épaule, je fus incapable de lui échapper. Un seul mouvement et mon monde exploserait de nouveau.

— Tu as adoré ce qu'il s'est passé, souffla-t-il trop près de mes lèvres. Difficile d'oublier ce…

— Blue ?

La voix était trop timide, c'était à peine plus qu'un murmure. Jenna parlait toujours comme si elle devait s'en excuser.

Elle était si petite, si frêle, s'essoufflant sur un courage qu'elle avait du mal à trouver. Elle ne pesait pas plus de cinquante kilos et, pourtant, ce fut elle qui me sauva. Ce fut elle qui perça le mur épais qui obscurcissait ma rage. J'ignorais exactement ce qu'il se passa. Ces instants restaient vagues. Mais je me souvins qu'elle me dit :

— Je suis en retard, désolée.

Je me souvins qu'elle ferma ma porte, qu'elle passa un bras tremblant sous le mien et qu'elle m'entraîna avec elle.

Je me souvins de m'asseoir dans une voiture minuscule et encombrée où elle me parla sans que je l'entende vraiment.

— … tu étais connecté, tu ne l'es jamais plus de quelques secondes d'habitude. Tu envoies le code tôt le matin et tu te débranches. Mais ce soir, tu t'es connecté et j'étais juste à côté de ta résidence, alors…

Je perdis la fin aussi sûrement que le début.

Mais j'inscrivis une adresse dans son GPS et elle me déposa devant le garage de Joey. Elle descendit à ma suite, en regardant autour d'elle et en pressant le pas pour rester à ma hauteur.

Peut-être qu'elle cria, en tombant sur Joey.

Peut-être qu'il cria lui aussi.

Peut-être qu'ils échangèrent quelques mots, avant de me suivre jusqu'au loft. Peut-être qu'ils étaient à l'entrée, à me regarder tirer sur le tiroir d'un bureau. Je renversai son contenu sur le sol et m'agenouillai pour récupérer un vieux téléphone.

D'une main tremblante, j'enclenchai l'enregistrement. J'avais besoin d'entendre. Juste besoin d'en être sûr.

«Non. S'il te plaît…»

Cette voix. Ma voix.

Je la reconnaissais à peine, l'articulation était difficile, mais j'avais parfaitement structuré ce mot.

NON.

«Non. Arrête. Ne fais pas ça.»

NON.

Encore une fois.

«Non, Sawyer…»

NON, de nouveau.

Mais seulement, voilà… Je l'avais dit en coréen !

Des larmes coulaient sur mes joues, l'une tomba sur mes doigts alors que, tête baissée, je coupais le son. Le portable dans mon poing, je me frappai les cuisses.

— C'est ma faute, dis-je.

Et cette erreur m'usait le cœur.

— Ma faute, murmurai-je.

Il n'y avait qu'à moi que je pouvais en vouloir. J'étais responsable de ce que j'étais à présent.

Une âme fissurée dans un monde aveuglé.

12

열 둘

Dimanche 1er novembre 2020

Les flashs.

Les flashs aveuglants des appareils photo.

Les téléphones allumés, les mains levées.

La succession de visages étalés devant l'estrade. Je savais qu'il y aurait du monde, mais je ne m'attendais pas à ce qu'ils débordent de la salle de conférences. Les rangées de chaises ne suffisaient plus et le bruit rebondissait contre les murs.

Les poings au fond de mes poches, sous l'œil toujours trop critique des objectifs et des caméras, je m'installai devant un micro entre le coach Bones et Juliet. Steeve venait ensuite et Sawyer s'assit à l'autre extrémité. Je n'avais pas croisé son regard une seule fois. Je ne m'en sentais pas capable. J'avais à peine réussi à arriver jusqu'ici, après m'être endormi sur le lit du loft. À mon réveil, la porte était fermée, le tiroir de nouveau à sa place et le téléphone caché dedans, sous un tas de bazar sans importance. Je ne me rappelais plus ni comment j'avais atterri sur mon matelas ni quand j'avais sombré. Il ne me restait que le vague souvenir d'une jeune femme adorable et d'un garagiste habillé d'une cape. Ils se trouvaient au fond de la salle avec Mouse, en ce moment. Aussi raides les uns que les autres, aussi muets.

Ils ne bougeaient pas, ne parlaient pas. Dans le tumulte, ils ressemblaient à des rocs. Au moins, Jenna ne craindrait pas que son ordure d'ex-petit ami s'en prenne à elle, ainsi flanquée de Mouse et de Joey. Bien que je ne comprenne pas vraiment ce qu'elle faisait encore ici.

Mon micro grésilla et mes pensées revinrent aux journalistes trop bruyants qui posaient trop de questions. Le coach Bones leva les mains pour les calmer, leur assurant que nous répondrions à tout le monde. Une feuille devant lui, il commença par rappeler « les faits ». La décision de Cal et de la NCAA. Mon expulsion d'un an. La position de l'université face à de tels actes. Puis il enchaîna sur la condition de mon retour, en appuyant sur l'engagement de Brad Richardson, même s'il brillait par son absence. Il n'était pas le seul. Beaucoup de mes coéquipiers n'étaient pas venus. Nathan n'était pas là non plus. Pourquoi l'aurait-il fait ? Il était parti, sans doute des préservatifs dans sa poche, en claquant la porte derrière lui. Et je n'étais pas rentré de la nuit.

Une main se posa sur mon bras et je me tournai vers Juliet. Elle me sourit et le nœud dans ma poitrine fut un peu plus tolérable. Je n'étais pas complètement seul, non. Elle était là. Mouse et Joey étaient là. Jenna, aussi improbable que ça puisse l'être. Et même Steeve, qui se tenait sur cette estrade, en tant que capitaine de l'équipe, mais plus important encore, en tant que *mon* capitaine.

Pourtant, je continuais à chercher Nathan au milieu de la foule, peinant à croire qu'il ne se montre pas. Mais il n'y avait que des journalistes impatients, mes détracteurs, des étudiants curieux, des parents, des passionnés de natation et sans doute quelques quidams qui n'avaient rien de mieux à faire de leur dimanche.

Mais Nathan nulle part.

La voix du coach Bones s'éteignit doucement et il me fallut un coup de coude de Juliet pour me rappeler que c'était à moi de parler.

Pour dire quoi ?

J'avais écrit quelques mots, ils ne seraient jamais suffisants. Pourtant, pour moi, ils étaient déjà trop difficiles à articuler. J'avais du plomb dans la bouche et mes lèvres refusaient de bouger.

— Blue Phoenix ? m'interpella quelqu'un.

— Avez-vous une explication à donner aujourd'hui ?

— Que s'est-il passé, à l'époque ?

— Pourquoi avoir décidé de revenir ?

Et toujours plus de questions qui me frappèrent la poitrine. Pendant plusieurs secondes, je ne vis que les lettres CAL peintes sur un mur, les photos historiques des nageurs d'antan, le palmarès de l'équipe de ces vingt dernières années. Et les gens. Beaucoup trop de gens. Beaucoup trop de cris. Beaucoup trop de regards.

Je me crus incapable de dire quoi que ce soit.

Je me crus incapable de faire le moindre geste.

Il me sembla qu'un inconnu prit possession de mon corps et le mit en mouvement à ma place. Alors seulement, je me penchai sur mon micro et l'ajustai. Puis j'écoutai ma voix, de très loin, comme si je n'étais qu'une petite chose ratatinée dans un coin de mon esprit et qu'une bonne âme voulait bien prendre la parole.

— Bonjour, dis-je.

Je n'avais jamais perçu ma voix aussi clairement, presque de l'extérieur. J'avais oublié la sonorité de mon accent coréen et la gravité de mon ton. Ce soir, alors que le jour déclinait déjà, je n'entendis plus qu'elle au milieu du brouhaha.

— Merci de vous être déplacés et de me laisser une nouvelle chance de m'expliquer, déclarai-je. Je tenais à présenter mes excuses à toutes les personnes qui ont été marquées par l'inconsidération de mon geste. Sawyer et sa famille. Mes coéquipiers. Mon coach et le staff de Cal. L'université. Et chaque étudiant sur ce campus ou d'ailleurs. Qu'importe la raison, la violence n'est jamais une réponse acceptable. Elle reste et restera ma honte, quoi que j'accomplisse à l'avenir.

La natation a toujours été bien plus qu'un sport et je regrette que mes agissements aient pu le ternir. Mon année d'exclusion m'a permis de remettre en question les aspects de ma vie et je remercie Cal de me donner une nouvelle chance. À partir d'aujourd'hui, je m'en montrerai digne.

Évidemment, cette déclaration que j'avais mis des heures à écrire fut bien insuffisante. Ils ignoraient les efforts que ces quelques mots me demandaient, ils voulaient en savoir plus. Beaucoup plus. Les tenants, les aboutissants. La raison. Mais cette raison était emprisonnée dans un téléphone, loin d'ici.

La vérité ne s'entendrait jamais.

Elle ne comptait pas.

Et, pourtant, les questions continuaient de déferler à m'en donner le tournis. Juliet y mit de l'ordre et donna la parole à un jeune homme, un calepin ouvert sur ses genoux.

— Pourquoi êtes-vous revenu dans cette université ? voulut-il savoir.

Là d'où je pars, je reviens.

Sawyer ne me prendrait rien de plus.

— Ailleurs, j'aurais eu l'impression de fuir, expliquai-je. Ça n'a jamais été mon intention.

— Est-ce vrai que vous travaillez sur la gestion de votre colère avec Brad Richardson ?

D'une certaine façon, je supposais. Ne pas frapper Brad était une épreuve quotidienne.

— Je participe à des groupes de parole, oui, acquiesçai-je, en restant vague.

— Regrettez-vous votre geste ?

Le regretter ?

Une partie de moi se complaisait encore du sang que j'avais fait couler.

Mais l'autre était horrifiée de ce que j'avais pu faire.

— J'ai blessé beaucoup de personnes, répondis-je, sincère. J'ai trahi leur confiance et j'en suis profondément désolé.

— Qu'avez-vous à dire à votre ex-petit ami ?

Les mots me tombèrent dessus, aussi rudement qu'une gifle. Je sentis l'empreinte brûler ma joue.

— Il n'a jamais été mon petit ami, rétorquai-je, sans doute un peu trop fort.

L'idée même qu'une personne de plus puisse le laisser entendre me répugna. Qu'on me considère comme quelqu'un de violent jusqu'à la fin de ma vie, je m'en moquais. Mais personne ne dirait plus jamais que j'avais aimé cette ordure.

Ce fut un vrai tollé et les objectifs se tournèrent aussitôt vers Sawyer. Il souriait, l'air toujours trop calme et avenant. Mais il était si tendu qu'il ne dit d'abord rien. Je retins un sourire en coin : « Alors, connard ? Qu'est-ce que ça fait ? » S'il croyait encore pouvoir jouer les ex charitables, il n'en était pas question. Je ne pourrais rien expliquer de ce qu'il s'était passé, de ces soirées, de cette bouteille d'eau, de cette chambre dans cette villa en bord de mer. Mais je pouvais au moins me défendre de ça.

Je croisai le regard de Mouse, plus loin, il hocha la tête et sourit à ma place. Joey, lui, m'envoya un coup d'œil grotesque qui manqua me faire rire. Qui était capable de me faire rire dans une situation pareille, hormis lui ?

— S'il vous plaît ! tonna Steeve dans son micro. Pourrions-nous revenir à l'essentiel ? Les relations n'ont pas à être détaillées en conférence de presse.

— La nature de leur relation a été présentée comme la cause de l'incident qui a valu trois jours d'hospitalisation à Sawyer Harold et un an d'exclusion à Blue Phoenix, contredit une journaliste.

Ses cheveux fous empêchaient d'apercevoir la couleur de ses yeux. Mais tous savaient qui elle était. La plus furieuse des chercheuses de piste. La reporter sportive que tout le monde fuyait, parce qu'elle aimait mettre en lumière, non les performances des athlètes, mais les dessous noircis d'un milieu dont on vantait les mérites.

— Mais il est vrai que vous ne vous êtes jamais expliqué, me lança-t-elle.

— Les raisons ne changent pas les faits, annonçai-je de nouveau.

— Mais elles permettent de les comprendre, enchaîna-t-elle.

Elle l'avait écrit à l'époque. « Comment un étudiant si studieux, un nageur si déterminé, un jeune homme si convenable, qui n'a laissé que de bonnes impressions depuis son arrivée au Texas, depuis son intégration à Cal, peut devenir un monstre du jour au lendemain ? »

— Je suis désolé, je n'ai pas de réponse à vous donner.

Pas plus aujourd'hui qu'à l'époque.

Elle plissa les yeux, plus intriguée par mon refus de répondre que par toutes les autres questions de ses collègues.

Sawyer hocha alors la tête et se pencha à son tour sur le micro ; il avait enfin trouvé quoi dire. Sa voix chantante ramena le calme ; aussi facilement que le sifflement d'un maudit serpent. Je crispai un instant la mâchoire.

— Le plus important, c'est que cette histoire soit derrière nous, dit-il, doucement. Je refuse de me laisser envahir par la colère, elle est inutile. Le pardon me semble plus convenable. Et je vous avoue que je n'ai aucune rancœur. Je préfère regarder Blue Phoenix devenir le nageur qu'il est destiné à devenir.

Salopard !

Il se tourna vers moi et je dus faire de même. Pire, il m'obligea en quelques mots, avec son pardon calculé et ses encouragements faussement sincères, à hocher la tête. Je n'avais jamais été plus crispé. Je n'avais jamais eu autant envie de vomir. Je me dégoûtais de montrer une once de respect à un enfoiré de son espèce. Mais je le fis quand même. Après tout, je l'avais frappé, je l'avais envoyé à l'hôpital, mes fautes devaient être expiées.

Et les siennes ? me susurra une voix.

Les flashs continuèrent de crépiter, ils me donnèrent la nausée. Autant que les questions qui s'enchaînèrent de nouveau à un rythme plus soutenu. Elles m'épuisèrent plus qu'un 500 yards quatre nages. J'aurais tout donné pour me trouver dans une piscine, à ce moment. J'aurais tout donné pour y être avec Nathan, percevoir son corps à côté du mien, comme un second cœur pulsant dans l'eau.

Au lieu de ça, je demandai pardon pendant des heures. D'une façon ou d'une autre, chaque mot que je prononçais faisait partie des excuses publiques que monsieur Harold avait exigées. Le doyen aurait sans doute un gros chèque, ce soir. Tout le monde aurait eu ce qu'il voulait.

Sauf moi.

Mais, moi, après tout, j'y étais habitué.

S'incliner et s'incliner encore. Qu'importait l'humiliation. Les bâtards oubliaient très tôt leur dignité.

Tu es fier de moi, Sajangnim ? Je peux tout supporter, tu vois ? Je suis bien le fils d'un Park. Je crève, mais j'avance. J'avancerai toujours. J'ai ça dans le sang, non ? Je surpasserai les blessures et je porterai mon nom sur la plus haute marche du podium. Pas celui des Park. Mais Blue. Blue Phoenix. Ce sera ma vengeance. Contre l'ordure qui m'a ruiné. Mais contre toi, aussi. À bien réfléchir, tu es le premier à m'avoir fait mal. Je ne le supporterais pas si bien, si tu ne m'y avais pas habitué à ce point.

***

— Pourquoi est-on devant un restaurant coréen ?

Debout sur le trottoir, nous faisions face à une devanture remplie de caractères hangul qui ne voulaient pas dire grand-chose. Juliet et Jenna à ma gauche, Mouse et Joey à ma droite, j'étais encadré par des bourreaux qui s'ignoraient. D'accord, je leur avais dit de m'emmener n'importe où tant qu'il y avait suffisamment d'alcool pour me faire oublier les dernières heures. J'aurais besoin d'au moins trois verres pour me calmer. Je ne savais pas comment j'avais pu endurer autant de questions, comment j'avais pu rester stoïque devant leurs objectifs, comment j'avais pu me tenir près de Sawyer, alors qu'ils prenaient des photos pour les journaux, leurs magazines ou leurs blogs. Je me foutais pas mal de l'endroit où elles atterrissaient, tant que je n'avais plus à les voir. Je les aurais volontiers brûlées une à une.

Comme ça m'était impossible, j'avais opté pour de l'alcool loin du campus. Là où j'étais certain de ne plus croiser cette ordure. J'avais l'impression de respirer pour la première fois depuis le début de la soirée. Une couche de sueur recouvrait ma peau et mon estomac noué m'empêchait d'avaler quoi que ce soit. Et ce n'était sûrement pas dans un endroit pareil que ça allait s'arranger. Plutôt rester sobre à en devenir fou que de mettre un pied là-dedans.

— Tu n'aimes plus la cuisine coréenne ? me demanda Mouse.

Bunsik[44], restos de quartier et plats d'Halmeoni. Voilà comment je qualifiais la cuisine coréenne. Voilà ce à quoi j'étais habitué à Séoul. Mais ça ?

— Bien sûr que j'aime la cuisine coréenne, répondis-je.

— Alors de quoi te plains-tu ? me lança Juliet.

— Où vois-tu de la cuisine coréenne ?

Elle désigna le restaurant, à croire que j'étais aveugle.

— Il n'y a aucun coréen de l'autre côté de cette porte.

— Ça m'a l'air d'être coréen, me contredit Mouse.

— Ça t'a l'air coréen ? répétai-je sombrement. Tu ne sais même pas prononcer mon prénom correctement, Mouse !

Il leva les mains, apaisant.

— OK, s'excusa-t-il. Je n'ai rien dit.

Trop tard. Je désignai la porte, furieux, je l'aurais bien explosée. Personne n'en doutait.

— Ils ne savent même pas ce qu'il y a écrit sur leur fichue devanture. Même moi, je n'en sais rien. Parce que ça ne veut strictement rien dire du tout !

— Tu as envie qu'on aille leur expliquer ? me proposa Mouse, le plus sérieusement du monde.

— Allons-y, enchaîna aussitôt Joey. Je vous avais prévenus, de toute façon. Cet endroit était une mauvaise idée.

Il se dirigea vers l'entrée, prêt à en découdre. Juliet lui agrippa fermement le poignet en levant les yeux au ciel.

---

44 분식 : Street food.

— Disons que ce n'est pas un restaurant coréen, mais à tendance asiatique, tenta-t-elle de négocier.

Elle fit face à nos regards déterminés en calant les poings à ses hanches.

— Ce n'est même pas vraiment un restaurant, nuança-t-elle. Plutôt un bar à saké.

— Le saké est japonais, marmonnai-je, de plus en plus énervé.

— Tu voulais boire ?

— Du soju, rectifia Joey.

— Pas du saké, conclut Mouse.

— Et donc ? siffla-t-elle. Qu'est-ce que vous suggérez ? De vous engueuler avec les gérants ? Parce qu'ils ne sont pas coréens ? Qu'ils proposent du saké et qu'ils écrivent n'importe quoi ?

Exposé de cette façon, cela semblait ridicule. Pourtant, ni Mouse, ni Joey, ni moi n'avions envie d'abandonner. Bien sûr, nous étions conscients que cette colère n'avait rien à voir avec ce restaurant. Ce n'était qu'une bonne raison d'expulser tout ce que j'avais dû retenir, ce que chacun d'eux m'avait vu retenir. Quoi qu'ils sachent ou qu'ils aient deviné cette dernière année, ils étaient conscients que monter sur cette estrade était une des choses les plus difficiles que j'aurais jamais à faire. Ce n'était pas seulement tenir un rôle. C'était se mentir, s'oublier complètement, pour être capable d'endurer la présence de celui qui m'avait brisé et enfermé dans un mensonge dont j'apercevais à peine les contours.

J'avais juste besoin de…

— Je sais où en trouver, déclara une petite voix.

Nous nous retournâmes tous vers Jenna. Pris dans notre rancœur, nous l'avions presque oubliée. Elle restait là, en face de nous, dans une robe d'un blanc immaculé, ses cheveux blonds, longs et fins, ondulant doucement autour d'un visage au sourire timide.

Elle ressemblait à un ange.

— Du soju, expliqua-t-elle.

Elle pointa le bout de la rue.

— C'est un peu plus loin, sur Taraval Street, nous apprit-elle. Le Tonight Soju Bar.

Elle se racla la gorge face à notre silence et poursuivit. Elle pensait sans doute que nous attendions d'être convaincus, alors que nous nous sentions surtout comme quatre imbéciles.

— Je ne garantis pas que les plats seront à la hauteur de la Corée du Sud. Mais je vous assure qu'il y a de la Hite[45] et du soju.

Elle haussa les épaules, et je me demandai de nouveau ce qu'elle faisait là. Mais, plus étrange encore, je me demandai comment Joey pouvait la tolérer, alors qu'elle l'avait découvert en cosplay, hier soir.

— De la Hite ? répétai-je.

Jenna hocha la tête.

— La Hite, c'est bien.

Mouse brandit un poing.

— Va pour le Tonight Soju Bar, alors, dit-il.

— On prend la voiture ? demanda Joey.

Nous nous tournâmes vers lui.

— Quoi ? bougonna-t-il. J'ai la flemme de marcher.

— C'est à deux cents mètres, lui promit Jenna.

Il haussa les épaules. Joey pouvait prendre la voiture pour deux cents mètres, se moquant des écolos et de la couche d'ozone. Il roulait à l'électrique !

— Marcher ne te fera pas de mal, lui rappela Juliet.

— Ce n'est pas à toi que je posais la question, siffla-t-il en se mettant en route.

— Dommage, c'est moi qui te réponds ! lui envoya-t-elle en lui emboîtant le pas.

— Et c'est reparti, soupira Mouse.

Je renversai le visage.

— Du soju, priai-je.

J'en avais vraiment besoin. Un besoin urgent.

---

45 Bière coréenne.

Heureusement, le Tonight Soju Club existait réellement et se trouvait à quelques minutes. Nous arrivâmes devant les portes dans un chahut infernal. Juliet et Joey se disputaient à force de cris et de gestes ; ils étaient sans doute les seuls à savoir pourquoi. Bien que j'en doute. Au départ, il n'était question que d'une broutille et, ensuite, ils digressaient et se mettaient à hurler, sans s'écouter, et parlaient parfois de deux choses complètement différentes.

Mouse haussa le ton pour les faire taire, ils ne l'entendirent même pas. Jenna riait, les bras croisés sur son ventre. Je souris. Encore bien plus lorsque, soudain, comme le destin sait si bien le faire, la porte du bar s'ouvrit et que Nathan se retrouva sur le trottoir face à nous. Son regard tomba aussitôt dans le mien et je l'y laissai s'y noyer, seulement heureux de le rencontrer.

Je l'avais attendu toute la journée ; je respirai enfin.

— Jun-ha, dit-il, tendu.

— Nath, lançai-je, sans réussir à masquer mon soulagement.

Il ouvrit la bouche, pour dire quelque chose. Mais aucun son ne franchit ses lèvres. Et je m'en foutais. Je me foutais qu'il ne soit pas venu à la conférence. Je me foutais de ne toujours pas comprendre ce que nous étions l'un pour l'autre aujourd'hui, de trouver des préservatifs dans les poches d'un de ses pantalons ou des colères qui me rattrapaient trop souvent. Ce soir, je voulais seulement le serrer dans mes bras. Reprendre profondément mon souffle contre sa peau.

Je fis un pas. Il le vit et ses yeux s'écarquillèrent. J'avais tant fait attention à ne rien montrer de nos sentiments, ailleurs que derrière des portes closes. À quoi ça m'avait servi ?

Mais, avant que je n'aie pu faire quoi que ce soit, Brad se trouva soudain dans son dos, la main sur son épaule.

— Tu crois que… commença-t-il.

Avant de s'arrêter aussitôt en s'apercevant de notre présence. De *ma* présence. Il retira sa main. Mais pas suffisamment vite. Non, vraiment pas assez ! C'était même beaucoup trop tard !

Je me figeai, assourdi par le bruit de mon cœur qui explosait au fond de ma poitrine. Ma respiration se coupa trop longtemps.

— Ah, *ssibal*, finis-je par expirer.

Comme on retrouve son souffle dans un océan de douleurs.

— Jun-ha… commença Nathan.

— Je comprends mieux maintenant, le coupai-je.

— Pas du tout, me contredit-il.

— C'est pourtant assez clair, déglutis-je difficilement.

D'un coup, toutes les pièces s'imbriquaient. Comment n'avais-je pas pu le voir avant ? Il avait eu *l'idée* de me coller en thérapie avec cet enfoiré de Brad. Il m'avait dit le connaître. Il le trouvait rassurant, c'était bien le mot qu'il avait employé. Brad n'avait pas la silhouette d'un athlète, mais il avait des yeux verts qui vous transperçaient et assez de détermination pour venir à bout de n'importe quoi – ou de n'importe qui. Et puis, il y avait ces préservatifs dans sa poche et…

— Qu'est-ce qui est assez clair ? demanda-t-il.

Incapable de lui dire quoi que ce soit d'autre, je le dépassai pour entrer dans le bar. Il m'attrapa le bras. Ses doigts s'enroulèrent autour de mon poignet, me brûlèrent tant que je m'écartai avec brutalité. Dans mon dos, Jenna sursauta. Brad l'aperçut soudain et plissa les yeux dans sa direction, étonné de la trouver ici. Inquiet, aussi, qu'elle se tienne si près d'un type qui pouvait avoir de tels gestes d'humeur, non ? Ma rancœur suinta de mes veines, raidit mes poings et me poussa à venir me planter devant lui. Tellement près qu'il recula d'un pas, prudent, et qu'il ne vit plus que moi. Moi, et plus du tout Jenna.

— Ne la regarde pas comme ça, le prévins-je.

— Jun-ha… tenta de m'arrêter Nathan.

Il essaya de m'écarter, mais je le repoussai une nouvelle fois.

J'attendis. J'attendis qu'ils rentrent tous dans le bar.

Mouse poussa Juliet, Jenna et Joey vers l'intérieur et j'attendis encore que Nathan s'en aille. Mais il resta planté entre nous. Et s'il voulait rester, alors qu'il reste ! Je n'allais pas reculer pour autant. Brad était la seule personne que j'avais presque autant envie de frapper que Sawyer. La seule qui m'avait presque fait autant de mal que lui. La seule qui avait contribué à faire de moi ce que j'étais devenu. Et c'était avec ce mec que je trouvais Nathan ? Dans un bar, alors qu'ils n'avaient pas pris la peine, ni l'un ni l'autre, de se déplacer à cette conférence !

Le trottoir désert, éclairé par les lampadaires et la devanture du bar, me sembla l'endroit parfait où laisser tomber ma rancune.

— Je ne sais pas ce qu'il se passe, me dit Brad, mais j'étais juste inquiet pour Jenna.

— Inquiet qu'elle soit trop près d'un monstre dans mon genre ?

Il inclina le visage.

— Ce n'est pas ce que je pense.

Je ris, mauvais.

— C'est ce que tu penses depuis le premier jour, lui rappelai-je. Tu l'as suffisamment hurlé sur tout le campus, non ? Si les gens ont si peur de moi, je te le dois en grande partie. Ils n'osent plus monter dans le même ascenseur, ils changent de trottoir, ils baissent les yeux, ils préfèrent tourner le dos que de me croiser dans un couloir. Et tu sais pourquoi ? Parce que quelqu'un a dit que je frappais mon petit ami.

Mal à l'aise, Brad lança un coup d'œil à Nathan, qui plissa les yeux, sans comprendre. Évidemment qu'il ne comprenait pas.

— Je me suis excusé, dit Brad.

Pas à moi. À lui.

— Je me suis excusé, aussi, grinçai-je. Bien plus souvent que toi, et bien plus longtemps. Et encore aujourd'hui. Mais vous l'avez peut-être oublié ?

Ils se regardèrent ; j'eus envie de briser tout ce qui se trouvait autour de moi. Cette rue entière.

— Tu l'as envoyé à l'hôpital, Blue, ce n'est pas la même chose, se justifia Brad.

— Tu penses que tu as été moins violent que moi ?

Il recula d'un pas, sous l'impact de mes mots.

— Je n'ai pas été violent.

— Tu crois ? sifflai-je. Tu négliges sans doute certains détails. Et ce que tu as dit dans le bureau du coach Bones.

Il écarquilla les yeux, rattrapé par le souvenir d'un moment qu'il aurait préféré enterrer. J'étais bien placé pour savoir que rien ne disparaissait si facilement.

— Je pensais que Sawyer et toi étiez…

— Tu pensais ? le coupai-je, acide. Alors tout est excusé si tu le pensais, c'est ça ? On se fout pas mal de la vérité, puisque Brad Richardson pensait que je baisais Sawyer et que le matin, je le rouais de coups.

Il prit une grande inspiration et Nathan s'approcha de moi.

— Ce n'est pas lui qui a…

— C'est exactement lui, si ! m'emportai-je.

Brad grimaça lorsque Nathan se tourna vers lui. Il hocha la tête, le visage crispé.

— Mais pourquoi ? se tendit Nathan.

— Parce que c'est ce que Sawyer a laissé entendre quand il a été interrogé, après son agression, se défendit-il.

Après son agression ?

SON AGRESSION !

Je rigolai en me passant les mains dans les cheveux, reculant d'un pas pour ne pas être tenté de lui briser la mâchoire.

— Je suppose que c'était suffisant, sifflai-je. Tant pis si ce n'était qu'un mensonge. Et tant pis si ce mensonge est arrivé à Séoul.

— Quoi ? fit Nathan.

Je refusais de le regarder. Je n'avais que la force de me confronter à Brad. Devant Nathan, je me serais écroulé.

— Tu sais que j'ai eu le choix entre me marier très vite pour respecter les convenances ou ne plus jamais me montrer, lui jetai-je. Sans mon frère, je n'aurais même pas pu revenir aux États-Unis. Sans Joey, je me serais retrouvé à la rue. Sans Mouse, je n'aurais plus eu d'endroit où nager. Et sans Juliet, je n'aurais jamais été repris à Cal.

Brad blanchit tellement qu'à la lueur du lampadaire, il parut exsangue. Sa voix n'était plus qu'un filet quasi inaudible.

— Ce n'est pas ce que je voulais, Blue.

— Mais c'est ce que tu as fait. Et c'est encore moi qui suis obligé de venir à tes putains de séances de groupe !

— À aucun moment… déglutit-il.

— Mais je m'en fous, l'arrêtai-je. Je peux le supporter, comme je supporte tout le reste. Et être renié par ma famille n'a pas été le plus dur. Après tout, je ne suis qu'un bâtard. Non, ça, ce n'était pas le plus dur. Le plus dur, c'était chaque seconde à me demander : *«Et si Nathan le croit ?»*

Il était trop intelligent pour ne pas comprendre. Son regard se vida. Je m'approchai d'un pas et Nathan posa une main sur ma poitrine pour m'empêcher d'aller trop loin. Et cette main était, encore maintenant et malgré tout, la seule chose qui le protégeait.

— Je suis désolé, Blue, fit Brad. Mais je t'assure que…

— Laisse-le ! tonna Nathan. Quoi que tu lui dises, il n'écoutera rien ce soir.

Je me tournai vers lui et plongeai dans son regard. Son visage était si près du mien que son souffle faisait trembler mes lèvres.

— Je suppose que je le mérite.

Son regard se voila et quelque chose y brilla. J'ignorais quoi ; quel sentiment pouvait transformer à ce point le bleu de ses yeux. Je n'eus pas le courage de comprendre, aujourd'hui. J'avais déjà répondu à trop de questions et tout ce que j'aurais souhaité, c'était m'abandonner contre lui. Mais je ne pouvais pas, je ne pouvais plus, et ça me tuait. Alors, m'arrachant à sa présence, je me dirigeai vers le bar.

Parfois, j'aurais aimé m'enfuir de moi-même. M'éloigner de mes pensées et de mes douleurs. Les planter là et aller voir ailleurs. Respirer la vie des autres, leur bonheur simple et leur joie ordinaire.

J'aurais aimé être de nouveau cet enfant, caché dans cette maison de Séoul, protégé par la bonté d'une vieille dame qui n'avait jamais eu besoin que je dise un mot pour me comprendre.

13
열셋

Lundi 09 novembre 2020

L'appartement était immaculé. Rien ne traînait, même pas une veste, même pas un verre d'eau. Il n'avait jamais été aussi ordonné. L'ordre ne lui ressemblait pas, il était tout le contraire. Pourtant, ça faisait des jours que rien ne dépassait. Bien que je n'aie pas dormi là depuis plus d'une semaine. Je squattais le loft, ou le temple et, le matin, je prenais le métro. Je descendais à une dizaine de kilomètres de la résidence et courais jusqu'à l'appartement. Après une douche rapide, je récupérais mes affaires pour la journée et m'en allais avant que Nathan ne se réveille. Je venais poser mon sac le soir, puis je repartais sans avoir eu à le croiser. J'aurais demandé au coach la permission de déménager, si j'avais cru qu'il me la donnerait. Il n'y avait pas une seule chance pour que ce soit le cas. Je restais en sursis, malgré ma réintégration. Je gardais donc mes allers et retours le plus discrets possible et évitais Nathan autant que je le pouvais. Le matin, c'était simple. Nathan avait le sommeil plus lourd qu'un mur de briques. C'était comme s'il s'enfermait dans une pièce insonorisée où plus rien ne filtrait. Il dormait, quand bien même il laissait sa porte entrebâillée dans l'espoir de m'entendre.

Drew m'avait expliqué que Nathan se réfugiait toujours dans le sommeil, quand quelque chose le perturbait. La journée, rien ne semblait le toucher. Mais s'il dormait plus longtemps et plus profondément que d'habitude, alors on pouvait être certain qu'il n'allait pas aussi bien qu'il le montrait. Drew plaisantait parfois en rappelant qu'il ne s'était pas réveillé pour l'enterrement de sa mère. C'était l'une de ces anecdotes dont on riait, après en avoir trop pleuré, mais ça m'avait permis de mieux le comprendre. Il paraissait toujours si fort. Si inébranlable. Pourtant, cette semaine, il n'était pas arrivé à l'heure une seule fois.

Je lus le dernier Post-it qu'il avait accroché au frigo.

« Allume la cafetière et réveille-moi. S'il te plaît, Jun-ha, ne t'en va pas sans rien dire une fois de plus. »

Il y en avait beaucoup d'autres. Nathan ne les avait pas retirés ; il les avait laissés là, pour être certain que je les lise. Le premier que j'avais vu, j'avais eu envie de l'arracher, de le froisser dans mon poing et de le foutre à la poubelle avant d'y mettre le feu. Ce matin, je passai trop de temps planté devant la multitude de mots, les relisant une fois de plus. Nathan était doué pour ça. M'attendrir. Il faisait ce genre de choses ; redécorer un frigo de Post-it aussi facilement qu'il avait glissé une photo de nous dans mon sac, un jour où nous n'avions pas pu nous réconcilier avant qu'il ne doive rentrer au Texas. Il préparait des soupes d'algues pour mes anniversaires, alors que l'odeur le dégoûtait. Il se réveillait en pleine nuit, pour m'appeler lorsque j'étais à Séoul. Quand nous étions gamins, il ramassait des fleurs qu'il posait sur mon oreiller, parce qu'un fleuriste avait eu l'idée de lui expliquer leur langage et qu'il pensait que je ne le connaissais pas. Il remplissait mes valises de porte-clefs ridicules, qu'il achetait dans tous les endroits où nous nous retrouvions. Il marchait toujours côté route, parce qu'il avait regardé trop de dramas sous prétexte qu'il voulait comprendre « comment ça se passait ». Il glissait des sachets de sucre dans mes poches pour les jours où je nageais trop et un gel chauffant pour mes articulations.

Il savait comment m'atteindre.

Il y arrivait encore, même si je ne savais pas comment refréner ma colère. Ou ma jalousie. Le voir avec Brad. L'imaginer avec Brad. Chaque pensée était un nouveau coup de poignard et j'y pensais tant que je pouvais à peine respirer sans hurler.

Est-ce qu'il avait ressenti la même chose ?

Sans doute bien pire que ça. Aujourd'hui, Nathan ne me devait plus rien, mais un an plus tôt, lorsque les médias avaient relayé l'information, qu'il avait appris que j'avais passé la nuit avec un autre, la trahison avait dû être tellement plus vive.

Les mains dans les cheveux, je me reculai et tournai le dos pour me diriger vers la salle de bains. J'y restai le moins de temps possible, passai des vêtements propres, récupérai mes deux sacs, de cours et de sport, avant de ressortir de l'appartement.

Je fis quelques pas, avant de faire aussitôt demi-tour. Les dents serrées, je rentrai de nouveau et, en traversant la cuisine, appuyai furieusement sur le bouton de la cafetière. Il ne pouvait pas être en retard, ce matin ! Nous passions les tests pour la prochaine compétition. Deux minutes de retard et il pourrait faire une croix dessus. La ponctualité était aussi importante, pour le coach Bones, que nos temps. Peut-être même plus.

J'entrai donc dans la chambre de Nathan, comme un démon qui va tout dévaster. Je le frappai rudement à l'épaule, le regardant le moins possible, et, quand il se redressa vivement, je restai figé. Ses cheveux en bataille, ses yeux hagards, son torse doré sur lequel j'aimais poser les lèvres.

— Jun-ha ? marmonna-t-il, endormi. C'est toi ?

— Lève-toi ! lui ordonnai-je. Tu ne peux être en retard aujourd'hui.

Je m'éloignai aussitôt avant de faire quelque chose d'aussi absurde que de l'embrasser.

— Attends, Jun-ha !

Je l'entendis rouler hors du lit et jurer en frappant le pied de son bureau.

Pourtant, il fut assez rapide pour refermer la porte à l'instant où je l'ouvris. Il soupira et son souffle se perdit sur ma nuque. Il posa son front contre mon crâne et je fixai la poignée, me maudissant d'être revenu. Il avait cette odeur obsédante, l'odeur de sa peau le matin.

— Laisse-moi juste cinq minutes, me supplia-t-il. Juste cinq minutes, d'accord.

Il se rapprocha encore et ses bras passèrent autour de moi. Je me crispai plus que jamais. Il ne recula pas, mais se balança doucement, d'un côté et de l'autre, apaisant mes raideurs.

— Juste cinq minutes, murmura-t-il. Ce sera suffisant pour t'expliquer que je ne couche pas avec Brad. Je n'en ai jamais eu l'intention. Et j'ignorais… je te le promets, mon cœur… j'ignorais ce qu'il avait fait et encore plus ce qu'il s'était passé à Séoul.

Mon cœur… ?

Depuis quand ne m'avait-il pas appelé « mon cœur » ?

Est-ce qu'il m'avait déjà appelé « mon cœur » ?

Non ! Je ne l'aurais jamais laissé me donner ce genre de surnom. Alors, pourquoi ce matin, ce fut ce mot doux qu'il glissa à mon oreille. Exactement comme on dépose du sucre dans une bouteille pour attraper la plus rétive des abeilles. Et si elle piquait, ce n'était pas grave. Un peu de douleur était supportable, tant qu'elle finissait prisonnière.

J'étais prisonnier de ses mains qui remontaient sur ma poitrine jusqu'à s'accrocher à mes épaules. Alors que ses lèvres s'appuyaient sur mon cou.

— Et j'étais là, chuchota-t-il. J'étais là pour la conférence de presse. Dans un coin de mur, derrière beaucoup trop de gens. Je ne savais pas si tu voulais m'y voir, alors je me suis fait discret.

Surpris, je redressai la tête, en oubliant de retenir mes frissons. Nathan sourit et embrassa ma joue. Pas vraiment tendrement, même s'il était tendre. Il tourna mon visage vers lui, caressant du pouce l'arrondi de ma bouche.

— Si j'ai gardé mes distances après ce qu'il s'est passé dans les vestiaires, si j'ai été en colère, c'est parce que je ne comprends pas ce que tu attends de moi, avoua-t-il. Moi, je sais ce que je veux. C'est simple, puisque je n'ai jamais voulu que toi, Jun-ha. Mais toi…

Sa voix s'érafla, comme du papier froissé.

Moi, j'avais couché avec un autre.

Non !

Et si, pourtant…

NON !

Je n'ai jamais voulu que toi, moi aussi… rien que toi… toujours toi…

— Je suis tellement désolé, Nath. Ce n'est pas…

… *ce que je voulais.*

Je ne pouvais pas lui dire ça.

Je ne pouvais pas !

— Je suis désolé, déglutis-je.

— Je n'attends pas que tu t'excuses.

— Non ?

— Non.

— Alors que veux-tu ?

— Beaucoup de choses, souffla-t-il. Mais, tout de suite, seulement que tu te retournes et que tu me regardes.

Alors je me retournai.

Je le regardai.

Cet océan de bleu, cet océan… Je m'y noyai une seule seconde, peut-être moins que ça, avant qu'il ne m'embrasse. Sa fébrilité et son désir m'assaillirent violemment. Il me ceintura les hanches et me plaqua contre la porte. Sa langue s'enroula autour de la mienne dans une danse si sensuelle et si tentante que j'oubliai le temps qui passait, les tests, les prochaines compétitions, cette dernière semaine, la main de Brad sur son épaule, les préservatifs dans sa poche. Je lâchai mon sac et agrippai ses cheveux. Il gronda en se lovant plus passionnément contre moi. Nos corps se confondirent, s'emboîtèrent comme autrefois.

Je savais que je l'aimais. Je l'avais su la toute première fois, sans me l'avouer. Et, plus tard, c'était devenu une évidence. Cet amour, lui, l'eau, c'était un lien enroulé au cœur, un fil rouge qui nous reliait l'un à l'autre. Je l'aimais, comme on respire, comme les rayons de soleil réchauffent une peau, comme le vent caresse une joue, comme le son d'une musique que l'on connaît si bien. C'était là, et c'était tout. Si naturel que rien n'aurait pu venir semer une once de doute. On ne doutait pas d'un cœur qui battait au fond d'une poitrine. Il était là et s'il était là, on était en vie. Nathan était ma vie ; mes battements.

Mais aujourd'hui ?

Comment pouvais-je l'aimer encore plus ? Alors que ce qui avait été si logique était à présent explosé en morceaux. Avec ce cœur noirci et ce corps enlaidi. Il m'arrivait d'être écœuré par ce que je voyais ; il arrivait que mes cauchemars me réveillent nauséeux.

Une main sur ses reins, je le gardai si serré contre moi qu'il me sembla me couler sous sa peau. Je pliai un genou et appuyai mon pied contre la porte ; mes doigts se contractèrent sur ses cheveux et je me cambrai, du feu ravageant mes veines, mes pensées.

Je ne voulais plus qu'il s'éloigne.

Je voulais mourir contre lui.

Je voulais hurler, pleurer, tomber dans ses bras.

Je voulais…

— Jun-ha, murmura-t-il contre mes lèvres.

— Non, grondai-je.

J'avais besoin de m'abandonner, pas de m'arrêter et d'entendre que nous allions être en retard. Et nous ne pouvions pas être en retard. Pas aujourd'hui. Et, pourtant, je l'embrassai plus fort et reculai vers la table. Je le soulevai pour l'asseoir dessus et glissai entre ses jambes, mes mains se perdant sur ses cuisses, remontant jusqu'au bas de son boxer. Mes doigts s'invitèrent en dessous, doucement, très doucement, alors qu'il haletait contre ma bouche.

— On n'a pas le temps, me rappela-t-il cruellement.

Il posa son front contre le mien, s'éloignant un peu de moi. Mes lèvres traînèrent sur les siennes de longues secondes, avant de s'en séparer, l'esprit en feu. Je fis un pas en arrière, l'estomac noué, et écartai les mains avant de me foutre complètement des tests. Nathan était torse nu sur la table, appuyé sur ses bras, ses cheveux ébouriffés et sa bouche rose et humide. La représentation parfaite de la luxure ; je ne connaissais personne de plus obsédant que lui.

— Tu devrais aller te doucher, dis-je, la voix rauque.

Il glissa en bas de la table et se rapprocha de moi. Il empoigna fermement ma nuque et me regarda droit dans les yeux.

— Promets-moi que tu ne vas pas t'enfuir, ce soir, dit-il.

Son ton était sec, autoritaire.

— Non.

Il hocha la tête.

— Après l'entraînement de ce soir, on pourrait aller quelque part. Loin du campus.

Il mordit ma lèvre.

— Boire un verre.

Il m'embrassa le cou.

— Discuter.

Il lécha la pulsation de ma carotide.

— Et… manger des ramyeons[46], me murmura-t-il à l'oreille.

Un rire m'échappa.

Un simple rire.

— *Daebak*[47] *!* souris-je.

Depuis quand n'avais-je pas été simplement heureux de quelques mots ?

---

46 En Corée du Sud, demander à quelqu'un de manger des ramyeons, c'est en réalité lui demander de faire l'amour.

47 대박! : Je ne suis pas certaine qu'il y ait une traduction littérale. Mais ça devrait être quelque chose comme « Génial ! »

Depuis quand ne l'avais-je plus désiré sans me poser la question de savoir si j'en avais encore le droit ? Je me haïssais tellement que j'étais incapable de supporter celui que j'étais devenu. Tout me semblait pourri. Je mendiais les sentiments, rattrapé par la jalousie, la possessivité ; orphelin de tout ce qui m'avait été arraché.

J'avais peur. Tout le temps. J'en étouffais.

Mais aujourd'hui, juste durant ces quelques minutes, tout était de nouveau clair.

J'en venais à penser que les vœux pouvaient encore être exaucés.

***

Le point du mois était une des traditions instaurées par le coach Bones. Un lundi par mois, il nous rassemblait dans la salle de réunion, la même que celle dans laquelle j'avais signé mes contrats en début d'année, et nous détaillions les performances de chacun. C'était le moment d'observer ses coéquipiers plus que soi, et d'échanger les points de vue et les conseils. Ça permettait de s'améliorer et de renforcer la cohésion de l'équipe. Cette année, la cohésion de l'équipe était à ce point inexistante que c'était surtout une heure à écouter le coach Bones et Ken évaluer nos temps. Ils passaient d'un nageur à l'autre en espérant que l'un de nous réagisse. Au lieu de quoi, ils se trouvaient devant une vingtaine d'étudiants silencieux, qui attendaient le moment d'être libérés. Le point du mois ne fut pas plus pertinent, ce matin-là. Nous avions seulement de l'intérêt pour la liste des participants à la compétition de l'UCLA. La première officielle de l'année. Nous l'appelions « le petit championnat » entre nous, parce qu'elle regroupait surtout les équipes qui dominaient les scores de la NCAA depuis des décennies. C'était une bonne façon de se rendre compte des progrès de chacun, de rencontrer les nouveaux nageurs transférés et de découvrir contre qui il allait être difficile de grappiller quelques millièmes de seconde jusqu'au podium. Pour moi, c'était surtout la première fois que je revoyais Nathan après l'été et j'attendais toujours cette compétition avec plus de fébrilité que les autres.

Cette année, il serait avec moi. Et, pourtant, je me sentais encore plus fébrile que les années passées. Comme si là-bas, je pourrais le retrouver. Mais retrouver quoi ? Je n'en étais pas bien sûr, mais je n'avais jamais été plus vite que ce matin, durant les tests. L'eau m'avait ouvert un couloir et m'avait propulsé à une rapidité folle. Je volais. Je volais sous la surface. Les ailes du Phoenix battaient à mes oreilles, aussi furieusement que mes bras ; et ce bruit me semblait si familier et si étranger à la fois. Je nageais depuis mes neuf ans. Mais nager comme ça ? Non, je nageais comme ça depuis que Mouse m'avait poussé dans sa piscine en me disant : « Recommence ! »

J'avais recommencé.

Je fixai les temps affichés au tableau avec un sentiment de reconnaissance et de fierté tel que je n'en avais plus ressenti depuis un moment. Même le coach Bones les observait, les bras croisés ; jetant des coups d'œil à Ken, qui hocha la tête.

Ils se tournèrent vers moi en même temps.

— Tu nageras en 500 libre, à l'UCLA.

Une vingtaine de regards convergèrent dans ma direction.

— Quoi ?

— 500 yards en libre, répéta Ken.

Je n'étais pas sourd, mais…

— Ce n'est pas ma spé.

— Ça va le devenir, m'assura le coach Bones.

Le bras de Nathan se posa discrètement sur mon dossier de chaise et son doigt appuya entre mes deux omoplates, me rappelant de respirer.

500 nage libre ?

— Cette année avec Mouse t'a permis de travailler ton endurance, plus que si tu étais resté à Cal.

— Faut bien que ça serve à quelque chose, siffla Grayson.

Le coach Bones le fusilla du regard, il ne dit plus rien du tout, de peur de se faire exclure de la prochaine compétition.

— Tu nageras donc en 500 libre, poursuivit le coach Bones, et Nathan en 200. Je n'ai pas besoin de deux champions dans les mêmes starting-blocks. Vous pourrez encore vous mesurer l'un à l'autre en quatre nages, ce sera largement suffisant. Ce soir, vous bosserez à sec avec Ken. Et à partir de demain, on reprend les éducs et le gainage. La semaine va être chargée, je veux qu'on vous donne gagnant avant le premier virage. C'est clair ?

— Clair, coach !

— Très bien ! Junior, à toi !

Junior eut l'air d'un condamné qui se présenta à l'échafaud. C'était sa première année à Cal et je doutais qu'il ait imaginé la pression qu'il allait devoir supporter. Nager en championnat universitaire, dans une équipe qui montait sur le podium chaque année depuis que le coach Bones l'entraînait, c'était porter beaucoup de poids sur ses épaules. Sans parler…

— Tu as mangé combien de bambous[48], dernièrement ? siffla aussitôt Donald.

… de ses coéquipiers de relais, qui s'acharnaient sur lui, puisqu'ils ne pouvaient pas s'acharner sur moi. L'apanage des faibles. S'en prendre seulement à ceux sur qui ils pouvaient exercer leur sale petit pouvoir.

— Tu ne nages pas assez vite ! lui balança Grayson.

— Il fait du mieux qu'il peut, tempéra Remy.

Du mieux qu'il pouvait ?

Junior était largement…

— … assez rapide, dit Nathan, suivant à la perfection mes pensées.

— J'ai mal entendu ? ironisa Donald.

Nathan s'appuya à son dossier et le regarda bien en face.

— Non, sourit-il. Il est assez rapide. Plus rapide que toi. Et ses cycles sont nettement plus réguliers.

Exactement.

— Tu plonges trop tard, enchaîna Nathan en pivotant vers Junior. Ton angle d'entrée est mauvais. Tu as le droit à une coulée de quinze mètres, tu commences à nager trop tôt. Mais tu es largement assez rapide.

48 C'est un jeu de mots, faisant référence à l'expression « prendre un coup de bambou », utilisée par les nageurs pour dire qu'ils n'avancent pas dans l'eau.

Le coach Bones acquiesça.

— C'est un problème qui se règle très bien.

Il m'indiqua du menton et Junior se tourna dans ma direction, les yeux écarquillés.

— C'est vrai ? me demanda-t-il.

— Oui, avouai-je.

— Pourtant, tu plonges toujours comme si tu entendais le départ avant tout le monde.

Je me redressai, me souvenant d'un bruit strident qui m'avait poursuivi pendant de longs mois.

— Les coups de sifflet, expliqua Nathan, un sourire aux lèvres.

— Les coups de sifflet ? plaisanta Remy.

Nathan hocha la tête.

— Je l'avais toujours dans ma poche et je le sortais n'importe quand, raconta-t-il. En cours, dehors, dans les magasins, quand il dormait, quand il mangeait, quand il se douchait, quand il se croyait seul. Absolument tout le temps. Et, bien sûr, chaque fois qu'il plongeait. Encore et encore, parfois des centaines de fois en une soirée. Il plongeait même en dormant. Notre coach nous a bien demandé de nous arrêter, mais Jun-ha était moins en retard, alors j'ai continué.

Je renversai le visage et fixai le plafond, dérangé de partager ce souvenir.

— Je n'étais pas si en retard, me justifiai-je, quand même.

— Tu l'étais, selon mes critères.

— Tu avais des critères impossibles à atteindre.

— Tu les as pourtant atteints.

Il m'avait poussé à dépasser mes limites. J'avais réussi parce qu'il me regardait et que je ne voulais pas le décevoir. Il s'était obstiné, se moquant de ma fatigue, de mes emportements, de mes critiques, de mes silences. Il avait gardé le sourire et ce maudit sifflet.

— Pourquoi ? demanda Junior, presque trop doucement.

Je relevai la tête pour l'observer. De façon trop directe, sans doute. Il rougit légèrement.

— Il n'était jamais prêt, lui dit Nathan. Maintenant, il l'est.

La compétition était un courant auquel on devait tous se préparer.

— Sur le plot de départ, tu dois anticiper le coup d'envoi, continuai-je. Tu ne peux pas seulement l'attendre. Les courses se jouent dès le premier instant. Plonger, couler, nager. Virage, nager. Virage, nager. Et encore un virage… Jusqu'au tout dernier instant, tu ne dois pas ralentir. Jamais.

Je n'étais pas certain de lui parler de ses performances dans un bassin plus que de ce qu'il pouvait arriver hors de l'eau. Mais, la réponse restait correcte, d'une façon ou d'une autre.

Junior hocha plusieurs fois la tête, l'air si concentré qu'il était évident qu'il enregistrait tout.

— C'est exactement comme la vie, dis-je encore. Le jour où tu arrêtes d'anticiper, tu te fais dépasser.

J'avais arrêté d'anticiper. Et, du jour au lendemain, le monde entier m'avait dépassé. J'étais resté en arrière, à regarder ce qu'il se passait sans plus pouvoir rien y faire. Mais j'avais travaillé plus dur que jamais, même le cœur en lambeaux, pour revenir.

Plus personne ne me dépasserait.

Ni dans l'eau ni ailleurs.

Le silence qui envahit la salle de réunion fut l'aveu que tous avaient compris que je ne parlais plus de la compétition. Leur examen fut pesant et dérangeant. Pourtant, je ne baissai pas la tête ; je m'accrochai à ma fierté et à la main de Nathan posée sur mon dos, peut-être moins discrètement qu'elle n'aurait dû. Steeve la vit. Juliet aussi. Les autres étaient trop concentrés sur moi, à se demander ce que je ne disais pas, ce que je ne dirais jamais. C'était mon erreur, mon combat. Aujourd'hui, j'avais les yeux grands ouverts et je ne les fermerais plus jamais.

Parce que je n'étais plus vraiment Jun-ha.

Plus vraiment Blue.

À un moment, j'étais devenu Blue Phoenix.

Quoi que ça veuille dire…

14

열 넷

Jeudi 12 novembre 2020

— C'est la deuxième semaine, me dit Jenna.

Sur le trottoir en face de la résidence, j'observais les voitures qui passaient. Il était près de vingt heures et nous avions quitté le centre plus tôt, aujourd'hui. Seulement parce que nous prenions l'avion demain pour Los Angeles et que le coach nous voulait reposés. Il ignorait que lorsqu'il nous ordonnait de nous reposer, tout le monde filait de la résidence plus vite que jamais, de peur qu'ils nous rappellent pour un entraînement de dernière minute. La semaine avait été si longue entre les cours et la natation qu'en rentrant, j'avais juste le courage de m'écrouler sur le canapé et de poser la tête sur l'épaule de Nathan avant de m'endormir. Et, encore, il était venu me chercher chaque soir, et chaque soir un peu plus agacé. J'allais faire un claquage avant la compétition, j'en demandais trop à mon organisme, je ne savais pas me reposer, j'avais besoin de respirer ET DE MANGER DES RAMYEONS. Je n'avais pas oublié et j'en avais tellement envie que j'en tremblais. Mais cette compétition allait signer mon retour en national ! Et je revenais en 500 yards ! Les regards seraient rivés dans ma direction ; j'entendais déjà les murmures et les critiques. Je ne pouvais pas ralentir, pas maintenant. Je devais réussir. Je devais être le meilleur. Le meilleur en 500 ! EN 500 ! J'en avais rêvé gamin. Tant de fois ! Je regardais les compétitions de Park Tae-hwan et je me disais «Jun-ha, un jour, ce sera toi».

À présent, j'avais tellement mal partout que je me demandais de quoi étaient bien faits les rêves.

Le téléphone coincé entre l'oreille et l'épaule, je m'étirai, en attendant Nathan. Il était allé chercher sa moto au garage. Nous ne savions pas vraiment où nous allions; tant que c'était loin du campus, ce serait suffisant. J'avais encore un peu d'énergie pour quitter la résidence, ce soir. La piscine avait été fermée à double tour par le coach Bones et Ken, le gardien avait ordre de nous virer s'il voyait qui que ce soit pointer le nez dans cette direction. Il m'avait regardé droit dans les yeux en le disant et j'étais conscient qu'il ne parlait qu'à moi. Il n'y avait que moi pour m'épuiser jusqu'à minuit et que Nathan pour être capable de me sortir de l'eau.

Je souris, rattrapé par le souvenir de la veille et d'une douche qui s'était trop éternisée. Elle avait fini de m'épuiser et, en rentrant, j'avais à peine eu la force d'avaler un sandwich et de m'allonger sur le canapé, le crâne appuyé sur les jambes de Nathan. Je m'étais endormi, mon manuel d'anatomie sur la tronche.

— Tu m'écoutes ? dit Jenna.

À peine. Ce n'était qu'un murmure, d'ailleurs. En fait, j'aurais préféré qu'elle ne m'appelle pas pour ça. Qu'elle me raconte tout, sauf pour quelle raison je devais encore les rejoindre à ces séances de groupe. Je me sentais bien depuis que je n'y mettais plus les pieds. Je me sentais mieux. Je ne croisais plus Brad, je n'écoutais plus d'histoires sordides qui me rappelaient la mienne, je ne pensais plus à rien d'autre qu'à Nathan et à Los Angeles. Exactement comme avant, la pression des Park en moins. Je n'avais plus besoin de leur cacher, après tout. Puisqu'ils m'avaient renié; puisque Sajangnim m'avait renié, je n'avais plus à agir si convenablement.

— Je viendrai mercredi prochain, éludai-je, refusant d'en parler davantage.

— Tu m'as déjà dit ça mercredi dernier, soupira-t-elle.

— Je pars à Los Angeles demain pour une compétition, je passe mes soirées à me préparer, m'expliquai-je.

Si ça avait été Brad qui avait insisté, je me serais contenté de l'envoyer se faire voir. Mais c'était Jenna, et je n'avais pas envie de la blesser.

— Tu ne t'entraînes pas, là ?

— Tu me surveilles ? plaisantai-je.

Je pris quand même le temps de vérifier les environs.

— Non, rit-elle. J'étais passée te voir au centre, pour discuter. Et je n'ai trouvé que Juliet.

— Il vaut mieux tomber sur Juliet que sur moi.

Elle rigola, un son qui me sembla moins retenu que quelques semaines plus tôt. J'ignorais toujours comment ce petit bout de femme était soudainement entrée dans mon quotidien, mais comme ça avait été le cas pour Mouse, pour Joey, pour Juliet, je n'avais pas envie de l'en éloigner.

— Tu vas bien ? lui demandai-je.

— Oui, soupira-t-elle. Rien à signaler depuis plusieurs jours.

Je hochai la tête, soulagé.

— Safe, alors ?

— Safe, oui, Blue.

Pour l'instant. Elle ne le dit pas, mais le sous-entendu hurlait à sa place.

— Je viendrai mercredi prochain, lui promis-je.

— On compte sur toi.

— Hum.

Je raccrochai aussitôt avant qu'elle ne réussisse à m'extorquer une promesse de plus. Fixant mon portable, comme j'aurais fixé une boule de cristal, je marmonnai :

— Je me demande bien pourquoi tu comptes sur moi, ma belle.

Pourquoi ça lui semblait si important, à elle, aux autres et même à cet enfoiré de Brad, de me voir à ces réunions ?

— Tu parles tout seul ? lança une voix dans mon dos.

L'intonation tinta dans l'air et me fit l'effet d'une mise à mort. Je me retournai d'un coup, prenant aussitôt mes distances avec le jeune homme à l'allure si proprette. Il portait un costume tiré au carré, les couleurs sobres du gamin de bonne famille. Il manipulait jusqu'à l'image qu'il renvoyait. Chaque seconde de sa vie était un mensonge.

Je reculai encore d'un pas, scrutant la route. Aucune moto n'arrivait et je crispai les mâchoires, mes doigts refermés sur mon portable.

— Qu'est-ce que tu fais là ? sifflai-je.

— Je passais dans le coin.

Il sortit un carton d'invitation de sa veste et le fit tourner devant lui, un regard entendu posé sur moi.

Je le lui arrachai aussitôt des mains et l'écrasai dans mon poing, le cœur battant soudain trop fort.

— Tire-toi d'ici, lui ordonnai-je.

Il haussa les épaules, négligeant ma demande comme il négligeait toujours tout, quand ça ne servait pas ses intérêts.

— Désolé, mais je suis attendu.

— Continuez avec vos conneries de soirées, grinçai-je, et vous allez finir par le regretter.

Il frotta le devant de sa veste, se débarrassant de quelques poussières imaginaires.

— Plus qu'en passant une semaine à l'hôpital, tu veux dire ?

— Tu t'amuses ?

Il me sourit et je redressai le visage, me rendant compte d'à quel point je m'étais rapproché de lui. Sawyer se plut à me regarder prendre de nouveau mes distances. Il observa mes pas en arrière comme s'il voyait quelque chose d'autre, quelque chose qui lui plaisait vraiment.

— Je suppose que tu parles de Brad Richardson et de sa petite chasse aux sorcières, me dit-il. Mais ne t'en soucie pas. Ce n'est qu'un fils de fermier de l'Arkansas, à qui on a donné trop d'importance.

Un fils de fermier ?

C'était bien ce qu'il représentait pour lui. Lui, ou moi, ou n'importe qui se mettant sur son chemin.

Des insectes à écraser.

Si l'insecte était un peu plus gros que prévu, papa serait là pour l'indemniser.

Et si l'insecte parlait, alors on mettrait plus de zéros à la fin.

Tout s'achetait, non ?

— Il arrivera un jour où l'argent ne suffira plus.

— L'argent suffit toujours, me contredit-il. Parce qu'il y a deux choses qui comptent vraiment en Amérique, Blue Phoenix. L'argent et les traditions. Et nos soirées de fraternité regroupent les deux.

J'en eus la nausée.

— Tu appelles ça des soirées de fraternité ?

Il inclina le visage et me fit un clin d'œil.

Quelque chose craqua dans ma tête.

Très fort.

— Personne ne t'a forcé à venir, me rappela-t-il cruellement.

Je jetai son invitation en boule à ses pieds. J'aurais voulu l'incendier pour que personne ne puisse tomber dessus.

— Tu m'as demandé de t'accompagner, sifflai-je. Tu as oublié de dire que c'est toi et tes amis gosses de riches qui organisiez ces maudites soirées.

Il posa un doigt sur ses lèvres.

— Chut, c'est un secret.

Sawyer s'accroupit pour ramasser l'invitation et la fit sauter dans sa paume. Il la déplia devant moi, un sourire machiavélique aux lèvres.

— Mais je crains que tu ne puisses pas refuser celle-ci non plus, minauda-t-il.

— Va te faire foutre ! hurlai-je, à m'en fendre les cordes vocales.

Il rit de plus belle et tourna le carton dans ma direction. Je refusai de poser les yeux dessus.

— Je vous accompagne à Los Angeles, m'apprit-il. Le doyen m'a demandé de faire cet effort, en tant que représentant et soutien de Cal. Étant donné qu'une soirée sera organisée le samedi pour les équipes présentes et les médias sur place, dans le but de célébrer le début de la nouvelle saison. Ce sera une belle occasion de mettre de nouveau la natation à l'honneur. Une idée de mon père et, évidemment, c'est lui qui invitera tout ce petit gratin dans une superbe villa. Je suis certain que tu l'aimeras.

La gorge nouée, je baissai les yeux sur l'invitation.

Hollywood.

Monsieur Harold et son fils, Sawyer Harold, ancien membre de Cal, ont l'honneur de…

Je n'avais pas besoin de lire davantage. Je savais que je n'aurais de nouveau pas le choix. Je devrais me pavaner à cette soirée, au milieu des requins, et apprendre à nager différemment. Je devrais répondre à d'autres questions, faire d'autres excuses, sourire aux gens qui avaient acheté mon renvoi pour cacher la vérité. Une vérité que j'étais incapable de dire. Puisque j'étais incapable de m'en souvenir complètement.

Sawyer manipulait mes faiblesses.

Il manipulait mon éducation.

Il manipulait mes silences.

Chez moi, on taisait ce genre de choses.

On le taisait et on avançait.

Sans ralentir.

Sans regarder en arrière.

Sawyer tendit l'invitation vers moi, mais je restai figé, sans la prendre.

— Tu ne la veux pas ? susurra-t-il, sachant parfaitement ce qu'il faisait.

Il jouait. Il jouait trop. Il jouait tout le temps. Il jouait avec la vie des gens. Et même ce matin-là, alors que je fracassais mes poings sur son visage, il avait continué à jouer. Le sang coulait de sa lèvre fendue et il avait ri. Il crachait, ses dents écarlates, en continuant à parler. Alors j'avais frappé plus fort. Je voulais qu'il la ferme. Qu'il la ferme !

« Qu'est-ce que tu vas pouvoir lui dire, hein ? Tu crois que je devrais lui raconter comment tu... »

— Jun-ha.

Je reculai aussitôt, comme tiré par un fil d'acier capable de m'emporter loin des coups et de la violence. Tournant le dos à Sawyer, je montai derrière Nathan. Le casque profondément enfoncé, je m'accrochai à sa taille alors qu'il démarrait plus vite qu'il n'aurait dû. Il dérapa sur le bitume et nous éloigna du regard de Sawyer.

Lorsque nous eûmes mis assez de distance, je recommençai à respirer.

J'avais envie de me laver. De me frotter. De m'enlever cette peau pour en mettre une nouvelle. Une que cette ordure n'aurait jamais touchée.

***

Ocean Beach.

En dessous, la jetée.

Les vagues éclaboussaient le sable, et moi. Pieds nus, mon jean remonté jusqu'aux genoux, j'observais l'horizon de sous le ponton en pierre. L'alignement des piliers sur lesquels l'eau s'écrasait, l'écume qui caressait la plage, le vacarme de la houle, du vent ; ce bruit infernal qui offrait pourtant tant de charme à cet endroit. Il n'y avait personne, ce soir ; la nuit était trop profonde, ni lune ni étoiles pour se refléter à la surface. Mes cheveux étaient ballottés dans tous les sens, ils fouettaient doucement mes joues. C'était incroyable comment la fureur tranquille d'un élément pouvait apaiser les instincts les plus brûlants. Quelle que puisse être ma colère, ce n'était qu'une bulle face à un géant. Nathan avait dû me conduire ici pour cette raison. Nous avions roulé un moment, sans véritable but. Du moins, je l'avais pensé. Jusqu'à ce qu'il se gare sur ce parking, qu'il mette son antivol et que, casque sous le bras, nous descendions l'escalier jusqu'à la plage. Il avait avancé vers ce ponton tellement fréquenté l'été.

Les touristes adoraient se prendre en photo, dessus ou en dessous. Ils avaient l'impression d'être tombés dans l'une de leurs séries préférées. En ce qui me concernait, les séries que je regardais étaient toutes en coréen et les trois quarts dépeignaient un Séoul qui me semblait tantôt aussi familier qu'un frère égaré, tantôt aussi étranger qu'une cousine éloignée dont je n'avais fait qu'entendre parler. Mais il était vrai que cette ville était si grande que certains ne parvenaient pas à la parcourir en entier quand bien même ils y étaient nés et y étaient morts, de nombreuses décennies plus tard. D'ordinaire, San Francisco me semblait moins mystérieuse. Mais pas ce soir.

Après un long moment, qui me parut une éternité entière, je passai les yeux par-dessus mon épaule et jetai un coup d'œil à Nathan. Il était appuyé à un pilier, les mains dans les poches de son jean. Il n'avait pas pris la peine de le retrousser et il était trempé jusqu'aux genoux. Des mèches de cheveux blonds s'échappaient de sa couette. C'était tout ce qui perçait de l'obscurité. Il faisait trop sombre pour en voir davantage.

— Est-ce que tu vas me parler ? me lança-t-il.

Le bruit du ressac avala sa voix, mais pas assez vite pour que je ne puisse pas l'entendre.

— Que veux-tu que je te dise ?

— Pourquoi l'as-tu frappé ? Que s'est-il passé ? Pourquoi tu restes figé devant lui ? Fais ton choix.

Ses yeux brillaient dans la nuit.

— Est-ce que tu étais à l'une de ces soirées, Jun-ha ?

Je me détournai.

— Tu le sais très bien.

— Je ne sais rien tant que ce n'est pas toi qui me le dis.

Je baissai les yeux sur les vagues qui frappaient mes cuisses.

— Je me souviens mal de cette nuit, chuchotai-je. De cette nuit et du matin qui a suivi. Ce ne sont que des bribes de choses qui se sont passées, la plupart n'ont pas beaucoup de sens. Si j'avais été dans mon état normal, je n'aurais jamais…

Tais-toi ! Tout de suite !

Nathan se décala du poteau et s'approcha de moi. Je me retournai aussitôt vers la plage.

Je passai une main nerveuse dans mes cheveux et récupérai le casque sur le sable, me maudissant d'avoir les doigts à ce point tremblants.

— J'ai couché avec l'un de mes coéquipiers, laissa tomber Nathan.

Je redressai lentement le visage, il se tenait juste en face de moi. Si près que l'obscurité ne suffit plus à me dissimuler son visage.

— C'était en décembre, l'année dernière, m'expliqua-t-il. Je croyais que tu reviendrais pour Noël, que tu répondrais au moins à mes appels. On a toujours passé Noël ensemble depuis nos seize ans. Mais tu n'es pas revenu, tu n'as pas répondu et j'ai passé la nuit avec Fred.

Ce n'était ni méchant ni volontairement blessant. Il le disait, parce que c'était vrai. Et c'était encore pire. J'aurais préféré que ce ne soit qu'une façon de me faire mal. Parce que je le méritais. Tout plutôt que le froid d'un aveu qui me poignarda.

Refusant de soutenir son regard, je cherchai encore à me détourner. Il m'en empêcha d'une main sur le menton.

— Il y a aussi eu un Australien de passage, continua-t-il, impitoyable. C'était pour mon anniversaire. Tu n'avais pas répondu pour Noël, mais pour mon anniversaire, tu allais forcément le faire. Peut-être même que tu allais venir. Tu es resté silencieux, tu n'es pas venu et je suis parti quelques jours en Arizona, voir le Grand Canyon. Tu te rappelles ? On devait y aller ensemble. Mais j'ai pris la route seul et j'ai rencontré Stanley. C'est avec lui que j'ai passé cette semaine que j'aurais dû passer avec toi.

La douleur m'immobilisa davantage, je ne pensais pas que ce soit possible. Même mon cœur, même mes souffles, même mes pensées se mirent à l'arrêt. Plus rien ne frissonnait en moi. Plus un seul battement. Plus un seul sursaut.

Je le repoussai, le souffle court.

Comme si je n'avais rien fait, il s'avança de nouveau et prit mon visage entre ses mains. Ses pouces s'enfoncèrent dans mes joues.

— Et toi ?

Je crispai les mâchoires. Il caressa le coin de mes lèvres.

— Quoi qu'il se soit passé, je peux l'entendre.

— Tu peux l'entendre ? répétai-je. Vraiment ?

Emportée par le vent, une goutte d'eau atterrit sur mon visage. Elle aurait pu être l'une de mes larmes qui dégringolait de ma joue pour s'écraser sur ses doigts, comme un monde qui explose.

— Jun-ha, je...

— Tu es le seul, le coupai-je.

Ses doigts glissèrent sur mon cou, à mesure que son souffle se faisait plus court.

Je passai mes mains dans mes cheveux, tremblant de colère.

— Tu crois que je n'avais pas envie de te voir pour Noël, Nath ? Ou pour ton anniversaire ? Tu crois que je n'ai pas hésité mille fois à prendre la route pour le Grand Canyon ? Pour y renoncer mille fois et l'espérer mille fois encore ? Mais je ne pouvais pas.

— Pourquoi ?

— PARCE QUE... ! hurlai-je.

Parce que je n'étais qu'une ombre !

Parce que je refusais que tu comprennes !

Parce que tu aurais pu voir Sawyer derrière tous mes gestes !

Parce que tu aurais pu voir cette blessure, encore dans ma chair !

Parce que je voulais l'anéantir, pour que tu n'aies jamais à le sentir sur moi !

Je fuis son regard.

— J'ai besoin de boire.

— OK, dit-il, sans hésiter.

Trempés, dans un silence pesant, nous retournâmes vers sa moto. Il démarra et je montai derrière lui. Il baissa la visière, sans rien dire, et accéléra. Le vent était trop froid, nos vêtements trop mouillés, j'étais frigorifié. Je tremblais de la tête aux pieds lorsque nous déposâmes des sacs en papier sur la table de l'observatoire. J'allumai la veilleuse et ouvris la porte de la salle de bains. J'avais dû y laisser… je fouillai dans les placards et… deux joggings. J'en jetai un à Nathan qui s'empressa de se déshabiller et d'enfiler le pantalon sec. J'en fis autant, avant d'étendre nos fringues sur le tancarville. Torses et pieds nus, nous nous assîmes de chaque côté de la table basse. Nathan ouvrit plusieurs poches de chips, je nous servis du soju dans des verres trop grands. Nathan but le sien d'une traite et je l'imitai. Ça me réchauffa un peu. Ça apaisa légèrement la morsure de la jalousie. Ça calma mes pensées qui s'embrouillaient en cherchant à savoir lequel était Fred et à quoi ressemblait cet Australien. Une semaine ? Une semaine en Arizona ? Pendant le Spring Break… Je remplis de nouveau nos verres et pointai le menton pour que Nathan le boive.

Un troisième.

Un quatrième.

La première bouteille fut trop vite vidée.

Nous n'avions plus froid du tout. Ce fut soudain plus facile à supporter. Ce qui était trop lourd disparut un peu. Il reviendrait, bien sûr. Mais pas tout de suite. Il nous restait encore du soju et quelques bières dans lesquelles le mélanger. Ce serait parfait. Oui, parfait ! Exactement comme lui et ses cheveux humides qui frôlaient son cou. Le dessin de ses muscles et ce ventre plat donnaient envie d'aller voir plus bas.

Une semaine ?

Une semaine entière ?

S'envoyer en l'air avec un coéquipier, une nuit, c'était quelque chose. Mais passer une semaine entière avec un autre ?

— Tu m'as quitté, baragouina-t-il, répondant à cette pensée.

Ou bien n'était-ce pas une pensée du tout. Peut-être que je l'avais dit à voix haute.

Nathan pointa son verre dans ma direction.

— Tu ne t'es même pas retourné à l'aéroport ! m'accusa-t-il. Je pensais que tu allais revenir. Si ce n'était pas pour moi, au moins pour demander à mon père de t'aider. Lui aussi, il pensait que tu le ferais, il avait commencé à passer quelques coups de fil, mais tu n'es jamais venu. Tu ne m'as pas donné une seule nouvelle en un an et si Cal ne m'avait pas recruté, j'aurais appris ta réintégration dans les journaux !

Il reposa brutalement son verre et s'empara de la bouteille pour nous resservir. J'appuyai mon coude sur la table et mon menton sur mon poing. Je le trouvais si beau. Quand il était en colère, il me donnait des frissons.

— Je voulais t'emmener à Séoul, laissai-je soudain tomber.

Sa mâchoire se décrocha.

— Quoi ? murmura-t-il.

Je me penchai vers lui et lui offris le plus beau de mes sourires alcoolisés.

— L'été dernier, expliquai-je. Tu as toujours voulu voir la Corée, non ? Alors j'ai pensé qu'on finirait le championnat et qu'on y partirait ensemble pour les vacances.

Ses yeux bleus brillèrent tant que j'aurais aimé qu'ils m'engloutissent dans leur monde. Je n'étais jamais aussi bien que là-bas.

— C'est ce que je voulais te dire.

Je haussai les épaules.

— Qu'est-ce qu'il s'est passé ?

— Je suis rentré à Séoul tout seul.

— Ce n'est pas ce que je demandais, se crispa-t-il.

Certains aveux vous tuaient à petit feu.

Et cette nuit, je n'avais pas l'intention de mourir. Ou pas de cette façon.

— Pas longtemps, continuai-je. Mais suffisamment pour que Sajangnim me laisse le choix entre travailler pour les entreprises Park et me marier à la fille d'un de ses collaborateurs. Ou ne plus jamais me montrer devant lui.

Je fermai les yeux et bus une lente gorgée.

— C'est drôle, non ? J'ai naïvement cru que je pourrais te le présenter. Et, à peine quelques semaines plus tard, le fils illégitime était renié pour de bon. Du jour au lendemain, je n'avais plus rien du tout. Même plus lui.

Nathan remplit de nouveau nos verres et tendit le bras vers moi. Je pris sa main et, les yeux baissés, jouai avec ses doigts.

— Qu'est-ce que tu as fait ? me demanda Nathan.

— J'ai bossé dans un restaurant, expliquai-je, en cherchant mon équilibre. C'est là que Min-ho m'a trouvé.

— Ton frère ? s'étonna-t-il.

— Il avait un billet pour San Francisco. Et une enveloppe remplie de billets.

Nathan sourit.

— Alors tous les Park ne t'ont pas abandonné.

— Je suppose que non.

— Je ne l'ai jamais fait non plus, Jun-ha.

— Je sais.

Son visage était maintenant si près du mien… Combien de fois avais-je pris son visage entre mes mains ? Combien de fois avais-je embrassé ses lèvres ? Combien de fois lui avais-je murmuré des mots que je n'avais dits et que je ne dirais jamais qu'à lui ?

J'attrapai le pendentif qui pendait à son cou et le tirai un peu à moi.

— Tu sais ce que ça veut dire ? lui demandai-je.

— Le plus fort.

Je ris, il n'avait jamais su mentir.

Je tirai un peu plus, en poussant la table basse pour me rapprocher vraiment de lui. Les bouteilles vides roulèrent au sol, alors que je m'agenouillais sur les cuisses de Nathan. Il s'adossa au canapé et renversa la tête pour me regarder.

— Est-ce que tu portes mon prénom juste contre ta peau, quand tu couches avec d'autres ?

Ma voix était si basse, elle ressembla à un soupir. Nathan se lécha les lèvres sans me répondre.

— Est-ce qu'ils l'effleurent quand ils t'enlacent ?

Mes doigts frôlèrent son torse ; nous tremblâmes en même temps.

— Est-ce qu'ils tirent dessus juste avant de t'embrasser ?

C'était exactement ce que je faisais, avant.

Exactement ce que je fis, maintenant.

J'écrasai ma bouche sur la sienne.

— Ça me rend malade qu'on ait pu te toucher, alors que je ne le pouvais plus.

Il ouvrit la bouche et expira lentement en remontant les mains jusqu'à ma nuque. Il se cambra et vint me chuchoter une autre vérité au creux de l'oreille.

— Personne ne m'a touché, murmura-t-il. C'était moi qui les ai touchés, tu comprends ? Il n'y a que toi qui me touches. Seulement toi.

J'enroulai les doigts autour de son cou.

— Tu m'as tellement manqué, m'étouffai-je.

Ce n'était qu'une seule phrase.

C'étaient toutes les secondes de son absence.

— Mais regarde-moi, déglutis-je, l'esprit embrumé.

J'aurais dû arrêter de parler. Mais…

— Je te regarde, souffla Nathan.

— Parfois comme si tu ne me reconnaissais pas.

— Je t'aime, Jun-ha.

Les mots se plantèrent en moi.

Je caressai ses bras jusqu'à nouer les mains aux siennes.

— Tu m'aimes ?

Il m'embrassa plus profondément que jamais.

— Je suis complètement fou de toi, gronda-t-il.

Je donnai un langoureux coup de reins pour sentir à quel point il me désirait.

— Qui que tu sois, soupira-t-il. Qui que tu deviennes. Je n'aime que toi.

— *Nadu*[49], articulai-je, la voix rauque.

Il déposa la main sur ma joue et j'embrassai sa paume sans le quitter des yeux. Avant de me pencher et d'appuyer mes lèvres sur sa poitrine. Je glissai sur lui, grisé de le sentir se cambrer. Doucement, je retirai le seul vêtement qu'il portait et mordis sa hanche. Il gémit en faufilant les doigts dans mes cheveux.

---

49 나도 : Moi aussi.

Je pliai sa jambe et embrassai sa cuisse, il arrêta une seconde de respirer.

Je remontai vers son aine et léchai sa peau, très lentement, jusqu'à ce que ma langue redessine son érection. Je l'empoignai et l'obligeai à s'asseoir sur le bord du canapé. Agenouillé devant lui, je le pris dans ma bouche avec tant de plaisir, tant de possession aussi, que je le mordis. Il cria, écartelé entre une douleur fébrile et une envie de plus. Je recommençai et il durcit davantage entre mes lèvres.

Je l'amenai avec moi près du vide, tout près, jusqu'à l'instant où il me supplia. Alors seulement, je m'écartai, lui refusant cette chute. Pas tout de suite. D'abord, j'avais besoin de le mettre à genoux devant le canapé. Le voir si offert me fit oublier le peu de contrôle que je possédais encore.

Je repoussai ses cheveux et grondai à son oreille :

— Je n'ai pas envie d'être doux, Nathan.

Son souffle devint plus court.

Je mordillai son épaule, il grogna en cherchant à insinuer les doigts sous son ventre pour soulager ce que je ne voulais pas lui donner. Je lui agrippai le bras et le croisai derrière sa nuque.

— J'ai envie de te faire mal, susurrai-je.

Avant de le dire, je n'avais pas conscience d'à quel point c'était vrai. Mais, de nouveau, l'envie de le briser me submergea. Le briser des mêmes souffrances que les miennes.

— Jun-ha… me supplia-t-il.

— J'ai envie de te faire très mal, continuai-je.

J'avais peur, peur de moi, peur de lui. Peur de ce que je pouvais nous faire à tous les deux. Et, pourtant, je n'arrivais plus à m'arrêter. Il frissonnait. Je brûlais de ce contrôle que j'exerçais sur lui. Je m'en sentais fort, puissant de tenir son désir au creux de mes paumes. J'embrassai sa nuque, le long de sa colonne vertébrale, ses reins. Puis, plus bas, je voyageai là où j'allais m'enfouir si entièrement. Me retenir fut presque trop difficile.

J'avais besoin de lui.

De lui !

Besoin de le plier à mes exigences.

Besoin qu'il accepte ce que j'étais devenu.

Besoin qu'il me regarde comme autrefois.

— Dis-moi ce que tu veux, *nae sarang*[50], chuchotai-je sur sa peau. Que je te fasse l'amour ? Ou que je te baise ?

La dureté de ces mots le fit frissonner. Je ne prononçais jamais... jamais... Ce n'était pas moi. Ou, si, c'était peut-être une partie de moi que je n'avais jamais voulu explorer de trop près.

— Baise-moi, trembla Nathan. S'il te plaît. Maintenant.

Je tirai vivement sur ses hanches et m'enfonçai en lui d'un seul coup de reins. Il gémit. Je frémis en me retirant. Pour recommencer plus fort.

Encore.

Et encore.

Plus fort.

Plus vite.

Ses cris résonnèrent contre les murs de l'observatoire. Je le bâillonnai, rien que pour sentir leur vibration au creux de ma paume. Ou peut-être pour lui faire ressentir... cette suffocation... celle que j'avais éprouvée.

— Tu aimes comme ça ? sifflai-je à son oreille.

Je ruai si furieusement en lui que j'en eus mal. Comme si j'avais besoin de nous punir tous les deux. Qu'il éprouve enfin ma douleur. Qu'il l'endure au plus profond de sa chair, comme elle était marquée au plus profond de la mienne.

Est-ce qu'il comprenait, ça ?

Est-ce qu'il me comprenait ?

Est-ce que...?

Est-ce...?

J'avais crié son nom.

J'avais crié son nom si longtemps.

J'avais...

---

50 내 사랑 : Mon amour.

D'un coup, mes larmes coulèrent sur mes joues, tombèrent sur sa peau et je le serrai contre moi.

— Jun-ha, articula-t-il.

Ce simple mot me mit à terre et je ne réussis plus à continuer.

Nathan me repoussa et roula sur moi, se trouvant soudain au-dessus, ses cheveux blonds caressant mes lèvres.

— Pardonne-moi, m'étranglai-je. Je ne voulais pas…

Il secoua la tête.

— S'il te plaît, Nath, pardonne-moi.

— Chut, mon cœur.

Il glissa sur moi, sans me quitter des yeux. Là où j'avais mis tant de fureur, il mit tant de tendresse. Là où j'avais laissé entrer la colère, il laissa entrer la douceur. Là où j'avais arraché ses cris, il les caressa. Il m'aima avec ce que j'avais abandonné de nous. Il se réappropria les cendres de mes désirs ; il embrasa cet amour explosé.

Et j'avais tellement besoin de le sentir à moi.

Seulement à moi.

Mais, plus que tout, j'avais besoin de me sentir de nouveau à lui.

15

열 다섯

Vendredi 13 novembre 2020

Chaque année, je partais sur l'île de Jeju avec Halmeoni. À la même date, sans exception, elle téléphonait à mon école pour m'en dispenser pendant deux jours. Nous prenions alors l'avion et, une heure plus tard, nous arrivions à l'aéroport de Jeju. Choi Sun-Hi, l'amie d'Halmeoni, nous y attendait toujours. Elle apportait de quoi pique-niquer pour notre périple vers les chutes de Cheonjiyeon. J'avais du mal à contenir mon excitation, rien qu'à l'idée de pouvoir de nouveau me retrouver dans cet endroit.

Les premières années, Halmeoni me harnachait sur son dos tandis qu'elle cheminait, guidée alors par un simple bâton avec lequel elle tâtonnait le sol. Plus tard, elle marchait lentement, en me tenant la main, et c'est moi qui la guidais. Les dernières fois, elle avait peiné à garder le rythme tandis que je lui criais «À droite !», «À gauche !» bien que ce soit inutile. Halmeoni était aveugle, mais savait toujours où aller. Et elle me sermonnait d'avancer trop vite. Mais j'avais tellement envie d'arriver que je ne l'écoutais jamais.

Cheonjiyeon était un endroit magique.

Nous remontions un sentier aménagé et traversions un grand jardin où se découvrait une variété invraisemblable de plantes dont je ne connaissais pas le nom. Halmeoni me les répétait tous les ans, et tous les ans je les oubliais.

La cascade se trouvait juste derrière un pont. Nous l'entendions dès que nous dépassions les immenses rochers qui servaient souvent de spots pour les photos des touristes. Nous n'avions jamais d'appareil avec nous. Ce n'était pas important. Halmeoni disait que les meilleurs souvenirs vivaient dans nos mémoires.

Elle avait toujours raison.

Cheonjiyeon vivait dans mes pensées, je n'avais qu'à fermer les yeux pour y voyager. Quand je les retrouvais, c'était bien plus belles. Pourtant, seul mon regard changeait. Elles étaient toujours aussi parfaites, jusqu'à leur signification. *Ch'eon*, le ciel, était lié à la terre, *ji*. C'était exactement ça. Le ciel et la terre, attachés par le courant de ces eaux. C'était si bruyant, et pourtant, leur bruit était la plus pure des mélodies, elle ressemblait aux comptines qu'Halmeoni me fredonnait.

Mon cœur battait plus vite, à l'instant où je m'en approchais et que des gouttes nous éclaboussaient un peu. S'il y avait beaucoup de vent, ce jour-là, il nous arrivait d'avoir froid. Mais ça ne nous empêchait jamais d'attendre la nuit et d'admirer le plus beau des spectacles. Les lumières éclairaient les chutes d'eau et nous révélaient leurs secrets de roches, de l'autre côté. Il n'y avait qu'à ces heures que l'on pouvait les admirer.

Alors seulement, Halmeoni dressait l'autel et nous rendions hommage à Hal-abeoji.

C'était ici qu'ils s'étaient rencontrés.

Je m'agenouillais trois fois devant son portrait pour le remercier d'avoir rendu Halmeoni heureuse et de m'avoir permis de connaître cet endroit, même si, lui, je n'avais pas eu la chance de le connaître. Ici, je le rencontrais au travers des souvenirs qu'Halmeoni partageait. Et je me sentais chanceux de ce qu'il m'avait légué, sans même le savoir.

J'avais l'eau de Cheonjiyeon.

J'avais l'eau glaciale de Cheonjiyeon.

Elle se déversait sur moi en rafales.

Elle me congelait jusqu'aux os.

Elle…

— Debout, squatteurs !

J'ouvris les yeux sur un Mouse beaucoup trop souriant et un Joey à l'air bien trop machiavélique, une bassine vide calée sous le bras.

— Enfoiré !

Un démon aux cheveux blonds se redressa à mes côtés, alors que je restais figé au sol, refusant de bouger. Je voulais retourner à Jeju. En tenant Nathan dans mes bras.

— Enfoiré toi-même, répondit Joey.

Une seconde bassine d'eau me tomba sur la tronche, je ne bougeai pas plus. Alors que Nathan se leva d'un bond et enfila l'un des joggings en se frottant les cheveux.

— Tu crois qu'il est réveillé ?

— Pas sûr.

— Vous pouvez arrêter de l'observer comme ça ?

— Comment ? répondirent Mouse et Joey en même temps.

Agacé, Nathan jeta quelque chose sur moi pour couvrir le bas de mon corps. Du moins, une certaine partie. Mouse et Joey n'arrêtèrent pas pour autant de me scruter, comme des chercheurs passent au microscope une cellule étrangère.

— Il a l'air…

— … heureux ?

Nathan s'accroupit à mes côtés, le front plissé. Je massai l'endroit entre ses deux yeux, soulageant la tension de sa gueule de bois. Il n'avait pas l'habitude du soju, il lui suffisait de deux verres pour être malade. Alors, deux bouteilles ?

— Il y a des médicaments dans l'armoire de la salle de bains.

— Jun-ha, soupira-t-il.

— Encore deux secondes, me plaignis-je.

Je rabaissai le bras et fermai les yeux, m'enfonçant de nouveau auprès des chutes d'eau de Jeju pour écouter les rires d'Halmeoni et respirer l'odeur d'encens de l'autel éphémère d'Hal-abeoji. J'y emmènerais Nathan, je m'en fis la promesse.

Au loin, j'entendis vaguement une discussion. Elle ne me dérangeait pas.

— Il parle toujours coréen quand il a trop bu, expliqua Nathan en repoussant mes cheveux en arrière. Comme quand il dort. Quand il est trop crevé ou trop énervé. Ou quand il est tellement à l'aise qu'il recommence à le parler, sans même s'en rendre compte.

Il rit doucement.

— Je crois qu'il y a un peu de tout ça, ce matin. L'alcool, le sommeil, la fatigue. Et… la colère.

Je n'étais pas en colère, je voulais seulement rester un peu plus longtemps loin d'ici. J'étais bien à Cheonjiyeon. On y aurait tous été très bien, d'ailleurs. C'était un endroit où l'on pouvait être exactement celui qu'on était. Joey n'aurait plus eu à cacher ses folies et Mouse n'aurait plus eu à cacher la façon dont il regardait Juliet, parfois.

— On devrait déjà être à la résidence, se tendit Nathan.

— Je devrais peut-être remplir une troisième bassine, tenta Joey. Voir si ça le réveille.

— Dis plutôt que ça t'amuse, soupira Mouse.

— En attendant qu'il émerge.

— Vous avez appelé Juliet ? demanda Nathan.

— Elle va vous emmener à l'aéroport. Ça nous laisse un petit délai supplémentaire pour le sortir de sa torpeur. Parce que si le coach Bones le voit dans cet état…

— … Il va passer sa première compétition officielle à sec, se crispa Nathan. Enfoiré de Sawyer !

La rage qui suintait de ses mots fit trembler un peu les barrières brumeuses de mon songe.

— Qu'est-ce que Sawyer vient faire là ? se tendit Mouse.

— On l'a croisé, hier soir, cracha Nathan. Ce connard nous accompagne à Los Angeles.

— Pourquoi ? s'inquiéta aussitôt Joey.

Le rire amer de Nathan me fit définitivement quitter Jeju. Je tournai le visage vers lui. Torse nu, ses cheveux en bataille et un suçon sur son torse musclé, il serrait les poings.

— Parce que son père a beaucoup de pognon à dépenser, histoire qu'on sache qui dirige vraiment cette équipe, siffla Nathan.

— Mais l'argent ne peut pas tout acheter, lui rappela Mouse.

Comme il me l'avait rappelé, plus d'une année plus tôt.

— Il n'achète pas les temps, marmonnai-je.

Trois regards tombèrent sur moi, alors que je m'appuyais lamentablement sur mes coudes.

— Et les temps jouent pour moi, répétai-je.

On ne pouvait pas tricher, en natation. On ne pouvait pas manipuler les résultats. Le plus rapide gagnait. Seulement le plus rapide.

Nathan me tendit la main et je me redressai, tenant contre mon bas-ventre un T-shirt, pour préserver le peu de pudeur que j'avais encore. C'était futile, encore plus lorsqu'une chaleur brûla mon visage, au moment où nos regards s'accrochèrent. Les détails de la nuit me revinrent et aucun ne me fut épargné.

« Baise-moi… »

J'ouvris la bouche pour… je n'en savais rien… m'excuser ? Mais je n'avais pas envie de m'excuser. Ni pour mes mots ni pour mes larmes. Ni pour la première fois, ni pour la seconde, ni pour la troisième. Ni pour les bouteilles de soju ni pour l'avoir marqué de suçons. Ni pour ma colère, ni pour ma douleur, ni pour ma tristesse. Ni pour l'avoir fait culpabiliser ni pour l'avoir fait me supplier. Ni pour les bleus ni pour les baisers qui s'étiraient de tendresse.

Nathan me tendit le second jogging et bloqua la vue à Mouse et Joey le temps que je me change. Je passai une main dans mes cheveux.

— Il faut y aller, nous prévint Mouse.

Joey s'éloigna vers la cuisine et revint, les mains chargées de jus de fruits et de médicaments.

— Pour supporter la gueule de bois, nous encouragea-t-il.

Je mis un comprimé dans ma bouche et avalai le contenu du verre sans me poser de questions. Je manquai m'étouffer avec. Ma gorge me brûla tellement que je crus en perdre l'usage pour le reste de mes jours.

— *Ssibal* ! hurlai-je, quand je le pus enfin.

— Du rhum, déduisit Nathan, qui ne tiqua même pas.

Comment pouvait-il grimacer à la première gorgée de soju et boire ce truc si tôt le matin, sans sourciller ?

— Le mal par le mal.

Mouse me tapa sur le dos pour me faire avancer et Joey se moqua tant que son rire résonna dans ma tête durant tout le trajet jusqu'à la résidence.

Arrivés là-bas, Juliet nous fusilla d'un regard qui disait clairement ce qu'elle pensait des beuveries les veilles de départ en compétition. Je ne trouvai même pas la force de m'excuser. Je me promis de le faire plus tard, quand je serais moins crevé et que mes gamma GT seraient revenus à la normale.

Nathan et moi prîmes les escaliers pour ne pas perdre du temps à attendre l'ascenseur. Au troisième étage, nous déboulâmes dans le couloir plus essoufflés que deux vieillards en surcharge pondérale. Nathan rigola, alors que je tâtonnais mes poches à la recherche de nos clefs.

— *Jenjang*[51] !

Juliet sortit alors de l'ascenseur au bout du couloir et nous ramena l'un de nos trousseaux, celui de Nathan. Le porte-clefs avait la forme de l'État du Texas.

— Merci, lui dis-je, désolé.

— Dépêchez-vous, on devrait déjà être partis.

Il nous fallut cinq minutes pour prendre une douche et cinq autres minutes pour nous habiller, préparer nos sacs et partir. La voiture de Mouse ronflait en nous attendant. Joey ouvrit le coffre à notre approche et le referma lorsque nous eûmes jeté nos affaires à l'intérieur. Il mit deux gobelets de café chaud dans nos mains et nous poussa vers les portières.

51 젠장 : Merde ! Fait chier !

Une fois fermées, Mouse appuya sur l'accélérateur et nous filâmes dans le dédale des rues de Berkeley.

Nous arrivâmes une demi-heure plus tard, des casquettes profondément enfoncées sur nos têtes, nos cheveux mouillés dégoulinant encore sur nos nuques. Nos sacs pesaient un peu trop sur nos épaules. Aussi droits que possible, nous fîmes face au coach Bones, à Ken et à nos coéquipiers qui gardaient un silence de dogme. Personne n'aurait osé prononcer un mot devant le regard noir que le coach Bones posait sur nous.

Personne, sauf Mouse.

— Salut, Gabe ! lança-t-il.

— Qu'est-ce que tu fais avec mes nageurs la veille d'une compétition nationale ? s'agaça-t-il.

Mouse haussa les épaules et sourit à la ronde.

— Je les ai ramenés à temps, c'est le principal.

Le coach Bones nous tendit nos billets sans quitter Mouse des yeux.

— On en reparlera à mon retour.

— Quand tu veux, Gabe.

Il fronça le nez, pas ravi qu'il l'appelle par son prénom. Après tout, les entraîneurs étaient comme les médecins. Ils se faisaient appeler « coach » ou « docteur » toute leur vie. Il n'y avait que Mouse pour appeler le coach Bones «Gabe». Et seulement parce qu'il savait qu'il n'appréciait pas. Une façon de rester l'athlète insolent qu'il avait été durant ses années d'étude. Au moins aux yeux de quelqu'un.

Juliet lui donna un coup d'épaule avant de nous pousser, Nathan et moi, vers la zone d'embarquement.

— Dites-moi que vous avez pensé à vos passeports, nous supplia-t-elle.

Nous y avions pensé, mais à la dernière seconde.

Nous entrâmes en zone internationale au milieu du brouhaha de l'équipe et suivîmes le flot jusqu'à être assis en classe éco, dans un avion envahi par Cal. Nos deux places étaient dans la travée de gauche, au fond, et je me laissai tomber contre la fenêtre.

Je m'attachai, glissai un écouteur dans l'une de mes oreilles et tendis le second à Nathan. Aussitôt après, j'appuyai mon front douloureux contre le froid du hublot, et Nathan posa sa tête contre mon épaule. Nous étions trop crevés pour nous rappeler de faire attention ou pour nous inquiéter des regards qui se perdirent dans notre direction. Nos coéquipiers. Le staff. Le coach Bones. Un autre, auquel je refusais de penser. Je l'ignorai. Je les ignorai tous. J'eus à peine conscience de passer le bras autour du cou de Nathan et de glisser les doigts dans ses cheveux avant de m'endormir.

Une profonde respiration plus tard, je le ramenais à Cheonjiyeon avec moi.

***

— C'est Lang ? me dit Steeve.

Le visage penché sur mon téléphone, il regardait la vidéo du dernier entraînement de Gin Lang, l'un des meilleurs nageurs d'Alabama et, surtout, champion quatre années consécutives en 500 yards nage libre. Il serait mon principal adversaire. Je ne m'entraînais pas depuis assez longtemps pour espérer prendre la première place du podium. L'effort fourni en 200 yards et en 500 yards n'était pas du tout le même. La natation était un sport de précision. Chaque exercice rodait le corps à un effort particulier. Les éducs nous aidaient à développer des compétences et des automatismes. Certains étaient de bons sprinteurs, d'autres étaient de parfaits marathoniens. Certains explosaient au départ, d'autres s'affinaient après plusieurs longueurs. Je donnais tout dès la première seconde dans l'eau. Mais terminer un 200 yards n'avait rien de comparable à terminer un 500 yards en soutenant le même rythme. Et la nuit avait épuisé mon organisme d'une autre façon. Je nageais demain matin et j'étais toujours nauséeux ; ma tête était lourde, mes bras pesaient le long de mon corps et mes jambes ressemblaient à deux poteaux qui avaient du mal à se déplacer. La session de ce soir avait rassuré à peu près tous les nageurs qui m'avaient vu flotter dans l'eau du centre de l'UCLA avec la légèreté d'un bambou. Le retour de Blue Phoenix était moins inquiétant, maintenant que je ressemblais à un bloc de pierre qui cherchait la surface. J'avais cru que le coach Bones allait me garder à sec jusqu'à mes quarante ans, mais, étrangement, il avait hoché la tête. J'avais alors compris pourquoi il m'avait envoyé en entraînement avec les plus jeunes. Une autre manipulation de Cal. Faire croire que cette année m'avait rendu aussi inquiétant qu'un agneau venant de naître. Bonne stratégie, je supposais. Du moins, je l'aurais trouvé parfaite s'il n'y avait pas eu Sawyer pour en sourire, assis sur les premières marches des gradins, à m'observer.

Je serrai les poings et manquai jeter ce téléphone loin de moi. Prudent, Steeve me le retira des mains et le plaça devant lui pour regarder la fin de l'enregistrement. Je me concentrai plutôt sur ce qui m'entourait. Le restaurant n'avait rien d'original. Des banquettes, des tables en bois clair, un long comptoir et les fours visibles de l'autre côté. Il y avait foule, une odeur d'origan flottait dans l'air. Les pizzas avaient toujours ma préférence. À condition qu'il n'y ait pas de jajangmyeon à proximité. Ce qui n'était pas le cas, ce soir. Je jetai un coup d'œil à ma montre. Junior, Remy, Nathan et quelques autres devaient nous rejoindre pour manger. Certains avaient privilégié la simplicité d'une calzone au repas organisé par monsieur Harold. Plus je me tenais à distance de cette famille, mieux je me portais. Bien sûr, je devrais être présent à la soirée de demain, toute l'équipe avait été briefée à notre arrivée à l'hôtel. Nager en universitaire, c'était aussi devoir répondre à certaines obligations. Conférences de presse. Interviews. Reportages. Rencontres avec de jeunes nageurs. Portes ouvertes. Galas de charité. Soirées données par des pères friqués pour honorer les traditions… Au moins, ce soir, nous étions encore libres de choisir.

Steeve éteignit soudain mon téléphone et pointa l'entrée de la pizzeria du menton. Je m'attendais à y voir Nathan et les autres.

Ce n'était pas le cas. Trois nageurs du Texas se dirigèrent vers nous, portant tous la même veste. Je la connaissais, Nathan avait porté la même pendant longtemps. Trois têtes brunes, au teint hâlé et aux traits totalement dissemblables. L'un aurait pu signer un contrat avec une agence de mode, alors qu'un autre avait la gueule cassée d'un accidenté. Le troisième aurait pu passer inaperçu. Ils m'étaient étrangers, mais, de toute évidence, ils savaient qui nous étions.

Qui *j'étais*.

— Alors, c'est bien vrai, dit le top model. Tu es de retour.

— Apparemment, répondis-je en récupérant le portable que me tendait Steeve.

— Et en 500, siffla-t-il. Le coach Bones a toujours eu des attentes démesurées.

Si j'étais «l'attente démesurée», je ne pouvais pas lui donner tort.

— Tu n'as rien de mieux à faire, Cade, soupira Steeve.

Le prénommé Cade sourit si grandement que je fus soulagé qu'il ne s'appelle pas Fred. Je n'avais pas envie de rencontrer le Noël de Nathan. Je n'avais pas envie de savoir à quoi il ressemblait. Ou bien, si. Peut-être que cette curiosité me bouffait.

— On passait dans le coin et on vous a vus de l'autre côté, expliqua Cade. On est donc venus dire bonjour.

— Bonjour, dit l'autre.

Steeve secoua la tête en me jetant un coup d'œil.

— Je te présente Cade, Raph et Kenny.

J'acquiesçai en guise de salut. J'étais trop crevé pour davantage.

— Alors, comme ça, Cal va donner une représentation demain soir, s'amusa Kenny.

— Quelle représentation ? demanda Raph.

Nous nous tournâmes tous vers lui jusqu'à ce que son regard brille de compréhension. Il ouvrit à demi la bouche.

— La soirée de Sawyer Harold, se rappela-t-il.

— J'espère que tu es plus rapide dans l'eau, se moqua Steeve.

— Il est beaucoup plus rapide, appuya Cade.

D'une façon suffisante pour me faire comprendre que Raph nageait les 500 et que j'avais plutôt intérêt à ne pas le sous-estimer. Je ne négligeais jamais personne. Lorsqu'on commençait à se sentir vainqueur avant même de monter sur un plot de départ, c'était toujours à ce moment que l'on perdait.

— Et toi ? me demanda Kenny.

— Moi ? répétai-je.

— Est-ce que ton année *d'absence* t'a été bénéfique, s'expliqua Cade.

Je souris en coin.

— Qui sait ? rétorquai-je, plein de défi.

Cade sourit à son tour.

— Je suppose que l'on verra demain, *Blue Phoenix*.

— C'est ça. On verra demain.

Je ne le quittai pas des yeux alors qu'il reculait et que, entouré de ses coéquipiers, il sortait du restaurant. Et même là, je ne baissai pas les yeux. Je l'avais déjà fait devant trop de monde et beaucoup trop de fois depuis ma naissance. Je m'accrochais au peu de fierté qu'il me restait encore.

Agacé contre moi-même, la faim me tenaillant beaucoup trop, je lançai de nouveau la vidéo du dernier entraînement de Gin Lang que m'avait envoyée Juliet. En soupirant, j'observai ses cycles parfaits, sa constance, son entrée dans l'eau, sa coulée, ses ondulations. Il ne commettait jamais d'erreurs. On n'était pas champion quatre années consécutives en commettant des erreurs.

Steeve me tapa sur l'épaule, rassurant.

— Tu peux le dépasser, me dit-il.

J'en étais certain. Mais pas tout de suite ; je n'étais pas suffisamment entraîné.

— Pas demain, répondis-je d'une voix sombre.

Steeve rit un peu.

— Tu n'as pas besoin de prendre la première place, demain, me rappela-t-il. Tu as besoin d'être si près de ses temps qu'il saura avec certitude que ce sera la dernière fois qu'il grimpera sur la première marche du podium.

— *Ye*[52], *Sunbae*, dis-je distraitement.

Un peu plus que le meilleur de moi-même.

Nathan m'avait dit ça, la première fois que je l'avais vu nager.

Juste un peu plus que le meilleur de moi-même, c'est tout ce que je peux donner.

— *Sunbae* ? répéta Steeve.

Je clignai des yeux, m'apercevant que j'avais encore parlé coréen.

— Désolé, m'excusai-je en me frottant la nuque.

— Pourquoi ? Tu m'as insulté ? rit-il.

— Pas du tout, lui souris-je. Ça veut dire… euh… senior ?

— Ça ressemble vraiment à une insulte si tu me traites de vieux.

— C'est plutôt une marque de respect, plaisantai-je.

Il posa un coude sur la table et m'observa attentivement.

— Juliet n'a pas été la seule à te défendre, tu sais, me dit-il trop brusquement.

Je me pétrifiai.

— Beaucoup l'ont fait, à leur façon, m'apprit-il. L'équipe du Texas plus que n'importe quelle autre. Plus que Cal, c'est certain. Et le coach Bones aussi. À sa manière. Ça n'a pas été facile de convaincre la NCAA de ne t'exclure qu'un an, mais il s'est entêté, il voulait que tu reviennes. Même si maintenant, c'est compliqué de t'enlever l'image qui te colle à la peau. Surtout avec Sawyer et son père qui traînent toujours dans les parages. Si tu n'étais pas si doué, monsieur Harold aurait persuadé le doyen de ne jamais te reprendre. Mais tu sers les intérêts de Cal et se séparer de toi serait une énorme erreur. Surtout quand d'autres équipes sont moins enclines à n'écouter qu'une version des faits.

Je fis tourner le portable sur la table, de plus en plus vite, masquant mal ma nervosité.

---

52 순배 : Oui.

— J'ai témoigné, moi aussi, m'expliqua Steeve. J'ai été ton colocataire pendant deux ans, ils s'attendaient à autre chose, je pense.

Il rit un peu en récupérant mon portable.

— Merci, réussis-je à dire.

— Ne me remercie pas. Pour une fois, je n'ai dit que la vérité.

Pour une fois ?

Il jeta un coup d'œil à la porte et je sus, avant de le voir, que Nathan était arrivé.

— On nage tous au milieu des requins, murmura Steeve en fixant nos coéquipiers s'approcher de nous. Et nous avons tous à faire le même choix. Être dévoré ou se battre.

Il se tourna vers moi et me regarda bien en face.

— J'ai choisi d'être dévoré par peur de me battre, m'avoua-t-il. Et toi ? Que vas-tu décider de faire, Blue Phoenix ?

La seule fois où j'avais décidé de me battre, je n'étais pas dans mon état normal et j'avais envoyé Sawyer à l'hôpital. Les conséquences avaient été insupportables. Et ça n'avait servi à rien, juste à ruiner une année de ma vie. Ce que Sawyer avait fait n'avait pas été effacé par mes coups. C'était encore là et, parfois, je m'y habituais. C'était le pire, non ? Je m'habituais à le voir. À lui parler. À vivre dans un monde où il gravitait aussi. À me plier aux exigences de son père, comme je m'étais plié aux siennes.

Je ne pouvais rien faire d'autre que me taire. Le silence n'était pas de la lâcheté et ce n'était pas non plus de l'indifférence. Le silence était, quelque part, la plus grande des batailles. Le plus profond des sentiments ne se criait pas. La douleur, l'amour, étaient muets. On pensait, on rêvait, en silence. On aimait, on souffrait, en silence. On respirait, on espérait, en silence.

Me battre ?

Tout ce que je pouvais faire était de continuer, mes fautes suspendues au cœur.

16

열 여섯

Samedi 14 novembre 2020

Le Spieker Aquatic Center ressemblait à ce que nous avions à Berkeley. Les installations étaient un peu plus anciennes, mais elles avaient été pensées de la même manière. La piscine de dimensions olympiques pouvait accueillir les parties de polo, les représentations de nage synchronisée ; elle était assez profonde pour le plongeon acrobatique et, bien sûr, assez longue et large pour les courses de natation. La Californie nous permettait de toujours nager dehors, même lorsqu'il pleuvait légèrement. Aujourd'hui, il faisait beau et le soleil baignait l'événement. Les plots de départ attendaient le début de la compétition, les spectateurs prenaient place dans les gradins. Le panneau d'affichage donnait déjà le nom des prochains concurrents, et un arbitre était installé dans sa haute chaise, scrutant la moindre faute.

Je m'assis sur le banc du staff, entre Ken et Juliet. Les mains sur les genoux, je me concentrai sur une unique chose. Les courses, les nageurs de Cal, les autres. Tout ce qui était capable de me faire oublier les yeux qui me suivaient depuis que j'étais arrivé. J'aurais dû être en train de me préparer pour le 200 libre, mais j'attendais. Les 500 se disputeraient plus tard, j'avais encore le temps.

Tout de suite, Junior s'étirait, son bonnet ajusté sur la tête et ses lunettes en place. Il transpirait légèrement. Depuis que nous avions quitté l'hôtel, il était hagard. Le stress de la compétition en avait rendu plus d'un malade et c'était la première fois qu'il concourait en national. Le coach Bones n'avait pas l'air inquiet; il prenait déjà des notes sur son carnet.

J'attrapai une bouteille d'eau fraîche et rejoignis Junior avant qu'il ne fasse une syncope sur le bord du bassin. Je la décapsulai pour lui et la lui tendis. Il s'en empara d'une main légèrement tremblante.

— L'enjeu de cette course est de surpasser tes temps, lui rappelai-je. Tu n'as rien à perdre. Tu comprends ?

Il hocha la tête, mais son regard était encore trop terne.

— Tu décompenses, lui dis-je. Amène toujours quelque chose à manger, avant de plonger.

J'attrapai une barre de céréales dans ma poche, j'en avais une pour Nathan. Lui aussi avait tremblé plus d'une fois. L'excitation le gagnait, se transformait en trac, puis il frissonnait. Il était trop emporté, rien ne pouvait jamais le canaliser. Ou… *presque* rien.

Pour Junior, le problème était ailleurs, mais le résultat était le même.

Je lui coupai un morceau de barre de céréales et l'enfonçai dans sa bouche sans douceur. Il mâcha en continuant à s'étirer.

— Quinze mètres de coulée, baragouina-t-il.

— Quinze mètres et pas un mètre de moins, lui rappelai-je.

Il respira profondément, indifférent aux coups d'œil des uns et des autres. Il était déjà étiqueté *«faible»*. Un voyant vert clignotait au-dessus de sa tête, comme il clignotait au-dessus de ceux qui ne représentaient aucun danger.

Ils se trompaient.

Je retournai m'asseoir au moment où il monta sur le plot. À côté de moi, Juliet appuya son épaule à la mienne.

— Tu ferais un bon coach.

— J'y penserai, si je me fais encore virer, plaisantai-je.

Le coach Bones me frappa l'arrière du crâne, suffisamment fort pour me rappeler que les gradins avaient des oreilles. Et des objectifs !

Junior respirait mieux.

Lorsqu'il plongea, personne n'aurait pu l'imaginer si stressé une minute plus tôt. L'attente était souvent le plus dur. Ensuite, nos corps savaient comment réagir. Ils étaient conditionnés à l'effort, aux mouvements.

Deux cents yards passaient très vite. En papillon, c'était parfois fulgurant.

Junior termina second.

Il ne clignotait plus si vert que ça, après tout.

J'applaudis en même temps que Juliet, alors qu'il sortait de la piscine, un sourire aussi grand que la Californie fendait son visage.

Puis ce fut au tour de Steeve. 200 yards dos et une seconde place si près du premier que c'était quasiment un ex æquo.

Grayson finit bon dernier après un départ catastrophique à la brasse.

Les 100 yards en libre furent remportés haut la main par l'UCLA, Donald ne prit que la troisième place.

Remy termina premier du 50 papillon.

À un moment, j'abandonnai le banc pour trouver Nathan avant qu'il ne rejoigne la chambre d'appel. C'était là que les nageurs attendaient leur tour de monter sur les plots. Ils devaient s'y rendre prêts, bonnet sur la tête, lunettes sur les yeux. Nathan était encore dans le couloir des vestiaires, tentant de mettre correctement son bonnet. Ses cheveux étaient trop longs pour que ce soit pratique. Il me présenta son dos en me voyant arriver et je tirai sur le bas du bonnet, le faisant passer par-dessus ses mèches d'un blond presque platine. Puis il me tendit les mains et j'y posai une bouteille presque vide et la moitié d'une barre de céréales. Il les regarda avec une expression qui ressembla au désespoir. Je secouai la tête, retenant un sourire.

— Est-ce que tu m'en veux encore ? se plaignit-il.

Je le forçai à avancer.

— N'attends pas la dernière seconde pour entamer tes virages, lui rappelai-je.

— Je sais, soupira-t-il.

— Tu ralentis toujours trop.

— Tu me le dis à chaque fois.

— Et tu recommences à chaque fois.

En guise de réponse, il but le reste d'eau et me rendit la bouteille avant d'entrer dans la chambre d'appel. Les 50 yards libre étaient terminés et la course suivante se préparait déjà. La natation était une succession d'épreuves qui s'enchaînaient si rapidement qu'elles nous donnaient le tournis. S'entraîner si dur pour une ou deux minutes, ça pouvait paraître absurde. Des années à se surpasser et tout jouer en une minute.

Nathan massa soudain son épaule.

— Tu as mal ?

— Non.

Il répondit trop vite et, s'en rendant compte, leva les yeux au ciel.

— Je vais très bien, m'assura-t-il.

Il plongea son regard au fond du mien, pour bien se faire comprendre.

Une longue seconde.

— Tu perds ton rythme sur ta seconde longueur, continuai-je alors. Et tu dépenses trop d'énergie sur les dernières. Sois…

— … plus constant, termina-t-il pour moi.

Il haussa un sourcil, il connaissait cette phrase par cœur. Je la lui répétais depuis nos seize ans. Même lorsque nous nagions pour des équipes différentes.

J'enfonçai mes paumes sur ses lunettes.

Il grimaça, mais ne dit rien.

— Souviens-toi, Nath. Je suis juste à ta droite.

Il sourit.

— Et je suis juste à ta gauche, enchaîna-t-il.

Je hochai la tête.

— Va te préparer, me dit-il. Je dois gagner cette course.

Bien sûr qu'il gagnerait. Bien sûr... Même si je ne serais pas là pour le voir. Mais je restai dans le couloir encore un moment. Jusqu'à ce qu'il soit appelé et qu'il rejoigne le bord du bassin. En repartant vers les vestiaires, j'écoutai le grondement de la foule et tendis l'oreille pour percevoir son nom que l'on scandait. Je sortis les affaires de mon sac et l'imaginai monter sur le plot aussi facilement que s'il avait été devant moi. Je le voyais se plier pour se préparer à plonger, regardant en face de lui, si concentré que plus rien ne percerait les murailles de son esprit. Exactement comme lorsqu'il dormait et qu'aucun bruit, pas un mot, pas une pensée, ne pouvait le réveiller. Il était dans son monde, prêt à donner un peu plus que le meilleur de lui-même. Et j'entrai dans le mien, prêt à donner un peu plus que le meilleur de moi-même.

Les rituels m'avaient toujours aidé à me recentrer. Passer mon jammer. M'échauffer. Mettre mon bonnet. Mes lunettes. Avancer le long du couloir. Rejoindre la chambre d'appel. Je détendis mes bras, mes épaules, entouré par des nageurs que je connaissais sans les reconnaître. Ici, la tension était palpable. C'étaient les prémices des courses, l'instant où chacun s'évaluait avant d'être appelé à concourir. L'endroit où nous laissions le stress nous surpasser un moment. C'était là que nous déposions toute notre vie, nos problèmes, nos bonheurs. Soucis ou rancœurs, tristesse ou excitation. Nos sentiments s'abandonnaient dans cette pièce, le temps d'une course.

— Blue Phoenix, entendis-je.

Même ici, je n'étais plus Blue Park, et encore moins Park Jun-ha.

J'étais devenu Blue Phoenix.

Je quittai la chambre d'appel et me dirigeai vers la piscine. Il y avait du bruit, mais je ne le perçus pas vraiment. Il y avait des gens, mais je ne voyais personne.

Quelqu'un hurla des encouragements. Quelqu'un d'autre une insulte. Je fermai un instant les yeux, chassant le brouhaha. Une seconde seulement et, au coup de sifflet, je montai sur le plot pour me positionner. Je fixai la surface en face de moi, me suspendis à l'excitation du départ. Le reste ne comptait plus. Je le sentais de nouveau au fond de moi. La certitude d'être à ma place. La certitude d'être fait pour ça, pour ces minutes si éphémères, mais autour desquelles je m'étais construit.

— *Take your marks !*

Mon cœur battit doucement, des frissons parsemèrent ma peau, et j'étais prêt au coup d'envoi, avant même qu'il ne retentisse.

Je fendis la surface, l'eau froide grisant mon corps. Le Phoenix dans mon dos déploya ses ailes et s'envola.

Plonger.

Couler.

Nager.

Mes bras me propulsèrent dans un crawl puissant et maîtrisé. Un cycle puis une respiration. C'était comme une mélodie dont je connaissais le refrain par cœur, mais que je redécouvrais quand même à chaque fois.

Premier virage.

Vingt-cinq yards.

Seconde longueur.

Troisième.

Quatrième.

C'était fulgurant et, pourtant, une éternité se nichait dans chaque course.

Cent yards.

Deux cents yards.

J'étais lancé si vite que je n'éprouvais même plus l'emprise de l'eau autour de moi.

Trois cents.

Je culbutai si rapidement que je laissai une vague terrible pour ceux qui nageaient dans les lignes d'eau près de moi.

Quatre cents yards.

Et un autre virage.

Quatre cent cinquante yards.

Dernière longueur.

Mes jambes s'alourdirent.

Mes poumons me brûlaient.

Encore un peu.

Juste un peu.

ALLEZ !

Cinq cents yards !

Je frappai la paroi si fort que je sentis ma main chauffer. Je me redressai aussitôt et me tournai vers les scores. Il y eut un silence si interminable que je crus être devenu sourd. Mais non. Plus personne ne parlait. Il n'y avait plus un bruit et le tableau resta obstinément vide pendant plusieurs secondes. La respiration courte, je m'appuyai au rebord de la piscine et clignai des yeux lorsque enfin, une fraction de seconde plus tard, ils s'affichèrent.

Première place : Gin Lang. 4 : 09,99

Seconde place : Blue Phoenix. 4 : 10, 03

La joie explosa en une seconde au fond de ma poitrine.

L'écart était si insignifiant que nous avions dû toucher cette paroi en même temps. Je serrai le poing et frappai la surface, rattrapé par une satisfaction que je n'avais plus ressentie depuis si longtemps. Elle me fit l'effet d'une étrangère débarquée au hasard. Les cris qui retentirent soudain n'eurent plus rien à voir avec des insultes et lorsque je sortis de l'eau, mon sourire était impossible à masquer. Je croisai aussitôt le regard bleu de Nathan. Il avait attendu là, mouillé dans son jammer, une simple serviette sur les épaules. La fierté rendait ses yeux encore plus clairs, comme l'azur d'un ciel sans nuages. J'eus envie de le prendre dans mes bras, rien que pour sentir son cœur battre aussi rapidement que le mien.

Cette seconde ne fut qu'à nous.

Cette seconde…

Puis Juliet lui tapa dans le dos et il se détourna, pour lui dire quelque chose. Je respirai profondément et fermai les yeux, le temps d'un remerciement. Pour ceux qui étaient là, pour ceux qui ne l'étaient plus. Puis je les rouvris en entendant la foule hurler le nom de Lang. Après tout, il le méritait tellement. Pour ce soupçon de seconde, pour cette première place.

Il passa devant moi et je hochai la tête, déférent.

Il s'arrêta pour me tendre la main. Je la pris, en soutenant mon bras, lui offrant le respect dû aux aînés. Il n'en sembla pas troublé. Gin avait grandi en Chine avant de venir étudier aux États-Unis. Il était américain par son père, autant que je l'étais par ma mère. Nous avions évolué dans un monde bien différent de celui-ci, un monde où nous avions dû, chacun à notre manière, nous conformer aux règles d'une autre société et à des coutumes qui pouvaient passer pour archaïques. Pour moi – et sans doute pour lui aussi –, elles resteraient des fondations.

— Félicitations, me dit-il.

— Merci, répondis-je.

Il plissa les yeux lorsque quelques flashs nous aveuglèrent.

— On attendait tous ton retour, Blue Phoenix.

Ils attendaient tous mon retour ?

Il s'éloigna de quelques pas et pointa un doigt dans ma direction.

— Maintenant, ça devient intéressant ! me lança-t-il.

Il agita la main en regagnant les vestiaires, ignorant les questions et se contentant d'un : *« C'était une belle course. »* Gin Lang ne se perdait pas en longs discours, les temps étaient suffisamment parlants et les médias relayaient bien assez d'informations comme ça. Il était du genre à éviter les interviews, les invitations à la radio ou les conférences de presse. Le sport universitaire avait toujours eu une place importante aux États-Unis. Tout le monde se passionnait pour les athlètes de la NCAA. On déposait trop d'espoirs à leurs pieds. On les suivait sur les réseaux sociaux. Ils faisaient la une des journaux. On allait les voir les jours de compétition, on regardait leurs vidéos d'entraînements, leurs photos Instagram. Leur popularité dépassait souvent les frontières de leur État. Ils étaient les chouchous de l'Amérique. Ils portaient au cœur, au corps, le plus grand des rêves américains.

Le succès.

17

열 일곱

Samedi 14 novembre 2020

C'était une villa hollywoodienne comme on se l'imaginait. Et le genre de soirée comme on pouvait aussi se l'imaginer. Il n'y avait pas tant de surprises que ça, au bout du compte. Le salon était si vaste qu'il aurait pu contenir à lui seul deux ou trois fois le loft. Dans des tons de gris très modernes, qui se dégradaient en plusieurs nuances, il s'ouvrait sur l'immense terrasse. La musique était à peine suffisante pour l'entendre ; créant une ambiance trop intimiste qui me dérangeait. J'aurais voulu me trouver n'importe où ailleurs ; tant que ce n'était pas ici. J'aurais sans doute cherché un endroit tranquille où m'isoler, si je n'avais craint d'y rencontrer Sawyer. Je l'avais croisé en arrivant et mon teint blême l'avait fait sourire. J'avais reconnu un tableau, à l'entrée. Il y avait le même, là-bas ; dans une autre villa où s'était tenu un genre différent de soirée. Exactement le même. Une main qui saluait. Une main qui se vendait des milliers de dollars, mais, quelle importance ? Il n'était plus à quelques zéros près.

J'étais perturbé. Pas seulement de sa présence, mais du fait que je puisse à ce point la supporter. Il était quelque part. Je le savais.

La colère circulait en moi avec autant de facilité que le sang dans mes veines criait sa révolte à chaque battement de cœur. Mais, à elle aussi, je m'étais habitué. J'étais seulement là, regardant le monde s'agiter autour de moi. Costumes ou robes se déployaient aux alentours d'un buffet qui trônait au milieu de l'immense pièce. Un verre à la main, les invités se disséminaient un peu partout. Devant les escaliers qui desservaient les deux étages, devant des œuvres de maître ou au bord d'une piscine aux lumières bleutées ; ils jouaient tous un rôle. Les nageurs répondaient aux questions que les journalistes posaient, les entraîneurs souriaient, mais chacun d'eux, malgré l'amitié qu'ils se portaient, n'avait qu'un objectif en tête, mener son équipe à la victoire. Pour l'instant, ce petit monde se mêlait, affichant l'unité pour mieux dissimuler leur compétitivité. Les caméras étaient éteintes, mais les carnets dans les poches étaient remplis d'informations. Les flashs des appareils photo crépitaient toujours, donnant de l'éclat à cette rencontre. Les clichés n'oublieraient pas de montrer un Sawyer resplendissant. Personne ne pourrait ignorer *qui* organisait cette soirée. Cette représentation. Steeve avait raison. Ici, je continuais de nager. Mais dans des eaux bien plus troubles que celles des bassins.

Juliet me tendit un verre, elle était partie m'en chercher un second. J'en avais vraiment besoin. Les questions auxquelles je répondais ne concernaient presque jamais mes temps d'aujourd'hui, mais plutôt les conditions de mon retour. Et, encore les mêmes, pourquoi. Je commençais à développer des techniques d'évitement plutôt pratiques. J'étais aussi devenu très doué pour hocher la tête et trouver une excuse ou une autre dans le seul but de m'éloigner. Et, bien sûr, je pouvais toujours compter sur Juliet pour me sauver.

Elle haussa un sourcil à mon intention, comme pour dire : *« Quelle connerie, cette soirée. »* Je lui fis discrètement un signe de menton, sans pour autant réussir à détourner le regard de Nathan. Il me sembla la voir sourire en coin, un brin moqueuse. Tout de suite, ça m'était égal. Je glissai la main dans la poche de mon pantalon noir et, buvant une gorgée de whisky, le détaillai. Sa veste d'un gris presque métallique tombait à la perfection sur ses épaules. Le col mao de sa chemise offrait un contraste parfait avec ses cheveux teints en blonds et attachés en arrière pour l'occasion. Ses anneaux à l'oreille accentuaient l'insolence de sa beauté, mise en valeur dans une tenue d'un classicisme de circonstance. Ses yeux bleus vous accrochaient en une seconde et il était difficile de s'en détourner. Il attirait les regards. Et puis, c'était un champion, encore ce soir. Une autre médaille d'or avait été passée autour de son cou.

Il se tourna dans ma direction et s'excusa auprès de son interlocuteur pour venir nous rejoindre, Juliet et moi. Ça n'eut pas l'air de plaire aux journalistes. Je n'étais apparemment pas une bonne raison d'interrompre leur entretien, aussi informel soit-il. Heureusement, Nathan n'était pas de cet avis. J'en remercierais le ciel. Oui, un jour, je trouverais le moyen de remercier l'immensité du ciel, pour le cadeau qu'était Nathan.

— Alors, champion ? se moqua gentiment Juliet en lui offrant son propre verre. Tu es très demandé.

Il grimaça en me regardant.

— Seulement parce que tu as nagé en 500, tempéra-t-il. Tout le monde semble l'oublier.

Nathan n'avait volé aucune de ses victoires.

— Tu as gagné, Nath, lui rappelai-je. Et si tu as gagné, ce n'est pas parce que je n'étais pas au départ, à côté de toi. Tu as gagné parce que tu es le meilleur.

Il se mordit la lèvre. Puis, presque gêné, presque timide, il baissa un instant le visage sur l'intérieur de son verre. J'aurais voulu poser mes mains sur sa nuque et chercher son regard pour qu'il le redresse vers moi. J'aurais aimé m'assurer qu'il l'ait compris. Il s'entraînait depuis si longtemps, avec tant d'acharnement. Il méritait tout ce qui lui arrivait. Personne ne le méritait plus que lui, d'ailleurs.

Il se massa doucement l'épaule.

— Tu as encore mal ? demandai-je.

— Non, me répéta-t-il.

— J'ai quand même pris rendez-vous avec le kiné, lui apprit Juliet.

Nathan la scruta, elle. Puis moi.

— Qu'est-ce que tu lui as dit ? s'agaça-t-il.

— Je n'ai pas besoin de lui dire quoi que ce soit.

Juliet hocha la tête.

— Tu t'es souvent massé l'épaule gauche, aujourd'hui, lui expliqua-t-elle. Je m'assure seulement que les nageurs de Cal soient dans les meilleures conditions. C'est mon job.

Il soupira.

— Merci, dit-il en jetant un coup d'œil aux alentours.

Les discussions s'enchaînaient aussi rapidement qu'un speed dating.

— On doit encore rester longtemps ? demanda Nathan. Je déteste ce genre d'endroit. C'est comme une carte *« si vous êtes ici, vous avez réussi votre vie »*. Un beau mensonge pour les journalistes. La grande famille Harold fait son putain de show.

Il posa sur Sawyer un regard si sombre que, durant quelques secondes, il raviva ma propre rage. Nathan l'évitait, comme on évite une maladie incurable. Il ne pouvait pas en guérir, alors il continuait à vivre avec en l'ignorant. Puis, parfois, Sawyer se trouvait devant lui et il avait envie de l'exterminer. Sa douleur et la mienne étaient différentes, mais elles prenaient naissance la même nuit. Et elles étaient toutes les deux écorchées par le même visage.

J'effleurai le bas de son dos, le forçant à se tourner vers moi.

— Ça ressemble à Simons House, plaisantai-je, pour le faire sourire.

— Simons House ? demanda Juliet.

Nathan croisa les bras, mécontent.

— Simons House est la propriété dans laquelle Nathan a grandi.

— Propriété ? répéta Juliet.

Nathan respira lentement par le nez. Il détestait passer pour un gosse de riche et, pourtant, il l'était vraiment.

Simons House n'avait rien à envier aux villas hollywoodiennes. J'y avais vécu deux ans, et même si ce n'était pas la Californie, mais Austin, elle n'en restait pas moins spectaculaire.

— Ce n'est pas si grand, mentit-il.

Je secouai la tête. Juliet récupéra un verre sur le plateau d'un serveur, le remerciant d'un sourire charmant, avant de s'intéresser de nouveau à Nathan.

— C'est marrant, je n'avais pas noté…

— Il n'y a rien à noter, la coupa Nathan. Mon père a réussi sa vie. J'ai encore à réussir la mienne. Je ne me contente pas de profiter de ses chèques pour…

Il désigna les alentours en grinçant des dents.

— D'ailleurs, et toi ? bougonna-t-il. Comment était la maison d'*Halmoni* ?

Elle était… hum… pas du tout californienne. Et pas texane non plus. Mais, si j'avais pu choisir, je n'aurais pas hésité une seule seconde.

— *Halmeoni*, le repris-je en éludant.

— *Halmeoni*, répéta-t-il correctement. Si tu penses que je ne te vois pas changer de sujet.

Juliet rigola.

— Pour ma part, j'ai grandi dans un placard à balais, plaisanta-t-elle. Ou à peine plus large. Mais nous faisions des fêtes sur le toit de l'immeuble en imaginant que Boston était notre maison. Ça compte ?

— Ça compte, dîmes-nous en même temps, Nathan et moi.

Elle s'amusa de notre malaise. Puis, elle aperçut un photographe un peu plus loin, qui cherchait le meilleur angle pour capturer le visage de Nathan.

— Je crois qu'on t'attend, lui dit Juliet, lui rappelant ses obligations.

— Je n'en peux plus de poser, articula-t-il, en souriant quand même.

— Tu as passé tout un été à te placer devant les appareils photo de chaque touriste que tu rencontrais, me moquai-je. Ça ne te dérangeait pas.

Il ne put retenir un sourire en coin. Cet été-là… À mon retour de Séoul, j'avais changé. Ou, plus précisément, j'avais enfin osé le regarder. Le regarder vraiment. Même si je m'en sentais honteux, que je me croyais anormal, seul, et qu'il m'avait fallu encore beaucoup de temps pour mettre les premiers mots sur ce qui agitait mes nuits. Cet été-là… Nathan m'avait entraîné derrière lui et je m'étais surpris à adorer cette liberté.

— J'avais dix-sept ans, se souvint-il.

— Tu en as vingt et un, et je ne vois toujours pas la différence, plaisantai-je.

Ma main glissa de son bras à son coude. Il inclina le visage et je souris, en oubliant un moment le monde qui nous entourait. Oui, pendant ce simple instant, nous replongeâmes des années plus tôt, avant que tout ne commence vraiment, lorsque nous nous découvrions. Aujourd'hui aussi, nous nous apprenions de nouveau. Parfois, il me semblait le connaître mieux que moi-même. Parfois, il était la plus grande de mes inconnues ; la plus belle. Nathan était un univers fait de lumières et d'ombres. Que je marche sur un chemin balisé et éclairé, ou que je me perde dans le noir, en ne voyant plus rien devant moi, je savais qu'il était là, quelque part. Il finissait toujours par me retrouver.

Un flash nous éblouit en même temps.

Aussitôt, je le lâchai et il fit un pas en arrière.

Le photographe baissa son appareil et sourit en regardant l'image qu'il venait de capturer. Je passai ma langue sur mes lèvres et Nathan se racla la gorge en glissant les mains dans ses poches. Le photographe s'approcha de nous, accompagné d'une journaliste que je reconnaissais parfaitement. Ses cheveux châtains en bataille étaient sa signature. Nous l'apercevions de loin et les plus judicieux, du moins ceux qui avaient quelque chose à cacher, la fuyaient. J'aurais aimé savoir le faire, mais où que j'aille, elle me retrouvait toujours.

— Vous êtes libre pour répondre à quelques questions ? me demanda-t-elle.

— Est-ce que j'ai le choix ?

Son sourire fut plus qu'éloquent.

Juliet passa le bras sous celui de Nathan et pointa du menton le bar.

— Si tu as besoin de moi, je ne suis pas loin, dit-elle en emmenant Nathan.

La journaliste indiqua des sièges installés dans un coin du salon pour offrir plus d'intimité. Ils avaient été posés là pour les interviews plus « officielles », disons. Du moins, celles qui duraient plus que quelques minutes, entre deux verres et trois petits fours. Je hochai la tête et les y suivis.

Je me calai dos au mur, ce qui me permit de voir les regards noirs de Nathan. Mais aussi ceux de mes coéquipiers. Du coach Bones. De Ken. De monsieur Harold et de son ordure de fils. De Gin Lang. De Cade, Kenny et Raph. De tous ceux qui se rendirent compte de cet entretien et qui, de toute évidence, connaissaient les chroniques de cette femme. Elle ne parlerait pas de ma course. Du moins, pas plus de quatre minutes dix, le temps qu'il m'avait fallu pour accrocher la seconde place de la compétition.

Ils s'assirent en face de moi et je les observai. Elle, je l'avais croisée plus d'une fois. Mais jamais d'aussi près. Ses yeux verts me parurent plus doux que ce à quoi je m'attendais et sa main, légèrement tremblante, moins assurée lorsqu'elle me la tendit.

— April, se présenta-t-elle, pour la première fois.

D'habitude, elle hurlait le nom de son journal pour qu'on lui donne la parole. Elle avait de la voix, c'était presque impossible de l'ignorer.

— April Graham, précisa-t-elle. Mais je préfère April, si vous n'y voyez pas d'inconvénient.

— Aucun, lui assurai-je.

En fait, si. L'absence de formalités me mettait mal à l'aise. Mais j'avais appris à dépasser cette gêne, c'était plus simple. Je hochai donc la tête et me tournai vers le photographe. Lui avait un regard d'acier et un sourire encore plus inquiétant. Ses traits ne m'étaient pas inconnus.

En fait, maintenant que je l'observais plus attentivement, je les connaissais même très bien. Bien que ce soit la première fois que nous nous rencontrions.

— Boyd Johns, se présenta-t-il.

Il me tendit la main et je la pris, hochant la tête avec respect.

Boyd Johns avait nagé pour l'UCLA avant de devenir photographe sportif. J'avais détaillé son crawl sur toutes les vieilles vidéos que Mouse m'avait montrées. Ses compétitions étaient une base de travail inépuisable.

— L'éternel second, s'amusa-t-il. Nous en avons tous un, non ?

Son regard se porta vers Nathan. Il discutait avec ses anciens coéquipiers du Texas, donnant l'impression de ne plus faire attention à moi. Mais je savais parfaitement qu'il me surveillait et, même d'ici, je pouvais imaginer ses épaules tendues et la raideur de ses gestes.

— Avec tout le respect que je vous dois, monsieur Johns, lui dis-je, Nathan n'est le second de personne. Et sûrement pas le mien. Il est plutôt…

Comment l'expliquer ? En coréen, ça aurait été si simple. Mais en anglais, exprimer cette émotion me semblait… *pauvre*.

— Mon courant, tentai-je quand même.

— C'est une belle façon de voir les choses, approuva April.

C'était la seule façon de le voir. Sans lui, je ne me serais jamais surpassé. Je n'aurais repoussé aucune de mes limites. Et je ne serais même pas revenu, sans doute.

— Vous ne faites donc pas partie de ceux qui estiment que ses deux dernières victoires en championnat sont déméritées ? me demanda-t-elle.

Cette question était tellement injuste que, sans m'en rendre compte, je haussai le ton. Pas de beaucoup, mais suffisamment pour attirer un peu plus l'attention.

— Ceux qui l'estiment ignorent sans doute le nombre d'heures, de jours, de semaines, de mois, d'années et de décennies que Nathan a passé à s'entraîner pour ces médailles. Il a gagné parce qu'il est l'un des meilleurs nageurs universitaires de notre génération. Il ne monte pas sur le plot de départ en se disant que puisque je ne suis pas là, c'est joué d'avance. Non, il nage toujours comme si je me trouvais à côté de lui, comme si je me trouvais un peu dans chacun de ses concurrents. Et il gagne parce qu'il est le plus rapide.

C'était aussi simple que ça ! Que l'on remette en cause ma légitimité. Mais sûrement pas celle de Nathan.

— Vous avez pourtant choisi de nager les 500 yards, me rappela April.

Je hochai la tête.

— J'ai toujours voulu nager en 500. Je n'étais pas encore prêt, avant. Mais cette décision n'a rien à voir avec Nathan.

Nathan plissa les yeux dans ma direction, sachant que je parlais de lui. Je lui fis un signe discret qu'il interpréta très bien comme un : « Tout va bien, ne t'inquiète pas. » April jeta un coup d'œil dans son dos et sourit un peu. Pas moqueuse, ni comme une journaliste qui venait de flairer un scoop. Plutôt de façon étrangement attendrie. Si bien que j'ignorais si elle posa la question qui suivit pour son article ou seulement par curiosité personnelle.

— Vous pensez que vous seriez le même nageur, sans lui ?

Cette réponse fut la plus simple que j'eus à donner depuis longtemps.

— Non, avouai-je.

Sans lui, je n'aurais jamais été si loin.

— Est-ce une des raisons qui vous ont poussé à revenir, Blue Phoenix ? voulut savoir Boyd.

Je me tournai vers lui et il en profita pour prendre une photo.

— Je ne peux pas le nier, confessai-je.

Une partie de moi s'accrochait à la compétition parce que c'était un univers que nous partagions.

— C'est plus dur que vous le pensiez ? s'enquit April.

Encore une fois, je décelais une forme de gentillesse que je n'avais jamais remarquée en conférence de presse. Mais, après tout, les conférences étaient des fosses où il fallait jouer des coudes.

— De revenir ? lui demandai-je.

Je n'étais pas sûr du sens à donner à sa question.

Le bruit des voix me semblait soudain trop près ; certaines personnes s'étaient rapprochées. Par curiosité, sans doute.

— De faire face, précisa-t-elle. Aux regards des autres. Aux jugements. Aux journalistes qui utilisent ce genre d'événement à leur avantage.

Je lui rendis son sourire.

— Ça l'est, oui. Mais c'est un prix que je suis prêt à payer.

Je le paierais sans doute longtemps. Mais, j'étais à ma place, aujourd'hui. Quoi qu'il m'en coûte. Je ne pouvais pas y renoncer, même pour le pire. Je voulais atteindre cette étoile, la seule qui avait toujours brillé pour moi.

April inclina le visage et m'observa plus attentivement.

— N'êtes-vous pas en colère de la façon dont Cal et la NCAA ont géré cette affaire ?

Je secouai la tête.

— Je n'ai aucune rancœur envers eux.

Pas envers eux, non.

— Malgré l'injustice de leur décision ?

— Je doute que quelqu'un la trouve vraiment injuste, lui rappelai-je. Si vous demandez autour de vous, il semblerait qu'elle soit même tout le contraire.

Ce n'était pas la réponse qu'elle attendait, de toute évidence. Elle croisa les jambes et jeta un coup d'œil à Boyd. Je plissai les yeux, comprenant que j'avais pris un chemin différent de celui où elle voulait m'emmener.

— Vous êtes au courant des rumeurs qu'il y a sur les soirées privées de Cal ? demanda-t-elle.

Je m'immobilisai tant que je me sentis aussi dur que la pierre froide d'une sculpture sur laquelle elle donnait des coups pour tenter de la modeler à sa convenance.

— Lorsqu'on questionne les étudiants sur le sujet, ils sont tous excités, continua-t-elle. Ils parlent de ces invitations mystères comme si elles étaient capables de leur ouvrir un nouveau monde.

Certaines portes étaient mieux fermées et verrouillées à double tour.

Face à mon silence, April posa les coudes sur ses genoux et se pencha dans ma direction, prononçant les prochains mots assez bas pour que personne d'autre ne puisse les entendre.

— Ces soirées seraient organisées par la fraternité à laquelle appartient Sawyer Harold.

Ma gorge se noua.

Elle attendit.

Je restai muet.

Elle attendit encore.

— Blue… commença-t-elle.

— Je n'ai rien à répondre, la coupai-je. Les soirées à Cal, surtout celles données par les fraternités, ont toujours existé !

Je me levai aussitôt, mettant fin à cette entrevue. Elle resta assise et s'adossa plus profondément à son fauteuil. Je fis un pas. Un seul.

— C'est vrai, vous avez raison, me retint-elle. C'est vieux comme le monde. Les plus privilégiés n'ont de comptes à rendre à personne. Ils font ce qu'ils veulent.

Elle releva les yeux dans ma direction et ferma brusquement son calepin.

— David contre Goliath, articula-t-elle. C'est dingue, non ? De savoir qu'il y a eu plus de plaintes pour agressions sexuelles ces dernières années que durant toute une décennie. Cal ne s'exprime pas sur le sujet et, c'est assez désolant pour eux, c'est pourtant exactement le sujet qui m'intéresse. Qui d'autre pourrait parler pour ceux que personne n'écoute. Ou ne croit, d'ailleurs. Le GHB reste détectable trop peu de temps et les trous de mémoire rendent les personnes auditionnées peu crédibles. Mais elles s'accordent toutes sur une chose. Elles ont reçu une invitation pour l'une de ces soirées.

Elle se leva et se tint face à moi.

Elle était petite, presque frêle. Un peu comme Jenna. Et, pourtant, elle me fit l'impression d'une géante capable de m'écraser.

— Je suis peut-être David et ils sont peut-être Goliath, me murmura-t-elle. Mais je ne compte pas m'arrêter là.

Mon cœur battait de plus en plus vite.

Mes poumons se contractaient.

J'étais vide.

Vide, creux.

— Est-ce que vous avez une question à poser ? finis-je par lui demander.

— Seulement si vous avez une réponse à me donner, rétorqua-t-elle.

Soudain, tous les regards semblèrent braqués sur moi. Je savais que non. Le monde continuait de tourner, inconscient de ce qu'il se disait entre nous. Et, pourtant, j'avais l'impression que rien ne leur échappait. Que des loupes m'observaient. Que mon secret s'éventrait. Devant tous ceux qui se trouvaient autour de moi. Devant Boyd et April. Devant Juliet, le coach Bones, Ken. Devant tous les nageurs, tous les journalistes.

Devant Nathan, surtout.

Qui serais-je encore pour lui, s'il savait ce que j'avais fait à cette soirée ?

Les rires de Sawyer agressaient ma mémoire.

« Tu ne veux pas qu'ils le sachent, hein ? Tu ne veux surtout pas que lui *le sache. Qu'est-ce qu'ils penseraient s'ils savaient qui est vraiment Blue Park. Ce qu'il aime qu'on lui fasse. Dis-moi, comment réagirait Nathan s'il te voyait si… »*

— Blue ? s'inquiéta soudain Boyd. Vous allez bien ?

— Excusez-moi, leur dis-je aussitôt.

Je m'éloignai aussi vite que possible, en essayant de n'attirer l'attention de personne. Je restai droit et quittai le salon pour ce qui devait être une cuisine. Elle n'avait jamais dû servir à qui que ce soit, hormis à poser les plats d'un traiteur ou d'un autre. Loin des regards, je chancelai vers le robinet d'eau. Négligeant de prendre un verre et m'excusant auprès d'Halmeoni de délaisser les règles de bienséance qu'elle m'avait enseignées, je me penchai sous le jet et bus de longues gorgées. Puis je mis de l'eau dans ma paume tremblante et m'en aspergeai le visage. Je pris une profonde inspiration. Je n'avais besoin que d'une seconde. Une seconde ou deux pour accuser le choc. Pour réfléchir.

Elle savait.

April Graham.

Journaliste au *Chronicle.*

Et même si elle ne savait pas, ses doutes l'avaient menée à moi.

Et maintenant ?

Reprends ton souffle, Blue.

Reprends ton souffle, Jun-ha.

Reprends ton souffle, qui que tu sois !

Ce n'était pas compliqué, il suffisait de faire taire mes pensées. De tout faire taire.

Il suffisait de…

— Tu devrais faire attention.

Je me retournai brusquement, les mains agrippées aux rebords de l'évier. Et je me retrouvai devant ce que je tentais de fuir plus que tout. Sawyer se tenait à l'entrée, une bouteille entre les doigts. Je regardai par-dessus son épaule, il n'y avait personne d'autre. Il regarda à son tour et haussa les épaules, son visage fut traversé par la joie sadique d'un chasseur ayant bloqué sa proie.

— Tu as l'air stressé, il faut te détendre.

« Tu es détendu, Blue ? »

Mes doigts se crispèrent davantage.

— Ce sont de simples questions, me lança-t-il d'un ton qu'il jugeait sans doute rassurant. Cette chère April m'a posé les mêmes.

Il semblait agacé, comme le sont les gens qui doivent se préoccuper de détails sans importance.

— Contente-toi de te taire, m'ordonna-t-il. Ne sois pas si transparent.

Mes poings se contractèrent, j'aurais voulu les serrer autour de son cou. Chaque fois que je pensais avoir éloigné de moi ce sentiment, cette violence, cette foutue douleur, elle revenait avec l'effet d'un boomerang lancé à grande vitesse.

— Qu'est-ce que tu fais là ? crachai-je.

Il haussa les épaules.

— Je suis venu boire.

Il s'approcha de quelques pas, je m'écartai d'autant. Prudent. Très prudent. J'ignorais ce que je serais capable de lui faire, tout de suite. La table entre nous me sembla aussi fragile qu'un fétu de paille. Il avait ce sourire abject au coin des lèvres. Comment avais-je pu le croire doux ? Où avais-je vu de la gentillesse ?

— Tiens ? dit-il, cruel.

Il me tendit sa bouteille.

— Va te faire foutre, grinçai-je.

Il rigola.

— Quoi que tu penses, tu as pris cette bouteille seul, ce jour-là. Tu aurais pu prendre une bière. Du whisky. Un des cocktails. Mais tu as choisi cette bouteille d'eau.

Il avait raison.

BIEN SÛR QU'IL AVAIT RAISON !

— Mais…

Il pencha la tête.

— … aujourd'hui, je t'assure, il n'y a que de l'eau dedans.

Il plaisantait, comme si nous partagions un souvenir. Mais ce n'était pas un souvenir pour moi. C'était une torture !

— Je suis censé te faire confiance ?

Il fit la moue, y réfléchit une seconde, puis pointa une direction du menton pour me rappeler qu'il y avait du monde, dans la pièce d'à côté.

— Je ne suis pas si inconscient. Je ne jouerais pas à ça, ce soir.

Il ne jouerait pas… ?

Mon cœur pulsa de rage.

Oui, je voulais le tuer.

Au plus profond de moi.

Et il le savait.

Comme il savait que je ne le ferais jamais.

— Tu crois que c'est un jeu ? sifflai-je.

Il inclina le visage d'un côté, puis de l'autre.

— Ça n'en est pas un ? s'étonna-t-il en buvant une longue gorgée.

Sans me quitter des yeux.

— Tu es malade, lui jetai-je, glacial.

Il rit.

— Il me semble que tu t'es bien amusé, pourtant.

— Amusé ? répétai-je, si bas que je ne fus pas sûr de l'avoir vraiment articulé.

— Blue, minauda-t-il en faisant un pas dans ma direction.

Un seul pas que je ne vis même pas. J'étais pétrifié sous son regard qui partait de mon visage pour descendre le long de ma poitrine et s'arrêter…

— Certaines choses ne trompent pas, murmura-t-il. Et cette chose était… hum, comment dire ? … vraiment… mais alors *vraiment* très amusée.

Si je bougeais d'un centimètre, ne serait-ce qu'un peu, j'allais dérailler. Complètement dérailler. Et personne ne pourrait m'interrompre. Ils avaient dû s'y mettre à plusieurs, la dernière fois. J'avais été enragé, il perdait conscience, et même là, je n'avais pu stopper mes coups. Cette violence voyageait entre nous et Sawyer s'y répandait. Il me regardait, attendant que j'y cède de nouveau. Il n'avait pas peur. Il n'était qu'un marionnettiste, satisfait de tirer quelques ficelles pour observer mes mouvements.

— Tu t'amuses autant avec ton Texan ?

— Ne parle pas de lui ! rugis-je.

— C'est une simple question.

— Une chose est certaine, c'est qu'il n'a pas eu besoin de me droguer, *lui*.

Les mots tombèrent entre nous, si choquants qu'ils nous statufièrent. Lui, pour ce que j'avais osé prononcer à haute voix. Moi, de l'avoir enfin reconnu. Ce soir, comme ça… Comme on arrache une vérité qu'on se refusait de découvrir.

Qu'on aurait voulu ne jamais voir. Mais rien ne s'effaçait suffisamment pour vous complaire dans ce mensonge. Et celui-ci, aussi insupportable soit-il, venait enfin d'exploser.

— Jun-ha ? entendis-je dans mon dos.

Jun-ha…

Ce simple nom, mon nom, toute une partie de mon être. Une résonance au fond de moi. Un lien qui me retenait à mon enfance, à un pays, à une famille. Un lien qui me retenait à lui.

Je m'y étais accroché toute une nuit. Alors même que je ne pouvais plus m'accrocher à rien.

Aujourd'hui, ce fut encore ce nom qui me sauva.

18

열 여덟

Mercredi 25 novembre 2020

Le restaurant sera fermé à dix heures et demie, ce soir. Je vous attendrai. Queen.

Je fis tourner le portable entre mes doigts, me demandant une nouvelle fois comment j'étais passé de «je ne mettrai plus un pied à ces foutues réunions» à «je crois que je connais un endroit où nous pourrions aller». Jenna était très douée, pas de doute là-dessus. J'étais encore à Los Angeles lorsqu'elle m'avait téléphoné pour me supplier de leur donner un coup de main. Brad était alité depuis plusieurs jours et n'avait donc pas eu le temps de trouver un lieu où se retrouver. Je me foutais bien de l'état de santé de Brad, mais jouer les organisateurs m'avait occupé. Y aller avec cette casquette était moins oppressant, aussi. On n'attendait pas de moi que je sois une oreille compréhensive ni que je prenne la parole pour raconter quoi que ce soit. Alors, comme Brad n'était pas complètement remis, j'avais continué à tenir le rôle de régulateur. Est-ce que tout le monde était safe ? Où allions-nous ? À quelle heure ? Entre les entraînements, les cours et le groupe, je n'avais plus trouvé une seule seconde pour répondre aux questions que Nathan n'avait pas encore posées. Il ne risquait pas de les poser à un courant d'air.

Et il dormait trop profondément lorsque je me décidais à rentrer à l'appartement. Il dormait comme chaque fois qu'il avait besoin d'un refuge. Aujourd'hui, il s'enfuyait loin d'une simple phrase qu'il m'avait entendu prononcer. Des mots jetés au visage de Sawyer, alors que je n'arrivais pas à m'en éloigner. Il avait fallu que Nathan se plante devant moi, le faisant disparaître à ma vue, et qu'il me pousse pour que je réussisse à bouger. Et même lorsque Sawyer avait fait demi-tour et que nous nous étions trouvés tous les deux dans cette cuisine, j'étais resté figé. Il avait pris mon visage dans ses mains, il l'avait serré plus fort que jamais et son regard d'azur avait longtemps fouillé dans mes yeux. Il m'avait extirpé de ce marasme de colère et de violence pour me ramener à lui.

Nous avions quitté la soirée, la villa, oubliant d'avertir qui que ce soit.

Sans un mot, nous étions retournés à l'hôtel. J'avais enlevé mon costume pour l'abandonner sur mon sac ; déchirant presque la chemise en la retirant. J'avais juste besoin de me débarrasser de cette apparence, de cette peau, de tout ce qu'April avait laissé entendre, de tout ce que Sawyer avait fait. Je m'étais douché longtemps ; si longtemps que j'en étais devenu rouge à force de m'écorcher. Lorsque j'étais sorti, Nathan dormait sur un fauteuil, au coin de la chambre. Celui qui faisait face à la fenêtre. J'avais jeté une couverture sur lui et je m'étais allongé, fixant le plafond toute la nuit. Je le fixais encore lorsque l'aube s'était levée.

C'était dix jours plus tôt et, d'une certaine façon, je fixais toujours ce plafond et Nathan continuait à dormir. Il était inquiétant qu'il reste à ce point muet. Nathan était emporté. Batailleur. Il ne savait pas se taire et ne retenait jamais ce qu'il pensait. C'était un électron libre. Et un électron libre ne s'arrêtait jamais si longtemps.

Chercher un endroit où nous retrouver pour la prochaine réunion n'avait pas semblé une mauvaise idée. Je pouvais me concentrer sur autre chose.

Je répondis au message de Queen et envoyai l'adresse à tout le groupe, même à Brad. Puis je lançai le portable devant moi entre deux bouteilles de bière et une poche de chips éventrée. En relevant les yeux, je me rappelai que Joey se trouvait juste en face. Il mangeait de façon grotesque en me scrutant de pied en cap. Mouse était un peu plus discret, il faisait tourner sa canette sur son genou, attendant seulement que je me souvienne d'eux. Et de l'endroit où nous étions. Au garage. Assis sur l'un des fauteuils de l'atelier ; comme presque tous les soirs depuis mon retour de Los Angeles.

— Tu vas fuir encore longtemps ? demanda Mouse.

— Je ne fuis pas, le contredis-je.

— Tu fuis, l'appuya Joey. Tu viens ici, ou à l'observatoire. Tu nages avec Mouse, tu veux que je t'apprenne à jouer. Tu ramènes à manger et à boire. Tu t'endors sur le canapé ou dans le loft et tu pars au milieu de la nuit. Pourtant, vu comment on vous a trouvés juste avant votre départ à L.A., je dirais que c'est avec Nathan que tu as envie de *dormir*.

Bien sûr… Je n'avais envie que de lui. De le prendre dans mes bras, de lui faire l'amour, de l'embrasser, de l'entendre rire. Vivre en écoutant battre son cœur et ne plus jamais me poser de questions.

— Et tu envoies je ne sais combien de messages à l'heure, conclut Joey.

Je m'appuyai au dossier du fauteuil, au moins, je pouvais répondre à ça.

— Brad est malade, me justifiai-je.

— Depuis quand tu te soucies de la santé de Brad ?

Je ne m'en inquiétais pas. Mais je le voyais moins depuis qu'il se traînait cette bronchite. C'était plutôt un soulagement.

— Qu'est-ce qu'il s'est passé à Los Angeles ? me demanda soudain Mouse.

Je me tendis aussitôt.

— Tu n'as pas parlé à Juliet, récemment ?

— Il l'a fait, m'assura Joey.

Il ouvrit une glacière à ses côtés et en sortit d'autres bières fraîches. Il me tendit une Hite. Je la pris pour la décapsuler. De la mousse blanchâtre écuma sur les bords et je me perdis dans cette vision.

— April Graham était là, expliquai-je. La journaliste du *Chronicle*.

Ils savaient parfaitement qui était April. Mais le dire m'aida à organiser mes pensées. Du moins, autant qu'elles pouvaient l'être. En somme, très peu.

— Elle a écrit plusieurs articles qui ne sont pas à proprement parler dénonciateurs, mais qui commencent à l'être, continua Mouse pour moi.

— Elle est sur leurs talons, en tout cas, me tendis-je. Il y a eu trop de plaintes, ces dernières années. Et ces foutues invitations sur papier cartonné font le buzz sur les réseaux sociaux. Tu en vois partout. Certains se sont lancés dans un véritable jeu de piste pour trouver les villas où les soirées s'organisent. Mais comme ils changent d'endroit à chaque fois, ça reste compliqué.

— Ils ont combien de villas ? s'étonna Joey.

Je ris, tant c'était absurde.

— Autant qu'il y a d'étudiants dans leur maudite fraternité.

Mouse siffla longuement.

— Les gosses de riches, résuma-t-il.

Mouse ouvrit un paquet de bretzels et s'en coinça plusieurs entre les dents.

— Que vas-tu faire ?

Je secouai la tête.

— Je ne peux rien faire.

— Tu en es certain ?

Même si je le voulais, il serait trop tard. Je me souvenais de très peu de choses et ce que ma mémoire ravinait était rejeté au plus loin, dans le vague. Qu'est-ce que j'aurais dit, d'ailleurs ? Qu'est-ce qui pourrait justifier ma présence à une de ces soirées ? Je n'avais pas d'excuse. Je n'en trouvais pas une pour moi-même. Alors pour les autres.

— Quel genre d'explication je suis censé donner ? dis-je sombrement. Qu'il y a eu un dérapage pendant une fête ? Qu'il y avait trop d'alcool et trop de drogue ? Et alors ? Il y a des hashtags #chemsexou #PnP[53] partout. C'est pour cette raison que tout le monde y va.

Pourquoi y étais-je allé, moi ?

Brusquement, je jetai ma bière sur la table. Elle était encore pleine et le liquide se répandit sur le sol du garage. Personne ne pensa à l'éponger.

— Blue... commença Mouse.

Joey lui serra aussitôt le bras pour le faire taire.

— Je n'ai rien à dire, me crispai-je.

— Même pas à Nathan ? tenta Joey.

Je contractai les poings sur mes genoux. Ils semblaient s'agripper à quelque chose, mais je ne savais plus à quoi.

— Il ne comprendrait pas.

— Tu ne peux pas en être certain, tempéra Mouse. Et même si c'est le cas, d'ailleurs. Il n'a pas besoin de te comprendre.

Joey acquiesça.

— Je ne comprends pas non plus, m'avoua-t-il. C'est vrai, ça me dépasse. Comment peux-tu supporter de croiser Sawyer tous les jours. Je t'assure, je ne comprends pas où tu vas chercher cette force. Mais je respecte ton choix. C'est le tien. Et il le respectera aussi.

Je renversai le visage.

— Nathan en sera incapable.

— Incapable de quoi ?

Nous sursautâmes et nous tournâmes comme un seul homme vers la porte d'entrée. Je blêmis en croisant le regard assombri de Nathan.

Depuis quand était-il là ?

Depuis quand nous écoutait-il ?

Qu'avait-il encore entendu ?

---

53 Chemsex ou PnP (Party'n'Play) désignent des pratiques sexuelles associées à la prise de drogue.

Ces derniers jours, il se tenait si près de mes secrets que je me sentais comme une proie qui s'apprête à être découverte. C'était injuste, je le savais. Je ne pouvais pas lui en vouloir ; mais je lui en voulais quand même. Mes colères se dirigeaient contre lui. Sans doute parce que Nathan était le seul à pouvoir les endurer, et c'était d'autant plus injuste. Il souffrait de mes silences et je souffrais de ses questions, même s'il ne les posait pas. Elles flottaient au fond de ses regards, exactement comme maintenant. Et, une fois de plus, je me barricadai derrière des murs que j'érigeai le plus haut possible.

Mais, aujourd'hui, Nathan ne se détourna pas.

— Incapable de quoi ? répéta-t-il.

— Que fais-tu là ? demandai-je à la place.

Plus tendu que jamais, il s'approcha et laissa lourdement tomber le *Chronicle* sur la table. Le gros titre fut impossible à ignorer. April Graham avait écrit un nouvel article.

« Les soirées (pas si) secrètes de CAL.

Surnommées #NightDate sur les réseaux sociaux, elles apparaissent comme le terrain de jeu idéal de l'une des plus importantes fraternités de CAL. S'y trouvent les "lignées" de certaines grosses fortunes de Californie. On notera Sawyer Harold, fils de Harold Entreprise, connu pour avoir été au cœur du scandale de la NCAA… »

Refusant de lire davantage, je me détournai.

— Luxe, sexe et drogue, résuma Nathan.

— Cette journaliste est déterminée, approuva Mouse.

Joey ricana en posant sa cheville sur son genou.

— On va vite la faire taire, ajouta-t-il. Maintenant qu'elle a cité *celui dont on ne doit pas prononcer le nom*, je ne lui donne pas plus de quelques semaines avant qu'elle ne se trouve à rédiger un simple rapport de match.

Il avait raison. April venait elle-même de s'asseoir sur un siège éjectable.

David contre Goliath.

Je récupérai mon sac à mes pieds.

— Alors ? me lança Nathan. Tu vas me dire de quoi je suis incapable ?

Pour toute réponse, je lui souris. Puis je posai rapidement ma main sur sa nuque. À peine une seconde. À peine le temps de trembler. C'était le seul geste que je me permis. Les États-Unis étaient plus à l'aise avec les démonstrations d'affection. Mais je continuais de penser que certaines choses appartenaient à notre intimité. Je n'avais jamais eu envie de partager mes sentiments pour Nathan avec qui que ce soit d'autre que lui. Mouse et Joey avaient déjà assisté à ce matin dans l'observatoire. Et si je n'en étais pas dérangé, j'aurais quand même préféré le garder pour nous.

— Je dois y aller, leur dis-je en avisant l'heure à ma montre.

Nathan m'emboîta le pas et referma la porte du garage derrière lui, assez brusquement pour me faire comprendre ce qu'il pensait de mes fuites. Et aussi, sans doute, pour empêcher Mouse ou Joey de nous suivre.

Le parking était éclairé d'un seul lampadaire. Il grésillait au-dessus de nos têtes, alors que je cherchais les clefs au fond de ma poche. Je ne les trouvai pas et, planté devant la Jeep, j'ouvris mon sac.

Nathan fit un pas dans mon dos, laissant lourdement peser sa présence. Je fouillai plus vite. Mais pas assez pour l'empêcher de les dire. Ces mots. Ces mots qu'il retenait depuis dix jours. Ces mots qu'il retenait depuis son transfert. Ces mots qu'il retenait depuis le début.

— Que s'est-il vraiment passé avec Sawyer, Jun-ha ?

J'étais prêt à l'entendre et, pourtant, je me figeai quand même. Un instant si fugace qu'il aurait pu ne jamais exister. Mais Nathan n'avait jamais raté ce genre de détail, surtout pas quand il s'agissait de moi.

— Tu sais ce qu'il s'est passé, articulai-je.

Je continuai à chercher ce foutu trousseau au milieu de mes affaires. La tête baissée, je refusai de me tourner vers lui. Mais il me contourna et m'arracha le sac des mains pour me forcer à lui faire face.

— Qu'as-tu pris ?

Je respirai lentement, le plus lentement possible, en récupérant mon sac.

— Je n'ai pas le temps pour ça, Nathan, le prévins-je en débusquant enfin mes clefs.

Il s'appuya à la portière de la Jeep.

— Tant pis, rétorqua-t-il.

— Bouge.

— Non.

Je fis un pas vers lui, il me regarda approcher sans même tressaillir. Il se tenait là, aussi inébranlable qu'une montagne.

— Qu'est-ce que tu crois faire ? sifflai-je en le poussant à l'épaule.

Il m'attrapa le bras et serra trop fort.

— Je t'assure que tu ne monteras pas dans cette voiture avant de m'avoir répondu.

Je me dégageai.

— Laisse-moi passer !

Il secoua la tête.

— Non.

— Nathan, le menaçai-je.

— Qu'est-ce que tu as pris ? recommença-t-il.

— Qu'est-ce que ça change, maintenant ?

— QU'EST-CE QUE TU AS PRIS ? hurla-t-il soudain, à m'en faire trembler.

— DU GHB ! criai-je à mon tour, avant même de m'en rendre compte.

Nos échos résonnèrent sur le parking, se fracassant dans nos poitrines à nous plier de douleur. J'étais à bout de souffle, encore plus qu'après des heures de natation. J'étais à bout de souffle, parce qu'extirper ces simples mots de ma mémoire, les lui dire, était une épreuve bien plus insurmontable que tout le reste. Ce n'était même pas une réponse. Non, c'était une porte ouverte devant lui, et bien sûr qu'il la franchit. Bien sûr qu'il se moqua de mes limites. Il m'avait toujours forcé à les dépasser.

— C'est bon ? grinçai-je. Tu as eu ce que tu voulais ?

Il secoua de nouveau la tête et fit un pas dans ma direction. Je reculai d'autant, refusant qu'il me frôle. Je ne le supporterais pas. Pas maintenant.

— Tu as pris consciemment du GHB ? demanda-t-il encore, d'une voix radoucie.

J'aurais préféré qu'il continue de hurler.

Fermant un instant les yeux, un rire m'échappa.

— Consciemment ? répétai-je.

— Est-ce que tu as pris cette merde tout seul, Jun-ha ?

Je me voyais clairement tendre la main vers la bouteille d'eau. Je me rappelais le sourire de Sawyer, quelque chose que j'avais imaginé être de la moquerie. J'étais à une soirée, le genre de soirée auquel tous les étudiants voulaient être invités, et je buvais de l'eau. Mais, ce n'était pas ça, n'est-ce pas ? S'il souriait, c'était parce qu'il avait supposé que je prendrais cette bouteille, il me connaissait assez pour deviner que je n'aurais rien bu d'autre, avec le championnat qui approchait et les entraînements du coach Bones qui s'intensifiaient.

La manipulation était un art de la déduction, non ?

Il m'avait rendu coupable.

Coupable de tout.

— J'ai pris une bouteille et j'ai bu. Personne ne m'a forcé.

La vérité était parfois plus cruelle que les mensonges.

— Est-ce que tu savais ce qu'il y avait dedans ?

Nathan s'approcha et je reculai.

Je passai ma langue sur ma lèvre, le cœur au désarroi, et je serrai le poing sur mon trousseau de clefs.

— Je vais être en retard, me défilai-je.

— Jun-ha, me rappela-t-il.

Je le dépassai, mais il glissa ses doigts autour de mon poignet. C'était un geste d'une immense douceur qui me fut plus difficile à supporter que n'importe quelle torture. Je m'en écartai si précipitamment que je m'entravai et, sans la voiture juste derrière moi pour me retenir, je serais tombé. Là, je m'écroulai contre la carrosserie dans un bruit de tôle qui me parut encore plus intolérable que tout le reste.

Il ressembla à un hurlement.

Un hurlement métallique.

Un hurlement arraché à mes entrailles, à mon passé.

— Non ! m'époumonai-je. NON ! D'accord ? Non, j'ignorais ce qu'il y avait dans cette bouteille. C'est ce que tu veux entendre ? Ça te rassure, Nathan ?

— Pas du tout, mon cœur.

— Alors qu'attends-tu de plus ?

— Dis-moi seulement si tu le voulais, murmura-t-il.

Le vouloir ?

— Est-ce que tu voulais coucher avec Sawyer ?

Le vouloir ?

Je n'ai jamais voulu que toi…

Je me frottai la gorge, cherchant mon souffle. Elle était si serrée que j'avais l'impression de mourir. Ou bien était-ce cette sensation de vide, sous mes pieds. Cette sensation de vide en moi.

Pas au début… Je ne l'avais pas voulu au début… Mais après… Après, peut-être que je lui avais demandé… Peut-être…

Je repoussai le plus loin possible cette image. Je refusais qu'elle vienne à mon esprit, alors que Nathan se trouvait si près de moi. Je ne pouvais pas le pourrir avec ça. Il ne devait jamais apprendre à quel point je m'étais avili !

— C'est vrai, je ne savais pas qu'il y avait du GHB dans cette bouteille, avouai-je. Et non, je ne suis pas allé à cette soirée pour coucher avec Sawyer, si c'est le sens de ta question.

— Est-ce que tu lui as dit non ?

— Quoi ? m'étouffai-je.

Il s'approcha de moi et, cette fois-ci, je ne pus m'écarter de son regard. Il était soudain si près du mien qu'il aurait pu en faire partie. J'étais prisonnier de ses yeux si bleus. Cet océan qui ne rugissait que pour moi. Déferlante après déferlante.

— Est-ce que tu lui as dit non ? répéta Nathan.

— Je suis allé à cette soirée en sachant ce qu'il s'y passait.

— Mais est-ce que tu lui as dit non ?

— Je savais qu'on s'y droguait et je savais où ça menait.

Je suffoquais.

Mon sang bouillait.

Une voix soufflait à mon oreille : *« Fais-le taire. Fais-le taire. Fais-le taire. »*

— Parle-moi.

— Arrête, le suppliai-je.

Mais il ne m'écoutait pas.

— Si tu ne voulais pas ni prendre cette drogue ni passer la nuit avec lui…

— Arrête, je t'en prie.

J'étais fébrile, je tremblais.

Il continua.

Il tirait sur une corde qui se déliait. Un mot de plus et elle céderait. Et une fois brisée, que se déchaînerait-il ?

— Et si tu n'étais pas consentant…

— ARRÊTE ! hurlai-je.

Ce cri explosa au fond de moi. Mon poing se leva avant que je ne m'en rende compte. Il se leva, mais Nathan ne fit pas un pas en arrière. Ça ne dura qu'une seconde, moins que ça, puis mon bras retomba le long de mon corps inerte. L'idée même de le frapper me révulsa bien plus que n'importe quoi d'autre. L'idée de le faire souffrir. L'idée d'érafler son visage.

Je regardai mes mains, aussi horrifié que si elles avaient encore été pleines de sang.

19

열 아홉

Mercredi 25 novembre 2020

Les poings serrés autour du volant, je regardais droit devant moi. Immobile depuis plusieurs minutes, le moteur de ma voiture tournait encore. J'étais déjà en retard, mais je n'arrivais pas à bouger. J'avais pris cette route pendant des semaines et, pourtant, elle n'avait jamais paru aussi longue. Lentement, je reposai mon crâne sur l'appui-tête. Le sport à haut niveau vous apprenait à canaliser votre attention, à discipliner votre cœur. Plus important, il vous enseignait à laisser sur le bord des bassins votre vie pour ne devenir qu'un corps en mouvement. Cloisonner vos sentiments pour parvenir à atteindre l'excellence. Fermer les portes une à une, pour qu'elles gardent derrière les problèmes, les douleurs et les incompréhensions. C'était seulement de cette façon que l'on réussissait à se dépasser. Pas en s'ignorant. Mais en se connaissant si bien que l'on pouvait, pendant quelques minutes, le temps d'une course, abandonner toutes nos chaînes.

Je pris une autre inspiration, plus profonde que les précédentes. La seconde plus tard, je tapai furieusement le volant en hurlant. Ma rage explosa dans l'habitacle, l'air devint brûlant, m'étouffa. Le sang pulsait trop fort à mes tempes.

Ça ne dura qu'une poignée de secondes.

Puis, épuisé, je coupai enfin le contact et détachai ma ceinture. Je descendis de la Jeep, les membres lourds et le cœur éventré. Oubliant de verrouiller la portière, j'enfouis les mains au fond de mes poches et avançai. On m'attendait. Je focalisai tout mon esprit sur des pensées simples. Le groupe. La réunion. Jenna. Les autres. Cet enfoiré de Brad. Queen. La maison du crabe. Mon retard.

Je marchai plus vite, négligeant de regarder alentour.

Brad et Queen étaient devant la porte lorsque j'arrivai. Ils ne me virent pas tout de suite. Lancés dans une grande conversation, ils débattaient de ce qui devait se manger en premier. Le crabe ou les crevettes ? Les autres avaient dû les délaisser pour entrer, les lumières du restaurant éclairaient la jetée et le visage souriant de Queen. Elle me remarqua enfin et agita exagérément la main, se prenant une seconde pour une femme de marin abandonnée sur le quai d'un port.

— Salut, me lança-t-elle.

J'inclinai légèrement la tête.

— Désolé pour le retard, m'excusai-je.

Queen me tapa sur l'épaule, rassurante.

— Tu n'es pas en retard, plaisanta-t-elle en me tendant les clefs.

— Merci, dis-je en les saisissant.

Elle eut un geste qui disait clairement que je n'avais pas besoin de la remercier pour si peu. Si peu pour elle. Pour beaucoup, c'était déjà trop demander.

— Tu sais où les mettre en partant.

La boîte aux lettres, oui.

— Comme d'habitude, résumai-je.

— OK, sourit-elle. Alors je vous laisse.

Elle salua Brad, avant de se tourner vers moi.

— Les frigos sont pleins, n'hésitez pas. D'accord ?

— Merci, Queen.

Elle s'éloigna aussitôt, agita de nouveau la main. Je l'observai défaire son chignon et s'allumer une cigarette.

Les volutes de fumée s'échappèrent jusqu'à nous. Tel un fil brumeux qui me reliait à elle. Quelque part, Queen me faisait penser à Becca. La beauté et la force.

Je me détournai et manquai de percuter Brad. Il se tenait à côté de la porte, attendant que je passe. Je ne bougeai pas. Il m'indiqua l'entrée du menton. J'avais bien compris, mais je n'étais pas près d'accepter sa politesse, encore moins sa galanterie. La seule chose que nous partagions était un contrat que j'avais été obligé de signer pour pouvoir être réintégré. C'était tout !

En soupirant, il avança en premier. Sa démarche était encore un peu vacillante. Mais pas autant que la semaine dernière. Il s'était traîné à la réunion, je ne savais trop comment. Au moins, ce soir, je ne me demanderais pas si j'allais devoir le tirer jusqu'à ma voiture pour le ramener sur le campus. Jouer les chauffeurs pour Brad n'aurait pas arrangé mon humeur. Je me dégoûtais déjà suffisamment comme ça.

— Salut, m'accueillit Jenna.

Elle n'aurait pas dû être si heureuse de me voir. Et, pourtant, son sourire me réchauffa de l'intérieur, comme une bouillotte placée juste à côté du cœur. C'était étrange, le pouvoir que ses sourires avaient sur moi.

— J'adore cet endroit, me dit-elle. Et j'adore Queen.

Elle m'embrassa la joue, comme elle le faisait avec tout le monde. D'ordinaire, j'expliquais que je n'étais pas à l'aise avec ça. Je l'avais fait depuis mon arrivée au Texas. Tout le monde s'embrassait trop facilement, ici. Pour se dire bonjour, pour se dire au revoir, à la moindre occasion. Les curseurs de distanciation sociale n'étaient pas placés au même endroit, en Corée. Mais je n'avais pas envie de reprendre Jenna. Elle était sans doute moins à l'aise que moi avec les autres. Je ne comprenais pas vraiment ce qu'elle me trouvait, mais je ne pouvais pas mettre de barrières devant elle.

— Je suis d'accord, enchaîna Mary. Queen est badass. Genre, femme d'affaires, clope au bec et tignasse de lionne. Elle doit en découdre avec plus d'un.

C'était plus ou moins ça.

— Alors, tu as bossé ici ? me demanda Hendrix en attrapant deux chaises.

Je hochai la tête en les lui prenant des mains.

— Cet été, oui, répondis-je.

— En attendant ta réintégration ? continua Casey.

Je poussai plusieurs tables pour nous faire de la place.

— Disons, en espérant que je puisse être réintégré, nuançai-je.

— Donc tu n'étais pas en Corée, enchaîna Raëlle.

— Je suis rentré, si. Mais seulement quelques jours.

Je leur tournai le dos pour éviter d'autres questions. Ils installèrent le cercle de chaises au centre du restaurant, alors que j'allais dans la cuisine chercher des bières, des jus d'orange et de l'eau dans le frigo. Je souris en avisant les « restes » de la soirée déjà prêts à être grignotés. Des fruits de mer plantés sur des piques pour que nous puissions les plonger dans des sauces dont, je le savais, Queen avait le secret. Elle avait agencé le tout sur des plateaux, je n'eus besoin que de les porter de l'autre côté. Ils furent accueillis par des exclamations ravies.

— Prends-en de la graine, Brad, se moqua Live. Blue Phoenix est plus doué que toi.

— Apparemment, répondit-il, en me lançant un coup d'œil que je fis attention d'ignorer.

Une fois les tables posées, les chaises installées, les canettes ouvertes et la moitié des amuse-bouches de Queen avalés, la réunion put enfin commencer.

— Qui veut prendre la parole, aujourd'hui ? demanda Brad.

Le silence suivait toujours cette question. C'était un peu le jeu de la balance. L'instant pesait qui avait le plus besoin de parler. Et, ce soir, ce fut Desire qui leva craintivement la main. Elle était presque aussi discrète que moi, d'ordinaire. Elle écoutait beaucoup et se confiait peu, ce ne fut pas facile pour elle ne serait-ce que d'entamer son histoire. Elle ne savait pas comment s'expliquer ou, plus vraisemblablement, si elle en avait le droit. Souvent, elle donnait l'impression de ne pas avoir sa place dans ce groupe. Mais Brad ne manquait pas tant de discernement, quand il ne s'agissait pas de moi, bien entendu.

Il fallut donc à Desire plusieurs minutes pour nous confier ses dernières altercations avec ses harceleuses. L'un de ses professeurs lui avait reproché d'être excessive. Elle pouvait l'être – du moins, autant qu'une personne comme Desire en était capable, en somme, presque pas du tout – lorsqu'elle se trouvait entre les deux filles qui l'avaient battue à plusieurs reprises l'année passée. L'une d'elles avait été sa colocataire. Malgré ses plaintes, rien n'avait été mis en place pour protéger Desire. Elle s'était donc décidée à prendre des cours d'autodéfense, après un séjour à l'hôpital, et s'était promis de s'en servir. Pourtant, chaque fois que ces filles s'approchaient d'elle, elle se sentait de nouveau traquée, comme une gamine faiblarde qui avait enduré trop de coups. Elle ne parvenait plus à se concentrer. Elle craignait seulement que tout ne recommence. Même l'application lui semblait une arme insuffisante. Combien de bleus, combien de plaies, avant que quelqu'un n'arrive ?

Ce genre d'histoires, nous en avions tant entendu qu'elles nous apparaissaient presque banales. C'était le plus dérangeant. Le plus grave, aussi. À quel point étaient devenus communs des comportements si inacceptables.

— Tu ne peux plus le tolérer ! s'écria Faith.

Elle frappa ses cuisses à deux mains, les joues rouges de colère.

— C'est clair ! enchaîna Mary en croisant les jambes. Il est temps que ces pétasses comprennent ce qu'il en coûte de t'intimider.

Elle arbora un sourire si carnassier qu'il était évident qu'elle avait quelques idées de vengeance en tête.

— J'ai porté plainte plusieurs fois, soupira Desire. Ça ne sert à rien.

— Alors, ne dis plus rien à la police, lui dit Mary, d'un ton autoritaire. Va directement voir un avocat.

Desire blanchit aussitôt et se ratatina sur sa chaise.

— Un avocat ? répéta-t-elle. Tu veux dire : pour leur intenter un procès ?

— C'est exactement ce que je veux dire ! s'emporta Mary. Qu'elles comprennent qu'elles ne peuvent pas toujours s'en sortir !

Hendrix se racla la gorge et Mary se tourna vers lui, les yeux étincelants. Hendrix se raclait toujours la gorge pour montrer son désaccord.

— Quoi ? dit-elle, agacée.

— Tu sais comment se passent les procès ? expliqua Hendrix.

Il était en dernière année de droit et Mary se destinait à devenir assistante sociale. Ils étaient les deux faces d'une même pièce. Mais, plus que les métiers auxquels ils se vouaient, ils avaient tous les deux essuyé les affres d'un procès trop long.

— Je sais parfaitement, oui ! s'énerva-t-elle encore plus.

Hendrix l'expliqua quand même, pour que ce soit clair pour tout le monde.

— On y juge autant les victimes que leurs agresseurs. Plus même, parfois. La défense n'épargne personne. Elle se moque bien de te briser, si elle peut faire gagner son client.

J'avais souvent entendu Drew dire la même chose. Les procès n'étaient pas toujours remportés par les victimes. Mais par ceux qui avaient su convaincre.

Mary renifla, dédaigneuse.

— Et alors ? demanda Faith, mécontente. On doit avoir peur, c'est ça ? Baisser les bras et les laisser gagner une fois de plus ?

— Ce n'est pas ce que j'ai dit. Mais…

— Combien de gamines vont-elles intimider avant qu'on se décide à faire quelque chose ? le coupa Mary, un ton trop haut.

— Tu l'intimides aussi, lui dit Jenna.

Mary se tourna vers elle, son regard vide braqué dans sa direction.

— Pardon ?

Jenna lui désigna Desire, ratatinée dans son coin. Je pouvais l'entendre penser. L'entendre se dire qu'elle n'aurait jamais dû prononcer un mot.

— On ne se bat pas tous de la même façon que toi, essaya de tempérer Casey.

— Tu veux dire que certains ne se battent pas du tout, siffla Faith.

— C'est faux, se tendit Jenna. Mais on ne peut pas tous monter au front comme vous le faites, Mary et toi.

— On n'a pas le choix ! hurla Mary, pleine de conviction et de rancœur.

— Si, on l'a.

Je ne saisis pas tout de suite que ces mots étaient sortis de ma propre bouche, avant de me rendre compte que tout le monde était tourné dans ma direction. Parce que j'avais parlé et que je ne prenais jamais la parole dans le cercle. Parce que je donnais mon avis, alors que je n'aurais pas dû en avoir, moi, le monstre violent. Mais voir Desire si contrainte par le jugement de ceux qui devaient la comprendre mieux que personne, ça me révoltait. Et si je ne pouvais pas me révolter pour moi-même, au moins, je pouvais le faire pour elle, non ? Et pour tous ceux qui avaient choisi le silence.

— On a le choix, continuai-je. C'est même le seul choix qu'il reste. Et en poussant Desire à agir selon ta volonté – et non la sienne – en supposant que c'est la meilleure chose à faire, tu la prives encore une fois de son consentement. Forcer quelqu'un à parler, à s'expliquer, à rendre public un événement qu'elle voudrait oublier, c'est violent. Dire que ces deux garces pourraient recommencer si elle ne fait rien, c'est de la culpabilisation.

— Pardon ? couina Mary en jetant un coup d'œil à Desire.

— Les victimes ne deviennent pas coupables quand elles décident de se taire, insistai-je.

— Ce n'est pas ce que je dis ! s'énerva Mary en me pointant du doigt.

— C'est son choix, insistai-je avec trop de force. Et seulement le sien !

Ma voix tonna, boomerang qui revint très vite me percuter, me rappelant qu'il n'était plus question que de Desire. Mais de moi, aussi. Moi, j'avais le droit de me taire. Moi, j'avais le droit de faire ce choix. Moi, j'avais le droit d'avancer comme je le pouvais, en refusant de raconter ce qu'il m'était arrivé.

C'était mon choix.

MON CHOIX !

— Il a raison, dit Brad. Le plus important, c'est de décider pour soi-même. Et d'avoir le contrôle sur cette décision.

Le contrôle.

Je m'appuyai lentement sur le dossier de ma chaise et me retranchai de nouveau dans le silence. Je ne prononçai plus un mot de la soirée. Mary me jetait de fréquents coups d'œil et, à un moment, Jenna mit une bière dans ma main, comme elle avait vu Joey le faire pour moi. Elle me tapota l'épaule, elle, l'une des seules à avoir entendu ce maudit enregistrement. L'une des seules qui ne m'avait jamais demandé de m'expliquer.

Peut-être que c'était pour ça que je l'acceptais si facilement.

Elle comprenait mes silences mieux que personne. Mais surtout parce qu'elle savait.

La réunion fut trop longue, ce soir, et je recommençai à respirer lorsqu'ils partirent tous. Ils avaient rangé les plateaux, replacé les chaises au bon endroit, lavé les quelques assiettes, jeté les canettes. Il ne resta bientôt plus aucune trace de leur passage. Ils s'évaporèrent comme la brume au lever du soleil. Je mis quelques billets dans la caisse et un mot pour Queen. Elle allait râler, mais j'y tenais. Elle nous avait accueillis, préparé à manger, je pouvais au moins payer les boissons.

Puis j'éteignis les lumières et, après un dernier coup d'œil, je fermai à double tour. Je glissai les clefs dans la boîte aux lettres et passai les mains dans mes cheveux. Renversant le visage, j'observai les étoiles baigner un ciel sans nuages. Il ferait beau, demain. L'air brassait l'odeur iodée de la mer, semblable au sifflement d'un serpent qui m'appelait à elle.

— Blue ?

Je sursautai et fusillai Brad du regard.

— Tu es encore là ? m'agaçai-je.

Je pensais être seul.

Enfin seul.

— Je t'attendais, dit-il.

Je crispai la mâchoire.

— J'aurais préféré que tu ne le fasses pas.

— Difficile de m'excuser si je ne te vois pas.

— Garde tes excuses ! m'emportai-je.

Il hocha la tête, conscient que je ne voulais rien de lui.

— Je t'assure que la seule raison pour laquelle je rencontrais Nathan, c'était toi, m'expliqua-t-il quand même. La première fois que je l'ai contacté, je pensais que je pouvais lui poser des questions sur toi. Ensuite, on se rencontrait quand on entendait parler de la prochaine *nightdate*. Mais je n'étais pas au courant que…

— Tu as fini ? le coupai-je.

J'étais parfaitement au courant du pourquoi il avait rencontré Nathan. Je savais ce qui les avait motivés ! Mais je ne comptais pas en discuter davantage.

— Il ne répond plus à mes appels, continua pourtant Brad. Et c'est normal. Mais j'aurais aimé lui présenter mes excuses, à lui aussi. Lui dire que je suis désolé de ne pas lui avoir raconté toute l'histoire.

Toute l'histoire ? C'était un sacré euphémisme, pour un futur psy.

— Et maintenant ? me crispai-je. Tu as fini ?

Il secoua la tête et s'approcha d'un autre pas.

— J'ai donné les informations que j'avais à April Graham, m'apprit-il. Mais je ne lui ai pas parlé de toi. Elle a des doutes parce que c'est une très bonne reporter, mais je ne lui ai rien dit sur ta présence à cette *nightdate*, la veille de l'hospitalisation de Sawyer.

Il me fixa, attendant que je réagisse. Qu'est-ce qu'il espérait ? Que je le remercie ? April Graham savait que j'y étais et elle savait comment tout s'était terminé. Qu'il lui confirme ne changeait pas grand-chose, elle allait finir par sortir cette histoire sordide, d'une façon ou d'une autre. Il y avait eu du monde, ce soir, dans cette villa. Je ne me rappelais plus du tout qui, mais quelqu'un le raconterait. Ce n'était plus qu'une question de jours. De mois, si monsieur Harold faisait taire April. Mais elle avait posé les bases des premiers doutes. L'engrenage était lancé et, bientôt, rien ne pourrait plus l'arrêter.

Et Brad y avait encore contribué.

— J'ignore pourquoi tu te bats, Brad. Je ne veux pas le savoir. J'espère seulement que c'est pour de bonnes raisons. Parce que ce ne sont pas que les *nightdates* que vous mettrez au jour. Mais toutes les personnes qui y sont allées. Absolument toutes. Même celles qui ne le voudront pas.

Il ne répondit pas. Il ne hocha même pas la tête et resta devant le restaurant, alors que je m'en allais. Son regard me suivit et je ne m'en sentis ni oppressé ni réchauffé. Il me regardait comme on regarde ceux qui vous poussent à réviser vos jugements. Il avait vu en moi un coupable et, aujourd'hui, je revêtais d'autres traits. Il s'était battu pour me faire renvoyer, pour réduire ma future carrière à un brin de paille qu'il aurait pu enflammer à la moindre occasion. Et, aujourd'hui encore, j'étais assis dans ce cercle, j'envoyais mon code chaque matin, j'avais trouvé en Jenna une amie et dans le témoignage de chacun, un peu de moi-même. Je n'étais plus le monstre qu'il avait cru voir en moi. Et, d'une certaine manière, je ne voyais plus en lui, non plus, l'instrument de ma chute. Quelque part entre tout ça, nos vies s'étaient entremêlées.

***

Il était là. Simplement éclairé par les veilleuses et les étoiles. La nuit étincelait, comme elle savait parfois le faire. J'adorais nager sous un ciel dégagé, nous l'avions souvent fait, au Texas, lorsque les beaux jours revenaient.

Nous nous enfuyions de Simons House pour retrouver la piscine municipale du coin, abandonnant celle de notre lycée. Celle-ci était un peu moins longue, mais elle était en plein air. Nous trouvions toujours une excuse pour aller escalader les grilles. Un entraînement de dernière minute, se vider la tête, ou qu'en savais-je encore. Au début, l'idée de pénétrer par effraction quelque part m'avait retenu. J'imaginais le visage de Sajangnim s'il l'apprenait. Ou, plus inquiétant, la déception d'Halmeoni si elle avait été là. Mais la détermination de Nathan, ses sourires encourageants et ses souffles dans mon cou lorsqu'il se penchait à mon oreille pour me pousser à oublier mes craintes – ne serait-ce qu'une soirée – étaient venus à bout de mes sagesses. J'avais donc remisé mes grands principes pour jouer les délinquants. Bien sûr, en partant, je laissais toujours le prix de l'entrée près de l'accueil, malgré les critiques de Nathan : maintenant, ils savaient que nous nagions la nuit ici. Ce à quoi j'avais répondu que je voulais bien être un criminel, mais un criminel avec un minimum de conscience. Il avait tellement ri que j'avais fini par en faire autant.

Ç'avait été la première fois que l'envie de l'embrasser m'avait rattrapé.

L'eau.

La nuit.

Son rire.

Lui.

Pieds nus, je longeai le bassin, observant la puissance de ses mouvements. Il nageait trop vite pour le milieu de la nuit. Son dos musclé, ses bras forts qui fendaient la surface ; chaque cycle l'épuisait davantage. Depuis combien de temps était-il ici ? Il était plus de minuit et rien n'indiquait qu'il était rentré à l'appartement. J'y avais à peine mis un pied avant de comprendre qu'il n'était pas là et de ressortir aussitôt.

Il culbuta et entama la longueur suivante. Je m'assis au bord de l'échelle, plongeant mes jambes dans l'eau, même si je portais un jean. Il était complètement trempé, à présent. Comme le bas de mon T-shirt blanc, qui me colla au ventre.

Nathan revint et, s'apercevant d'une présence, refit surface en s'accrochant à l'étrier. Il retira ses lunettes et, le souffle court, les jeta sur le rebord. Son regard plongea en moi, aussi dur qu'une lame de glace. Puis il me reconnut, et il masqua toute la douleur qu'il ressentait une seconde plus tôt. Trop tard, je l'avais vue. Mes démons étaient devenus les siens.

— Je t'ai parlé de la première fois où j'ai sauté dans une piscine ? lui demandai-je.

— Tu n'es pas né dans une piscine ? plaisanta-t-il, essayant de mettre un peu de légèreté entre nous.

— Halmeoni venait de mourir.

Son sourire disparut. Je ris, un peu moqueur. Il grimaça une excuse et nagea doucement dans ma direction.

— Je me suis retrouvé dans un pensionnat, racontai-je en le regardant approcher. Seul, dans une chambre trop étroite, avec des gens que je ne connaissais pas. Je ne pouvais pas me permettre de me plaindre, de faire honte à Sajangnim. Alors je l'ai enduré, du mieux que j'ai pu.

Restant dans l'eau, il croisa les bras sur mes cuisses et je les écartai doucement pour lui faire de la place. Je repoussai ses cheveux mouillés en arrière, glissant jusqu'à sa nuque fraîche. Il trembla. J'ignorais si c'était moi ou le vent de la nuit. Ce n'était pas si grave, d'ailleurs. J'aimais l'instant obscur, où nous n'étions que nous deux. Il n'y avait que ma voix basse et ses lents mouvements sous la surface pour briser le silence de cette nuit.

— Souvent, l'angoisse me réveillait, continuai-je. J'avais alors du mal à respirer. Je me sentais comme perdu au milieu d'un monde qui n'avait plus vraiment de sens, sans elle. Je n'étais personne. Qu'un nom. Qu'un enfant illégitime de plus placé dans un pensionnat. La boule dans ma gorge était parfois si immense que j'en étouffais. Mais je ne disais rien. Je ne prévenais jamais personne. Je restais assis, parfois pendant des heures, en me répétant : *ça va passer, Park Jun-ha. Attends un peu et ça passera.* Et ça passait. Toujours. Du moins, jusqu'à cette nuit.

Il glissa les mains sous mon T-shirt détrempé, effleurant la naissance de mes reins sans jamais me quitter des yeux. Sans dire un mot. Il m'écoutait.

— Cette nuit-là, j'ai tellement suffoqué que je me suis enfui du pensionnat, me remémorai-je avec trop de netteté. J'étais pieds nus dans les rues de Séoul, je ne savais pas où aller. Il était impossible que j'appelle Sajangnim et encore moins que j'aille chez lui. Mais quand j'ai vu cette piscine, j'ai foncé. Becca croyait au langage de l'eau et, aussi absurde que ça puisse paraître, j'ai pensé que si elle pouvait me parler, je me sentirais moins seul. Alors j'ai marché vers le bassin et j'ai plongé. Sans me poser de questions. J'avais neuf ans, je n'avais jamais pris un cours de natation. Mais j'ai plongé quand même. Et tu sais le plus dingue, Nath ?

Ses caresses remontaient le long de ma colonne vertébrale, y abandonnant des frissons.

— Dis-moi, murmura-t-il.

Je suivis la ligne parfaite de sa mâchoire.

— Je n'ai pas eu peur, souris-je. Pas une seule seconde. Au contraire, pour la première fois, je me suis senti à ma place. Je m'en veux même de le penser, parce qu'Halmeoni m'a tant donné. Mais ce jour-là, alors que j'aurais pu me noyer, je me suis senti devenir quelqu'un. Quelqu'un d'autre que celui qu'on attendait que je sois. Quelqu'un de plus que ce que je croyais être. Quelqu'un qui ne serait que moi, *moi*, cette personne à l'intérieur, que personne ne connaissait. Ces murmures, ces envies, ces cris, ces choses que je n'avais pas le droit de désirer ou d'imaginer. Je pourrais écrire ma propre vie et ne plus avoir besoin d'attendre que l'on me donne les bonnes répliques, les bonnes attitudes. Tu comprends ?

Il mit une seconde à hocher la tête. Parce qu'il comprenait ce que je lui racontais. Il comprenait, surtout, pourquoi je le lui disais maintenant.

— J'ai commencé à nager, Nath. Mais, surtout, j'ai commencé à exister.

Il ne put retenir la crispation de sa mâchoire. Je pris son visage entre mes deux mains, le forçant à me regarder droit dans les yeux.

— Ne me demande pas ça, Jun-ha, me supplia-t-il.

— Je peux endurer, l'arrêtai-je. Je sais le faire. J'ai grandi dans le silence de ma famille, dans l'indifférence de nos relations. J'ai fait ce qu'on m'a demandé, j'ai agi comme on attendait que je réagisse. J'ai dit ce qu'il fallait, je me suis tu quand c'était nécessaire. Les convenances étaient ma priorité. Préserver notre nom, malgré tout. D'une certaine façon, je continue de le faire. Et je continuerai, parce que ça fait aussi partie de moi.

Je refusais qu'on me voie de cette façon-là. Je refusais que l'on me réduise à… à cette nuit.

Nathan ferma les yeux, ravalant tout ce qu'il aurait aimé me dire. Il ne le pouvait pas, parce que ce n'était pas son choix. C'était, et ce serait toujours, le mien. Même si, aujourd'hui, il en paierait aussi le prix.

— Tout ce que je veux, c'est exister, Nathan.

Il souleva de nouveau les paupières et mon reflet, dans ses yeux, était l'une des plus belles choses de ma vie.

— Je t'assure que tu existes, mon cœur.

Il monta une marche de l'escalier et je lâchai son visage, le laissant me surplomber.

— Blue Phoenix, susurra-t-il alors.

Il le dit lentement, comme pour me rappeler celui que j'étais devenu aujourd'hui.

Un peu de Blue.

Un peu de Jun-ha.

Un peu de cet autre perdu au milieu de ses cendres.

Des gouttes dégringolaient de sa peau pour venir s'écraser sur mes lèvres. Il me tira à lui et j'eus à peine le temps d'enrouler mes jambes à sa taille avant de couler. Nos corps descendirent au fond du bassin, là où les lumières des étoiles nous atteignaient plus difficilement. Elles n'étaient que des points argentés au-dessus de nos têtes. Nathan me serra contre lui, me retenant dans les profondeurs jusqu'à ce que je manque de souffle. Et, même là, il me retint encore un peu.

Nous refîmes surface, en prenant une grande inspiration, nos poumons aux abois. Je m'accrochai à un étrier, Nathan se colla à mon dos, ses jambes mêlées aux miennes.

— Tu cherches à me tuer, plaisantai-je.

— Non, répondit-il, comme il aurait pu me dire que si, bien sûr, il voulait me voir mourir de lui.

Il me plaqua contre la paroi, son rire se perdit dans mon cou et me fit trembler de la tête aux pieds.

— Ce soir, c'est moi qui vais te toucher, Jun-ha.

Il joua avec le bouton de mon jean, de longues secondes avant de le défaire.

— Si tu en as envie.

— Quelqu'un pourrait arriv…

La fin de la phrase se perdit dans un souffle retenu, alors qu'il enroulait sa langue autour de mon lobe d'oreille.

— Il n'y a que nous pour venir nager à cette heure, susurra-t-il en se débarrassant du second bouton. Il n'y a jamais eu que nous.

Il ne parlait pas seulement de ce qu'il se passait dans cette piscine. Il ne parlait pas seulement de cette tentation qui nous enveloppait, de ces caresses et de ces baisers.

— Nath, soupirai-je.

— Est-ce que tu en as envie ? répéta-t-il.

C'était tellement évident. Le quatrième bouton sauta et je voulais qu'il m'enserre. Fort. Si fort. Mais il ne le fit pas. Et il ne le ferait pas – plus – sans qu'il m'ait entendu lui dire oui. Très clairement. C'était une promesse qu'il me faisait. Puisque je refusais d'en parler. Puisqu'il savait, sans le savoir. Puisqu'il avait compris sans comprendre. Puisqu'il acceptait mon choix, alors il imposait cette règle. Je pouvais renverser le crâne sur son épaule, embrasser sa mâchoire et me cambrer contre lui. Je pouvais agripper sa cuisse pour le plaquer plus fermement contre moi, sentir à quel point il attendait la suite, il m'endurerait jusqu'à ce que j'aie prononcé un simple «oui».

Mon consentement.

— J'en ai envie, grondai-je.

Aussitôt, il m'empoigna et je me mordis la lèvre, étouffant un si lent gémissement qu'il aurait pu remonter de très loin. Et peut-être était-ce le cas. Ça faisait si longtemps qu'il ne m'avait pas touché. Une part de moi l'avait tant espéré, l'autre l'avait tant redouté. Je craignais de ressentir des mains qui n'étaient pas les siennes. Quelque part, j'y pensais. Et Nathan le sentait. Pourtant, il ne s'arrêta pas. Il avança, pas à pas, anéantissant l'obscurité d'une nuit par l'éclat d'une autre.

— Il n'y a que toi qui existes, souffla-t-il contre ma peau. Rien que toi qui existes pour moi.

Il glissa la langue sur mon tatouage, léchant son contour en me serrant dans son poing si vite que j'en suffoquai. Mes bras tremblaient et mes mains devinrent moites autour de l'étrier. Je tins autant que je le pus, je tins un peu plus que ça ; frissonnant des rires qui m'effleuraient. Jusqu'au moment où, à bout de force, je coulai de nouveau au fond de la piscine. Fébrile, je nageai jusqu'à l'échelle et me hissai jusqu'au rebord pour m'y asseoir. Nathan remonta entre mes jambes, ses lèvres caressant mon sexe tendu. Il lécha du bout de la langue mon gland, les yeux braqués sur moi. Puis, il grimpa deux marches, me surplombant de toute sa hauteur. Il était nu, son jammer atterrit à mes côtés. Il était si beau. Tout de suite, il l'était même trop. Ses cheveux blonds tombaient autour de son visage penché, ses muscles se contractaient, l'eau dégoulinait d'un corps que je voulais tant toucher. Mes doigts redessinèrent son ventre parfait. Il se soulevait si rapidement…

— Regarde-toi, me dit-il.

Mes fringues étaient trempées et mon jean ouvert sur mon envie de lui. Mon T-shirt blanc, devenu transparent, collait lourdement à ma peau. Mes cheveux étaient aplatis sur mes tempes.

Nathan s'inclina vers moi et caressa du pouce mes lèvres.

— Est-ce que tu sais tout ce que j'ai envie de te faire quand tu me regardes comme ça ?

Sa voix, rauque de désir, était obsédante.

— Est-ce que tu sais tout ce que j'ai envie que tu me fasses ?

Je déglutis.

— Quoi ?

Il sourit et lécha mon oreille.

— Tout ce que tu voudras, gronda-t-il. Tu n'as qu'à le demander.

— Tourne-toi, lui dis-je, avant même de m'en rendre compte.

Mais il s'était déjà tourné, connaissant mieux que moi l'étendue de mon propre désir. Nathan le devinait et avant que je ne dise quoi que ce soit, il s'assit sur moi, se laissa aller contre mon dos. Il gémit en même temps que moi, lorsque je cognai au creux de ses entrailles. Il se tendit, se détendit, m'accepta complètement. J'empoignai sa taille avant de donner un léger coup de reins. Il accrocha les barreaux de l'échelle et se déhancha avec presque trop de langueur, comme on s'essaie, comme on s'harmonise. Nous mîmes nos corps au diapason, pour jouer une mélodie qui m'avait longtemps manqué et que nous retrouvions, si différente. Aujourd'hui, elle était devenue plus sombre.

Petit à petit, cette étreinte devint plus sauvage, et je m'accrochai à lui, m'émancipant de toutes mes retenues et de toutes mes craintes.

Je l'aimais tellement.

Je l'aimais, *lui*.

Dès la première minute, pour une raison que je ne comprenais pas entièrement. Ses sourires, ses regards, cette façon de briser mes barrières. De s'inviter dans mon cœur aussi facilement que s'il y avait toujours eu sa place. Le timbre de sa voix, la caresse de sa peau. Ses faiblesses, semblables aux fêlures d'une roche qui laissaient percer encore plus de lumière.

Pour tous ces détails.

Pour rien.

Nathan s'était soudain trouvé en moi, comme une page déjà écrite.

Nager

수영하다

20
스물

Dimanche 17 janvier 2021

Le froid me réveillait toujours. Il me réveillait depuis deux mois, dès que Nathan se relevait. Nous étions si serrés sur nos lits une place, sa peau brûlait tant la mienne, que lorsqu'il s'écartait, j'avais l'impression d'un courant d'air glacial perdu sur mon échine. Ses bras étaient remplacés par du vide et son souffle sur ma nuque par le froid de la chambre. Je n'avais pas le sommeil suffisamment lourd pour ne pas m'apercevoir de son absence. Personne n'avait le sommeil aussi lourd que lui, il l'avait sans doute oublié. La première fois, j'avais gardé les yeux fermés, supposant qu'il reviendrait vite. Mais en tendant l'oreille, je l'avais écouté faire les cent pas entre le salon et la cuisine. Si longtemps que j'avais fini par me lever doucement. J'avais jeté un coup d'œil par la porte entrebâillée et l'avais observé marcher de long en large, sa tablette entre les doigts. Il ne m'avait pas fallu plus d'une seconde pour comprendre ce qu'il lisait. J'avais posé la main sur la poignée pour le rejoindre et lui dire d'arrêter de regarder les articles du *Chronicle*. Mais il avait soudainement enfoncé son poing dans l'encadrement de la porte de ma chambre et avait étouffé un cri douloureux, qui avait figé jusqu'à mon cœur. J'étais resté là, assistant à cette souffrance, sans pouvoir la soulager.

Il s'était reculé presque aussitôt, massant de nouveau son épaule. Il le faisait de plus en plus, malgré les séances de kiné qui s'enchaînaient. Mais il ne donnait pas l'impression de s'inquiéter de son épaule, comme il ne donnait pas l'impression de s'inquiéter des remous que créaient les articles d'April. Je les voyais quand même – toutes ses douleurs et ses angoisses. S'il était resté au Texas, s'il avait pu m'oublier, il n'aurait jamais rien su. J'aurais été un salopard qui l'avait trompé et qui l'avait quitté sans un mot ; il aurait pu tomber amoureux d'un autre, quelqu'un qui l'aurait enlacé en pleine lumière, qui n'aurait été retenu par aucune convenance. Quelqu'un qui n'aurait baissé la tête devant aucun enfoiré et encore moins devant Sawyer. Nathan n'aurait jamais été contraint au silence.

Il avait choisi de revenir et je lui avais demandé d'accepter. Il l'avait fait. Seulement, chaque semaine, les derniers articles d'April reflétaient un peu plus les noirceurs de ces soirées. Chaque semaine, il y avait plus de témoignages, plus de faits, plus de noms, plus de plaintes. Bien sûr, elle avait fini par se faire renvoyer du *Chronicle*, mais le blog Johns Graham avait continué de révéler les dessous sordides des *nightdates*. Pas seulement, d'ailleurs. Ce blog, qu'elle gérait avec Boyd Johns, était devenu le confessionnal de toutes les histoires que l'université taisait. Nathan le parcourait toutes les nuits, quand il me pensait endormi. Il le lisait, non plus en enfonçant son poing dans les murs et en refrénant ses hurlements. Il lisait, assis sur le rebord de la fenêtre du salon, la tablette sur son genou. Il épluchait les articles pour traquer les détails de cette nuit, celle dont je ne parlais jamais. Je savais qu'il avait recommencé à envoyer des messages à Brad, c'était Brad lui-même qui m'en avait informé. Comme du fait qu'il avait rencontré April et Boyd à plusieurs reprises, les mercredis soir, pendant nos réunions de groupe. J'ignorais ce que Nathan faisait exactement. Mais il aidait April, Boyd et Brad dans leur guerre contre Goliath. Il se battait. Pour moi. De la seule façon qu'il le pouvait. En respectant mes choix, mes refus. Et en se respectant lui-même.

Nae salang[54].

Et, si ça avait été lui ? Si ça avait été lui… Je refusais d'imaginer ce que j'aurais été capable de faire, si quelqu'un avait osé… Oui, si les rôles avaient été inversés, j'aurais remué le monde entier pour le venger. Et moi, je l'étouffais de mes silences. Alors, oui, il me cachait ce qu'il faisait de ses mercredis soir. Il évitait de répondre à certains coups de téléphone lorsqu'il était avec moi. Il faisait attention d'ignorer certains messages. Et il se levait la nuit, pour lire les derniers articles d'April, illustrés de photos de Boyd.

Tout ce que je pouvais faire, c'était attendre qu'il revienne dans le lit. Parfois une demi-heure plus tard. Parfois des heures entières. Qu'importait, je me rendormais seulement quand il se couchait de nouveau près de moi. Exactement comme maintenant. Il se rallongea dans le lit étroit, sa peau froide contre la tiédeur de la mienne. Son bras passa autour de ma taille et il cala ses genoux au creux des miens, ses lèvres déposant un léger baiser sur ma nuque.

— Je t'aime, murmura-t-il.

— *Nadu*[55], répondis-je, dans un chuchotement.

Il se figea, surpris. Pas de ma réponse, bien sûr. Mais que je l'aie entendu.

— Tu es réveillé ?

— *A-ni*[56].

Il sourit contre ma peau et je tremblai.

— Vraiment ? plaisanta-t-il.

Je me tournai dans ses bras et accrochai l'éclat de ses yeux. Je l'embrassai en me serrant contre lui, cherchant à me fondre dans son étreinte. Puis j'enfouis le visage dans son cou et inspirai profondément. Nathan glissa une main dans mes cheveux, son cœur battait un peu plus vite. Je n'avais pas l'habitude d'avouer, même sans un mot, à quel point je me sentais vulnérable, parfois. J'aurais aimé qu'il puisse nous préserver du monde entier.

---

54 내 사랑 : Mon amour.
55 나도 : Moi aussi.
56 아니 : Non.

— C'est de prendre une année de plus qui t'inquiète tant ? chercha-t-il à plaisanter. Tu as encore quelques heures, Jun-ha.

Je ne lui fis pas remarquer que nous étions déjà le dix-sept et que, en théorie, mon anniversaire avait déjà commencé.

— J'espère seulement que personne n'aura confondu Noël avec mon anniversaire, bougonnai-je.

J'étais né trop près des fêtes, ce qui était une malédiction.

— Personne n'oserait, se moqua Nathan.

— Hum… marmonnai-je, sans y croire.

Joey aimait trop le kitsch pour ne pas saisir l'occasion. Il irait piocher dans les stocks non écoulés des magasins.

Nathan caressa le pli entre mes deux yeux.

— Alors, c'est la proposition de Steeve qui t'empêche de dormir ? demanda-t-il.

Je secouai la tête.

— Non, Nath.

Je n'avais même pas réfléchi à ce que Steeve m'avait dit. C'était deux semaines plus tôt et il avait bu un peu trop de bières pour me proposer de devenir le nouveau capitaine. C'était sa dernière année et le coach Bones attendait qu'il sélectionne un nageur pour prendre sa suite. Mais, moi ? Le monstre de Cal ? Même si, récemment, les gens ne me regardaient plus vraiment comme un monstre. Ils se demandaient tous ce que Sawyer avait caché. Ils se demandaient ce que toute la fraternité avait caché. Ça ne faisait pas de moi le meilleur candidat pour le poste.

— Toi, tu ferais un bon capitaine, soufflai-je contre sa gorge.

Il rigola et je fermai les yeux, bercé par ce son.

— Je ne pourrais pas m'occuper de toute une équipe, Jun-ha. Et tu le fais déjà. Tu aides Junior pendant ses entraînements et tu penses toujours à lui apporter une barre chocolatée avant chaque compétition. Tu connais la marque d'eau dont Steeve a besoin pour bien nager – du moins, c'est ce qu'il dit. Je t'ai vu expliquer à cet enfoiré de Donald comment gagner du temps. Et tu as aidé Grayson à améliorer ses virages ; je t'assure que je l'aurais laissé se manger plus d'une fois la paroi. Franchement, tu…

Je mordillai sa mâchoire ; il perdit la fin de sa phrase. Je le renversai et m'installai entre ses jambes. Les bras tendus de part et d'autre de son visage, je le surplombai.

— … tu es meilleur que moi, finit-il, dans un souffle.

— Non, le contredis-je.

Je repoussai ses cheveux de son front et l'embrassai doucement, à peine plus qu'un effleurement.

— Il n'y a personne de meilleur que toi, Nathan Simons.

Il posa une main sur ma nuque. Juste ça. Sa main sur ma nuque, frôlant mes cheveux, avant de s'abandonner avec une facilité que j'adorais. Son T-shirt était relevé sur son ventre, son short trop bas sur ses hanches, ses cheveux en vrac sur l'oreiller. Il avait plié un genou, s'offrant avec tant d'indolence. Sa beauté m'avait souvent paru étrange. Elle ne venait pas tant de ses traits, même s'ils étaient harmonieux. Elle venait de son aura, son charisme, ou qu'importait comment on l'appelait. Elle venait de lui, tout simplement.

Une pensée voyagea alors en moi.

Les jours heureux.

Nathan serait toujours mes jours heureux.

***

Le Reed & Greenough était un piano-bar dans un coin de la ville dont j'ignorais tout. C'était une petite façade en bois, coincée entre le Kara's Cupcake et un bâtiment indéterminé aux couleurs d'un rose plus que fuchsia. Le quartier était populaire et abritait nombre de bars et de restaurants, magasins et autres secrets bien gardés. Je regrettais souvent de ne pas avoir le temps de visiter la ville, ou toutes les villes où nous allions pour une compétition. C'était pour cette raison que Nathan avait choisi cet endroit. C'était une découverte, un cadeau d'anniversaire qui avait pour moi bien plus de valeur qu'un présent acheté à la sauvette parce qu'il était de coutume de le faire.

Les cadeaux les plus importants venaient du cœur.

Les autres, aussi chers soient-ils, n'étaient que pacotille.

Reed & Greenough était un beau cadeau. Un mystère niché dans un coin de San Francisco, les murs racontant son passé. Le drapeau américain flottait sur le toit et la musique jouée par un groupe plutôt doué rendait l'ambiance chaleureuse. Les banquettes en cuir rappelaient ce qu'il avait dû être à une époque et la lignée de bouteilles derrière le comptoir donnait envie de goûter quelque chose de nouveau.

Nous étions au fond du bar, autour d'un billard, là où deux larges tables croulaient sous des paquets, des assiettes de tapas et des verres plus ou moins vides. Mouse m'en avait mis un dans les mains, il était rempli d'un liquide aux couleurs nuancées et au goût indéterminé. Tout de suite, il était posé dans un coin, alors que je prenais la canne que Joey me tendait, un sourire bien trop grand aux lèvres.

Il était étrangement doué à ce jeu.

Il pointa le menton vers les boules et je plissai les yeux, sachant déjà que j'étais foutu.

— Poche en haut, à droite, me conseilla Steeve.

Il avait perdu deux parties depuis le début de la soirée, son honneur de capitaine était en jeu. Dommage, ce n'était pas sur moi qu'il fallait compter. Une seconde plus tard, je ratai mon tir et Joey croisa les bras, victorieux.

— Il a dû s'entraîner pendant des heures, depuis que Nathan nous a dit qu'on venait ici, expliqua Juliet.

Ce qui fit rire tout le monde, sauf Joey.

— Quelqu'un t'a demandé de commenter ? renifla-t-il.

— J'explique seulement que l'année dernière, tu n'étais pas si doué.

— Je me suis amélioré.

— C'est bien ce que je dis.

— On se fout de ce que tu dis.

— C'est reparti ! gronda Mouse. Vous ne pouvez pas juste vous taire. Pendant une seule soirée.

Ils se regardèrent en chiens de faïence et ne dirent plus rien du tout. Jenna, assise dans un coin, derrière la table et la montagne de cadeaux posés là, rigola un peu. Je l'entendis à peine, planquée comme elle l'était. Son ex-petit ami était encore venu bourrer sa porte de coups de poing. Du moins, je l'avais supposé en la voyant débarquer encadrée de Desire, de Mary *et* de Brad. J'avais aussitôt sorti mon portable de ma poche, je n'avais pas entendu l'alerte. Et pour cause, il était éteint. J'avais oublié de le recharger.

Jenna s'était alors plantée devant moi, les mains jointes.

— Désolée, Blue. Mais…

— Ne t'excuse pas, l'avais-je coupée.

Ce n'était pas à elle de le faire. Mais au malade qui la harcelait encore, sans que la police pense à intervenir. Puis, je pouvais supporter Brad une soirée de plus. Il était difficile de nier qu'il faisait beaucoup d'efforts, ces derniers mois. Suffisamment pour me faire parfois oublier pourquoi je le détestais. Je lui avais donc tendu un verre après avoir vérifié que Jenna n'avait rien et il l'avait pris, un peu crispé.

— Je peux essayer ? demanda Jenna. J'étais plutôt douée au billard, avant.

Personne ne releva le «avant» et Joey lui tendit aussitôt une canne. Il était toujours empressé quand il s'agissait de Jenna.

— Je crois qu'il l'aime bien, me glissa Juliet à l'oreille.

— Tout le monde l'a remarqué, ajouta Mouse.

— Il va la rendre dingue, grogna-t-elle.

— Je n'en suis pas certain, ma belle.

Ma belle ?

Juliet rougit en se raclant la gorge. Et Mouse but un peu de whisky, peut-être trop vite. Je fis semblant de ne rien avoir entendu, je leur devais bien ça.

— Regarde-le, dit Juliet en se recomposant. Il la regarde comme un merlan frit.

Juliet n'avait pas complètement tort. Joey ne pensa même pas à reprendre Steeve, qui tournait autour de Jenna pour lui prodiguer des conseils, et n'arrêta pas Junior, qui détaillait ses points forts et ses points faibles.

Mary observa la scène, amusée. Dans une robe minimaliste, d'un blanc transparent qui laissait voir ses sous-vêtements noirs très échancrés, elle était la personnification de la provocation.

— Je comprends pourquoi elle traîne toujours avec toi, rigola Mary. Elle a une flopée de nageurs sous la main.

Elle passa le visage par-dessus son épaule et posa un regard plus qu'équivoque sur Nathan.

— Certains doivent être plus intéressants que d'autres, cela dit, minauda-t-elle.

Je jetai un discret coup d'œil. Nathan était accoudé au comptoir et attendait sa commande. Son jean bleu épousait parfaitement ses jambes et ses fesses. Il massait encore son épaule, le visage quelque peu renversé, son profil révélant un début de barbe. Il repoussa en arrière ses cheveux détachés, ce blond platine qui lui allait si bien.

Mouse partit d'un grand éclat de rire et je quittai Nathan des yeux en même temps que Mary. Un poing sur sa hanche, elle détailla le géant de la tête aux pieds. Mouse n'en fut pas gêné. Il avait l'habitude d'être scruté.

— Je ne me savais pas si drôle ? dit-elle.

— Oh, si, tu l'es, lui assura-t-il en me pointant du menton.

Mary pivota vers moi et haussa un sourcil. Elle était bien trop maligne pour ne pas avoir compris la subtilité du sous-entendu.

— Non ? s'exclama-t-elle. Vraiment ?

Je bus une gorgée sans lui répondre. Même si c'était une réponse en soi.

Les hurlements de Jenna, Steeve et Junior nous firent tourner la tête. Jenna venait de casser en mettant tant de boules dans les poches que la partie s'engageait mieux que n'importe laquelle des nôtres. Joey souriait presque autant qu'elle. Voyant que je le remarquai, il cessa aussitôt.

« Quoi ? » articula-t-il.

Je haussai les épaules.

Nathan revint soudain avec deux verres et en mit un dans mes mains.

Mary le scruta si longtemps, avec son regard d'un ambre rehaussé de noir, qu'il m'embrassa la tempe avant de s'éloigner de nouveau, un téléphone coincé entre l'oreille et l'épaule.

C'était une bonne façon de mettre fin à toute initiative.

— Je vois, dit Mary. Ah, Blue Phoenix... Tu es une énigme.

Je trinquai avec elle, acceptant ce constat.

— La plus grande des énigmes, approuva Mouse en levant son whisky, comme pour porter un toast.

— Il cultive ses mystères, ajouta Juliet.

Il n'y avait personne, ici, qui ne soit pas un bon jardinier. Les secrets nécessitaient pas mal d'entretien.

— Tu n'ouvres pas tes cadeaux ? me demanda Desire.

— Si. Dès que j'aurai eu Becca au téléphone.

— Becca ? questionna Steeve en quittant le billard des yeux, pour les poser sur moi.

Je pointai Nathan du menton. Surtout, le portable auquel il était suspendu depuis une vingtaine de minutes.

— Ma mère, expliquai-je.

Le seul membre de ma famille à me souhaiter mon anniversaire.

C'est faux.

J'avais reçu une autre lettre de Min-ho, ce matin, Joey me l'avait transmise plus tôt. Sans oublier le message de Drew.

Je bus une longue gorgée de... je baissai les yeux sur mon verre, surpris... de soju. Et du bon soju. J'en bus une autre gorgée, avant, enfin, de récupérer son smartphone pour parler à ma mère. Nathan grimaça des excuses, et je posai un instant la main au creux de ses reins, puis je traversai le bar pour trouver un endroit plus calme. Je sortis sur le trottoir et remontai le col de ma veste. Il ne faisait pas vraiment froid en Californie, l'hiver. Mais le vent était frais.

— Salut, dis-je alors dans le combiné.

Je m'appuyai contre le lampadaire, restant dans son halo de lumière.

— Salut, répondit Becca, d'une voix un peu triste.

Je comprenais soudain pourquoi Nathan l'avait gardée si longtemps au téléphone. Lorsque Becca pleurait, c'était difficile d'écourter.

— Je suis une mauvaise mère, renifla-t-elle. Je suis tellement désolée, Blue, mon chéri.

J'observai la rue déserte. Des voitures étaient garées, d'un côté et de l'autre, mais hormis le bruit venant du bar, c'était d'un calme étrange.

— C'est le deuxième anniversaire que je manque, me dit-elle.

— Tu sais que ça n'a pas d'importance pour moi, la consolai-je.

— Je me mens à moi-même, n'est-ce pas ? se plaignit-elle. Je n'ai jamais été là pour ton anniversaire. Hormis pendant les deux ans d'un mariage qui n'en a jamais été un.

Je ris, lui rappelant que nous avions eu cette conversation trop souvent. Comme d'habitude, je lui rappelai que je recevais un cadeau dont elle avait programmé l'envoi de longs mois à l'avance. Elle l'avait fait avant de partir pour le pôle Nord, pour un voyage de plus de trois ans. Minimum. Et elle avait quand même trouvé le moyen de préparer des cadeaux pour ces trois années-là, en imaginant ce qui pourrait me faire plaisir. Elle se faisait visionnaire. Quelle mauvaise mère aurait perdu ce temps et son énergie dans ce genre de futilité ?

— Tu l'ouvriras avec les autres, me fit-elle promettre. Ça me donnera l'impression d'être avec toi.

— Tu es toujours avec moi, Becca.

— En photo ?

— Oui, mais pas seulement.

— Tu es le plus parfait des fils, tu le sais ?

Non, mais j'aimais qu'elle le dise. Quand elle reviendrait, elle comprendrait à quel point je lui avais menti et j'ignorais comment je l'affronterais. Ça m'avait semblé une bonne idée, à l'époque. À présent que son retour approchait, je n'en étais plus si sûr. Dans quelques mois, elle quitterait le pôle Nord. Elle en aurait pour des semaines de voyage, mais, au premier port avec une connexion Wifi, elle irait fouiner sur Internet. Elle éplucherait les articles qui parlaient de moi, comme toutes les mères fières de leur fils, et…

— Je suis contente que Nathan soit en Californie, soupira-t-elle. Tu te souviens ? Il rameutait tout le monde pour ton anniversaire. Il faisait même venir ses grands-parents d'Hawaï. Il invitait toute votre classe, toute votre équipe.

Je m'en rappelais, très bien. J'avais tant été troublé, la première fois, que j'avais peiné à retenir mes larmes.

— Tu n'aurais jamais dû lui dire que je fêtais mes anniversaires seulement avec Halmeoni.

— Mais il voulait tellement savoir comment tu vivais en Corée, soupira-t-elle.

Nathan haïssait Sajangnim pour la solitude de mon enfance. Il l'en tenait responsable. Comme il le haïssait de m'avoir tourné le dos. Je n'arrivais plus à trouver de bonnes excuses, alors je laissais Nathan le détester pour nous deux. Moi, j'en serais toujours incapable. Et c'était aussi ça, non ? Aimer. Et il m'aimait tellement. À s'en rendre fou. À perdre ses nuits. À s'en oublier lui-même. J'espérais seulement que Nathan le savait avec autant de certitude que moi. À quel point je ne pouvais bien respirer qu'en sa présence.

— Becca ? dis-je, soudain.

Je ne comprenais plus pourquoi je le lui avais caché.

— Oui ?

— À propos de Nathan…

Un grésillement m'arrêta.

— Bl… oue… kr…

— Becca ?

Mais la connexion fut coupée et mon début d'aveu avorta en quelques secondes.

Ssibal !

Je rangeai le portable de Nathan dans ma poche et, frustré, m'appuyai de nouveau contre le lampadaire. Ce ne serait pas pour ce soir. Après tout, je n'étais plus à un mois ou deux près. Elle rappellerait dans de longues semaines, j'aurais même le temps de préparer un petit discours.

Prenant un grand souffle, je me redressai et…

Me figeai aussitôt.

Sawyer se tenait en face de moi.

— Que fais-tu là ? lui lançai-je, mauvais.

— Je passais dans le coin.

— Tu passais justement devant ce bar, à presque onze heures du soir ? me tendis-je.

— Ou peut-être pas, sourit-il.

J'aurais voulu qu'il ravale son amusement. Plus que tout, j'aurais voulu qu'il disparaisse. Maintenant. Nathan ne devait pas le voir. Mais Sawyer se moquait des affronts. Même, il les provoquait intentionnellement. Son jeu n'avait pas de limites. Qu'il me blesse, moi. Je l'endurerais. Mais je refusais qu'il atteigne Nathan plus qu'il ne l'avait déjà fait.

— Il paraît que tu fêtes ton anniversaire.

— Il paraît ?

— Oui. Certains membres de l'équipe sont vraiment déçus de ne pas être invités.

Les membres de l'équipe ? Il voulait dire Grayson et Donald ? Les autres n'étaient pas si absurdes. Même si les relations étaient moins tendues depuis que le blog Johns Graham dépeignait Sawyer d'une façon différente de ce qu'ils s'étaient imaginé, ce n'était pas suffisant pour retourner sur le toit de la résidence et prendre un verre tous ensemble. Steeve, lui, m'avait toujours soutenu. Et Junior avait une nature trop bienveillante pour juger qui que ce soit.

Mais qu'importait tout ça ! Sawyer le savait parfaitement ! Il distillait ses doutes, là où il le pouvait.

Il sortit un paquet de sa poche et me le lança. Je ne fis pas un seul geste pour le récupérer et il s'écrasa à mes pieds dans un bruit de casse.

— C'est dommage, je suis certain que ça t'aurait plu.

— Rien de ce qui vient de toi ne peut me plaire.

— Tu te sens mieux quand tu te racontes ce mensonge ?

Je contractai les mâchoires, les mains au fond de mes poches pour m'éviter de le frapper.

— Tire-toi d'ici ! le prévins-je.

Il se pencha pour regarder par la vitre du bar.

— Tu crains que ton Texan ne soit pas très heureux de m'apercevoir. C'est vrai que j'aurais quelques petites choses intéressantes à lui exposer. Tu sais, comme la façon que tu avais de me supplier de continuer.

Je l'attrapai par le bras et le tirai brusquement jusqu'au bout de la rue. Tournant à gauche, là où personne ne pouvait nous voir, je le poussai brutalement devant moi.

— Donc, je suppose qu'il n'est pas au courant, rit-il en se massant le poignet.

Je le plaquai contre le mur.

— Ne parle pas de Nathan, le menaçai-je.

Mon bras sous sa gorge, je résistai à l'envie d'appuyer davantage. La violence qu'il m'inspirait se répandait comme du venin dans chaque cellule de mon organisme. Tout mon être me poussait à lui faire mal, à le frapper, à me venger pour ce qu'il m'avait fait.

Il me fallut toute ma détermination pour m'écarter.

Son rire me donna tant de frissons que j'en eus la nausée.

— Tu en crèves d'envie, s'amusa-t-il. Tu crèves d'envie de me frapper.

— Ferme-la, Sawyer !

— Est-ce que Nathan sait à quel point tu aimes ça ? minauda-t-il. La violence ?

Je serrai les poings si fort que je me vis déjà lui exploser la mâchoire. Je fis un pas en arrière, m'éloignant de ce danger. De cette ordure.

— Je parie que non.

— Espèce de malade !

Je lui tournai le dos, mettant toute mon énergie à m'éloigner.

Pars, Blue.

Pars loin de lui.

Ne lui accorde même pas ça. Même pas tes poings.

— Les flics sont venus me poser des questions sur la fraternité et les *nightdates*, m'arrêta-t-il.

Son ton était si doucereux qu'il en devint menaçant.

Je me tournai vers lui, il pencha la tête d'un côté et de l'autre.

— Ils vont bientôt t'interroger, toi aussi. Tu pourras remercier April Graham. Elle a créé un doute raisonnable pour l'ouverture d'une enquête.

Je le haïssais. Pour ce lien maudit qui nous reliait encore.

— Je suis sûr que tu ne veux pas qu'on apprenne… hum… *notre petit secret*, ajouta-t-il.

Il était acculé. Acculé par les accusations. Acculé par le regard des autres. Acculé par ce qui se murmurait sur lui, sur ses amis, sur la fraternité. Suffisamment acculé pour venir de nouveau me menacer.

C'était la fois de trop.

— C'est oppressant ? lui sifflai-je.

— Ça peut le devenir encore plus pour toi, m'assura-t-il.

Je fis un pas dans sa direction.

Je n'avais jamais fait un pas dans sa direction.

Plus depuis… plus jamais.

— Tu crois ? sifflai-je, dangereux.

— On verra ce qu'en pensera ton Texan, quand il saura…

Je l'attrapai à la gorge. Mais loin d'avoir peur, il me regardait comme s'il attendait exactement ça. Ma brutalité. Je le relâchai aussitôt, dégoûté. Mais, plus encore, paniqué à l'idée qu'il puisse s'approcher de Nathan et le blesser plus que je ne l'avais déjà fait. Et je donnerais tout, absolument tout – je ferais tout, absolument tout – pour qu'il n'ait plus jamais à endurer cette nuit et tout ce qui en avait découlé. Je ferais tout pour que Sawyer disparaisse enfin de nos vies.

Tout.

Même le menacer, avec la seule chose que je possédais.

Je m'approchai de lui et baissai la voix, tant qu'elle ressembla au sifflement d'un serpent prêt à planter ses crocs dans votre cou avant de vous regarder crever à ses pieds.

— Adresse un mot à Nathan, *un seul*, le prévins-je, et il se pourrait que les flics se retrouvent avec un enregistrement entre les mains.

Sawyer partit d'un grand éclat de rire.

— Un enregistrement ? répéta-t-il. Ne t'abaisse pas à mentir, Blue.

Je souris à mon tour, machiavélique.

— Tu as oublié que j'avais mon téléphone avec moi, quand tu m'as poussé dans cette chambre, susurrai-je, dangereux. Tu pensais que la dose de GHB dans cette bouteille était suffisante pour faire de moi ce que tu voulais ? Oui, moi aussi, je l'ai pensé. Tu te rappelles ? C'est toi qui m'avais conseillé de le faire. Le raccourci du dictaphone sur nos portables, pour les cours d'anatomie. Comment tu disais, déjà ? Tu as juste à appuyer avant de t'endormir et, *hop*, *voilà*.

Son visage aux traits toujours doucereux, joliment tirés, comme ceux d'une poupée de cire, devint si obscur et laid qu'enfin, je me trouvais devant lui. Et seulement devant lui.

— Alors, réfléchis bien, lui conseillai-je sombrement. Réfléchis à tout ce que tu vas faire à partir de maintenant, espèce d'ordure.

Sans attendre sa réponse, je lui tournai le dos, refusant de rester une minute de plus en sa présence. Je me sentais sale chaque fois qu'il était près de moi. J'avais la sensation que le sang coulait de nouveau de mes mains. Mais, plus que ça, je sentais cette pourriture se répandre sur ma peau, à l'intérieur de moi. Je percevais son odeur, cette odeur écœurante qui glissait sur moi. Le poids de ses mains sur mon corps. Les coups et les à-coups. Sa voix à mon oreille, ses mots et cette maudite… cette maudite envie de…

Marchant plus vite, je posai les doigts sur ma propre gorge, jugulant un cri de désespoir. Je n'avais pas mal parce qu'il m'avait blessé. J'avais mal parce qu'il avait réussi à…

Je tournai au coin de la rue et percutai Nathan de plein fouet.

Il était immobile, comme s'il se tenait là depuis trop longtemps. Ses pieds figés dans le bitume et son souffle trop court.

Je passai mes bras autour de son cou et le serrai si fort contre moi.

Lentement, trop lentement, à contretemps, il m'enlaça.

— Ce n'est rien, lui murmurai-je à l'oreille. Ce n'est rien du tout.

Qui essayais-je de convaincre ? Lui ou moi ?

Qu'avait-il entendu ?

Je ne savais rien et je me perdis au creux de cette étreinte, comme on se perd au cœur d'un monde qui ne s'éclairait que pour vous.

Nathan était mon univers.

La lumière dans l'abîme.

Le rayon de soleil, à la surface.

Mon souffle… Oui, Nathan était mon seul souffle.

21

스물하나

Samedi 23 janvier 2021

Première place : Mike Klint : 1 : 31,05
Deuxième place : Nathan Simons : 1 : 32,15

Si j'avais encore eu un doute, je n'en avais plus aucun. Nathan n'avait pas perdu une seule course depuis deux ans, hormis contre moi. Et uniquement parce que je parvenais à maintenir une allure plus soutenue que la sienne. À peine, d'ailleurs. Aujourd'hui, Mike Klint n'avait pas été plus rapide, au contraire. Il avait été plus lent que d'ordinaire. Et Nathan nageait les 200 yards en moins d'une minute trente depuis plus de trois ans. Son record s'approchait dangereusement du mien, à peine quelques semaines plus tôt. Et il avait perdu plus de deux secondes ? *Deux secondes !* Deux secondes, c'étaient des heures et des heures d'entraînement pour y parvenir. Ces deux secondes faisaient de lui un champion. Un nageur que rien – jamais ! – ne ralentissait.

Jusqu'à présent.

Il était sorti du bassin en se massant de nouveau l'épaule. Le kiné lui avait donné le feu vert pour cette compétition. Et s'il se massait, c'était plus devenu une habitude qu'autre chose. Il soulageait ce point de tension avant qu'il ne se fasse douloureux. Même s'il avait eu mal, d'ailleurs ! Nathan n'aurait pas ralenti. Aucune souffrance physique n'y serait parvenue.

Mais moi, je le pouvais.

Il suffisait de quelques mots balancés sur le trottoir, pour foutre en l'air des années d'entraînement acharné. Pourtant, Nathan avait fait comme s'il n'avait rien entendu. Comme s'il ne savait pas qui se trouvait dans cette rue avec moi. Mais pendant combien de temps avait-il épié notre conversation ? Qu'avait-il encore compris, déduit, enduré ? Assez pour ne plus avoir envie de m'offrir ce paquet, qu'il avait gardé dans sa poche toute la soirée. Une fois de retour à l'appartement, il avait simplement disparu et je ne l'avais plus revu. Le connaissant, il devait se trouver au fond d'un sac ou dans le tiroir de sa commode. Si j'avais cherché un peu, je l'aurais déniché. Mais quel intérêt ? Ce cadeau n'avait de valeur que si Nathan voulait me le donner. Pour l'instant, il y avait renoncé. Comme à bien d'autres choses.

Les bras croisés, je fixais le panneau d'affichage, bloqué sur les derniers scores. Il n'y avait presque plus personne.

C'était la dernière course de la journée, mais pas la moins attendue. Mike Klint nageait à domicile, ça avait rendu sa victoire plus explosive. Alors que du côté de Cal, ça avait été le silence de dogme. Tout le monde avait regardé Nathan, sans parvenir à y croire. Nous connaissions parfaitement ses temps. Nous le connaissions parfaitement, lui. Il était le double champion de la Division I de la NCAA, en 200 yards nage libre et en 200 yards quatre nages. Il ne perdait jamais deux secondes ! Mais personne n'était infaillible. Personne ! Pas même Nathan ! Qu'importait ce qu'il avait en tête avant d'entrer dans l'eau, il aurait dû s'en défaire. Il l'avait emporté avec lui, il s'en était alourdi. Être le meilleur, c'était aussi savoir abandonner, le temps d'une course, tout ce qui pouvait nous ralentir. Surpasser le pire en nous. Dépasser nos propres démons.

— Pen lui a bien donné le feu vert ? demanda le coach Bones à Juliet.

Pen était le nouveau kinésithérapeute de Cal. Il venait d'arriver et traitait chaque sportif avec beaucoup d'attention. Il n'aurait pas laissé Nathan concourir, s'il n'avait pas été certain que son épaule pouvait endurer l'effort.

— Il lui a donné, oui, répondit Juliet.

Elle plissa les yeux et fixa les lignes d'eau, comme si Nathan nageait encore. Il n'y avait plus personne. La plupart de mes coéquipiers avaient déserté. Ken les avait accompagnés jusqu'à l'hôtel où ils passeraient la nuit avant les épreuves du lendemain. D'autres profiteraient de Louisville. Moi, je serais bloqué dans le restaurant d'un palace pour une énième soirée médiatique, qui ressemblait souvent à une gigantesque conférence de presse. Il y aurait trop à boire, pas assez à manger et une succession de questions que j'esquiverais. Steeve m'y accompagnait, et plusieurs autres nageurs d'équipes différentes, ceux qui montaient sur les podiums depuis le début de la saison. Nathan y était toujours invité, mais je supposais que, ce soir, il n'avait pas vraiment envie de se mêler aux journalistes.

Il aurait dû sortir des vestiaires depuis longtemps.

Le coach Bones se tourna vers moi.

— Est-ce qu'il semblait avoir mal à l'épaule ? Plus que d'habitude ?

Je secouai la tête.

— Il met son orthèse après chaque entraînement et la garde plusieurs heures à chaque fois. Il fait tous les exercices d'étirements, le matin au réveil et le soir avant de se coucher. Et il ne rate jamais une seule séance de kiné.

Le coach Bones se frotta le menton, pensif.

— Il va peut-être falloir faire plus d'examens, réfléchit-il.

Évidemment, pour lui, il n'y avait que le physique qui pouvait être défaillant. Le mental de Nathan était de l'acier trempé, jamais il ne flancherait. Nathan n'avait rien de l'acier. Il était en même temps bien plus résistant et, par ailleurs, bien plus vulnérable. *Je* le rendais vulnérable. J'étais la pire de ses faiblesses.

— Il a juste ralenti durant une course, le défendit Steeve. Ça arrive. Demain, il nage son medley. On verra bien à ce moment-là.

Je récupérai mon sac à mes pieds et le jetai à travers mon épaule pour rejoindre les vestiaires.

— N'oublie pas que… commença Juliet.

— Je n'oublie pas, lui assurai-je.

Je connaissais mes obligations pour la soirée. Si j'avais pu m'en passer, je l'aurais fait volontiers. Mais, non, j'allais devoir me perdre en interviews. Cette année, la natation faisait couler plus d'encre que le foot. J'avais toujours espéré que ce sport ait une aussi bonne couverture médiatique que les autres et, aujourd'hui, je le regrettais vraiment. Il fallait se méfier de ses espoirs. Il se pourrait que certains se réalisent.

— Je t'attends dans dix minutes devant l'entrée, me lança Juliet.

Je lui fis un signe d'acquiescement, avant de disparaître au bout du couloir.

Les vestiaires étaient déserts, mais l'eau des douches coulait. Du moins, pendant une seconde, avant qu'elle ne cesse et qu'un profond soupir s'échappe jusqu'à moi.

Je m'assis sur le banc, près de ses affaires, et, les coudes appuyés sur mes genoux, je fixai le sol. Les carreaux qui s'entrecroisaient, les lignes qui formaient des carrefours et des carrefours encore. Tout était en lien.

Je relevai le visage en entendant Nathan.

Habillé d'un seul boxer, il s'essuya les cheveux.

— Ça va ? me demanda-t-il.

— Ce n'est pas à moi de poser cette question ?

Je lui tendis son orthèse, il la regarda sans la prendre. Je savais parfaitement ce que j'avais dit au coach. Et c'était vrai, Nathan suivait le programme et les instructions de Pen à la lettre, parce que je le poussais à le faire. Il se sentait amoindri par son épaule, comme il se sentait impuissant à changer quoi que ce soit du passé.

En retenant un soupir, je me levai pour la lui passer moi-même. Il grimaça lorsque je réglai les sangles. Je serrai plus fort que je n'aurais dû, pour bien lui faire comprendre qu'il devait la porter. Autant d'heures qu'il le fallait pour se préserver.

— Si tu as quelque chose à me dire, fais-le maintenant, laissa-t-il tomber.

— Est-ce que tu as mal ? demandai-je.

— Pas plus que d'habitude.

Il grimaça quand même lorsqu'il passa son jean d'un geste trop brusque.

— D'accord.

Ma gorge se noua un peu plus. Je détestais le voir souffrir. D'une façon ou d'une autre.

— C'est tout ? articula-t-il, retenant à peine l'acidité de son ton.

— Tu veux venir avec moi ? lui proposai-je.

Même si je connaissais parfaitement la réponse.

— Je ne suis pas d'humeur à sourire à une flopée de journalistes trop critiques. Je pensais plutôt m'enfermer dans notre chambre d'hôtel avec une bouteille de whisky.

Je hochai la tête et lui tendis son T-shirt. Sa peau était recouverte de chair de poule.

— J'essaierai de ne pas rentrer trop tard.

Vaine promesse. Ces soirées s'éternisaient toujours.

La boule au ventre, ne sachant pas comment le consoler, je fis demi-tour.

— Tu vas vraiment te barrer comme ça ?

Sa voix s'écorcha.

Je pivotai un peu vers lui, la main sur l'encadrement de la porte.

— Que veux-tu que je te dise ? demandai-je doucement.

Il rit, d'un rire blessé.

— Je suis sûr que tu vas trouver. Alors, fais un effort, *Blue Phoenix*.

Il prononça ce nom comme une insulte. Ça me fouetta aussi fort qu'une gifle. Abandonnant mon sac au sol, je me plantai en face de lui.

— Très bien, lui balançai-je. Tu as été lent. C'est ce que tu veux entendre ?

Ma froideur le fit grimacer.

— C'est toujours mieux que l'indifférence.

— Je ne suis jamais indifférent quand il s'agit de toi, Nath !

— Alors, parle !

Mâchoire contractée, je fis un autre pas vers lui et indiquai son orthèse du menton.

— On sait très bien que ça n'a rien à voir avec ça, constatai-je.

Ses yeux bleus se voilèrent d'obscurité.

— C'est clair.

Ça ressembla à une accusation. Mais s'il fallait mettre des mots dessus, alors très bien, j'allais le faire.

— Tu as tout emporté dans l'eau et l'eau ne pardonne rien, elle est trop exigeante. Tu le sais, mais tu l'as quand même fait. Parce que tu es incapable de penser à autre chose. Même si tu fais très bien semblant, la plupart du temps.

Je le vis serrer les dents, si bien que je n'aurais pas été étonné de les entendre grincer.

— *Tu* m'as demandé de faire semblant.

Je l'empoignai avant qu'il ne s'éloigne.

— Je ne t'ai jamais demandé de me mentir.

— Je ne te me…

— Appeler Brad quand j'ai le dos tourné, le coupai-je, avant qu'il ne dise quelque chose que l'on regretterait tous les deux. Retrouver April et Boyd lorsque je ne suis pas là. Te lever en pleine nuit pour lire tous les articles que tu fais attention d'ignorer la journée. Faire comme si tu n'avais rien entendu dans cette rue.

Son visage prit une teinte que je ne lui connaissais pas. Même lorsqu'il était malade, il ne blanchissait jamais de cette façon.

— Je n'ai jamais demandé ça, Nathan. Tout ce que je voulais, c'était que tu respectes mon choix.

Il déglutit.

— Je le respecte, m'assura-t-il.

Il essayait de le faire, mais il n'y arrivait pas. Ce n'était pas sa faute, après tout. J'avais trop exigé de lui, et personne ne pouvait aller longtemps contre sa nature. Nathan avait besoin de faire quelque chose. Il n'était pas né dans le silence, il ne comprenait pas comment rester dans l'ombre.

Je souris en le lâchant doucement.

— Non, le contredis-je. Mais je ne t'en veux pas. La seule personne à qui j'ai le droit d'en vouloir, c'est moi.

— Jun-ha, je…

Je l'embrassai pour le faire taire. Inutile d'entendre la suite, ça n'aurait été qu'un mensonge de plus. De trop ? Quoi qu'il en dise, j'étais responsable de tout ce qui arrivait. Alors, je préférai me perdre dans la chaleur d'un baiser, qui ressembla si fort à une reddition. Les doigts croisés sur sa nuque, je le tirai à moi jusqu'à ce qu'il abandonne totalement.

Puis je m'éloignai et posai son front contre le mien.

— Je dois y aller, Juliet m'attend, soufflai-je.

Ce n'était pas grave de perdre.

Perdre une fois.

C'était de ne pas savoir revenir, le plus insupportable.

***

Le hall du Hilton était fait d'un immense escalier qui donnait sur une mezzanine et de grandes colonnes de marbre. Il y avait du blanc et des dorures partout, et des lustres si volumineux et si bas que c'était un miracle d'ingénierie de les faire tenir sans qu'ils fracassent le crâne du premier client qui passait. Le restaurant était moins doré, mais la décoration n'en était pas moins surannée. Un lion trônait sur un socle sculpté dans une pierre d'un bleu sombre. Il y avait de la moquette au sol et les tables aux nappes immaculées étaient entourées de larges fauteuils en tissu.

Ici, les colonnes étaient en bois et les poutres du plafond étaient laissées apparentes. Le Kentucky n'avait rien à envier à la Californie, les soirées d'après compétition ressemblaient toujours à une bonne façon de faire valoir les mécènes de ces soirées.

J'avais parlé à tellement de personnes, en l'espace de quelques heures, que j'avais grillé mon quota de socialisation pour au moins la décennie à venir. Mes victoires n'étaient pas la seule chose qui me rendait intéressant. Ce qui passionnait les médias était les rumeurs qui circulaient sur notre campus. L'affaire des *nightdates* faisait écho dans les universités de tous les États-Unis. Il ne fallait pas se voiler la face, ce qu'il se passait en Californie se passait aussi ailleurs. C'était toujours la même histoire que l'on racontait différemment. Aujourd'hui, je n'étais plus un monstre violent. Mais l'étudiant sombrement lié à Sawyer, à la fraternité et à ses abus. Est-ce que je n'en savais pas plus que je ne le disais ? Est-ce que je n'avais rien à commenter ? Mes premières places n'étaient qu'une bonne excuse pour réussir à me faire parler.

J'étais soulagé lorsque ça se terminait.

Il était plus de onze heures du soir lorsque Juliet posa un verre devant moi en soupirant. Le restaurant était quasiment désert. Il ne restait qu'un vieil homme, le nez dans son bourbon.

— C'était interminable, se plaignit-elle.

— Pourquoi as-tu mis des talons de dix centimètres ?

Elle tendit une jambe galbée devant elle.

— Ça ne me va pas ?

— Bien sûr que ça te va.

Elle avait abandonné ses baskets, son survêtement de Cal et sa queue de cheval, pour une robe noire cintrée, des escarpins et un chignon savamment décoiffé.

— C'est dommage que Mouse ne soit pas là pour te voir, lançai-je distraitement.

Elle s'étouffa avec sa gorgée de vodka et posa précipitamment son verre. Je lui tendis une serviette pour qu'elle s'essuie avec.

— Désolé, m'excusai-je.

Elle me fusilla du regard.

— Préviens-moi avant de dire ce genre de choses !

— Je t'enverrai un télégramme, me moquai-je.

Elle leva la main en reprenant son souffle.

— Inutile d'aller si loin, un simple clin d'œil devrait suffire, négocia-t-elle.

Je lui fis donc un clin d'œil et elle croisa les jambes en regardant par-dessus mon épaule.

— Ta curiosité va devoir attendre, me dit-elle.

Je grimaçai.

— Dis-moi qu'elle n'est pas là, suppliai-je.

Une main s'abattit aussitôt sur mon épaule et je baissai la tête, au désespoir.

— Je suis en retard, mais je suis bien là, si.

April s'assit à nos côtés, trop satisfaite de son entrée.

— On ne t'attendait plus, lui dit Juliet.

— Je n'aurais pas manqué ça, lui sourit-elle. Je suis contente d'être arrivée à temps. Et de te voir, Blue Phoenix.

Les formalités s'étaient oubliées, ces deux derniers mois. Mais je gardais les miennes en place. Question de principe. April était une journaliste, c'était lui témoigner du respect. Qu'importait le fait que j'aie envie de l'éviter, la plupart du temps. Elle méritait quand même que je lui manifeste cet égard.

— Rapidement, la suppliai-je.

— Promis, répondit-elle en levant sa main pour commander un martini.

À son habitude.

Un serveur vint très vite le lui porter et elle en but une gorgée en soupirant.

— La journée a été longue, mais je peux toujours compter sur toi, me dit-elle.

— Hum.

C'était la seule façon de la soutenir. Je répondais à ses questions, quand bien même je ne répondais à aucune autre. Une manière de m'élever contre les Harold et d'adhérer à son combat. Ce n'était pas grand-chose, mais c'était tout ce que je pouvais faire.

— Ne t'inquiète pas, je n'ai pas grand-chose à te demander.

— Super.

Elle posa son téléphone sur la table et brancha l'enregistrement. Son blog était aussi connu pour ses interviews non arrangées. Elle les enregistrait et les diffusait en l'état. C'était un format plus vrai, où rien ne pouvait sortir de son contexte ; plus intimiste aussi, parfois. Ce que l'on racontait autour d'une table, un verre à la main, au milieu de la nuit quand les lumières se tamisaient, était différent des réponses conditionnées pour les conférences de presse.

April était douée.

Et son renvoi lui avait apporté une notoriété à laquelle les Harold n'étaient pas préparés.

— Commençons, annonça-t-elle. Il est…

Elle regarda sa montre.

— … 23 h 33, lut-elle. Nous sommes au Hilton de Louisville, dans le Kentucky. C'est la fin de la première journée de compétition. Et je suis avec Blue Phoenix, qui a remporté l'or en 500 yards nage libre. Battant son adversaire direct, Gin Lang, plutôt largement lorsqu'on considère qu'il a gagné quatre championnats NCAA et qu'il se frotte aux plus grands, lors de compétitions internationales. Il participera aux mondiaux, cette année. Ce qui n'est pas ton cas. Le coach Bones a fait part de ton refus. Est-ce exact ?

Comme d'habitude, elle allait chercher les informations dont personne ne parlait. Les plus intéressantes. April n'était pas une reporter qui attendait les scoops des autres pour écrire ses articles. C'était une enquêtrice, pour le meilleur et pour le pire.

— Je voudrais me concentrer exclusivement sur les compétitions universitaires, cette année.

Elle hocha la tête, comprenant ce que je voulais dire.

Le climat était trop instable pour l'emporter à l'étranger.

— J'ai entendu dire que Steeve Farthold t'avait demandé de prendre sa suite, l'année prochaine, en tant que capitaine d'équipe ?

— Vraiment ? s'exclama Juliet, les yeux agrandis de surprise.

April rigola de son sourire trop fier.

— Pourquoi ne nous as-tu rien dit ? enchaîna-t-elle. Bon, OK, on se fout bien que Joey soit au courant. Mais Mouse va être…

Je lui montrai l'enregistrement d'April et elle s'arrêta, la bouche ouverte. Aussitôt, elle comprit sa bévue. Joey saurait dès demain ce qu'elle venait de dire, il ne ratait rien de ce qui sortait sur ce blog.

— Je ne pense pas être la bonne personne pour endosser ce rôle, répondis-je alors à April, qui n'avait pas perdu une seconde de notre échange muet. Steeve a eu un parcours sans fautes et sans histoires. Le mien est plus problématique, et l'image de Cal est importante.

— Je dirais que Cal a surtout besoin qu'on arrête de se cacher derrière de belles images, nuança-t-elle. La vie n'est pas une toile sans taches. Et le sport universitaire encore moins. Il serait peut-être temps de redéfinir les attentes, tu ne penses pas ?

April était trop douée.

Je m'appuyai contre le dossier de mon fauteuil.

— Je ne peux pas vous répondre, April.

— Tu as forcément un avis.

— Bien sûr que j'en ai un. Mais je ne suis pas certain qu'il soit opportun de le donner.

— Pourquoi ?

— C'est une question d'équilibre, expliquai-je. Entre ce qu'il est bon de dire et ce qu'il est bon de taire.

— Je pense qu'il est toujours bon de « dire ».

Juliet eut un rire amusé.

— Venant de toi, le contraire aurait été étonnant, plaisanta-t-elle.

April lui lança un coup d'œil, avant de reprendre.

— Dernière question.

— C'est étonnant comme vos questions en deviennent des dizaines à chaque fois, remarquai-je.

— Le talent, me sourit-elle.

On pouvait le voir comme ça, je supposais.

— Que penses-tu de la course de Nathan Simons ? Certains laissent entendre qu'il souffre du syndrome de l'épaule du nageur.

Aussitôt, le sang pulsa trop fort à mes tempes. J'attrapai son téléphone et coupai brusquement l'enregistrement avant de redresser le visage vers elle. Juliet s'apprêta à dire quelque chose, mais y renonça à l'instant où je pris la parole.

— Vous voyez suffisamment Nathan dans mon dos, quand je suis bloqué avec Brad, pour savoir que son épaule va très bien. Je me trompe ? Non ? Alors, ne jouez pas à celle qui ignore pourquoi il n'était pas au maximum de ses capacités aujourd'hui. C'est à peine s'il arrive à dormir ! Il passe des heures à lire vos articles ! Des heures au téléphone ! Des heures à courir sur ce campus pour obtenir des informations ! Vous êtes au courant qu'il prépare un diplôme de médecine sportive, en même temps que ses heures d'entraînement ? Vous êtes au courant que ce n'est pas un simple article, en ce qui le concerne ? Vous l'utilisez parce que vous savez qu'il est motivé, plus que n'importe qui. Mais ce n'est pas votre assistant !

Pour une fois, April n'avait plus rien à dire du tout. Alors, je relançai l'enregistrement et, sans la quitter des yeux, je me penchai pour formuler d'une voix posée et parfaitement intelligible :

— L'état de l'épaule de Nathan est sous contrôle, répondis-je. Il est suivi par un kiné, ses entraînements ont été adaptés pour prévenir la récidive d'une tendinite ou la formation précoce d'arthrose. Tous les nageurs de haut niveau y font attention et Nathan plus que n'importe qui.

Aujourd'hui n'était qu'un ensemble de contretemps, alors qu'on se rassure.

Je lui rendis son téléphone et elle coupa aussitôt. Juliet, comprenant le signal, se leva pour passer sa veste. J'en fis autant et enfilai mon manteau par-dessus un blazer que j'avais acheté, contraint et forcé, le mois dernier.

— Blue, me rappela April.

Elle se redressa à son tour et regarda alentour, vérifiant qu'aucune oreille ne traînait dans les environs. Il n'y avait personne, même le vieux ne piquait plus du nez dans son bourbon. Il avait réussi à se relever.

— Je suis désolée si ma question sur Nathan t'a semblé déplacée. Mon but n'était pas de lui faire un procès pour une course ratée. Bien au contraire, d'ailleurs. Et je suis désolée, si tu penses que je l'utilise. C'est vrai, Nathan nous aide, Boyd et moi, mais ce n'est pas seulement un article pour moi non plus. Et… bref.

Elle carra les épaules pour me faire face.

— Ce que je veux te dire, c'est qu'une rumeur circule dans les locaux de la NCAA. Monsieur Harold aurait de nouveau rencontré son grand ami Landon, celui qui est à l'origine de ton exclusion d'un an. Tu remets ?

Malheureusement, on n'oubliait pas ce genre de visage.

— Très bien, me crispai-je.

Elle hocha la tête, jetant un autre coup d'œil dans son dos.

— Qu'y a-t-il ? lui demanda Juliet.

Elle se frotta les mains, mal à l'aise.

— Apparemment, une commission disciplinaire se prépare, nous apprit-elle.

Ça me tomba dessus aussi furieusement qu'un éclair.

— Pour qui ? couina Juliet, la paume posée sur sa poitrine.

Mais elle savait déjà. April n'aurait pas pris le risque de nous dire ce qu'elle avait appris en sous-marin, par l'une de ses sources, si ça avait été n'importe qui. Non, elle le faisait pour que l'on s'y prépare.

— Pour moi, compris-je.

April hocha la tête, l'air si désolé que j'eus soudain envie de m'excuser. J'aurais dû le faire. Mais je n'en avais pas le courage, tout de suite.

— Des accusations seraient arrivées à leurs oreilles, continua-t-elle à voix basse.

— Quel genre d'accusations, enfin, grinça Juliet, tout aussi doucement.

Le genre d'accusations qui pourrait m'empêcher de faire certaines révélations.

N'avais-je pas dit à ce salopard de réfléchir à ce qu'il allait faire à partir de maintenant ?

— On te soupçonne de consommer de la drogue, ajouta April. Il y aurait certains témoins pour l'attester. Et, si cette commission disciplinaire a bien lieu, si la NCAA statue dans ce sens, ce n'est plus un an d'exclusion que tu risques.

Je croisai les doigts derrière la tête, la rage brûla mes entrailles. Mon cœur. Mon âme.

Combien de temps encore durerait ce calvaire ?

Combien de temps allait-il m'avilir ?

— Il cherche à m'évincer définitivement, déduisis-je.

April me prit le bras et le serra doucement, plus compatissante que je ne le pensais. Elle me regardait, mais je n'arrivais pas à soutenir la colère qui flambait dans ses yeux. J'avais suffisamment avec la mienne. Alors, sans me lâcher, elle se tourna vers Juliet et dit :

— Je crois que le but est de le renvoyer en Corée. Là où il ne sera plus une menace pour Sawyer Harold et, par rebond, pour les entreprises Harold. Ce n'est pas seulement la réputation de son fils qui est en jeu. Mais ses futures affaires, si on découvre que son rejeton n'est qu'un…

Me sentant me raidir, elle n'alla pas plus loin.

— Blue n'a jamais pris la parole ni sur les *nightdates* ni sur les suspicions qui planent au-dessus de la tête de Sawyer, s'agaça Juliet.

Elle aurait voulu hurler, je le voyais. Au lieu de ça, elle se contraignait à adopter un ton trop mesuré pour cette conversation.

— Mais j'ai fait autre chose, laissai-je tomber.

Je lui avais parlé de cet enregistrement.

Je l'avais menacé de l'amener aux flics.

Je l'avais acculé face à ce danger.

— Quoi que ce soit, c'est suffisamment menaçant pour que Harold prenne les devants, conclut April.

Ça l'était. Du moins, je le supposais. Parce que je n'avais jamais pu écouter jusqu'à la fin. Je m'arrêtais toujours après quelques minutes et ma mémoire me ramenait par bribes certains détails. Je ne voulais pas tout savoir.

Mais aurais-je encore le choix longtemps ?

Si j'étais de nouveau convoqué devant la commission disciplinaire, je n'aurais plus le choix. Hormis celui d'abandonner…

Je partis sans un mot pour April et Juliet et, hagard, rentrai à l'hôtel.

Dans la chambre, une bouteille de whisky se trouvait sur la commode. Avec deux verres. Elle était fermée et les verres encore retournés. Nathan était adossé à la tête de lit, un genou plié contre sa poitrine. Sobre, il regardait un film. Il ne dit rien. Je ne dis rien non plus. Je retirai seulement mes chaussures, mon manteau et le rejoignis. Il jura quand mes cheveux mouillés par la bruine de Louisville rentrèrent en contact avec son ventre nu. Je passai un bras sous sa jambe, il dégagea mon front de mes mèches humides.

— *Mianhae*[57], murmurai-je.

Il renversa mon visage.

— Qu'est-ce qu'il s'est passé ?

Je secouai la tête, sans réussir à dire quoi que ce soit de plus. J'aurais dû lui parler de la commission disciplinaire, mais je ne parvins qu'à fermer les yeux et inspirer profondément, encore protégé par la chaleur de sa peau.

Ce soir, je voulais me complaire dans ce silence.

Comme si rien ne pouvait plus nous arriver.

57 미안해 : Pardon.

22
스물둘

Mercredi 03 février 2021

Il était trop tard. La nuit était bien entamée. J'aurais dû rentrer depuis un moment, mais je nageais sans faire attention à l'heure. C'était bientôt le championnat. Qu'est-ce qui me portait autant ? La perspective de gagner ou celle de revoir Nathan ? Je rêvais d'une médaille que j'emmènerais avec nous à Séoul. Mais, plus encore, je rêvais de passer tout un mois avec lui, un mois où je n'aurais plus à me demander quand nous allions nous retrouver. Je pourrais enfin me réveiller en le serrant contre moi, en me blottissant contre lui… Ce mois était le plus grand de mes rêves. De mes peurs, aussi. La Corée, ce n'était pas les États-Unis. Et Sajangnim n'avait rien à voir avec Becca ou Drew. Nous ne leur avions même pas parlé. J'avais besoin de la bénédiction de Park Hyung-woo, avant. J'avais toujours eu besoin de sa bénédiction. Et j'avais assez de fierté pour espérer qu'il me l'accorde.

Mon corps finit par demander grâce et je quittai la piscine en avisant l'heure. Près de minuit. Récupérant ma serviette, je rejoignis les vestiaires. Sawyer m'attendait sur le banc, à moitié endormi. Je ris en le découvrant là et lui donnai un coup dans le pied pour qu'il rouvre les yeux.

— Qu'est-ce que tu fais là ?

— Je t'attends pour aller à la soirée.

Depuis le premier jour, Sawyer était un ami. Mais parfois, sa proximité me dérangeait. En Corée, on respectait les distances sociales, mais j'avais très vite compris qu'aux États-Unis, elles pouvaient passer pour du rejet ou de l'arrogance.

Il me prit le poignet et posa sur moi un regard suppliant.

— Viens.

Je secouai la tête.

— Je t'ai dit que je n'irais pas.

— On va un peu s'amuser avant le championnat.

— On n'a pas le temps de s'amuser avant le championnat.

— On a le temps, si.

Je soupirai.

— Ce genre de soirée… Tu n'as pas d'oreilles pour entendre ce qu'il se dit ?

— J'entends très bien.

— Ce n'est pas l'endroit où se trouver en ce moment.

Il rigola.

— Avoue que tu es curieux, Blue.

Peut-être un peu. Mais qui ne l'était pas ?

J'hésitai une seconde de trop et Sawyer sortit alors l'invitation cartonnée de sa poche pour l'agiter sous mon nez.

— Viens à la soirée, Blue ! me tenta-t-il. Allez, qu'est-ce que tu risques ? Je serai là aussi.

Je n'eus pas le temps de répondre, mon portable vibra et, avec un trop grand sourire, je jetai un coup d'œil au dernier message de Nathan.

Nath *:* Je suis sûr que tu ne dors pas.

Moi *:* Je ne dors pas.

— Comment va Nathan ? me demanda Sawyer.

Une nouvelle fois, je crus déceler une note acide dans son ton. Parfois, il semblait dérangé par Nathan. Par ses messages, ses appels. Par ses visites lorsque nous nous retrouvions au gré d'une compétition. Sawyer ne le montrait jamais. Et son sourire revenait si vite que je me persuadais m'être trompé. Après tout, il savait très bien qui était Nathan. J'avais assez confiance en lui pour le lui avoir avoué. Ou peut-être que je voulais enfin le dire à voix haute à quelqu'un. Ou seulement être certain que Sawyer le comprenne… Ces derniers temps, je me posais des questions.

— Il va bien, répondis-je.
Un nouveau message arriva.

Nath : Tu nages encore ?

Moi : Je ne nage plus. Je vais rentrer. Et toi ?

Nath : Je bois une bière. C'est samedi soir !

Moi : Où ?

Nath : Au Shakespeare's.

Nathan m'envoya une photo avec ses coéquipiers. J'en fis autant avec Sawyer, qui brandit un pouce, grand sourire aux lèvres.

Nath : Vous n'êtes que tous les deux ?

Moi : C'est samedi soir !

Nath : Hum.

Moi : Tu es inquiet ?

Nath : De quoi ?

Moi : De rien.

Le téléphone cessa de sonner pendant une minute et je ris, sachant parfaitement ce que Nathan pensait de Sawyer. De sa gentillesse. De ses manières. Et de tout ce qu'il était et que Nathan ne serait jamais. Poli, calme et respectueux. Nathan, lui, était emporté, impertinent et adorait me choquer en utilisant les mots les plus crus possibles.

Nath : Tu devrais faire autre chose que nager avec Sawyer.

Moi : OK.

Nath : ^-^

Moi : J'ai quelque chose à te dire après le championnat.

Je posai mon portable sur ma serviette et Sawyer se planta devant moi.

— Alors, tu as l'autorisation ? plaisanta-t-il.

Après tout, Nathan me poussait toujours à profiter de l'université pour m'amuser un peu. Quelque part, la discipline que je m'imposais le rassurait. Mais d'un autre côté, il m'aimait assez pour me souhaiter des souvenirs ailleurs qu'aux alentours des piscines. Même si je devais les construire loin de lui.

Sawyer agita de nouveau l'invitation et je la lui pris des doigts pour mieux la regarder. Elle était noire, l'écriture d'un doré brillant.

— « Vous êtes invités », lus-je.

C'était tout. Au dos, il y avait un code et des informations GPS. Tout était fait pour vous donner l'impression d'être élu. Les étudiants étaient en effervescence chaque mercredi, le jour où les invitations étaient distribuées. Parfois, vous la trouviez dans votre sac, parfois dans votre boîte aux lettres, parfois sur votre chaise de cours, parfois punaisée à votre porte. Elles arrivaient comme ça. Comme celle que Sawyer tenait. Ce n'était pas la première que je recevais et, d'habitude, je la jetais dans ma poubelle. Mais Sawyer avait trouvé celle-ci avant moi, en évidence sur mon paillasson. Elle aurait pu être à Steeve, après tout. Ça avait fait rire Sawyer. Pour lui, notre capitaine était trop coincé pour s'attirer ce genre de privilège. Je ne trouvais pas Steeve coincé, mais Sawyer et notre capitaine avaient un passif qui me dépassait. Ils préféraient s'éviter et, quand ils n'avaient plus le choix, ils s'ignoraient admirablement.

— Juste une heure, insista Sawyer.

— Une heure ? répétai-je.

Sawyer haussa un sourcil, l'invitation tourna de plus en plus vite entre ses doigts.

— Rien qu'une heure, promit-il.

Une seule heure…

— Blue ?

Je redressai brusquement la tête pour tomber dans le regard alarmé de Joey. Assis sur son fauteuil noir, tournant le dos à ses écrans, il me fixait, bras croisés. Près de lui traînait une réplique parfaite du marteau de Thor et des bruits de bataille s'échappaient du casque qu'il avait posé près de son clavier. Il s'était maquillé et ressemblait à présent à une version vraiment étrange du Joker. Il n'y avait rien de plus flippant que lui, en cet instant. Hormis, peut-être, la lettre officielle que j'avais reçue aujourd'hui. Et qui, en cette seconde, se froissait entre les doigts de Mouse. Il l'avait parcourue tellement de fois qu'il aurait pu la réciter par cœur. Joey la lui arracha des mains pour la relire lui-même. Puis, en crachant une flopée d'injures capables d'effrayer la NCAA au grand complet, il la remit dans son enveloppe et la jeta sur la table.

— C'est quoi, la suite ? me demanda-t-il.

Je secouai la tête, je n'en savais rien.

— Pour l'instant, on me prévient seulement que je vais faire l'objet d'une prochaine commission disciplinaire. Mais on ne me dit rien de plus. Ni pourquoi ni quand. Ils ont juste placé une épée de Damoclès au-dessus de ma tête.

— Ils ne peuvent pas vraiment t'accuser de consommer de la drogue ?

— Ils le peuvent.

Je l'avais fait, après tout. Et ils le présenteraient de la façon dont ça les arrangerait. En me faisant passer pour le pire des coupables, je redeviendrais le sportif violent avec, cette fois-ci, quelques problèmes de dépendance.

— Quel genre de témoins ont-ils trouvés ? se tendit Mouse.

Je haussai les épaules.

— Ceux qui étaient à cette *nightdate*, le même jour que moi, je suppose. Ceux qui m'ont vu…

Je serrai les poings, bloquant les pensées qui m'assaillaient soudain. Je refusais de me rappeler ces moments-là. Mon cerveau avait posé des voiles sur cette nuit. Des voiles sur le matin qui avait suivi. Et la drogue faisait de mes souvenirs une entité diffuse qui flottait dans ma mémoire. Tout ce qui y était encore ancré avec netteté était ma conversation avec Sawyer dans les vestiaires et, de longues heures plus tard, mes mains pleines de sang.

— Tu en as parlé à Nathan ? me demanda Joey.

Je hochai doucement la tête.

Je le lui avais murmuré cette nuit-là, à Louisville. Et, ce matin, il avait été près de moi pendant que j'ouvrais l'enveloppe. Il savait très bien ce qui s'y trouvait et il savait encore mieux ce que ça voulait dire. Il s'était fait si silencieux alors que je lisais les mots encore et encore que le bruit sec de son poing dans le mur m'avait fait sursauter. J'avais lâché l'enveloppe et m'étais retourné à l'instant où il avait recommencé. J'avais retenu son troisième coup de poing ; ses phalanges étaient déjà abîmées et son épaule n'avait pas besoin d'un combat avec les murs du salon.

Je l'avais poussé sous la douche et j'avais distillé sur son corps une autre forme de douleur. J'aurais aimé qu'elle soit capable de nous maintenir dans l'oubli. Mais, à peine le souffle retrouvé, la réalité revenait vous cueillir, aussi facilement qu'un promeneur cueille une fleur au bord d'un chemin.

— Oui, finis-je par répondre. Je veux qu'il soit prêt.

— Prêt à quoi ? s'étonna Joey.

— À mon départ, avouai-je.

C'était pour la même raison que je leur parlais de cette lettre, ce soir.

— Ton départ ? répéta Mouse. Pour où ?

Je posai mes coudes sur mes genoux et les regardai à tour de rôle.

— Chez moi, leur expliquai-je.

Joey se leva d'un bond, manqua s'entraver dans sa cape et retomba aussitôt au fond de son siège.

— Chez toi, c'est ici, Blue ! hurla-t-il quand même.

Je déglutis en esquissant un sourire.

— La Corée, c'est chez moi, rectifiai-je.

Les États-Unis étaient ma terre d'accueil. Ma terre maternelle, peut-être. Mais pas vraiment non plus. Si un endroit m'avait été légué par Becca, j'aurais été le fils des océans de ce monde. Alors que la Corée, c'était mon enfance, mon adolescence, l'univers qui m'avait façonné. Ses paysages et ses murmures. Son soleil et sa pluie. Les flaques dans lesquelles je croisais mon reflet, enfant, et les montagnes vers lesquelles je regardais, plein de rêves.

— Tu plaisantes ? se tendit Mouse.

Je secouai la tête, désolé. J'eus du mal à rencontrer ses yeux, lui qui avait été mon frère, mon mentor, mon coach. Il avait tracé l'itinéraire de mon retour.

— Je n'en sais rien, dis-je. Mais peut-être que ce serait mieux comme ça, non ? Je partirais avant le foutoir de cette commission disciplinaire. Je rentrerais à Séoul et je terminerais mes études là-bas. Peut-être que je pourrais encore nager, après m'être agenouillé devant les Park pour m'excuser d'avoir été aussi inconsidéré.

Rien que d'y songer, je me sentis de nouveau comme un orphelin perdu dans un pensionnat.

— Dis-moi que tu ne le penses pas vraiment, me supplia Joey, d'un ton morne.

Je récupérai la lettre et la fis tourner entre mes doigts.

— Ce n'est qu'un courrier, pour l'instant. Mais, il ne faut pas se voiler la face, la décision a été prise. Le reste, ce n'est qu'une vitrine pour les autres. Dans les faits, je suis déjà renvoyé.

Joey abattit ses poings sur l'accoudoir de son fauteuil.

— Il y a peut-être encore quelque chose à faire, non ?

— Non ! laissai-je tomber.

Ma voix s'était faite aussi tranchante qu'une lame. Joey contracta la mâchoire, se gardant d'en dire davantage. Mouse, surpris, nous dévisagea sans comprendre. Il n'était pas au courant, pour cet enregistrement. Il n'y avait que Nathan, Jenna et Joey pour le savoir. Et cette ordure de Sawyer. À bien considérer, son père devait le savoir aussi. Ainsi que ses avocats, ses conseillers et… ce secret était devenu de polichinelle, depuis que je lui en avais parlé sur le trottoir de cette rue. J'étais même étonné que le blog Johns Graham n'en ait pas fait un gros titre !

Je me relevai et passai ma veste avant d'enfouir l'enveloppe au fond de ma poche.

— On devrait quand même en parler plus de cinq minutes, essaya de me retenir Mouse.

— Je vais être en retard.

Même si ça n'avait plus d'importance, en définitive. Je n'étais plus tenu de me rendre à ces réunions de groupe. Après tout, si je voulais m'en aller, pourquoi ne pas mettre un terme aux mercredis soir et désinstaller l'application. Mais je continuais à envoyer le mot de passe chaque matin, à regarder régulièrement si tout le monde était «safe» et à me rendre au restaurant de Queen, une fois par semaine. C'était notre QG, à présent. Il était suffisamment loin du campus et tant que personne ne savait que nous nous y regroupions, nous continuions d'y venir. Même Nathan ignorait où se tenaient les réunions. La confidentialité avait beaucoup d'importance pour moi. Leurs membres étaient devenus un cercle dans lequel, bien que je n'y dise jamais rien, je me sentais à ma place. On pensait à tort que c'étaient nos proches – nos amis, notre famille, notre amour – qui étaient les plus aptes à nous écouter. Mais c'était faux. Ceux qui pouvaient nous entendre, c'étaient ceux qui comprenaient vraiment. Non les mots. Mais la violence des sentiments qui vous écartelaient.

Je sortis la clef que Queen m'avait donnée et j'ouvris la porte. Aussitôt, je commençai à arranger la salle. Ce rituel me faisait du bien. Pousser les tables. Installer les chaises en rond. Poser les plateaux sur une desserte. Lire le mot de Queen et me découvrir la force de sourire devant son nouveau questionnaire. C'était le deal, non ? Elle nous prêtait le restaurant les mercredis soir, et nous évaluions ses sauces, soupes, condiments ou tout ce qui lui passait par la tête. Personne n'y trouvait à redire. Queen était une cuisinière hors pair.

J'attrapais la dernière chaise quand Mary poussa la porte. Elle fut très vite suivie de Faith, de Casey et de tous les autres. Je me figeai lorsqu'elles m'embrassèrent la joue. Jenna n'était plus la seule à le faire, elles le faisaient toutes. Je leur avais bien demandé de s'en abstenir, mais elles n'écoutaient jamais. Il n'y avait qu'Hendrix pour garder un peu plus ses distances, il se contentait d'une main sur mon épaule et d'un joli sourire. Quant à Brad, il ne se serait pas risqué à m'embrasser. Il disait seulement : «Salut.» Je lui répondais d'un hochement de tête, ou je ne lui répondais pas.

— Qu'est-ce que nous a préparé Queen ? se réjouit Mary en tournant autour des plateaux comme une lionne autour de sa nouvelle proie.

Elle prit un bâtonnet de poisson frit et le plongea dans une sauce d'un blanc crémeux. À peine l'avait-elle croqué qu'elle gémit profondément, faisant rire tout le monde.

— Un dix ! s'exclama-t-elle. Oh oui ! Un dix !

Très vite, les plateaux furent vidés. Je ne touchai à rien, je n'avais pas faim, et je tirai même sur les pans de ma veste, rattrapé par le froid. Je m'assis et ils en firent bientôt autant. En les observant ensemble, ils semblaient détendus, bien plus qu'en début d'année. La perspective de se voir, de pouvoir enfin se parler librement, de se retrouver dans le secret de ce restaurant – le fait de pouvoir compter les uns sur les autres, tout simplement – avait noué des liens que bien peu de monde aurait compris.

Une fois qu'ils furent tous installés, Brad croisa les jambes et posa l'éternelle question.

— Qui veut prendre la parole, ce soir ?

La bouche encore pleine, Raëlle leva la main.

— Moi ! baragouina-t-elle.

— Ça n'a jamais été aussi rapide, se moqua gentiment Faith.

Raëlle avala de travers et manqua s'étouffer. Toujours compatissante, Desire lui tapota sur le dos. Raëlle la remercia d'un sourire, avant de recouvrer son souffle.

— Je me suis dit qu'il fallait que je lève la main de suite, ou je ne trouverais jamais le courage de me lancer, expliqua-t-elle. Si je réfléchis, j'ai envie de me taire, de rester là à manger, à vous écouter, en pensant qu'en fin de compte, vous avez plus de choses à raconter que moi.

Elle fut si surprise d'avoir énoncé ça à voix haute qu'elle rougit.

— Ça ne se compare pas, la rassura Brad.

Loin d'être rassurée, elle frotta ses mains sur son jean.

— Je sais, souffla-t-elle. Mais parfois, on a un recul étrange sur notre propre situation, non ? On se dit : *regarde ce que les autres endurent, à côté, ce que tu ressens, ce que tu as vécu, ce n'est pas grand-chose.* J'ai le sentiment que c'est plus facile de minimiser. Parce que si nous prenions toute la mesure de ce que nous avons subi, ce serait infernal à supporter.

Brad hocha lentement la tête.

— Pour certains, tu as raison, ça fait partie du processus.

Il ne me regarda pas. Il resta concentré sur Raëlle. Et, pourtant, j'avais l'impression que ses étranges yeux verts étaient braqués dans ma direction et que chacun de ses mots m'était aussi destiné.

— Ça peut être plus facile d'avancer en se persuadant de ne pas être une victime que de devoir l'accepter. Nous sommes tous différents. Et nous faisons donc face de façon différente.

Raëlle se frotta les mains.

— Il suffit de parler, l'encouragea Jenna.

— Je trouve que parler, c'est ce qu'il y a de plus difficile, déglutit Raëlle.

— C'est comme marcher, lui sourit Casey. Un pas après l'autre. Il faut juste se lancer et après ça va tout seul.

Mais Raëlle se ravisa et, s'emparant du dernier amuse-bouche, s'appuya contre son dossier.

— Peut-être la semaine prochaine, dit-elle.

— Quand tu seras prête, la consola Faith.

Personne ne vous forçait, ici. Parfois, les conversations pouvaient se faire houleuses, mais chacun était libre. De parler ou de se taire.

— Quelqu'un d'autre veut prendre la parole ? demanda Brad.

Le silence répondit d'abord à sa question. Une seconde ou deux, avant qu'une voix ne vienne le briser. Une voix d'une froideur familière. Une voix si dure et si impersonnelle, qui fit étrangement trembler ma propre poitrine.

— Moi, dis-je.

Leurs regards interloqués auraient pu être amusants, si j'avais été capable de sourire.

— Je vais sans doute devoir partir, alors…

— Partir ? répéta tout le monde, tel le chœur parfait d'une chorale.

Je sortis l'enveloppe de la NCAA de ma poche et la leur montrai.

— Bientôt renvoyé, grimaçai-je. Même si, pour l'instant, ils appellent ça *« prochaine convocation à une commission disciplinaire »*.

Mary croisa les bras sur sa poitrine et respira plus fort.

— Cet enfoiré… siffla-t-elle, haineuse. Tu as encore frappé ce fils à papa ?

— Mary, essaya de l'arrêter Brad.

Mais arrêter Mary, c'était comme tenter de ralentir un bolide lancé à toute vitesse.

— Quoi ? s'indigna-t-elle. Combien de temps on va être obligés de faire semblant que Sawyer ne l'a pas mérité. Ces gosses de riches s'imaginent tout permis ! Avec leurs *nightdates* et leurs gros chèques !

— Mary ! recommença Brad, un ton plus haut.

Elle leva les mains, agacée. Avant de pointer un doigt dans ma direction.

— Ils essaient juste de te faire taire, crut-elle me prévenir. Avec les articles du Johns Graham, ils sont sur un siège éjectable. Et les gens parlent. Ils parlent beaucoup, tu sais ? Ils se demandent si on ne t'a pas sacrifié pour sauver les miches du grand Sawyer Harold. Les flics ne le lâchent plus, ni lui ni ses potes de la fraternité. Je peux te garantir qu'ils vont se retrouver au milieu d'un procès qui va les rincer jusqu'au dernier cent. Alors, il ne faudrait pas que celui que l'on prend pour le prochain Michael Phelps, celui qu'on a renvoyé pour coups et blessures sur cette raclure de chiottes, vienne soudainement expliquer pourquoi il l'a fait !

Elle était tellement énervée qu'elle se leva d'un bond.

— Ne les laisse pas faire ! me hurla-t-elle.

— MARY ! gueula Brad plus fort que jamais.

Mais ni elle, ni moi, ni personne ne l'entendîmes vraiment.

— Je ne peux rien faire, Mary.

— Bien sûr que tu peux faire quelque chose ! Pointe-toi chez les flics et fissa, pour leur expliquer ce qu'il se passe.

— Ce qu'il se passe, c'est qu'on va bientôt m'accuser de consommer de la drogue et que les règles de la NCAA sont très claires.

— Mais comment peuvent-ils… ?

Elle se tut, comprenant soudain. Les derniers articles d'April ne laissaient plus aucune place au doute. Il y avait trop de témoignages, à présent. Trop de gens pour venir expliquer dans le détail ce qu'étaient vraiment les *nightdates*. Ce qu'on y consommait. La nouvelle tendance. Chemsex et toutes ces conneries. Une autre façon d'obtenir ce qu'on voulait de ceux qui refusaient de vous le donner.

Mary se rassit lourdement.

— Dans les faits, je me suis drogué, énonçai-je. Tous les gens présents pourront en témoigner. Je n'étais pas dans mon état normal et Sawyer trouvera toujours une bonne excuse. Je ne pourrai même pas le contredire. Mes souvenirs sont trop anarchiques pour qu'ils paraissent crédibles. Je ne sais pas comment je suis passé d'une chambre dans une villa à son appartement, à la résidence. Je ne sais même pas comment j'ai pu lancer l'enregistrement.

Pareil à ce jour, lors de la conférence de presse, j'étais là, sans l'être. Si détaché de ma propre histoire que j'en parlais comme de celle d'un autre.

— Tu as enregistré ce qu'il s'est passé ? demanda Brad, trop doucement.

Je me tournai vers lui, aussi glacial que l'Antarctique. Je ne ressentais plus rien. Que le vide. Que le froid.

— Je voulais appeler Nathan, me souvins-je. Mais je ne l'ai pas fait. Il était au Texas, alors ça ne servait pas à grand-chose. Et après, j'ai juste appuyé sur le raccourci du dictaphone. Je ne sais pas pourquoi.

Jenna me prit la main et la serra dans ses doigts si frêles et, pourtant, à la force impressionnante.

— Pour avoir une preuve, Blue.

— Une preuve de quoi ?

— De ce qu'il t'a fait, me dit Mary, plus doucement que jamais.

Je secouai la tête.

— Je n'ai jamais pu écouter plus de deux minutes de cet enregistrement. Je ne sais même pas combien de temps il dure. Jusqu'à ce que mon téléphone n'ait plus de batterie, je suppose. Mais le peu que j'ai entendu reflète l'évidence. J'étais complètement défoncé et je lui parlais en coréen. Il ne comprend pas un mot de coréen. Alors quoi que j'aie pu lui dire…

La rage étrangla la fin de ma phrase et je fermai les yeux pour la refouler, laissant de nouveau la glace enfermer mon cœur.

— Quoi que j'aie pu lui dire… recommençai-je.

— Non, laissa rudement tomber Brad

Soudain, acculé par tous nos regards, il se redressa.

— C'est bien ce que tu lui as dit ? demanda-t-il. En coréen ou en anglais, «non» se comprend très bien. C'est universel. Non ! Ce n'est même pas une question de mot, c'est dans l'intonation. Et même si tu n'avais plus été capable de dire quoi que ce soit, Blue, d'ailleurs !

Il m'observa plus durement que jamais. Plus durement que dans ce bureau, avant que le coach Bones ne me renvoie. Plus durement que ces semaines où il m'avait pointé du doigt, me prenant pour un petit ami abusif. Il me regarda avec la violence de tout ce que j'avais vécu, comme s'il la posait devant moi pour me forcer à la voir telle qu'elle était.

— C'est à toi de décider ce que tu veux faire, m'assena-t-il. Ne laisse personne d'autre, et surtout pas Sawyer, décider à ta place.

23

스물셋

Jeudi 04 février 2021 – Berkeley – Californie

Je jetai au fond de mon sac ce que j'avais retrouvé dans le loft et le posai sur le lit de ma chambre. Je fermai mon ordinateur portable et le débranchai, récupérant son chargeur et celui de mon téléphone. Je laissai en place les photos et me contentai de plusieurs manuels, du roman que je n'avais pas terminé, et ouvris mon armoire. Je grimaçai en remarquant le foutoir qui y régnait. Il y en avait autant à moi qu'à Nathan. Ce n'était pas important, d'ailleurs, et je me servis largement avant d'entasser le tout le mieux possible. Quoi d'autre ? Mes papiers. Les batteries portatives. Les câbles. Une lampe de poche. Et quelques affaires que j'attrapai en traversant le salon. Je poussai la porte de la chambre de Nathan, allumai, et ce même si le réveil indiquait une heure du matin. Profondément endormi, Nathan plissa les yeux et enfouit le visage dans l'oreiller, cherchant instinctivement à retrouver l'obscurité. Je pris un sac dans un coin et recommençai. Ordinateur. Câbles. Revues qui traînaient sur la table de nuit. Armoire à vêtements, où l'autre moitié de ce qui m'appartenait se trouvait.

Brad m'avait demandé de faire ce que je voulais. Moi. Seulement moi. Et ce que je voulais vraiment, c'était m'enfuir avec Nathan. M'enfuir sans me poser de questions. Sans plus penser au prochain entraînement. Sans plus penser à la commission disciplinaire. Sans plus penser à Sawyer, à cette année, à toutes celles qui avaient précédé.

Juste lui et moi.

Aller voir ailleurs si nos rêves étaient toujours les mêmes.

S'ils changeaient.

S'ils grandissaient.

Laissant à Nathan quelques minutes de plus, je passai par la salle de bains et farfouillai à la recherche de nos trousses de toilette. Je vidai le contenu des placards sans vraiment regarder ce qu'il y avait dedans. Nous devions partir vite avant que le courage ne me quitte. Nous verrions le soleil se lever sur la route, Berkeley déjà loin derrière nous.

J'étais en train de remplir nos tasses isothermes d'un café plus fort qu'à l'ordinaire lorsque Nathan me rejoignit dans la cuisine. Il se frotta la tête, ébouriffant ses cheveux, et cala sa hanche au comptoir, juste à côté de moi. Il lança un regard endormi vers le tas d'affaires à l'entrée et chassa sa chair de poule en se frottant la poitrine.

— La compétition au Texas n'est que dans deux semaines, mon cœur, fit-il d'une voix rauque. Ou trois semaines ? Quatre ? Je ne sais plus.

Je fermai nos tasses en lui jetant un coup d'œil.

— Je suis au courant.

— Alors, on a le temps de préparer nos sacs.

— Nath…

Je me tournai vers lui, il soupira en baissant de nouveau les paupières. Il aurait pu se rendormir comme un cheval. Debout en face de moi, sa respiration devint déjà plus lourde et il crocheta le passant de mon jean pour me tirer à lui.

— Viens juste te coucher.

Il ne dit pas la suite, mais je l'entendis très bien. « Viens te coucher, on aura le temps de parler demain. » Je n'avais pas l'intention de discuter !

Je l'embrassai profondément, pour lui faire ouvrir les yeux. Il souleva les paupières et son regard brilla d'une couleur que je connaissais parfaitement. Je pris son visage entre mes mains et mordillai ses lèvres avant de me reculer pour scruter ces traits qui berçaient ma vie depuis mes seize ans.

— Habille-toi, on s'en va, lui dis-je.

— On s'en va ? répéta-t-il sans comprendre.

Je hochai la tête, amusé de trop bien suivre ses pensées.

— C'est ce que je viens de dire, me moquai-je.

Je récupérai des vêtements que j'avais mis de côté pour lui et les lui tendis. Il les empoigna en plissant les yeux et se frotta de nouveau les cheveux. Je retins un rire. Évidemment, il était en train de chercher ce qu'il avait bien pu oublier. Mais il n'avait pas si mauvaise mémoire.

— Où ?

— Dépêche-toi, me contentai-je d'expliquer.

Je m'alourdis d'un des gros sacs et attrapai mon portable sur la table.

— Est-ce que tu me demandes vraiment de partir avec toi au milieu de la nuit sans me dire où l'on va, Jun-ha ?

Haussant un sourcil, je m'emparai de mes clefs de voiture dans le saladier et me plantai devant lui.

— C'est ce que je te demande, oui.

Il inclina le visage pour bien m'observer.

— Maintenant ? insista-t-il.

Alors que tu viens de recevoir le courrier de la NCAA, alors qu'April met la pression sur la fraternité, alors que tout le campus est en effervescence, alors que les flics vont venir t'interroger sur les nightdates, *et une en particulier, alors que ta place dans l'équipe est encore en jeu, alors que tu pourrais ne plus pouvoir participer à une compétition universitaire aux États-Unis. C'est vraiment maintenant que tu me demandes de m'enfuir avec toi ?*

J'entendis tout ce qu'il ne dit pas. Je l'entendis si bien et je lui souris en coin, d'un sourire insolent sans doute pour la première fois de ma vie.

— Maintenant, oui, répondis-je.

— Et sans prévenir personne ?

— Sans prévenir personne.

Il passa la langue sur ses lèvres et resta immobile de longues secondes. J'attendis, le cœur battant de plus en plus vite. Pas parce que je doutais qu'il me suive. Parce que j'étais persuadé qu'il allait le faire.

— Maintenant que tout est clair…

Une émotion traversa son visage, une émotion que je n'avais pas vue depuis longtemps. L'admiration. La fierté. Et cette excitation, la même que lorsque nous escaladions les grilles de la piscine municipale.

Il s'habilla vite, récupéra le second sac et passa dans sa chambre. Puis il revint quelques secondes plus tard, une veste sur le bras. J'ouvris la porte et la tins pour lui, le temps qu'il prenne nos deux tasses de café et qu'il sorte.

Nous descendîmes par la cage d'escalier, sans un bruit.

Nous ne dîmes pas un seul mot jusqu'à nous trouver dans ma Jeep, moteur allumé, alors qu'elle filait loin de la ville.

Berkeley était à des centaines de miles de nous, lorsque l'aube teinta l'horizon.

***

Vendredi 05 février 2021 – Las Vegas – Nevada

Certains endroits clignotaient. Las Vegas était comme un essaim de lucioles perdu dans l'immensité du désert. Des lumières et des lumières partout, qui éclairaient cet endroit si particulier et qui, étrangement, me faisait penser à certains quartiers de Séoul. À Hongdae[58], notamment. Halmeoni le nommait le temple du jeu. Sans doute parce qu'il était comme Vegas, ses enseignes illuminaient la nuit et le monde étouffait les trottoirs.

---

58 홍대 : Situé à l'ouest de Séoul, dans l'arrondissement de Mapo-gu.

Nous avions roulé toute la journée d'hier, les sonneries de nos portables éteintes. Nous avions trop d'appels en absence et des dizaines de messages en attente. J'avais quand même fini par envoyer quelques mots à la seule personne qui n'avait pas fait résonner mon smartphone inlassablement et la seule personne capable de géolocaliser mon portable, alors même que j'avais déconnecté la fonction. La seule qui pouvait m'adresser un mail via une application qu'il n'était pas censé connaître et que je n'avais pas éteinte, même si je n'étais plus en Californie. Il y avait mis mon mot de passe à ma place bien que, de ça non plus, il n'aurait jamais dû être au courant.

« Je te surveille. Je dis à tout le monde que vous êtes partis prendre l'air. Joey »

Nathan avait lu les deux phrases, son visage passé par-dessus mon épaule.

— Tu es sûr qu'il est garagiste ? m'avait-il demandé.

Savoir ce qu'était – ou non – Joey aurait été difficile à expliquer. Mais je lui avais quand même répondu, avant qu'il n'envoie le SWAT nous récupérer. Je pouvais compter sur lui pour donner de mes nouvelles à Juliet, avec qui il ne manquerait pas de se disputer une bonne heure, avant qu'elle ne se souvienne d'aller prévenir le coach Bones.

Même en nous sachant vivants, ils n'avaient pas arrêté de téléphoner pour autant et j'avais fini par couper mon portable pour profiter de la ville.

Nous avions misé trop d'argent au black jack.

Espéré vainement récupérer le jackpot des machines à sous.

Mangé dans un restaurant conceptuel où j'avais passé plus de temps à me demander ce que j'avais dans la bouche qu'à réellement le déguster.

Dormi sur les sièges arrière de la voiture.

Bu beaucoup trop dans un club aux mœurs indéterminées.

Et fait passionnément l'amour dans leurs toilettes obscures, nos cris étouffés de baisers.

Lorsque nous en sortîmes échevelés, nos vêtements de guingois et nos pensées troublées d'alcool et de désir, nous retrouvâmes nos places devant une petite scène où une jeune fille, le corps pailleté et sa queue de fauve traînant derrière elle, se lançait dans un numéro de transformisme qui me laissa la bouche légèrement ouverte.

Nathan passa un bras derrière moi et se pencha à mon oreille pour y glisser d'une voix trop sensuelle et un brin moqueuse :

— C'est quoi le programme, maintenant ? Nous marier devant Elvis ?

Je me tournai vers lui et lui volai un baiser qui avait le goût de… *Mon goût.*

— Pourquoi pas ?

Il rit. Je ris aussi. L'alcool n'était jamais de bon conseil. Ou peut-être que si.

— Tu veux m'épouser ? lui demandai-je.

Il ne s'attendait pas à ce que je lui pose cette question, parce qu'il se racla soudain la gorge et chercha à se redresser. Difficilement. À vrai dire, j'ignorais comment nous allions rejoindre notre voiture. J'avais l'impression d'être enfoncé dans cette banquette pour le reste de mes jours. À peine si je parvins à appuyer le coude sur son épaule et à prendre son menton entre mes doigts.

— Tu ne veux pas ? lui soufflai-je.

Il trembla doucement.

— Je suis incapable de te refuser quoi que ce soit, tout de suite, susurra-t-il. Je suis incapable de te refuser quoi que ce soit depuis qu'on est partis de Berkeley. Non, d'ailleurs ! Je suis incapable de te refuser quoi que ce soit depuis qu'on se connaît.

Je me mordis la lèvre, regrettant d'être à ce point ensuqué. J'aurais aimé me plonger de nouveau en lui.

Nathan repoussa mes cheveux.

— Tu sais combien de Jun-ha, de Blue, de Blue Phoenix, j'ai rencontrés depuis mes seize ans ? me demanda-t-il. Beaucoup. Il y a tant de facettes en toi, tant de colère, tant de douceur, tant d'envies et tant de retenues que je n'aurais pas assez d'une vie pour toutes les apprendre par cœur. Alors, bien sûr que je veux t'épouser.

Mon cœur battit à tout rompre.

Il battit aussi vite que les pulsations de la musique autour de moi.

Nathan se pencha et, tout contre ma bouche, murmura :

— J'épouserai Park Jun-ha, quand j'aurai la bénédiction de toute ta famille, et même si ça doit me prendre des années.

Je déglutis, l'alcool ploya devant la sincérité de son aveu. Ce n'était plus amusant, ce n'était plus seulement pour rigoler dans l'ombre d'un bar étrange. J'aurais voulu lui dire qu'il n'obtiendrait jamais la bénédiction d'un homme qui m'avait renié, mais quelque part, ce n'était pas ça qui m'inquiétait. La réalité de mon départ était un obstacle bien plus imminent que tout le reste.

Je le lâchai, mes doigts trouvèrent leur place sur sa poitrine.

— Et si Park Jun-ha doit partir ? lui demandai-je.

— Alors je le suivrai, répondit-il, sans même y penser.

Je secouai la tête, il ne pouvait pas. Nathan glissa les mains dans mes cheveux, me renversa le visage en arrière.

— Tu ne peux pas tout abandonner, Nathan…

— Tant que je ne t'abandonne pas, toi.

Il était le seul.

Le seul qui, dans la grandeur de ce monde, sache me regarder de cette façon. Me perdre dans le bleu de ses yeux, m'asphyxier de son amour et me rendre compte de l'air qui se raréfiait dès qu'il se décalait. J'avais vécu en apnée tout le temps où je l'avais gardé à distance. Aujourd'hui, il m'avait suivi dans cette folie, il la bordait, l'entourait, l'éclairait. Ma folie. Mon amour.

Plus nous nous éloignions de Berkeley et mieux je comprenais.

Nous n'avions pas fui.

Nous étions partis respirer. Respirer loin de tout. Respirer comme on recule un peu pour mieux sauter dans l'abîme.

Respirer avant de plonger, de couler.

Respirer avant de nager dans les eaux les plus troubles que portait ce monde.

***

Dimanche 07 février 2021 – Grand Canyon – Arizona

Les gens prenaient des photos et ne savaient plus admirer. Ils étaient tellement obnubilés par l'envie d'immortaliser l'instant qu'ils oubliaient de le vivre. Ils se promenaient à côté, s'en tenant à distance, de derrière leur objectif. La passerelle en bois serpentait dans les formations rocheuses, au cœur d'une œuvre créée par un dieu ou la nature elle-même, par le temps. Elle restait là pour les chanceux qui viendraient s'y perdre. Je me sentais minuscule face à l'immensité. Insignifiant devant tant de beauté. Mais plus du tout perdu. D'une certaine façon, je me retrouvais. Un jour après l'autre, comme on récupère les miettes de pain laissées par notre vie, je reconstituais quelque chose qui avait explosé. Je ne pensais même pas que l'on puisse le réparer et, pourtant, je le percevais en moi, donnant la mesure à tant de sentiments à la fois.

La reconnaissance de me retrouver ici, exactement à ce moment.

L'admiration devant tant de splendeur.

L'excitation de marcher sur une terre porteuse de tant d'histoires.

L'amour inconditionnel de Nathan, qui se tenait derrière moi, presque trop silencieux.

Et la douleur de savoir qu'il avait déjà partagé ces instants avec un autre.

Nous avançâmes encore de quelques pas, nous écartant suffisamment pour ne plus croiser personne. La plupart des visiteurs, ceux qui ne repéraient en ce lieu qu'un joli cliché, ne ressentaient pas le besoin d'aller plus loin. Alors que c'était justement en s'éloignant que l'on découvrait le plus beau.

La terre semblait faite de rouge et d'or.

Le soleil s'y reflétait mystérieusement.

— C'est magnifique, dis-je.

Je m'arrêtai devant les vallons de roches et inspirai l'air tiède.

— Tu sais pourquoi je voulais voir cet endroit avec toi ? demandai-je à Nathan.

Il se porta à ma hauteur, alors que, jusque-là, il était resté en retrait.

— Parce qu'Halmoni…

— *Halmeoni*, le repris-je encore.

— Grand-mère… rectifia-t-il.

Je me tournai vers lui et l'obligeai à me faire face. Il se massa la nuque, mal à l'aise.

— *Halmeoni*, insistai-je.

— Halmeoni, recommença-t-il correctement.

Je hochai la tête, raide.

— Bien le prononcer, même si tu mets du temps, même si ce n'est pas naturel pour toi, c'est lui montrer du respect, expliquai-je plus durement que je ne l'aurais voulu.

Il soupira, parfaitement conscient que je n'étais pas en colère à cause de sa prononciation.

— J'ai plus que du respect pour la femme qui t'a élevé, Jun-ha.

Je fermai un instant les yeux, et me tournai de nouveau vers le paysage.

— Je sais, soufflai-je.

Il posa une main sur mes reins, rien que ça. Ce fut suffisant pour que j'en frissonne.

— Tu as vu un reportage avec Halmeoni et Becca, se rappela-t-il. Et depuis, tu rêvais de venir au Grand Canyon. Mais avec quelqu'un qui en comprendrait l'importance.

— C'est vrai.

Il suivit des doigts le dessin de mon tatouage. Bien qu'il soit caché sous mes vêtements, Nathan l'avait assez caressé, embrassé, léché, pour le deviner à la perfection.

— Et moi, j'ai été assez con pour l'oublier, murmura-t-il.

— Je n'ai pas dit ça.

— Et assez con pour m'envoyer en l'air avec un Australien, seulement parce que tu ne me donnais plus de nouvelles et que je pensais que tu m'avais trompé.

Je me crispai aussitôt. Il posait toujours des mots trop crus et directs sur ce que j'avais du mal à évoquer.

— Je t'ai trompé, Nathan, et…

Il m'empoigna avec fermeté, je retins un léger gémissement de douleur.

— Tu ne l'as jamais fait, me contredit-il. Pas même une seconde. Et tu as raison de m'en vouloir !

Qu'importait la façon dont il l'appelait, ça ne changeait pas ce qu'il s'était passé.

Je posai une main sur la sienne, l'incitant à me lâcher.

— Je ne t'en veux pas, lui assurai-je. Je suis juste blessé. Et furieux.

Il rit un peu en repoussant ses cheveux en arrière.

— C'est bien la définition d'« en vouloir à quelqu'un ».

Je lui jetai un coup d'œil.

— J'y pense trop aujourd'hui, parce qu'on est ici. Et plus j'y pense, plus j'ai envie…

Il pencha le visage dans ma direction et attendit que je poursuive. Je me contentai de hausser les épaules et de me taire.

— Dis-le, me poussa Nathan.

Ma gorge se noua soudain, mes mains se recouvrirent de sueur et un frisson se répandit le long de ma colonne vertébrale. Mon corps me trahit, révélant bien avant moi ce que j'avais au coin du cœur. Cette ombre qui masquait le pire de nos désirs : ce coin obscur dans lequel on murmurait nos besoins les plus inavouables.

Nathan passa devant moi et remplaça l'immensité du paysage.

J'ignorais s'il y avait du monde suffisamment près de nous pour s'en étonner. Mais, en ce moment, mes convenances s'effritaient.

— Allez, dis-le, susurra-t-il.

Les mains dans mes poches, plongé dans un océan de bleu, complètement figé, je finis par céder.

— J'ai envie de m'enfoncer en toi. J'ai envie de laisser ma jalousie nous blesser tous les deux. J'ai envie de nouer mes doigts à ton cou et de t'entendre gémir que je suis le seul à te faire ressentir ça.

Seules mes lèvres avaient bougé.

Je repris mon souffle en m'arrachant à ses yeux.

— J'aurais aimé qu'on le découvre ensemble, c'est tout, changeai-je de sujet.

Nous n'étions plus à Las Vegas et la terre arizonienne ne nous cachait pas aussi bien que les bars obscurs de la ville des lumières.

— Arrête, le prévins-je, lorsque son regard se fit persistant.

Il enroula alors ses bras à ma taille et s'appuya à mon dos, son menton sur mon épaule ; il regardait dans la même direction que moi. Le jour déclinait déjà.

— Je ne suis pas venu ici, Jun-ha. Dans les alentours de Phoenix, oui, mais pas au Grand Canyon même. Sans toi, je n'avais pas vraiment envie de visiter le coin.

Je penchai le visage, il hocha la tête, sincère.

— Et si tu veux que je te parle du reste, je peux le faire.

— Je n'ai pas envie d'en savoir plus.

Jamais.

Il m'embrassa la tempe. Brièvement.

— D'accord, accepta-t-il, sans insister.

Il frotta le nez contre mon oreille.

— Et toi, Jun-ha ? Tu veux me parler ?

— Oui. Mais pas maintenant.

Je nouai les doigts aux siens et nous attendîmes que le soleil s'éteigne et que les étoiles, telles des lanternes nichées dans les cieux, prennent leur place et guident notre retour.

J'ai eu tellement peur, Nathan. J'ai tellement peur, encore maintenant. Peur que tu saches tout. Peur de te perdre.

***

Mardi 09 février 2021 – White Sands – Nouveau-Mexique

Le parc national des White Sands faisait partie de ces endroits que je rêvais de visiter. J'avais fait une liste avant de prendre l'avion pour les États-Unis et je m'étais promis de parcourir cet immense pays à la recherche des lieux les plus insolites et les plus cultes, qui emplissaient mon imaginaire. New York et Chicago. Le Grand Canyon, White Sands ou le Golden Gate. Las Vegas, Cap Cod et le Walk of Fame. J'en avais visité plus que je ne le supposais et cette semaine volée à notre quotidien, encore plus. Nos téléphones avaient cessé de sonner depuis quelques jours, j'aurais dû m'en inquiéter, mais j'étais seulement serein pour la première fois depuis bien longtemps. Bien sûr, ce n'était qu'un moment, nous roulions vers une destination que nous connaissions parfaitement tous les deux, pour des raisons que nous connaissions tout autant, quand bien même nous n'avions pas dit un mot sur le sujet.

Nous étions allongés l'un à côté de l'autre, dans ce sable d'un blanc incroyable qui n'était en fait que de fins cristaux de gypse. À l'ombre d'une dune, nous fixions le ciel bleu, les nuages épais flottant sous nos yeux. Ils avaient des formes et des couleurs différentes. Parfois, ils masquaient le soleil et l'air se faisait plus froid. La pluie menaçait, mais nous n'étions pas vraiment inquiets. Nous serions mouillés en retournant à la voiture, et alors ?

C'est ici que ça arriva.

Après presque deux ans.

Après tout ce que nous avions vécu.

Après s'être séparés, retrouvés, enfuis.

Juste maintenant, alors qu'il ne me touchait pas et que, pourtant, je le sentais partout autour de moi, en moi. Comme un second cœur qui aidait le mien à mieux battre. Comme un souffle, qui apaisait mes chairs à vif. Comme un sourire dans mes nuits sombres.

Maintenant.

Là.

— Je ne peux rien raconter avec certitude, murmurai-je. Ce que j'ai dit, ce que j'ai fait, dans quel ordre. Quand je réussis à y penser, ce ne sont souvent que des flashs sans vraie chronologie.

Seulement des moments recrachés par ma mémoire.

Nathan ne bougea pas, ne prononça pas un mot. Il continua à faire glisser le sable entre ses doigts.

Je déglutis et frottai ma gorge, quelqu'un aurait pu s'être jeté sur moi pour m'étrangler, elle ne m'aurait pas paru plus serrée.

— Mais il y a quand même des choses dont je suis sûr, poursuivis-je. Sawyer m'a demandé de l'accompagner à cette soirée. J'avais reçu des dizaines d'invitations depuis le début de l'année. Je les mettais toutes à la poubelle, sans même les regarder. Pourtant, j'étais intrigué. Tout le monde parlait de ces soirées et, après tout, je pouvais m'accorder une heure ou deux sans penser à la natation. Sawyer me poussait à y aller. L'invitation était pour deux et il me suppliait. Alors, j'ai fini par accepter. Après tout, qu'est-ce qu'il pouvait m'arriver ?

Je ris d'une telle absurdité.

Nathan se tourna sur le flanc et appuya une main sur mon épaule. Je quittai le ciel des yeux pour les poser sur lui. Une seconde, avant de me perdre de nouveau dans la course des nuages. C'était plus simple comme ça.

— Il joue très bien la comédie. Il tenait le rôle de l'étudiant qui voulait découvrir ces soirées, alors que c'était lui qui les organisait et que c'était lui qui mettait ces invitations partout autour de moi. Quand j'y pense, j'ai l'impression d'avoir été traqué par un malade. Et lui, tout ce temps, s'amusait de ma confiance pour m'amener là où il le souhaitait.

Je me mordis la lèvre presque jusqu'au sang.

— Le pire, c'est qu'il voit ça comme un jeu, me tendis-je. Quelque chose que l'on partage encore. Lui et moi. Comme si nous avions une relation particulière, et je le hais encore plus d'avoir fait en sorte que ce soit le cas. Il m'a manipulé parce qu'il me connaissait très bien et que j'avais confiance en lui. Il savait que je ne toucherais pas une goutte d'alcool. Il savait que je boirais dans cette bouteille d'eau. Il savait que le lendemain, je me ruerais sur lui. Il savait que j'accepterais ma sanction. Il savait que je ne dirais jamais rien. Il m'a si bien étudié.

Une larme dégringola sur ma joue et je l'écrasai sous ma paume, refusant qu'elle reste là. Le pouce de Nathan traçait des ronds sur mon épaule et son silence était aussi protecteur que des bras passés autour de moi.

— Je ne me rappelle aucun visage, continuai-je, d'une voix morne. Je ne me souviens même pas de l'adresse, de la couleur des murs de cette villa, de la musique diffusée ou d'une conversation que j'aurais pu partager avec quelqu'un. Je sais juste qu'il y avait un tableau à l'entrée, le même qui se trouvait dans leur propriété de Los Angeles. Et, quelque part, je ressens encore cette drôle d'ambiance. Je suis assourdi, il y a du monde à tous les étages, une piscine, les lumières tamisées. Je me rappelle m'être dit : « Tiens, c'est comme dans les films. » Et puis j'ai commencé à me sentir mal. Je voyais trouble. J'avais chaud. Je supportais à peine les vêtements sur moi et mon cœur battait trop vite, trop fort. Les sons étaient distordus, les figures étranges, et j'ai avancé vers la sortie. J'avais juste besoin de prendre l'air. Mais, au lieu de sortir, je me suis soudain retrouvé à grimper les escaliers. Quelqu'un me poussait dans une chambre. Le verrou a cliqueté dans mon dos. Sawyer s'est soudain tenu devant moi. Je le voyais sans le voir, je l'entendais sans l'entendre. Il a dit : « Tu voulais prendre l'air, non ? » Puis il a ouvert une immense baie vitrée.

J'inspirai profondément, chassant le dégoût qui me brouilla les entrailles et quelque chose de plus indistinct et de bien plus sombre aussi. Nathan posa lentement son front sur ma tempe et ses lèvres au coin des miennes. Il resta silencieux, mais son souffle brûlait de haine et de tendresse. De haine pour Sawyer et de tendresse pour moi.

— À un moment, il a enlevé son T-shirt et quand il s'est approché pour me déshabiller, je n'ai même pas pensé à le retenir. J'ai regardé autour de moi, comme si nous avions pu nous téléporter au bord d'une piscine. Pour quelle autre raison… ?

Je secouai la tête, essayant d'éclaircir mes souvenirs, mais ils restaient toujours aussi vagues.

— J'ai compris trop tard. Beaucoup trop tard, m'étranglai-je. Et quand j'ai compris, j'étais tellement… tellement mal, que je n'ai réussi qu'à parler en coréen. J'ai parlé coréen, Nathan. J'ai dit « non » en coréen, j'ai supplié en coréen, j'ai voulu savoir ce qu'il lui prenait, pourquoi, en coréen. Il s'est agenouillé devant moi et j'étais bloqué, comme emprisonné dans mon propre corps. Je n'arrivais pas à le repousser. Et il riait. Il disait des choses qui n'avaient aucun sens. Des choses sur toi, sur lui. Comme si je voulais exactement ce qui arrivait. Mais je ne le voulais pas. Pourtant, quand il a posé une main sur moi, c'était comme si je l'attendais. Ça m'écœurait tellement, j'avais envie de vomir et en même temps, je ne pouvais pas m'empêcher… m'empêcher de…

Mon souffle était trop rapide. Mon cœur s'explosait contre ma cage thoracique.

— Tu sais que ce n'était pas toi, Jun-ha, me murmura-t-il d'une voix altérée. Tu étais drogué. Ton corps a réagi de la seule façon qu'il pouvait. Et toi aussi, tu as réagi de la seule façon que tu pouvais. Quoi qu'il ait cru te prendre et quoi que tu penses lui avoir donné, ce n'était qu'un mensonge.

Il caressa mon visage, je n'avais pas eu conscience d'à quel point il était baigné de larmes. Je n'avais pas eu conscience d'avoir eu tant besoin de le lui dire.

— Peu importe avec qui, qu'il s'agisse d'amour ou non, qu'il s'agisse d'une nuit ou d'une vie, le désir se partage. Il ne s'extorque pas.

En quelques mots, il m'absolut.

Pour la première fois, je me dis que je parviendrais peut-être aussi à me pardonner.

***

Mercredi 10 février 2021 – Odessa – Texas

Je me tenais devant la piscine du motel où nous nous étions arrêtés. Quelques heures nous séparaient encore d'Austin, nous aurions pu continuer notre route. Mais nous avions besoin de prolonger notre périple d'une nuit. L'endroit était typiquement américain. C'était le genre d'établissement qui bordait les autoroutes, avec un point d'eau pour rafraîchir les voyageurs. Les nuits pouvaient être d'une chaleur infernale, au Texas. Et même si j'aimais la Californie, la tiédeur de l'hiver, l'océan et le rythme différent, le Texas restait, quelque part, ma maison. Y revenir me faisait toujours quelque chose. L'année dernière, je m'étais amputé de cette partie de moi. Revoir ce paysage me rappelait l'adolescent que j'avais été et qui s'éblouissait de cette beauté parfois désertique. Il y avait quelque chose de sauvage, que Nathan portait en lui. Quelque chose qui était difficilement explicable avec des mots, et qui m'avait fasciné du premier jour où j'avais mis les pieds sur ce sol jusqu'à aujourd'hui, alors que je regardais la surface de la piscine de ce motel.

Malgré tout, j'étais heureux.

Tout était différent, ici. L'air, les gens, les sourires, le soleil. Comme pour me donner raison, Nathan posa un Stetson blanc sur ma tête et caressa le bord du sien, d'un noir profond, lorsque je lui jetai un coup d'œil.

— Alors, champion, me lança-t-il d'une voix amusée, l'eau vous manque ?

— Hum, répondis-je sans le lui cacher.

Elle me manquait, mais je ne voulais pas y retourner tout de suite.

Il regarda à son tour l'étendue bleutée et je pus croiser au fond de ses yeux la même envie que moi.

— Depuis quand n'est-ce pas arrivé ? soupira-t-il.

— Je ne m'en souviens plus, dis-je, comprenant très bien de quoi il parlait.

Quand avions-nous passé une semaine entière sans nager ? C'était même rare de passer une journée sans s'entraîner. Même les dimanches. Même pendant les vacances. Nous trouvions toujours le chemin de la piscine pour une heure ou deux, histoire de ne pas perdre le rythme.

— Tu veux y aller ? demanda Nathan, observant la piscine d'un air frustré.

Elle était trop petite, à peine le temps d'un cycle ou deux avant de devoir culbuter. Même celle de Simons House était plus longue. Surtout parce que Drew l'avait imaginée pour Nathan.

— Non, répondis-je, sans pour autant pouvoir m'en détourner.

Il nous fallut quelques secondes de plus pour réussir à nous en éloigner.

Nous nous arrêtâmes devant un distributeur pour acheter ce qui fit office de dîner. Des bretzels, des chips et des barres chocolatées. C'était loin d'un repas équilibré, mais ça nous remplit l'estomac pendant que nous regardions un film d'horreur qui, bien entendu, se déroulait dans un motel au Texas. Après, Nathan passa plus d'une demi-heure à vérifier qu'il n'y avait aucun trou dans les cloisons et que les portes se fermaient bien à clef. Il ne prit aucun risque et poussa la commode devant l'entrée, pour bloquer tout passage, et je ris tellement qu'il s'énerva. Ce qui ne l'empêcha pas pour autant de recommencer. Plié en deux sur le lit, j'essayai de recouvrer mon souffle.

Il gueula carrément pour se faire entendre quand il m'expliqua pourquoi il préférait décrocher les tableaux des murs. Rouge, les joues brûlantes, je m'étranglai en me laissant tomber en arrière.

Puis, à un moment, il vint s'asseoir à côté de moi sur le lit et j'appuyai mon crâne sur ses genoux, m'esclaffant encore. Il m'agrippa les cheveux, d'un geste agacé, mais ses yeux, eux, brillaient d'une joie que nous n'avions pas partagée depuis un moment.

S'amuser.

Rigoler.

Ne plus penser à rien.

Ses doigts caressèrent mon visage avec envie.

— Tu es beau, dit-il simplement.

Je le fixai de longues secondes, avant de me redresser pour l'embrasser. Il se recula doucement, une main sur ma joue.

— Je ne disais pas ça pour…

— Je sais, le coupai-je.

Depuis hier, il restait à distance. Pas vraiment à distance, d'ailleurs. Il me laissait de l'espace pour que je puisse m'adapter à tout ce que je lui avais avoué. J'aurais préféré incendier mes révélations pour qu'elles ne soient plus qu'un tas de cendres. Pourtant, je ne regrettais pas de les lui avoir dites. Et sa délicatesse m'émouvait. Cette prudence n'était pas une porte fermée. C'était une porte qu'il me laissait grande ouverte, pour que je puisse la franchir quand je le souhaiterais.

— Viens là, cowboy, susurrai-je.

Je me mis à genoux sur le lit et le tirai à moi pour qu'il en fasse autant. Il leva les bras et je le débarrassai de son sweat et de son T-shirt.

— Cowboy ? répéta-t-il, d'une voix grondante.

Je me mordis la lèvre et, sans le quitter des yeux, je baissai juste assez son jogging pour lui empoigner les fesses. Ce n'était pas dans mes habitudes d'être si… je n'en savais rien. J'avais toujours été dans la retenue. Et quand je n'y avais plus été, j'avais plongé dans la violence. Comme si mes désirs ne pouvaient se teindre que de tendresse ou d'obscurité. Mais ce voyage m'avait libéré. J'ignorais si demain, lorsque nous serions arrivés, ce serait encore le cas. Mais ici, dans ce motel, dans cette chambre kitsch au bord d'une autoroute, j'abaissai les barrières édictées par mon éducation ou par ma douleur.

— Garde ton Stetson, lui ordonnai-je.

Puis je me débarrassai des derniers de mes vêtements et attrapai mon sac sans le quitter des yeux.

Mais qui aurait pu quitter Nathan des yeux quand il se tenait à genoux sur un lit, habillé seulement d'un chapeau et d'un pantalon légèrement baissé sur un désir de plus en plus marqué. Cette peau dorée. Le début de barbe. Le ventre plat sur lequel il posa une main. Je pris une grande inspiration et jetai un tube de lubrifiant près de lui.

Doucement, je le rejoignis, baissant un peu plus son jogging en embrassant sa poitrine, l'endroit où son cœur battait furieusement. Je glissai la langue sur sa clavicule et remontai le long de son cou, suivis la ligne de sa mâchoire avant de retrouver des lèvres parfaites.

— Tu me plais tellement, soufflai-je contre sa bouche.

Nathan me poussa sur le dos et finit de retirer son pantalon pour s'installer sur moi.

— À quel point ?

— D'après toi ?

Il attrapa le tube de lubrifiant; avant d'appuyer les mains de part et d'autre de mon visage, le bord de son chapeau frôla mon front.

— Dis-moi quelque chose de…

— De quoi ?

Il sourit en coin en se mordant la lèvre.

— D'excitant.

Je n'arrivais pas à quitter l'océan niché dans son regard, alors même que je sentais ses doigts se faufiler sur moi, le froid du gel quand il me masturba.

— Tu me fais bander, Nathan.

Il alla plus vite.

— C'est bien, susurra-t-il. Mais fais mieux.

Il accéléra encore et je me redressai vivement, pour lui empoigner la nuque et plonger le visage dans son cou. J'y abandonnai un gémissement à son oreille, un gémissement que je ne retins pas.

— Tu me fais bander, recommençai-je. J'adore quand tu me touches, quand ta main m'empoigne et que tu me prépares pour toi. J'adore savoir que bientôt, je vais te prendre et que ton beau cul va…

Il me serra fort et j'expirai un cri en me reculant.

— Tu es un peu trop doué pour ça, souffla-t-il d'une voix hachée.

Je lui mordis la lèvre.

— Viens sur moi, le suppliai-je.

Alors il vint et glissa lentement.

J'arquai le dos, cherchant à aller plus loin en lui.

Il ondula, vêtu de son seul Stetson, ses cheveux platine léchant sa nuque et ses doigts se caressant au rythme de ses hanches. Il me submergea de coups de reins, parfois trop lents, parfois trop brutaux, parfois d'une tendresse suave ou d'une passion enfiévrée. Il m'arracha des grondements, qui devinrent des cris, qui s'étouffèrent entre deux gémissements. Il continua. Seul maître de mon désir, nageant au plus profond de mes envies.

Plus je le regardais, plus je tremblais.

***

Jeudi 11 mars 2021 – Simons House – Texas

Beaucoup de villas longeaient le lac Austin. Les propriétés étaient si vastes que l'on avait l'impression d'être seul au monde. C'était un endroit prisé par de riches propriétaires qui cherchaient un coin différent. Drew Simons avait investi dans l'une d'elles, après la mort de sa première femme, la mère de Nathan. Il voulait un lieu où son fils se sentirait particulier. Et, aussi, une vitrine sur sa propre réussite. Il ne s'en était jamais caché. Drew Simons s'était toujours acharné au travail et il menait ses affaires en suivant une règle basique : l'argent appelait l'argent. Il savait que le monde dans lequel il évoluait était aussi un monde de paraître. On aurait pu penser qu'un avocat s'appliquerait surtout à suivre la loi. Mais Drew savait que cette vision était devenue naïve et ne sauvait plus personne. La loi était les limites avec lesquelles les avocats jouaient tous. Et les procès, du moins ceux dont ses cabinets s'occupaient, étaient avant tout un vote de popularité.

La médiatisation, les clients qui chiffraient ses honoraires avec plusieurs zéros, les juges, les jurés, les foules qui s'amassaient devant les tribunaux, avaient depuis longtemps dépassé le cadre de la loi. Le peuple vous jugeait bien plus durement que n'importe quelle cour de justice. Je me souvenais de disputes avec Becca, lorsque Drew évoquait la «préparation» de ses clients. En somme, l'image qu'ils allaient renvoyer, les mots qu'ils allaient employer, ceux qu'ils ne devraient jamais dire, les regards, les attitudes. Tout était important, jusqu'à la couleur des vêtements qu'ils portaient.

Nathan s'était souvent buté à son père et, parfois, je l'avais vu le regarder comme un monstre qui défendait l'indéfendable. Pourtant, personne, ni Becca ni Nathan, ne semblait apercevoir les voiles qui ternissaient parfois ses yeux d'un bleu si semblable à celui de son fils. Quoique plus dur, comme le sont ceux qui en ont trop vu.

Drew avait la réussite dans le sang.

Il était carriériste.

Il était déterminé.

C'était un requin qui s'était fait une place parmi les requins. Lui, le gamin débarqué d'Hawaï, le jeune étudiant boursier, il avait gravi les échelons en ne comptant que sur lui-même. Il avait fait une sacrée plus-value. Simons et Associés possédait des succursales dans plusieurs villes des États-Unis. Et Drew voyageait pour garder un œil sur les dossiers que ses cabinets traitaient; il animait une émission de télévision qui mettait en scène les procès les plus célèbres, il donnait des conférences et écrivait des livres. Il ne se défendait jamais d'être celui qu'il était. Mais peu de gens savaient qu'il était bien plus attaché qu'on ne l'imaginait à l'idée de justice.

Un jour, je l'avais trouvé dans son bureau. C'était le milieu de la nuit et il buvait un bourbon. Il y avait une tonne de documentation étalée devant lui. Je m'étais assis sur le fauteuil en face et il m'avait souri.

« C'est facile de défendre les innocents, m'avait-il dit. *C'est logique de le faire. Ça fait partie de notre nature humaine. Mais la justice n'est pas que celle de l'innocence. Chacun – victime et coupable – a le droit d'être défendu. C'est ça, la vraie justice, Blue. »*

La Jeep remonta le chemin en gravier et je m'arrêtai devant une volée de marches qui menait au perron d'une immense bâtisse en pierres apparentes. Dans la pénombre de la soirée, les lumières aux fenêtres lui conféraient un air un peu irréel. Les pelouses étaient parsemées de buissons et, la journée, les arbres jetaient des ombres sur la façade.

— Tout va bien se passer, me rassura Nathan.

Je coupai le contact, avant de reposer les mains sur le volant.

— Tu l'as appelé, compris-je.

Nathan acquiesça lentement.

— Quand on a quitté Berkeley, oui, m'apprit-il.

— Tu savais.

— Je te connais, mon cœur.

— Je n'étais même pas sûr moi-même de ce que je faisais.

— Tu l'étais. Tu avais juste besoin de temps.

De temps ?

J'avais presque deux ans de retard. J'aurais de la chance si ce n'était pas trop tard.

Nathan sortit de la voiture et, après une seconde, je l'imitai. L'estomac noué, je regardai l'entrée, angoissé à l'idée de faire un pas de plus, mais incapable de reculer.

Se plantant devant moi, Nathan me regarda droit dans les yeux.

— Ne pense pas à ça, me dit-il, sachant très bien ce qui tournait en boucle dans ma tête.

Mais je ne pouvais pas m'en empêcher.

— Si seulement j'étais venu l'année dernière, me tendis-je. Si je m'étais retourné sur toi à l'aéroport. Si j'étais reparti avec toi au Texas. Si j'avais demandé à Drew de m'aider et à toi de me croire. Si je n'avais pas menti à Becca. Si j'avais eu ce courage, à l'époque, au lieu de disparaître. Si…

— Tu as pris le temps qu'il te fallait, me coupa-t-on.

Je passai le regard par-dessus l'épaule de Nathan. Un homme se tenait en haut des marches. Nathan lui ressemblait tellement qu'il était impossible de ne pas savoir que c'était son père. Les mêmes yeux, les mêmes traits, plus vieillis, plus rudes par endroits. Le même regard. La même carrure. Et la même couleur de cheveux, d'un noir profond, que Nathan teignait.

— Salut, papa, lui dit-il.

— Salut, fiston.

Il descendit l'escalier et étreignit Nathan avant de le tenir à bout de bras, avec une attention toute paternelle. Puis, rassuré, il le lâcha et s'avança vers moi.

— *Ajusshi*[59], déglutis-je.

Il m'empoigna la nuque avec une tendresse que je connaissais si peu. Et que, à bien des égards, il avait été le seul à me montrer. La tendresse d'un père, le regard d'un père, les inquiétudes d'un père.

— Regarde-moi, Blue.

Mes yeux me brûlaient, mais je fis face, immobile et stoïque, attendant sa sentence.

— Tu m'as manqué.

Je me raclai la gorge.

— Vous aussi, *ajusshi.*

Il me caressa les cheveux en reprenant lentement son souffle.

— Ne t'inquiète pas, d'accord ? On va s'occuper de tout. Mais d'abord…

Il pointa l'entrée du menton.

— Je crois que quelqu'un veut te voir.

Je jetai un œil vers le perron, sans comprendre. Il avait raison, il y avait bien quelqu'un. Quelqu'un qui croisa les bras sur son ventre, comme s'il ne savait plus où les mettre. Quelqu'un aux cheveux ébouriffés et aux yeux

59 아저씨 : Homme d'âge mur

rougis, sous la lumière du perron. Quelqu'un que j'eus du mal à reconnaître, tant la voir ici me sembla impossible.

Ce quelqu'un avait les traits de Becca.

Des traits que je n'avais plus vus depuis que j'avais agité la main au bout d'un quai, regardant son bateau s'éloigner puis disparaître derrière la ligne d'horizon.

C'était presque trois ans plus tôt.

— Blue, dit-elle en s'avançant un peu.

C'était elle.

C'était sa voix.

— *Eomma*[60], expirai-je.

Je n'avais pas eu conscience de retenir à ce point mon souffle.

Elle descendit les marches avec tant de précaution que j'eus l'impression qu'elle progressait sur une terre sauvage. Il me fallut plusieurs secondes pour comprendre que c'était moi, la terre sauvage.

— Simons et Associés m'a fait rapatrier en urgence, m'expliqua-t-elle doucement.

Elle s'arrêta devant moi et je me rendis compte que nous étions seuls. Seuls devant cette maison. Seuls, elle et moi.

— Drew a pensé que tu aurais besoin de moi, souffla-t-elle dans ma direction.

Elle tendit une main vers mon visage et sa paume trembla contre ma joue. Elle était si menue, à présent. Quand j'étais enfant, elle prenait presque tout mon visage.

— J'ai toujours besoin de toi, articulai-je lamentablement.

— Je suis là, maintenant, me promit-elle.

Je hochai la tête et fis un pas vers elle.

— *Ye*, murmurai-je.

Juste avant d'enfouir le visage dans son cou. Elle me serra contre elle. Ses bras fins me retinrent avec tant de force. Et les dernières de mes larmes m'échappèrent. Ces larmes que seule une mère peut entendre. Aussi silencieuses soient-elles.

---

60 엄마 : Maman.

24

스물넷

Lundi 15 février 2021

Les trois derniers jours avaient été étranges. Nous profitions curieusement de nos retrouvailles, en évoquant à peine ce qui les avait permises. J'attendais que Drew me pose des questions. J'attendais les reproches de Becca. Mais rien ne vint. Drew avait appelé l'université et le coach Bones, pour justifier notre absence. Il avait invoqué des raisons familiales qui avaient nécessité le rapatriement précipité de ma mère qui, s'ils n'étaient pas au courant, était une océanographe en mission au pôle Nord depuis près de trois ans. Il n'y avait eu aucun mensonge, mais Drew savait manier la vérité et appuyer sur les détails qui lui étaient utiles. Depuis, nous avions repris d'anciennes habitudes auxquelles s'ajoutaient de nouvelles. Hormis Becca, qui avait investi l'une des chambres d'amis, Nathan et moi avions retrouvé les nôtres. Nous nous faisions livrer les repas, ce qui avait toujours été le cas. Ici, personne n'avait jamais le temps de mijoter des plats et, lorsque Becca s'y risquait, nous attendions seulement le moment où elle sortait de la cuisine dans un nuage de fumée en nous exhortant d'appeler la pizzeria et les pompiers. Il m'était arrivé de préparer des repas traditionnels qu'Halmeoni m'avait appris, mais ni Becca ni Drew n'avaient le palais disposé à la nourriture coréenne.

Nous déambulions donc dans l'immense villa, suffisamment grande pour ne pas se croiser pendant des heures, ce qui arrangeait bien Drew et Becca, qui n'avaient pas supposé se retrouver un jour de nouveau sous le même toit. Ils étaient cordiaux, voire presque amicaux, de temps à autre ; mais la plupart du temps, chacun vaquait à ses occupations comme si tout était normal. Becca travaillait sur les données qu'elle avait récoltées au pôle Nord, Drew planchait sur ses prochains dossiers, Nathan et moi étudiions nos partiels, récupérant nos cours en ligne. Le matin, il allait s'entraîner à la piscine municipale, mais lorsqu'il me proposait de l'accompagner, je prétextais vouloir passer du temps avec ma mère. Avant qu'elle reparte. Parce qu'elle repartait toujours. Ce n'était pas un mensonge, en soi. Même si ce n'était pas toute la vérité non plus. J'avais peur. Peur que l'on me retire le droit de nager. Bien sûr, il y avait assez d'océans, de mers, de lacs, de piscines, pour que je puisse plonger dans l'eau, quelque part dans ce monde. Mais c'était différent. La compétition avait donné du sens à ma vie. Plus que tout, elle m'avait donné une identité. Qui serais-je, sans ça ?

Je jetai un coup d'œil au réveil posé sur la table de chevet et soupirai. Il était plus de deux heures du matin et je n'arrivais toujours pas à trouver le sommeil. Mon corps n'était pas habitué au manque d'exercice. Nathan, qui s'était entraîné quatre heures aujourd'hui, respirait profondément. La tête sur mon épaule, une jambe balancée à travers les miennes et un bras enroulé autour de ma taille, il soufflait dans mon cou.

Ces derniers jours, l'inquiétude brouillait son regard si clair.

J'embrassai sa tempe et y laissai mes lèvres. Il bougea un peu, à peine, et j'en profitai pour me dégager du lit. Il aurait dû dormir dans sa chambre. Mais j'avais beau lui répéter que ni Becca ni Drew n'étaient au courant, lui me répétait aussi qu'il ne comptait pas passer les nuits seul. Je n'avais pas insisté, même si j'empêchais ses mains de se balader là où elles n'auraient pas dû se trouver sous le toit de son père.

Il ne me facilitait pas la tâche, étendu comme il l'était, nu, les bras croisés sous un coussin et l'échine parsemée de chair de poule. Je soupirai encore en m'habillant et tirai la couette sur ses fesses. Peut-être mis-je un peu plus de temps que nécessaire à le recouvrir entièrement. Puis, je pris le portable que j'avais jeté au fond de mon sac, le vieux, et quittai la chambre.

Je longeai le couloir du second étage, lançant un regard à l'immense salon, en bas. J'avais oublié à quel point Simons House était fascinante. J'aimais réapprendre la propriété comme un gamin qui n'avait pas mesuré le cadeau qu'on lui faisait, à l'époque. Peu de choses avaient changé. La couleur de certains murs, la table du Deck, de nouveaux tableaux avaient trouvé leur place. Mais, pour le reste, c'était la même villa au bord du lac Austin, avec son long ponton, le bateau accosté, le jardin gigantesque, le hamac, les si grandes cheminées, les tapis qui se multipliaient au sol et les tons clairs. Drew occupait toujours l'aile est. Sa chambre à coucher était aménagée en haut d'une mezzanine et son bureau se cachait derrière une porte souvent fermée. Sauf ce soir. Pour cause, Becca l'avait ouverte.

J'avançai d'un pas discret et aperçus le dos raide de ma mère. Elle faisait face à Drew, lourdement appuyé sur un fauteuil orthopédique.

J'aurais dû m'annoncer, mais de toute évidence, ils se disputaient.

Ils n'avaient qu'une seule raison qui les aurait poussés à se disputer au milieu de la nuit, dans un bureau à l'opposé de nos chambres.

Je serrai la main sur le vieux portable et restai dans l'ombre.

— Tu plaisantes, grinça Becca.

— Est-ce que j'ai l'air de plaisanter ? rétorqua Drew.

Furieuse, elle le pointa du doigt.

— Qu'as-tu fait pour lui quand la NCAA l'a expulsé comme un malpropre ? Qu'as-tu fait pour lui, à ce moment-là ?

— Et toi ? s'énerva-t-il.

— J'ignorais ce qu'il se passait ! s'emporta-t-elle. Ce qui est certain, c'est que je ne me serais pas satisfaite de ce qu'on racontait sur mon fils dans les journaux. Je n'y aurais pas cru une seconde !

— Parce que tu penses que je me suis contenté de ce qu'on disait sur lui ? s'exclama Drew. Bien sûr que non ! C'est exactement ce que j'ai essayé d'expliquer à Nathan, quand l'information a fait la une. On a aussitôt pris un vol pour la Californie. Malheureusement, Blue avait déjà bouclé ses valises. Nathan a couru le rattraper à l'aéroport et j'ai rencontré le coach Bones. Mais c'était impossible d'entamer une procédure sans lui. Et il était loin d'être prêt à parler et encore moins à se lancer dans un procès. Je ne suis pas certain qu'il le veuille, d'ailleurs. Tu comprends, ça ? Ce n'est pas notre décision. Ça ne le sera jamais. C'est la sienne.

Je les observai, aussi fasciné qu'un papillon devant une flamme.

Becca s'empara du verre de Drew et descendit le bourbon d'une traite. Elle recula vers le bureau et s'assit au bord, en poussant un profond soupir.

— Tu te sens mieux ? ironisa Drew.

— Va te faire voir, siffla-t-elle.

Drew rigola, d'un rire qui mêlait la colère à une forme de mélancolie. Leur relation avait toujours été compliquée. Sans doute parce qu'ils avaient été motivés par autre chose que l'amour. Drew avait voulu une mère pour Nathan, et Becca avait voulu une maison et une famille qui puissent m'accueillir.

— Si tu penses que je n'ai pas envie d'attraper cette petite ordure et de l'envoyer *ad patres*, grinça Drew. Blue est la seule raison qui m'empêche de regretter ce mariage. Je l'aime comme un fils.

Becca soupira.

— Je sais.

Drew se leva, prit un second verre sur le rebord d'une grande armoire et le remplit de bourbon, sans lésiner sur la dose.

— Mais ce n'est pas le moment d'écouter mes sentiments, Becca. Ce ne sont pas eux qui comptent. L'important c'est d'obtenir exactement ce que veut Blue.

— Parce que tu sais ce qu'il veut, toi ? Il n'a pas dit un mot !

— Nathan parle suffisamment pour deux.

Je souris en même temps que Drew. Becca, elle, plissa le front.

— Très bien, soupira-t-elle. Alors, explique-moi ce que veut mon fils.

Drew se planta devant elle et prit le temps de siroter une longue gorgée.

— Reprendre la compétition, laissa tomber Drew. Quoi d'autre ?

Rien. Absolument rien d'autre que ma vie.

— Tu plaisantes ? se crispa Becca.

— Non. Blue n'attend qu'une chose, c'est qu'on ne fasse plus planer cette ombre au-dessus de lui. Cette histoire pourrait nuire à sa carrière.

— Cette histoire ? répéta Becca, folle de rage.

— Ne déforme pas mes propos, la prévint-il.

— Cette petite ordure mérite la prison !

Drew secoua la tête, comme devant une enfant capricieuse.

— La prison ? répéta-t-il. Je pourrais l'y envoyer, c'est vrai. Mais il n'y resterait pas. Son père ferait appel, il jouerait de ses relations, s'en paierait quelques autres, et au bout du compte, son rejeton serait libéré après quelques jours. Si ce n'est pas quelques heures. La prison ? Fais-moi rire ! On lui collera un bracelet à la cheville et il pourra déambuler à sa guise dans sa villa hollywoodienne. Une cellule de cinq cents mètres carrés, trois étages, piscine à débordement et vue sur la côte. C'est le genre de punition que la justice de ce pays lui réserve. Alors non, oublie ça. Blue ne veut même pas d'un procès. Mais seulement qu'on le laisse poursuivre son rêve.

— Il doit porter plainte ! hurla Becca.

Son cri me poussa à ouvrir la porte.

Ils sursautèrent si fort tous les deux que ça aurait pu être drôle, dans d'autres circonstances. Drew jura en remarquant sa chemise imbibée de bourbon alors que Becca posait précipitamment son verre sur le bureau, aspergeant quelques papiers au passage.

— Je ne veux pas porter plainte, fut la première chose que je dis.

Je refusais ce fardeau. Je ne serais jamais la victime de Sawyer.

— Mon chéri…

— Becca, l'arrêtai-je en lui prenant la main.

Elle ferma un instant les yeux, sachant déjà qu'elle avait perdu.

— Tu es tellement entêté, se désola-t-elle. Si entêté que tu m'as menti pendant un an.

— Je ne voulais pas t'inquiéter, me justifiai-je.

— C'est mon rôle de m'inquiéter.

Je secouai la tête.

— Ton rôle, c'est de sauver le monde, lui rappelai-je. Et, par chance, je vis dans ce monde que tu sauveras.

Ses yeux brillèrent, elle retint ses larmes le plus fort qu'elle put. Puis, doucement, elle tira une chaise pour que je m'y asseye et mit entre mes doigts son verre de bourbon.

— Alors, dis-nous ce que tu veux, mon chéri.

Je jetai un coup d'œil à Drew, qui hocha la tête, encourageant, en s'installant de nouveau dans son fauteuil. Je me redressai et, raide, je me tins comme un roc planté au sol, prêt à affronter la tempête. Discrètement, j'emplis mes poumons d'air et cherchai en moi, planqué quelque part, le courage de faire face. Je cherchai… la dignité d'Halmeoni, qui regardait le monde comme si elle le voyait vraiment, la détermination de Min-ho, qui continuait de m'envoyer des courriers qui restaient sans réponses, et la force de Sajangnim, qui avait pris la direction des entreprises Park à un si jeune âge.

— Je n'ai jamais eu que deux rêves, leur avouai-je, enfin.

Seulement deux. C'était sans doute peu pour la plupart des gens. Mais ces deux rêves-là étaient mon univers. Ils me constituaient avec autant de certitude que ma chair recouvrait mes os.

Becca se pencha et me serra la main.

— Nager, bien sûr, me sourit-elle.

— Je ne sais faire que ça, expliquai-je. Je n'ai envie de faire que ça. Et le jour où je ne le pourrai plus, je continuerai quand même d'une autre façon. Lorsque je suis sur un plot de départ, lorsque je plonge, lorsque je ressens chacun de mes mouvements devenir aussi fluide que si j'étais né dans l'eau, je me sens fier. Ça peut paraître simple, ou peut-être absurde, ou arrogant, allez savoir. Mais j'aime que l'on me perçoive de cette façon. J'aime être Blue Phoenix. Pas un athlète violent. Pas un sportif qui intente un procès pour… Non, je ne veux pas de cette marque. C'est ce qui me fait le plus souffrir. Comme si je portais son nom inscrit sur mon front et que c'était ce que l'on apercevait en premier. Si je l'attaque en justice, il appartiendra vraiment à mon histoire et je ne pourrai plus jamais l'effacer. Et ce n'est pas sa place, ça ne le sera jamais.

Toutes ces choses au coin de mon cœur dégringolaient enfin dans ce bureau. J'avais besoin qu'ils le sachent. Qu'ils m'entendent. Je leur dis ce que j'aurais aussi aimé dire à Sajangnim et qu'il ne connaîtrait jamais.

— Très bien, mon chéri, murmura Becca, bouleversée.

Drew posa les coudes sur ses genoux, faisant tourner le liquide ambré au fond de son verre.

— Alors, il n'y aura pas de procès, me promit-il. Mais, ça, les Harold l'ignorent.

Drew pointa mon verre du menton, m'incitant à boire une gorgée de bourbon, comme si j'allais en avoir plus que besoin à partir de maintenant. J'obéis et il attendit que la brûlure de l'alcool se dissipe un peu avant de poursuivre.

— Je sais exactement comment écraser les ordures dans son genre, m'expliqua-t-il. Et, crois-moi, ça va aller très vite. Il faut frapper avant la commission disciplinaire. Elle ne doit pas avoir lieu. La date n'a pas encore été arrêtée, ça joue en notre faveur. Deux commissions disciplinaires pour un seul athlète, autant te mettre à la retraite tout de suite. Ils débattent sans doute sur la question dans les hautes sphères de la NCAA. Je me suis renseigné discrètement, et tout le monde n'est pas à la botte de Harold. Certains répugnent à foutre en l'air la carrière d'un nageur si prometteur. Ils n'ignorent pas qu'une seconde sanction te privera de tes chances de faire partie de l'équipe nationale, que ce soit ici ou en Corée.

Drew posa les yeux sur mon poing toujours serré autour de mon ancien portable. Becca me frotta le dos. Évidemment, ils étaient au courant pour l'enregistrement. Ils savaient parfaitement ce que je tenais. Nathan avait expliqué ce que j'étais incapable de dire. Ce que j'étais toujours incapable de dire.

— Je ne suis pas certain…

Je penchai la tête d'un côté et puis de l'autre, sans oser croiser leur regard. Tenir ça dans ma main, c'était comme porter une bombe et ne pas savoir quand elle allait exploser. Elle était là. Toute cette nuit réduite à cet objet.

— Parce que… déglutis-je.

Je me frottai la poitrine, un peu trop fort, jusqu'à sentir le tissu de mon T-shirt brûler ma peau.

— Je veux dire… recommençai-je.

Une main se posa soudain sur mon épaule et je retrouvai mon souffle. La présence de Nathan fut comme la chambre d'appel, avant une compétition. Dans son ombre, je pus reprendre mes esprits, faire le tri dans mes pensées et réussir à mettre de côté ce dont je n'avais pas besoin, tout de suite.

— Je n'ai jamais écouté cet enregistrement, expliquai-je avec froideur. J'ignore ce qui s'y trouve dans le détail. J'étais complètement défoncé au GHB, et à un moment, ça peut donner l'impression que j'y ai consenti. Mais je n'en suis pas sûr, mes souvenirs sont trop déstructurés.

Drew hocha la tête, avec autant de froideur que moi. Ce masque me permettait de parler et lui, de l'entendre. Alors que Becca n'avait jamais été aussi blanche. Ses mains tremblaient tant qu'après avoir serré mon épaule, Nathan s'assit à ses côtés et passa un bras autour d'elle. Il connaissait mieux que personne le poids de cette révélation. Et j'étais impuissant à consoler ma mère, pour l'instant. J'étais à peine capable d'articuler ces mots. Si Nathan n'était pas arrivé, je n'y serais pas parvenu.

— Je vais devoir l'écouter, me prévint Drew.

— Seulement toi ? demandai-je.

Il hocha la tête.

— Seulement moi, oui, me promit-il.

Je fis tourner le téléphone entre mes doigts ; j'aurais peut-être dû m'en débarrasser depuis longtemps.

— J'aurais préféré que tu ne me voies jamais comme ça, *ajusshi.*

Il posa lentement son verre sur la commode à ses côtés et se pencha dans ma direction.

— Écoute-moi bien, Blue Phoenix, me dit-il gravement. Je ne vois qu'une seule chose et je ne verrai jamais qu'une seule chose. L'adolescent trop réservé qui a débarqué chez moi. Et l'adulte exceptionnel que tu es devenu.

Relevant la tête, je plantai mon regard dans le sien.

— Mais est-ce que ce sera suffisant, une fois que tu auras tout entendu ?

— Suffisant pour quoi ? s'étonna-t-il.

— Pour le second de mes rêves.

Je ne le vis pas, mais je sentis la façon dont Nathan cessa soudain de respirer. J'entendis le petit hoquet de surprise de Becca. J'écoutai cet étrange murmure, comme l'écho d'un aveu abandonné dans ce bureau, au milieu de la nuit. Un second aveu. Un que j'aimais. C'était le pire instant pour le dire. Et, d'un autre côté, je n'aurais pas pu le dire à un autre moment. Il fallait qu'ils le sachent. Je refusais de le leur cacher une seconde de plus. Nathan m'avait conduit jusqu'ici. Il m'avait offert le courage. Il m'avait donné le souffle dont j'avais besoin pour me tenir devant un miroir et regarder celui que j'étais devenu. Je ne pouvais plus faire comme s'il était un ami, le fils d'un homme qui avait épousé ma mère, des années plus tôt. Un adversaire. Un coéquipier. Un colocataire.

Nathan était l'autre part de moi-même.

— Est-ce que ce sera suffisant ? redemandai-je à Drew.

— Bien sûr que tu es suffisant ! s'énerva Nathan en se redressant.

— Mais peut-être pas pour devenir son gendre, répliquai-je, en ne regardant que Drew.

— Ce n'est pas à lui de décider, siffla Nathan. Merde, c'est…

Becca le retint par le bras, l'empêchant de se planter devant son père pour plaider lui-même notre cause. Ou de se planter devant moi pour m'expliquer que nous nous passerions très bien d'une quelconque permission. Il avait raison. Et il avait tort. Il fallait que son père accepte notre relation, puisque Sajangnim ne pouvait plus le faire.

Drew m'observa alors avec tant de bienveillance que je me demandai comment les gens ne pouvaient voir en lui qu'un requin du barreau.

— Nathan n'a pas besoin de ma bénédiction, Park Jun-ha.

Qu'il utilise ce nom, même mal, juste maintenant, était une façon de rendre hommage à toute mon éducation. À Halmeoni, plus que tout.

— Mais si tu me la demandes, continua-t-il, alors je te dirai qu'un père ne peut espérer mieux pour son fils qu'une personne capable de le voir comme un rêve.

La vie n'était jamais faite que de malheurs.

L'équilibre constituait nos existences.

À l'instant où je finis par donner ce téléphone – cet enregistrement – à Drew, je me trouvai à la croisée des chemins.

Je lui confiais mon avenir et il me confiait son fils.

25

스물다섯

Vendredi 19 février 2021

— On est bientôt arrivés.

La voix de Drew brisa le silence de l'habitacle. Je hochai la tête, sans me détourner de la vitre. Market Street défilait doucement sous mes yeux, le chauffeur conduisait sans se presser. Il suivait les instructions de Drew à la lettre ; il tenait à ce que notre ponctualité s'écorche de quelques minutes. Chaque détail avait son importance et il avait commencé à m'y préparer, avec les mêmes exigences que si nous entamions un procès en assises, où nous devrions convaincre douze jurés plus récalcitrants les uns que les autres.

Tout s'était enchaîné très vite. Presque trop. Je n'avais pas eu le temps de m'y faire. Le lendemain de notre discussion, Drew avait lancé « l'attaque » ; une ordonnance restrictive rédigée par un juge et empêchant Sawyer Harold d'entrer en contact avec moi ou de s'approcher à plus de deux cents mètres. Il n'avait pas fallu vingt-quatre heures pour que monsieur Harold apprenne qui en avait eu l'initiative et qu'il téléphone à Drew sur son numéro personnel. L'appeler sur son portable était une façon de lui dire qu'il avait suffisamment de relations pour l'obtenir en peu de temps.

La partie était lancée.

Trois jours plus tard, nous étions de retour en Californie. Non à la résidence de Cal, mais dans un duplex que louait Drew, lorsque ses affaires l'amenaient à San Francisco. Il était situé dans Financial District, non loin des bureaux californiens de Simons et Associés. C'était là-bas que nous nous dirigions. Là-bas que les Harold, père et fils, nous attendaient. Là-bas que nous allions trouver un «accord». Là-bas que mon avenir se déciderait.

Je retins une grande inspiration, Drew m'avait demandé de m'en abstenir. Apparemment, c'était un tic qui avouait ma nervosité et ça ne collait pas avec le personnage que je m'apprêtais à interpréter. Rien ne devait sembler me perturber. Ou me blesser. Aucun mot, aucun regard, aucune accusation. Pas le plus petit sous-entendu et pas, non plus, l'ombre d'un souvenir. Pendant trois jours, Drew m'avait formaté, comme un acteur qui jouerait son propre rôle. Il m'avait préparé à toutes les possibilités. Il m'avait même forcé à écouter ce maudit enregistrement. Si Becca s'était tenue éloignée jusque-là, elle s'était mise à hurler en l'entendant me le demander. Je n'avais pas bougé quand il avait posé le téléphone et un casque devant moi en me désignant la porte du bureau, en bas des escaliers du duplex. Je n'avais toujours pas bronché quand ils s'étaient disputés sur ce qui convenait ou non de faire. Je n'avais pas esquissé un geste quand Nathan l'avait récupéré et qu'il s'était rué vers le balcon, avec l'intention de le jeter des dizaines d'étages plus bas. Il aurait fini écrasé sous les roues d'une voiture et tout aurait été terminé.

Mais, exactement comme je n'avais jamais pu m'en débarrasser, il avait été incapable de le faire, lui aussi. Il était resté figé, des yeux brillants de rage braqués vers la rue, sans réussir à faire quoi que ce soit de plus. Alors, je l'avais rejoint et, doucement, j'avais récupéré le téléphone. Puis j'étais parti m'enfermer dans le bureau de Drew.

Pendant une heure.

Pendant deux heures.

Pendant trois heures.

Pendant presque quatre, avant que l'enregistrement ne se coupe.

J'ignorais ce que je devais en ressentir. Ou même s'il y avait une chose à ressentir. Ce soir-là, je n'avais rien ressenti du tout. Et parce que je n'avais rien ressenti, j'avais écouté une seconde fois.

J'avais enduré les derniers jours comme un automate.

J'étudiais les possibilités que présentait Drew.

Je mangeais ce que Becca commandait.

Et, la nuit, je regardais encore le plafond, attendant de percevoir les pas de Nathan dans le couloir. Parfois, il rejoignait son père et le bruit étouffé de leurs voix se faufilait jusqu'à moi. Parfois, il murmurait au téléphone en faisant des allers et retours dans le salon. Parfois, il consolait Becca, qui ne s'autorisait jamais à pleurer devant moi. Et, finalement, il poussait la porte de ma chambre et se réfugiait entre mes bras.

Enfin, je respirais.

Une partie de moi aurait aimé qu'il m'accompagne. Mais l'autre refusait qu'il puisse écouter ne serait-ce qu'un mot de cet enregistrement. Trop de monde l'entendrait aujourd'hui et c'était déjà plus que j'étais capable d'en supporter.

— Tu es prêt ? me demanda Drew.

La berline se gara devant un immense immeuble. Gris, moderne, à la succession de fenêtres toutes aussi brillantes. Les rayons du soleil s'y reflétaient et, un instant, j'en fus ébloui. Ou peut-être étaient-ce les appareils au cou des journalistes, à l'entrée. Il y avait eu «une fuite». Ce matin, le blog Johns Graham titrait «Rencontre au sommet entre le clan Harold et Blue Phoenix». L'article avait paru assez tard pour que tout le monde ne l'ait pas lu, mais suffisamment tôt pour que certains soient au rendez-vous, prêts à poser des questions. April avait le sens du timing et avait suivi les recommandations de Drew. Pour l'instant, ce n'étaient que deux ou trois personnes. Mais combien seraient-ils, après cet entretien ? Il serait sans doute impossible de s'échapper sans se heurter aux suspicions des reporters qui couvraient ce que tous appelaient à présent : «L'affaire des *Nightdates*».

Drew se tourna vers moi.

— Respire profondément, maintenant, m'ordonna-t-il. Parce que dès que l'on descend de cette voiture, tu deviens mon client. Pas un mot ne sort de ta bouche. Tu restes stoïque et aussi glacial qu'un iceberg.

J'avais compris.

J'inspirai donc à pleins poumons et, après une seconde qui me parut durer une éternité, j'ouvris la portière et quittai la berline. Drew m'attendait sur le trottoir, dans un costume taillé sur mesure, d'un noir austère. Le mien était d'un bleu roi, une couleur qu'il avait choisie sciemment. Mes cheveux étaient coiffés en arrière et le premier bouton de ma chemise blanche était défait, là où Drew portait une cravate d'un rouge bordeaux. Le regard droit, nous nous dirigeâmes vers l'entrée.

Les journalistes nous bloquèrent aussitôt le passage.

— Quelle est la raison de cette entrevue ? demanda quelqu'un.

— Y a-t-il un lien avec la rumeur de la prochaine commission disciplinaire de la NCAA ?

— Est-il question des *nightdates* et de la partie civile constituée par le cabinet Johns & Fray ?

— Avez-vous une déclaration à faire, Blue Phoenix ?

Drew posa un bras sur mon épaule et afficha l'air revêche qu'on lui voyait souvent à la télévision.

— C'est une rencontre informelle, affirma-t-il.

Nous nous frayâmes un chemin jusqu'à l'entrée et Drew salua les deux agents de sécurité qui, après nous avoir laissés passer, bloquèrent la vue à l'œil des curieux.

Nous montâmes dans l'ascenseur et Drew appuya sur le vingtième. Je fixai un point en face de moi et respirai lentement, pour refouler toutes mes craintes. J'allais faire exactement ce que Drew attendait de moi.

Je regardai défiler les numéros des étages, tel un drôle de compte à rebours. Je me concentrai dessus. Je me concentrai sur ce que je devais faire. Je me concentrai sur ce qui allait se dire. Je me concentrai comme au début d'une course, me débarrassant de tout ce qui ne m'était pas indispensable. Pour gagner, je n'avais besoin que de ma discipline. Et de Nathan.

Les doigts de Drew s'enroulèrent à ma nuque, paternels.

— C'est ça, me dit-il. Stoïque et glacial.

Je hochai la tête.

Il me lâcha lorsque les portes de l'ascenseur s'ouvrirent sur la responsable d'agence. Une femme de près de quarante ans, à la tenue stricte et au regard sévère. Elle nous salua brièvement avant de nous avertir que messieurs Harold et leurs avocats se trouvaient déjà en salle de réunion.

Je n'étais jamais venu ici, mais je ne m'étonnai pas de la sobriété des locaux de Simons et Associés. Le nom du cabinet était inscrit en gros caractères, dans un noir bordé d'or. Mais, pour le reste, ce n'était qu'une succession de portes et de couleurs neutres. Il n'y avait pas de salles d'attente, à proprement parler, mais un accueil suffisamment grand, d'un ovale plutôt chaleureux, et des espaces clos qui ressemblaient à des boxes et qui permettaient à certains clients de patienter en toute intimité. Certains n'avaient pas envie d'être vus et, pour d'autres, il était plus pertinent de les isoler.

La salle de réunion, elle, se situait tout au fond.

Je m'en voulus de reconnaître Sawyer si vite, comme si je savais toujours où se trouvait le danger. Drew me jeta un coup d'œil et je hochai discrètement la tête.

« Ça va aller. »

J'essayais encore de m'en convaincre. Mais, quoi que je puisse ou non endurer, j'étais emporté vers la porte, comme sur une planche qui glissait sur une vague.

Monsieur Harold et Sawyer se tournèrent vers nous, dès que nous entrâmes. Ainsi que trois avocats à la mine fermée. Deux hommes et une femme, qui portaient des costumes quasiment identiques. À quelques détails près. Ils n'avaient pas les mêmes traits, ni la même carrure, et encore moins le même timbre de voix ; pourtant, ils ressemblaient à trois copies d'une unique pièce.

Ils se présentèrent, je ne les écoutai pas. Je connaissais déjà leur nom, Drew m'avait briefé. Le brun, c'était maître Andrews. Le blond, maître Jenkins. La jeune femme, maître Martinez.

Drew et moi nous installâmes de l'autre côté d'une immense table et ils s'assirent en face. Sawyer tenta d'accrocher mon regard, mais je le gardai fixé sur son père en reboutonnant ma veste, comme si je n'avais rien de mieux à faire. Mes gestes étaient assurés, je ne tremblais pas. J'ignorais comment je parvenais à être si calme. Je me suspendis à la stratégie de Drew comme à une bouée en pleine mer.

— Nous avons croisé des journalistes, cingla monsieur Harold.

Drew sourit en sortant une liasse de documents.

— Plus rien ne reste secret très longtemps, aujourd'hui, répliqua-t-il. L'ère numérique, que voulez-vous.

— Bien évidemment.

Personne n'était dupe, c'était lui qui avait créé cette mise en scène. Du coin de l'œil, j'aperçus le sourire de Sawyer. Bras croisés, il était toujours aussi détendu. Et tout aussi condescendant. Rien ne pouvait l'atteindre, même maintenant. Il affichait son sempiternel air amusé.

— Et si nous commencions tout de suite, dit Drew. Je ne voudrais pas vous retenir plus longtemps que nécessaire. Vous connaissez les journalistes ? Ils sont deux et puis ils sont dix et ensuite…

Il laissa sa phrase en suspens et distribua à chacun un exemplaire de l'accord qu'il avait rédigé. Sept exemplaires précisément et pas un de moins ni un de plus. Il montrait, lui aussi, qu'il avait assez de relations pour savoir que les Harold se déplaceraient avec leurs trois avocats. Il avait même été assez retors pour coller un Post-it avec leur nom dessus.

— Je ne vous explique pas comment ça fonctionne ? lança-t-il à ses confrères. Les deux parties signent et nous n'intentons pas de procès. Dans le cas contraire, on se retrouve dans un tribunal.

Personne ne penserait que je ne voulais pas de procès. Personne, sauf Sawyer ; il sourit davantage.

« Regarde monsieur Harold. Juste lui, Blue. Comme si c'était avec lui que tu négociais, et c'est le cas, d'ailleurs. N'accorde aucune importance à Sawyer. Garde en mémoire qu'il n'est rien. Rien du tout pour toi. »

Absolument rien.

— Un procès sera plus avantageux que cet accord ! s'offusqua maître Andrews en parcourant son exemplaire.

Drew tapota son stylo plume Mont-Blanc sur son carnet et haussa un sourcil dédaigneux.

— Vous pensez ? ironisa-t-il.

Maître Martinez croisa les bras dessus, les lèvres pincées.

— Vous dites être en possession de preuves substantielles.

— C'est exact, répondit Drew. Mais êtes-vous certains de vouloir en prendre connaissance ?

Maître Jenkins ricana, comme devant une bonne plaisanterie.

— Vous ne vous attendez pas à ce que l'on signe vraiment cet accord sur les simples dires d'un jeune homme qui a agressé physiquement monsieur Sawyer Harold. Enfin ! Arrêtons ce cinéma ! Il faudrait que notre client quitte Berkeley ? Qu'il n'ait plus de contact avec le milieu de la natation ? Aucun commentaire sur les réseaux sociaux ? Aucune interaction avec monsieur Park ? D'ailleurs, vous avez déjà une ordonnance restrictive, à quoi ça rime ?

Drew pointa les feuilles sous ses doigts.

— Il y a beaucoup de pages, prenez le temps de les lire. Vous êtes facturés à l'heure, après tout.

— Nous n'irons pas plus loin sans prendre connaissance de vos soi-disant preuves.

— Entendu.

Les trois avocats se lancèrent un coup d'œil surpris ; ils ne s'attendaient pas à ce que Drew accepte si vite. Parce qu'ils ne s'attendaient pas à ce qu'il y ait une seule preuve. L'air réjoui de Sawyer se fana en une seconde. Et son expression doucereuse se durcit dès que Drew sortit une tablette de sa sacoche et qu'il la poussa au milieu de la table. À égale distance de tout le monde.

— C'est long, prenez vos aises, laissa-t-il sombrement tomber. Trois ou quatre heures, peut-être.

Puis, sans perdre une seconde, il lança l'enregistrement.

Je savais qu'il le ferait.

Et je l'avais écouté tellement de fois, pour ne pas en tressaillir lorsqu'il s'en servirait ici. Pourtant, je ne pus empêcher mes mains de trembler. Ma voix s'éleva dans la salle de réunion. Paniquée et déstructurée.

Le regard noir de Sawyer me perça aussi douloureusement qu'une lame fouille des entrailles.

Il s'était persuadé que je bluffais.

En une seconde, il comprit que non.

Tout était là… Dans ces mots qui résonnaient autour de nous.

Les plus sombres de mes cauchemars.

« Non. S'il te plaît… »

« Détends-toi, je sais que tu en as envie, Blue. Tu avais juste besoin d'un petit coup de pouce. »

« Non. Arrête. Ne fais pas ça. »

« Viens là. Voilà. Juste là. Laisse-moi regarder à quel point tu bandes. »

« Non, Sawyer… »

Je décomptai.

Dans ma tête.

Je faisais jouer une musique.

Dans ma tête.

Je hurlais.

Dans ma tête.

Je courais.

Dans ma tête.

Je pleurais.

Dans ma tête.

Je nageais.

Dans ma tête.

Je nageais avec Nathan. J'allais de plus en plus vite. Si vite que les mots de cet enregistrement se perdirent au milieu de toutes mes pensées. Alors que, immobile sur ma chaise, le regard droit, j'endurais ce dernier affront.

« Regarde-toi, tu aimes tellement ça. »

« Je me sens mal. Je vais vomir. »

Ce n'était qu'une fois de plus à l'écouter. Après, je pourrais le détruire. Comme je détruirais cette nuit.

« J'adore ta queue, Blue. J'adore te sucer. »

Ou peut-être que Drew le rangerait dans un coffre avec toutes les preuves qu'il devait mettre sous scellés.

« Sawyer, pas ça. S'il te plaît. »

Oui, il valait mieux laisser Drew en décider. Il saurait quoi en faire.

« Putain, Blue ! Oui, comme ça ! C'est ça, laisse-toi faire ! Tu sens comment je baise bien ton cul ! J'adore te prendre ! »

Soudain, n'y tenant plus, monsieur Harold bondit et coupa brutalement l'enregistrement. Le silence revint, trop abrupt. D'un coup, les grognements, les grincements d'un canapé, les claquements d'une commode, le froissement des draps d'un lit, les mots, les cris s'arrêtèrent.

Mon souffle emplit tout à coup mes poumons et je manquai vaciller.

— Ça suffit ! hurla monsieur Harold en posant sur son fils un regard où se mêlaient la rage et le dégoût.

Sawyer ne s'en aperçut pas, il me fixait. Il ne voyait que moi.

— Il parle trop souvent en coréen pour qu'on le comprenne, tenta maître Andrews.

Drew inclina le visage.

— Je suis certain que tout le monde a très bien compris ce qu'il se passait. Mais… vous voulez qu'on l'écoute de nouveau depuis le début ?

Sawyer contracta les mâchoires.

— Ça n'est pas arrivé de cette façon, siffla-t-il, mauvais.

Il avait remisé ses déguisements, j'en fus presque soulagé. Au moins, je n'avais pas inventé cette personne-là. Tout le monde la voyait.

— Vous insinuez que l'enregistrement est truqué ? lui demanda Drew.

— Je dis juste qu'il est sorti du contexte, contra-t-il.

— Alors, replaçons le contexte, voulez-vous.

Cela aussi, Drew l'avait prévu.

« Garde tes épaules droites. Le regard sur monsieur Harold, sur moi, mais jamais sur lui. Ne montre aucun signe de honte ou de regret. Et n'agis pas comme sa victime non plus. Tu n'es pas une victime. Tu ne le seras jamais. Tu as été abusé par ses mensonges. Et ses mensonges ont un prix. »

Oui…

Drew ouvrit son bloc-notes et donna l'impression de lire. Bien qu'il connaisse les faits par cœur. Il avait consacré les derniers jours à les analyser. Il m'avait fait parler plus que de raison. Il avait interrogé Nathan. Il avait passé des coups de téléphone à certains membres de notre équipe. Steeve, Junior. Le staff et même le coach Bones. Des étudiants. Des professeurs. Il avait retracé les événements avec la rigueur d'un historien.

— Vous étiez amis depuis deux ans, raconta Drew. Blue vous estimait et avait du respect pour vous. Il vous a d'ailleurs confié sa relation avec mon fils, Nathan Simons. Relation qui débute peu après son intégration à Cal. Les *nightdates* commencent à faire parler d'elles quelques mois avant les faits. Peu de temps après, vous avez surpris Nathan et Blue au lit, au lendemain d'une compétition en Alabama. Blue ne s'est pas réveillé, mais vous avez eu une conversation houleuse avec Nathan Simons, dans le couloir de l'hôtel. Il vous soupçonnait d'avoir sciemment ouvert cette porte et vous souteniez le contraire, lui reprochant de mettre la carrière et la réputation de Blue en danger. Vous terminez en disant, je cite : *« Tu n'es pas fait pour lui, Nathan. »* Par la suite, vous déposez à plusieurs reprises des invitations pour les *nightdates* à Blue et il les jette toutes les unes après les autres. Loin de lui expliquer que vous êtes à l'initiative de ces soirées, vous le convainquez de vous y accompagner. Vous mentez sur votre rôle, vous cachez votre appartenance à la fraternité et, lorsque Blue finit par vous suivre, vous droguez la seule bouteille d'eau se trouvant au bar, avec du GHB. À l'aide d'une seringue, sans doute, ça vous évite de l'ouvrir. Puis vous attendez qu'il se sente mal et, quand il cherche à sortir pour prendre l'air, vous le conduisez dans une chambre à l'étage. Vous fermez la porte à clef, vous retirez vos vêtements et ceux de Blue. Vous le poussez à s'asseoir sur le canapé, près d'une baie vitrée, et vous vous agenouillez devant lui. Il vous demande d'arrêter. Vous dites, je cite encore : *« Détends-toi, Blue. »* La suite, nous venons de l'entendre.

Le récit était tellement froid, automatique, qu'il aurait pu parler d'un autre.

Drew releva les yeux sur Sawyer et son stylo tapa un peu plus vite son calepin.

— Est-ce que le contexte vous semble mieux posé, maintenant ? lui lança-t-il durement. Non ? Parce que nous pouvons aussi évoquer le harcèlement auquel vous vous êtes exercé depuis la réintégration de Blue ? Attendez, je crois qu'il y a quelque chose qui mérite notre attention.

Il fit semblant de fouiller dans ses papiers.

— Voilà ! lança-t-il. Vous avez dit : *« Certaines choses ne trompent pas. Et cette chose était… hum, comment dire ? … vraiment… mais alors vraiment très amusée. »* C'est vrai, après trois heures quatorze d'enregistrement, Blue paraît plus disposé à votre endroit. Après trois heures quatorze durant lesquelles on vous entend lui proposer à nouveau de l'eau – et donc à nouveau un peu de GHB – histoire de ne pas perdre son intérêt.

Drew cala l'enregistrement sur trois heures et quatorze minutes. Je regrettai de ne pas avoir quelque chose auquel m'accrocher de toutes mes forces.

« Continue. Vas-y plus fort. Plus fort. »

Ma voix suppliante me donna envie de vomir.

« Ouais, c'est bon. C'est vraiment bon. Défonce-moi, Nathan. »

Nathan… J'avais fini par croire que c'était Nathan… Je m'étais enfui de la seule façon possible… Je m'étais accroché à la seule chose plus forte que ce que Sawyer me faisait subir…

« S'il te plaît. S'il te plaît, Nathan, touche-moi. Oui, branle-moi… »

En une seconde, Sawyer envoya voler la tablette et se releva, les poings frappant la table.

— Tu m'as obligé à le faire ! me hurla-t-il. Tu m'as obligé à en arriver là ! Tu ne pensais qu'à lui ! À lui et à la natation ! Tu ne voyais rien d'autre ! Tout ce qui est arrivé, tu en es responsable !

Ses yeux étaient révulsés de colère, complètement fous. Je ne bronchai pas, Drew non plus. Tout ce qu'il se passait ici, il l'avait prédit aussi bien qu'un médium. Même le coup d'éclat de monsieur Harold quand il força son fils à se calmer.

Alors, seulement, Drew se redressa et appuya sa main sur mon épaule pour que j'en fasse autant. Il attendit que monsieur Harold et ses avocats l'imitent.

— Je veux que vous signiez cet accord et que, dans la journée, vous appeliez votre ami à la NCAA pour qu'il annule la commission disciplinaire, exigea-t-il. Si elle a lieu, nous déposerons un dépôt de plainte dans la foulée. Et si un terme de l'accord n'est pas respecté, nous en débattrons devant un tribunal.

Il hocha la tête, mettant fin à l'entretien. Il n'y avait plus rien à dire.

Je n'avais pas ouvert la bouche.

Je m'étais tenu droit.

J'avais tenu bon.

Je tenais encore bon quand Sawyer me passa devant et que son haleine mentholée explosa à mon visage.

— Tu te mens ! Tu te mens, et tu le regretteras ! Crois-moi, tu le regretteras, Blue !

Je tins bon jusqu'à ce qu'ils disparaissent dans l'ascenseur.

Je tins bon une minute de plus, pour être certain qu'il ne reviendrait pas.

Je tins bon jusqu'à me réfugier dans les toilettes de la salle de réunion.

Je tins bon jusqu'à fermer la porte derrière moi.

Puis je craquai.

Je m'écroulai devant les WC et relevai précipitamment la lunette pour vomir. Mon estomac se contracta si fort qu'une main aurait pu être dedans, en train d'en rechercher toute la purulence. Accroché à la cuvette, je convulsai à chaque salve, recrachant tout le dégoût, de Sawyer et de moi. Le dégoût et l'horreur de ce que l'on peut faire, aux autres et à soi-même. Et, même quand je cessai de vomir, je ne parvins pas à me redresser. Je restai au sol, mon costume taché et la sueur au front. Je pleurai, la tête penchée, attendant que ça s'arrête.

Les nausées. Les tremblements. Le vide.

Je pleurais… Des sanglots me secouaient jusqu'à l'âme.

Lorsque des bras passèrent autour de moi, je les sentis à peine.

— C'est fini.

— Nathan, tremblai-je.

— Je suis là, mon cœur.

Je fermai les yeux et mon estomac se contracta de nouveau.

Nathan repoussa mes cheveux.

Me retint de toutes ses forces.

— C'est fini, mon cœur, je te le promets, chuchota-t-il.

Il s'assit derrière moi et me serra si fort que j'eus mal.

26

스물육

Jeudi 25 février 2021

Tout commence et tout finit.

Même le pire.

Certains auraient vu dans ces jours un début. Le début d'un combat, le début d'une certaine justice. Mais pour moi, ce fut la fin. Un point final, posé derrière cette nuit. Enfin, l'aube se levait. Enfin, je pouvais nettoyer le sang sur mes mains. Enfin, je pouvais m'éloigner sans avoir à regarder dans mon dos, effrayé par ce que j'y trouverais. Je le savais, à présent. Et le savoir, c'était commencer à l'accepter. Enfin…

Ce fut dans les rires que tout le monde attendit. Au début, ils semblèrent un peu étranges. Forcés par moments. Surprenants, la plupart du temps. D'un coup, ce qui parut réellement dérangeant fut toutes les journées à ne plus rire du tout. Où étaient-ils passés, ces bonheurs du quotidien ?

Le duplex s'était rempli. D'abord de Mouse et de Joey. Puis de Juliet et de Jenna. De Steeve et de Junior. D'April et de Boyd. Même de Mary, même de Brad. Même du coach Bones, parfois. Le duplex était devenu une terre d'accueil, où attendre que la NCAA entérine leur décision. Bien sûr, nous avions parlé de la partie civile qui intentait un procès aux membres de la fraternité.

Bien sûr, nous avions parlé du départ de Sawyer pour une université londonienne, loin des remous de Berkeley, et si bien protégé. Bien sûr, nous avions parlé des inspecteurs qui étaient venus m'interroger et des avocats de Johns & Fray qui m'avaient demandé de témoigner, répugnant à m'y obliger en me citant à comparaître. Mais, la plupart du temps, nous écoutions les histoires de Becca. Tout le monde adorait ses aventures en mer, même Drew, bien qu'il fasse semblant de s'en agacer en exigeant qu'elle se réserve une chambre d'hôtel. Elle faisait la sourde oreille et se concentrait sur son auditoire, avide de connaître cette femme si particulière qui sillonnait les océans.

Nathan avait repris l'entraînement et râlait de devoir faire autant de trajets le matin et le soir. Ce qui l'angoissait surtout, c'était mon refus de nager. Il me poussait à me lever chaque matin, usant de tous les moyens de persuasion. Mais je gardais les bassins à distance tant que la NCAA n'avait pas statué sur mon sort. Il me répétait alors que le championnat approchait et que je n'aurais aucune chance de prendre la première place, face à Gin Lang, si je ne renfilais pas mon jammer et mes lunettes.

Un jour, il m'avait demandé si j'étais prêt à perdre. Peut-être que je l'étais, aujourd'hui…

En rejoignant la cuisine, je trouvai Becca en train de préparer des cafés à mes amis. Elle avait déjà mémorisé que Joey l'aimait aussi noir que l'enfer, que Juliet le préférait clair et très sucré et que Mouse se situait entre ces deux extrêmes.

Lorsqu'elle posa les tasses devant eux, elle avait les yeux débordants de larmes.

— Merci, leur dit-elle. Merci de vous être occupés de Blue. Il n'était pas seul, il a pu compter sur vous. Puisqu'il ne peut pas compter sur moi.

Je contournai le bar et passai un bras autour d'elle. Elle s'accrocha à ma taille et je lui embrassai la tempe.

— Je peux toujours compter sur toi, Becca, la consolai-je. Tu as débarqué du pôle Nord, en laissant tes recherches en suspens.

— Il a raison, m'appuya Juliet, les mains serrées autour de son café. Ma mère n'aurait jamais traversé le monde pour moi.

— Tu devais être une fille déplorable, bougonna Joey.

Pas pour la blesser. Seulement pour qu'elle s'énerve contre lui et qu'elle chasse les ombres qui voilèrent soudain son regard. Évidemment, ça marcha très bien.

— Sans doute moins que toi, cingla-t-elle.

— Qui le dit ? s'agaça Joey.

— Moi, je le dis, abruti !

Jenna entra à son tour dans la cuisine et Becca se détacha de moi pour lui préparer une tisane à base d'herbes qu'elle avait trouvée dans un port du Guatemala, des années plus tôt.

— Ils recommencent, se plaignit Jenna.

— Je te conseille de t'y faire, plaisanta Mouse.

— Moi, je ne m'y habitue pas du tout, grogna Nathan en nous rejoignant.

Becca poussa une tasse isotherme dans sa direction. Il ne la vit pas et me balança plutôt un sac de sport en pleine poitrine. Je le rattrapai avant de le poser calmement à mes pieds. Nathan était en colère, comme il l'était toujours lorsqu'il était trop inquiet. Ce qui s'était passé dans cette salle de réunion m'avait laissé à terre de longues heures. Et, durant ces heures, il ne m'avait pas lâché une minute, même pas quand Drew avait frappé à la porte pour savoir si j'avais besoin d'un médecin. Il avait répondu que non, que ça allait passer, et puis il n'avait plus rien dit du tout. Le reste était nébuleux. J'avais encore vomi, j'avais encore pleuré. J'avais encore tremblé. Puis je m'étais endormi le front posé sur sa poitrine.

Mais à un moment, je m'étais relevé.

Il n'y avait plus que ça à faire, après tout. Tenir debout et continuer.

Quelque part, Nathan avait peur que je ne m'écroule complètement. Que je renonce à la compétition. Que je disparaisse de nouveau. Ses angoisses, il n'y aurait que le temps pour les diluer. Quant aux miennes… Je n'en savais rien. Mais en attendant, j'étais prêt à endurer la mauvaise humeur de Nathan. Je lui devais bien ça. Je lui devais bien plus encore.

— Ça suffit ! s'emporta-t-il. On a une compétition dans une semaine ! Une semaine, Jun-ha ! La dernière avant le championnat ! Et tu as dû commencer à rouiller ! Alors, tu prends ces affaires et tu viens nager avec moi ! Maintenant !

— Je t'ai déjà expliqué…

Il se planta de l'autre côté du comptoir, juste en face de moi, les mains sur le plan de travail.

— Je comprends très bien ce que tu m'expliques, s'agaça-t-il. Mais, apparemment, tu n'écoutes pas du tout ce que *moi*, je dis. La NCAA n'est plus un souci et tu le sais. Sûrement pas avec papa à leurs trousses. Il est avec eux en ce moment même, tu crois qu'il va les laisser mettre ta carrière aux arrêts ? Il n'y a aucun risque que cette commission disciplinaire ait lieu. Et donc aucun risque que tu sois banni de la compétition. OK ? Tu vas donc pouvoir gagner le championnat. Gagner les internationaux. Gagner la coupe du monde. Gagner les JO, même. À condition de *t'entraîner.*

Lequel de nous deux tentait-il de convaincre ?

Je lui souris. Il en fut désarmé.

— Tu devrais te calmer, lui suggérai-je.

— Et toi, tu devrais te bouger un peu ! Depuis quand es-tu devenu si… *inerte* ?

Je pris le café que me tendit Becca, l'air beaucoup trop amusé. Elle fit un clin d'œil à nos amis, mais pas assez discrètement. Nathan le remarqua et leur jeta un regard qui disait clairement : *Allez voir ailleurs !* Mais, loin de s'en aller, ils étaient assis en rangs d'oignons, profitant de l'humeur de Nathan, comme du dernier épisode de leur série préférée.

— Je ne suis pas inerte, Nathan.

Il inspira profondément, exaspéré.

— C'est vrai, ironisa-t-il. En deux semaines, tu as quand même trouvé le moyen de demander ma main à mon père.

Il y eut un chœur de « OH ». Les spectateurs furent enchantés et piochèrent dans une boîte de gâteaux qui passait de main en main.

— Ce n'est pas ce que j'ai fait, tempérai-je.

— C'est marrant, je jurerais le contraire.

— Non, je…

Becca hocha la tête pour me contredire.

D'accord, peut-être que je l'avais fait.

— Est-ce qu'il a parlé de sa dot ? s'enquit Joey.

Nathan s'empourpra légèrement et je pinçai les lèvres pour ne pas rire.

— C'est bon ! hurla Nathan.

Trop tard, l'idée était lancée.

— S'il a demandé sa main, il a forcément parlé de sa dot, plaisanta Mouse.

— Blue Phoenix est une dot à lui tout seul, non ? s'amusa Jenna.

— Je suis d'accord, approuva Juliet.

— Qu'est-ce que vous faites là, déjà ? s'énerva Nathan de plus belle.

Je l'empoignai doucement. Le calme qui m'envahissait était difficilement explicable. J'avais l'impression de m'être débarrassé d'un cancer. Il restait quelques cellules suspectes dans les environs et j'avais conscience qu'elles pouvaient vite me bouffer. Je faisais attention et je vivais dans cette rémission, en profitant de chaque instant. Même des colères de Nathan, pour rien, pour tout. Elles me plaisaient. Elles étaient un baume sur mon cœur abîmé.

— Drew ne devrait pas tarder, l'avertis-je, rassurant. Et, pour précision, je n'ai pas demandé ta main. Je voulais seulement que Drew nous donne sa bénédiction.

— Tu te foutais bien de sa bénédiction, quand tu m'as demandé de t'épouser à Las Vegas !

Drew entra justement à ce moment. Alors que Joey s'étouffait sur sa gorgée de café, que Juliet s'en décrochait la mâchoire et que Becca s'était figée, l'air ahuri. Je secouai la tête et Nathan haussa un sourcil, les bras croisés. Sans compter s'excuser, il se tourna aussitôt vers son père.

— Alors ? lui demanda-t-il.

— Si on parlait plutôt de votre mariage à Vegas ?

Drew plissa les yeux vers nous et ressembla tant à Nathan que je ne pus cacher mon sourire.

— Personne ne s'est marié à Vegas, lui assurai-je.

Il posa sa sacoche sur un tabouret.

— Je suis ravi de l'apprendre.

Nathan était sur le point d'exploser.

Non, d'ailleurs, il explosa.

— ALORS ? s'époumona-t-il.

Drew se planta devant nous et sourit jusqu'aux oreilles.

— Pas de commission disciplinaire, laissa-t-il tomber comme une évidence.

Et le tollé engloutit la plus petite de mes pensées.

Des hurlements de joie jaillirent autour de moi et m'emportèrent dans un tourbillon où je ne compris plus rien. Nathan m'embrassa. Un baiser bref et heureux, directement sur les lèvres. Il dit quelque chose, mais je ne l'entendis pas. Mouse me prit dans ses bras et me souleva de terre comme si je ne pesais pas plus qu'un fétu de paille. Becca serra ses mains l'une contre l'autre, dans une drôle de prière. Joey hocha tellement la tête qu'il ressembla à un pantin désarticulé. Juliet et Jenna pleuraient. Elles pleuraient ! J'assistai à ce spectacle, à distance, de peur de m'en approcher. Si je venais trop près, n'allait-il pas exploser, comme une bulle au fond d'un bassin ?

— On a vraiment gagné ? demandai-je.

Drew posa ses mains sur mes épaules.

— *Tu* as gagné, Blue Phoenix. La NCAA vient de publier un communiqué de presse. Elle t'y exempte de tout soupçon et elle te présente même des excuses. Tu peux respirer, mon grand. Et tu peux nager. Nager autant que tu veux.

Un rire m'échappa.

Un rire absurde.

Nathan m'enlaça.

— Tu as gagné, me dit-il, une nouvelle fois…

— Oui.

Dans ma poche, mon portable vibra.

Une fois. Deux fois. Trois fois. Puis encore.

Des messages arrivaient en rafale sur notre application. Mais, ce matin, ce n'était pas un mot de code. Non, ce matin, ils m'étaient tous destinés.

Mary : *Safe.*

Casey : *Safe.*

Live : *Safe.*

Raëlle : *Safe.*

Faith : *Safe.*

Desire : *Safe.*

Hendrix : *Safe.*

Brad : *Safe.*

Safe…

On m'avait enfin entendu.

***

Ce n'était pas l'endroit où je m'imaginais passer la soirée. Je n'avais pas pu m'approcher du centre de toute la journée. J'avais voulu m'enfuir avec Nathan, mais Drew m'avait rattrapé en me rappelant que les journalistes devaient faire le pied de grue devant les portes. Quand je m'étais décidé à me rendre à la piscine de Mouse, il avait raccroché le téléphone en secouant la tête – il y avait du monde là-bas aussi. Puis, avant que je ne trouve une stratégie, le coach Bones était arrivé et avait posé entre nous une dizaine de contrats. Les propositions d'équipes qui souhaitaient me recruter. J'avais ouvert la bouche, pour dire que j'étais très bien à Cal, mais Drew avait abattu sa main sur le comptoir, pour m'empêcher de prononcer un mot. En digne avocat, il avait épluché toutes les propositions au terme près et avait laissé entendre que si

Cal voulait me garder, ils avaient intérêt à s'aligner. Peu de temps après, un onzième contrat avait atterri devant mes yeux. Il n'avait plus rien à voir avec celui que j'avais signé au début de l'année et ne comportait aucune annexe ou condition particulière. Il était même plus avantageux que le premier que j'avais passé avec eux. Drew avait alors frappé sur mon épaule, satisfait, et m'avait lancé un regard qui disait clairement : *« Voilà comment on négocie, mon grand. »*

Ensuite, il avait encore fallu que je m'entretienne avec le doyen. Il m'avait, à l'instar de la NCAA, présenté des excuses, mais de vive voix. J'aurais préféré qu'il s'en abstienne. Ça nous aurait évité un moment de malaise à tous les deux. Dès que la bienséance me l'avait permis, je m'étais incliné, je l'avais remercié et j'étais parti.

Une seule idée tournait en boucle dans ma tête.

Plonger.

Mais, d'un coup, je me retrouvais à gravir un sentier dans les hauteurs de Berkeley. Nathan, juste devant moi, se découpait dans la lumière orange d'un coucher de soleil. Il n'y avait rien autour de nous, qu'une terre quelque peu poussiéreuse et des arbres qui bordaient un chemin.

— Je pensais que tu me jetterais directement dans une piscine.

Nathan lança un coup d'œil par-dessus son épaule. Sa mauvaise humeur s'était diluée comme une goutte noire dans un bassin de couleurs trop vives.

— Je compte faire ça un peu plus tard, me promit-il.

— Hum.

— Tu es déçu ?

Disons plutôt que j'étais agité, que j'avais besoin de nager et de savoir si j'avais encore la possibilité de remporter le championnat. Pour la compétition de ce week-end, je ne me faisais pas trop d'illusions. Lang n'avait pas pris deux semaines de pause, lui. Il avait dû accentuer ses entraînements et j'aurais de la chance si je frôlais ses temps.

Mais le championnat était dans un mois et si je m'y mettais maintenant, je pouvais y arriver.

Le rire de Nathan me rappela la question qu'il m'avait posée.

— Je me demande ce que l'on fait ici, répondis-je.

— Attends un peu et tu vas comprendre.

Je n'eus pas beaucoup à patienter.

Quelques minutes plus tard, le paysage s'ouvrit sur Berkeley et la baie de San Francisco. Les lumières déclinantes rendirent ce spectacle intemporel. Je nous avais crus seuls. Alors que nous nous trouvions au sommet de la ville, des milliers de personnes se déployaient à nos pieds. Les couleurs californiennes s'assombrissaient et le ciel se teintait d'obscurité. Doucement, retenant ce moment niché entre deux mondes ; le jour et la nuit.

— C'est magnifique, expirai-je, ma déception soudain chassée.

Nathan m'indiqua le grand arbre, plus loin. Une balançoire y était accrochée, elle ondulait au rythme du vent.

— Un des endroits les plus secrets de Berkeley, me dit-il.

Il fit tomber son sac contre le tronc et s'assit sur la balançoire. Je le suivis et me plantai devant lui, les mains agrippées aux cordes, près des siennes. Il renversa le visage.

— La question, c'est : qui t'a parlé de l'endroit secret de Berkeley ?

Ses yeux bleus brillèrent bien plus que le coucher du soleil.

— C'est sans importance, éluda-t-il.

— Ça a de l'importance pour moi.

— Tu te concentres sur des détails.

— Nath… articulai-je, d'un ton d'avertissement.

Il rit et afficha un air bien trop insolent.

— Mon cœur, susurra-t-il. Personne ne m'a emmené ici, d'accord ? Quelqu'un m'a simplement parlé de cet endroit quand je suis arrivé, l'été dernier, et j'y suis venu seul. J'étais là, et j'ai pensé que ce serait parfait si tu y étais avec moi. Et je n'avais pas tort. Maintenant, c'est vraiment parfait.

Mes mains glissèrent sur les siennes et nos doigts se nouèrent. Je baissai le visage sur lui. Son sourire s'effaça un peu, ses yeux prirent un autre éclat. Il était bien plus parfait que cet endroit.

— Tu es venu me chercher ? compris-je.

Il déglutit et, après une hésitation, qui n'en était pas vraiment une, hocha la tête.

— Le coach Bones m'a fait une offre que je n'ai pas pu refuser, c'est vrai. Mais, s'il ne me l'avait pas faite, je serais allé le voir. Et si tu n'étais pas revenu à Cal, si tu ne t'étais pas trouvé en Californie, j'aurais pris un avion pour Séoul.

J'inclinai davantage le visage, mes lèvres à un souffle des siennes.

— Tu m'as vraiment croisé par hasard, devant cette piscine ?

— Pas tout à fait, avoua-t-il. Disons que quelqu'un a entendu parler de mon transfert et qu'il est possible qu'il m'ait appelé.

— Lequel ? Mouse ou Juliet ?

— Il y a une différence ?

Je secouai la tête. Non, aucune. Après tout, je leur devais bien plus que je ne le pensais.

— Ils sont venus ici, après leur dernier championnat, m'expliqua-t-il. Pour voir ça.

— Quoi ?

Il rit doucement.

— Pas moi, de toute évidence, se moqua-t-il.

Puis il se leva et me força à me tourner de nouveau vers le paysage. Il passa les bras autour de mon cou et m'indiqua une direction. Au loin, un grand C jaune se découpait. Bientôt, la nuit l'avalerait, mais pour l'instant, il était encore possible de le voir briller.

— Big C, soufflai-je.

Pour beaucoup, Big C n'était qu'un bloc de béton perdu dans les collines aux alentours de l'université. Les étudiants de Cal étaient les seuls à le connaître. Il était célèbre pour eux et peut-être pour les habitants de San Francisco. Ailleurs, ce n'était qu'une photo croisée parfois sur Internet.

Big C symbolisait beaucoup de choses. En premier, la fin d'une vieille tradition, d'un jeu de bizutage qui avait été jugé dangereux à une époque. Les étudiants qui l'avaient construit y avaient gravé l'inscription : *«En mémoire du Rush, enterré par les classes de 1907 et de 1908. Requiescat in pace.»*

À présent, Big C portait aussi plus d'un siècle d'excellence. Et nous étions le fruit de cette excellence.

— On lui appartient, souffla Nathan à mon oreille. Mais toi, tu le dépasseras. Tu dépasseras tout le monde.

— Tu y crois ?

— Je crois en toi.

Il passa quelque chose autour de mon cou et je baissai les yeux sur un pendentif d'un bleu métallique, composé de deux caractères hangul.

나단.

L'harmonie parfaite entre lui et moi. Entre le bleu de mon prénom et la sonorité du sien.

— Ça veut dire « le plus fort », me murmura-t-il.

Je le déposai dans ma paume, fasciné par la beauté de ce cadeau.

«Nathan» fut la seule chose que je parvins à articuler.

Traduction parfaite de ce qui accrocha le dernier rayon de soleil.

— Je l'avais depuis longtemps, souffla-t-il dans mon cou. Je ne savais pas comment te l'offrir. J'attendais…

Je croisai son regard.

— Quoi ?

Il me prit le menton et eut un étrange sourire.

— Que tu sois prêt à le porter, je suppose.

Je glissai la main dans ses cheveux.

— Je suis prêt.

Il hocha la tête et je lui fis face, tournant le dos au paysage qui se perdait dans les dernières lueurs du jour. Dans quelques secondes, nous serions plongés dans le noir. Il n'y aurait que les lumières de la ville, au loin, pour éclairer ces instants.

Je l'embrassai.

Il crocheta mon pantalon et me tira à lui alors qu'il marchait à reculons vers le grand arbre. Il s'y appuya et nicha le visage dans mon cou. Son souffle me chatouilla.

Je relevai doucement son T-shirt et caressai la bande de peau, juste au-dessus de la ceinture de son jogging. Je la baissai un peu et m'amusai avec l'élastique de son boxer, en me serrant contre lui. Comme si nous pouvions disparaître aux yeux du monde pendant des heures.

— On rentre ? dis-je d'une voix rauque.

— Tu as envie de rentrer ? murmura-t-il contre ma bouche.

Je lui mordis la lèvre.

— Non, grondai-je. Mais je n'ai pas envie, non plus, que l'on nous surprenne.

— Alors, montre-moi à quel point tu es rapide, champion.

Je posai une main sur sa gorge.

Il respirait vite, son pouls s'affola contre mes doigts.

Du bout de la langue, il lécha mon pouce. La seconde suivante, je lui écrasai un baiser.

Le reste s'enchevêtra entre soupirs et caresses, entre brutalité et passion. Mais, ça aussi, j'avais appris à le reconnaître. Je le désirais autant que l'on peut désirer un homme. Il avait su repousser toutes ces limites et je ne vis plus aucune obscurité ni à aimer le tourner vivement ni à l'obliger à poser les mains contre le tronc de l'arbre.

— Je suis encore plus rapide que toi, lui susurrai-je à l'oreille.

— Ça reste à voir.

Je baissai son pantalon et caressai ses lèvres de mon pouce pour qu'il ouvre la bouche. Il l'entrouvrit et je glissai contre sa langue humide. Il l'enroula autour de mon doigt, je perdis un instant mon souffle.

J'oubliai trop vite l'endroit où nous étions.

Beaucoup trop vite.

Ma main se faufilait déjà sur lui, partout, et je me perdis dans cette étreinte.

— Jun-ha, me supplia-t-il.

Mon corps se tendit à sa rencontre. Il accrocha ma cuisse et remonta les doigts pour baisser ma fermeture Éclair.

— Tu me fais faire n'importe quoi, grondai-je.

Il m'attira plus fermement et, trop vite, je plongeai en lui, comme un possédé qui n'aspirait qu'à la chaleur de ce corps. Ce corps fait pour moi. Bientôt, nos cris brisèrent la tranquillité. Nos bouches se frôlèrent, sans s'embrasser. Nos souffles dégringolèrent, comme on chute du haut d'une montagne. Trop vite. Beaucoup trop vite.

Dans la pénombre, nos yeux s'accrochèrent pour ne pas perdre un instant de ce désir qui voyageait en nous.

Il nous appartenait.

Un jour viendrait où je me retrouverais immanquablement devant de nouveaux obstacles, parce que la vie n'en est qu'une succession. Mais ce jour, je me souviendrais alors des semaines et des mois que nous venions de traverser. De ces deux années qui nous avaient brisés, d'une façon ou d'une autre, et reconstruits différemment. Je me rappellerais le sentiment qu'il faisait naître en moi. De l'amour, bien sûr, de la tendresse, de la passion, de la colère, de la sérénité, de toutes ces émotions qui nous agitaient. Succession parfois trop difficile à endurer. Mais, plus que tout, en cet instant, ce serait le reflet dans son regard qui me reviendrait en mémoire.

J'avais rencontré au fond de ses yeux bleus celui que j'étais devenu.

27
스물 일곱

Mardi 23 mars 2021 – Greensboro – Caroline du Nord

« Chugha haeyo[61]*, Park Jun-ha. »*

Les mots n'avaient pas changé en trois semaines. Pourtant, je les lisais plusieurs fois par jour, comme s'ils pouvaient se modeler sous mes yeux et devenir différents de ceux-là. Mais rien n'y faisait, c'étaient toujours les mêmes.

« Chugha haeyo, Park Jun-ha. »

Sajangnim me félicitait. Mais j'ignorais pourquoi. Pour ma réintégration ? Pour les excuses que j'avais obtenues de la NCAA et qui lavaient son nom ? Pour ma désignation en tant que capitaine de l'équipe de Cal ? Qu'est-ce qu'il savait ? Quelles informations étaient parvenues à Séoul ? Pourquoi, tout à coup, il m'envoyait ces mots. Ce n'était presque rien. Mais, pour Sajangnim, ça prenait l'ampleur d'un interminable discours qui n'avait de sens que pour celui qui le prononçait. Pour moi, ce n'étaient que des mots obscurs que je n'arrivais pas à comprendre. Presque deux ans d'absence et soudain, cette phrase. C'était trop long ou trop peu. Toutes mes réponses s'avortaient dans le silence.

---

61 축하 해요 : Félicitations.

Un genou plié contre ma poitrine, je fixais encore mon écran alors que le bus se frayait un chemin dans la circulation de Greensboro. Le vol depuis la Californie avait été mouvementé. Il avait duré près de six heures, avec une escale de près de deux heures à Denver. Nous étions montés dans le car qui nous conduisait à l'hôtel presque plus crevés qu'après les entraînements intensifs auxquels le coach Bones nous avait aguerris, ces dernières semaines. Surtout moi, d'ailleurs. J'avais péniblement atteint la seconde place, après ma «pause». Et, ensuite, la pression médiatique m'avait empêché de renouer convenablement avec mes habitudes. Le coach Bones et Mouse avaient donc mis en place un programme spécial pour cet ultime mois et, lorsque je parvenais à rentrer à la résidence, Nathan ne loupait pas l'occasion de me répéter : «Je te l'avais dit.» En ce qui le concernait, il avait pris la première place des 200 libre, et celle des 200 quatre nages. Deux nouvelles médailles d'or venaient compléter son palmarès impressionnant de l'année. Il ne manquait plus que ce troisième titre de championnat. Même si son épaule le dérangeait toujours autant et que ses séances de kiné s'accentuaient. Il portait son orthèse plus souvent et la douleur le lançait parfois la nuit. Pen avait pris rendez-vous dans le service de médecine sportive d'une clinique de San Francisco. Il profiterait de la fin prochaine de la saison pour passer une batterie d'examens et de tests dont la perspective le faisait grimacer d'avance. Mais ni Pen ni le coach Bones n'avaient capitulé devant son regard suppliant. Drew avait bien écouté sa diatribe, mais je l'avais entendu soupirer dans le téléphone et Nathan avait fini par raccrocher. Il était rentré au Texas et avait laissé les clefs du duplex à Becca. Elle préparait son retour au pôle Nord. Mais après le championnat ! Elle partirait directement de la Caroline du Nord. Elle devait déjà être en train de charger un bateau de ses affaires, avant de nous rejoindre à Greensboro demain, pour le début de la compétition.

Je fis tourner mon portable sur ma cuisse, fixant le même message. Du moins, avant que le premier des flashs ne m'aveugle. L'entrée du Wingate était saturée de journalistes, de cameramans, de photographes. Le procès des *Nightdates* faisait parler de lui dans tout le pays. Parce qu'il trouvait une résonance sur tous les campus. La partie civile grossissait de jour en jour et les chaînes nationales relayaient les informations.

J'étais une partie de l'histoire, une partie dont ils cherchaient à percer les mystères.

Sawyer avait quitté les États-Unis, son père ne se déplaçait plus sans un bataillon d'avocats et les témoignages l'incriminaient chaque semaine davantage. La violence avec laquelle je l'avais frappé apparaissait sous un autre jour et les secrets n'en étaient plus vraiment, quand bien même je me refusais à les commenter.

— Ce n'est pas possible ! gueula Grayson en voyant les journalistes entourer le bus avant même que le chauffeur ne coupe le contact. Ils vont nous poursuivre longtemps ?

— Jusqu'à la fin du procès, je dirais, lui répondit Junior.

Ce dernier haussa les épaules. La question de Grayson était purement rhétorique.

— Ils pourraient au moins nous laisser entrer à l'hôtel tranquillement, se plaignit Remy en bâillant.

— Peut-être la saison prochaine, ricana Donald en leur faisant un signe des plus équivoques par les fenêtres.

Steeve lui frappa le crâne.

Je baissai la visière de ma casquette lorsque les flashs devinrent presque douloureux et m'enfonçai dans mon siège. Nathan dormait toujours profondément, indifférent au bruit et à l'agitation. Après tout, nous pouvions rester là une ou deux heures de plus. Ils se fatigueraient bien à un moment.

— Allez, Cap ! lança Grayson. On y va !

Nathan me donna un coup de coude et souleva soudain une paupière ; une seule.

— Quoi ? marmonnai-je.

— C'est à toi qu'il parle, se moqua-t-il.

Je renversai le visage et poussai un peu la visière pour apercevoir Grayson. Il acquiesça d'un hochement de tête et croisa les bras, déterminé. Je soupirai. Je préférais quand il me haïssait. Nous n'avions jamais reparlé de Sawyer et nous ne le ferions jamais. Mais nos relations avaient évolué, si ce n'était vers l'amitié, au moins vers le respect.

— Je serai capitaine l'année prochaine, rappelai-je.

Nathan ricana.

— Steeve est déjà à la retraite.

— Je confirme, Cap ! lança Steeve.

Tout le monde récupéra son sac et le jeta sur son épaule quasiment au même moment.

— Je ne savais pas que l'on nommait ça la retraite ? se moqua quelqu'un.

— Ça va !

— Comment elle s'appelle ta retraite ?

— Je ne vous donnerai pas son nom, bande de vautours.

— Maintenant qu'il ne va plus avoir le coach sur le dos…

— J'entends ! gueula le coach Bones.

Bras croisés, il se tenait au départ de la travée, en fusillant toute l'équipe du regard.

— Vous vous souvenez de ce que vous ont expliqué les footeux ? nous lança-t-il. Inébranlables dans la mêlée !

Les éclats de rire firent vibrer le bus. Les coins de la bouche du coach se retroussèrent et je le revis discuter avec le coach James, l'entraîneur de l'équipe de foot, lors d'un entraînement commun qui avait viré à la compétition acharnée. Qui était le plus résistant ? Ceux qui fonçaient sur le terrain ? Ou ceux qui nageaient 200 yards en une minute ? Qui avait les emplois du temps les plus chargés ? Qui avait le plus de succès auprès des filles ? Qui gagnerait les championnats ? Qui accrocherait le plus de médailles au palmarès doré de Cal ?

Le souvenir nous fit suffisamment sourire pour que nous descendions, le sourire aux lèvres, jouant des coudes pour nous frayer un chemin entre deux micros.

— Blue Phoenix, par là !

— Blue Phoenix, s'il vous plaît, juste une question !

— Blue Phoenix !

— Deux minutes, Blue Phoenix !

L'hôtel était quasiment invisible derrière la nuée de journalistes. Je finis par m'arrêter, décidé à répondre à quelques-unes de leurs questions. Au moins le temps que mes coéquipiers entrent dans le hall. Mais, évidemment, ils restèrent derrière moi. Nathan se planta à ma droite, Steeve à ma gauche. Le coach Bones et Ken nous entourèrent.

Nous fîmes tous face aux flashs et aux cris stridents qui exigeaient de l'attention. C'était comme une nuée de sauterelles, l'été. Le bruit assourdissant remontait du sol.

Il n'y eut que le regard d'April qui me sembla amical et qu'elle pour me rappeler qu'être journaliste, ce n'était pas seulement traiter un sujet. Parfois, c'était offrir une voix qui portait assez loin pour être entendue.

Trop vite l'avalanche de questions débuta et j'y répondis le plus rapidement possible, pressé d'en finir.

— Le procès de l'affaire des *Nightdates* va bientôt commencer, me lança quelqu'un. Avez-vous l'intention de témoigner ?

— J'ai reçu une citation à comparaître, comme beaucoup d'autres étudiants.

— Un commentaire à faire sur le sujet ?

— Je soutiens toutes les victimes, celles qui ont été entendues, celles qui se feront entendre un jour et celles qui choisissent de se taire.

— Sawyer Harold n'a pas été inquiété, trouvez-vous cette décision équitable ?

— Je n'ai pas à me substituer à la justice.

— Vous êtes pourtant sa victime.

Les mots furent d'une violence telle que je m'immobilisai trop longtemps. Si bien que le coach Bones leva la main.

— Ce sera tout ! les arrêta-t-il.

Nathan posa une main sur mes reins pour me pousser à avancer et toute l'équipe se mit en mouvement.

Les techniques de mêlée ne parurent plus si absurdes que ça. Peut-être que cet entraînement commun avait eu un autre but, en définitive.

— Est-ce que vous êtes sa victime, Blue Phoenix ? recommença la même voix, si fort que ça me percuta de nouveau.

Je cherchai à qui elle appartenait et je tombai dans un regard dont la noirceur abyssale me rappela celui de Mary. Aussitôt, je m'arrêtai et nous nous fîmes face. Elle, avec son micro, son cameraman se tenant derrière et entourée de ses confrères. Moi, près de l'homme que j'aimais, encadré de mon équipe au grand complet.

Certaines personnes se reconnaissent, sans jamais s'être rencontrées.

— Je ne peux pas répondre à cette question, lui dis-je. Si je me tiens devant vous aujourd'hui, je le dois à mes amis, qui m'ont soutenu le temps qu'a duré mon expulsion. Je le dois à mes coéquipiers qui, malgré des heurts, m'ont laissé reprendre ma place. Je le dois au staff de Cal au grand complet. Je le dois à Brad Richardson et à son groupe de parole. Je le dois à ma famille. J'espère que l'on ne me posera plus jamais cette question. Que la prochaine fois que nous nous verrons, vous me demanderez si je suis fier de mes temps et ce que j'ai prévu pour la suite. Mais ce que j'espère plus que tout, c'est pouvoir être en mesure, un jour, de vous répondre. Aujourd'hui, j'en suis encore incapable.

C'était la seule déclaration que je pouvais faire et elle le comprit très bien. Son bras retomba et son micro pendit au bout de ses doigts. Elle hocha la tête avant de disparaître derrière ses confrères, alors que nous nous remettions à avancer. Nous étions presque à la porte quand April m'interpella. Je me tournai vers elle, me promettant de le lui reprocher plus tard. Mais, au lieu d'enchaîner sur le procès, elle pointa la chaîne autour de mon cou.

— Que signifie votre pendentif ?

Nathan se tendit à mes côtés. Sa main quitta mes reins. Et un murmure assourdissant agita de nouveau l'entrée de l'hôtel.

April me donnait le choix.

Le choix d'offrir un nouveau scoop.

Le choix de laisser les médias raconter une autre histoire, une où le nom de Sawyer ne serait pas accolé au mien.

Le choix de manipuler l'intérêt des journalistes, si prompts à en changer.

— Que signifie votre pendentif ? répéta-t-elle.

Je lui souris.

— Nathan.

Ce fut l'aveu le plus simple que j'aie jamais eu à faire. Ce qui détruisait le cœur des hommes était d'éprouver autant d'incertitudes. Hésiter sans fin à articuler un mot qui, aujourd'hui encore, restait le plus beau que j'aie eu à prononcer.

Nathan. La réponse à mes prières.

Un simple son au cœur de ma solitude.

L'amour qui baignait ma vie.

Épilogue

발문

Vendredi 26 mars 2021

Greensboro Aquatic Center.

Championnat de natation de la NCAA.

Division I.

Final du 500 yards nage libre.

Ligne 4.

Huit nageurs en compétition.

Les spectateurs dans les gradins se faisaient de plus en plus bruyants.

Habillés en blanc, les officiels s'alignaient autour du bassin. Chronométreurs, contrôleurs de virages, juges de nages, arbitres. Ils examinaient le déroulement des épreuves. Un faux départ, une erreur, et vous étiez disqualifié. Il n'y avait plus de place pour l'approximation. La précision guidait chaque sportif qui attendait, le corps avide et l'esprit réquisitionné par l'effort qu'il allait devoir fournir.

Le premier coup de sifflet retentit – le court – et nous avançâmes près du plot.

Au second coup de sifflet – le long –, nous y montâmes.

C'était toujours à ce moment que le silence revenait. Comme si nous étions emprisonnés dans une bulle de temps. Il n'y avait plus d'impatience, plus d'anticipation.

Nous étions déjà en train de nager. La compétition commençait lorsque le monde s'effaçait et qu'il ne restait plus que la surface de l'eau pour bientôt vous accueillir. Et une voix qui annonça soudain :

— *Take your marks.*

Je me positionnai.

Les battements de mon cœur faisaient résonner ma poitrine.

Mon souffle emplissait mes poumons.

Dans une seconde, je serais immergé et cette idée même m'inondait. L'eau n'avait jamais été un élément, pour moi. C'était un ensemble de ressentis qui me guidait depuis mon enfance.

Un langage qui m'appartenait.

Un univers qui m'avait toujours accepté.

L'eau était mes ailes.

Au signal, le Phoenix se déploya.

Je plongeai.

Séoul

서울

Lundi 03 mai 2021 – Siège de Park.Co – District de Gangnam

Sajangnim,

Je ne sais pas par où commencer. La politesse exigerait que je débute par les salutations de rigueur. Mais, peut-être qu'il serait préférable que ce soit par un merci. Et en ce moment, je le pense vraiment. Merci. Merci de ce message auquel je ne sais pas donner de sens. Cela a-t-il beaucoup d'importance ? Les félicitations restent heureuses, quelles qu'elles soient.

J'ai cru voir un homme qui vous ressemble, le jour du championnat. Les rêves vous portent si loin que parfois viennent s'y emmêler d'autres rêves encore. J'ai donc rêvé que vous étiez là, pour ce championnat qui a été pour moi une rédemption. J'ai rêvé que vous me regardiez gagner ce qu'on m'a si violemment enlevé, et pendant si longtemps.

Vous ne le savez sans doute pas, mais, un jour, Min-ho m'a dit que les Park ne renonçaient jamais. Qu'ils étaient comme des Phoenix, ils renaissaient toujours de leurs cendres. Je revêts la bénédiction de Min-ho sur le dos et elle me porte. De temps en temps, j'ai envie d'abolir cette distance que vous nous avez imposée, pour connaître ce petit frère que j'adore pourtant depuis que j'ai appris son existence.

Même dans l'ombre, je l'ai adoré. J'attends ses lettres, avec beaucoup d'impatience, et je n'y réponds jamais, de peur de ce que vous pourriez en penser, Park Seo-hyun et vous.

Quand je songe à lui, c'est comme au garçon avec le sourire d'Halmeoni.

Il y a tant de choses que j'aimerais vous raconter, tant de choses que j'aimerais que vous ignoriez et tant de choses que j'aurais voulu partager. Plus de deux ans séparent la dernière fois que je vous ai vu. La froideur de cet adieu m'a souvent blessé. Mais, quelque part, aujourd'hui, il me semble nécessaire.

Il m'a fallu du temps pour que je m'octroie le droit de me tenir face à vous. C'est peut-être le rôle d'un père d'endurcir ses enfants jusqu'à ce qu'ils puissent regarder leur aîné dans les yeux.

Je ne suis peut-être pas né sous une bonne étoile, mais je sais que Becca m'emporte avec elle à travers les océans et c'est suffisant pour que je me sente digne de votre respect.

Un jour, je viendrai vous rendre visite.

Un jour, je vous présenterai la personne qui partage ma vie.

Un jour, il vous demandera votre bénédiction. Ça peut sembler dérisoire venant d'un fils renié, qui n'a jamais été qu'une ombre dans votre existence. Mais vous la demander, c'est surtout la demander à Halmeoni. Elle est, plus que toute autre chose, le lien qui unit nos vies. Et je crois qu'elle voudrait que je le fasse. Je crois aussi qu'elle aimerait Nathan.

Elle l'aurait découvert avec mes yeux.

Elle l'aurait rencontré dans mon cœur.

Park Jun-ha.

Imprimé en France
FRHW011645281222
33357FR00005B/62

9 791038 113718